Das Logbuch des Robinson Crusoe

Detlef Lorenz

Texte zur Graphischen Literatur
Band 1

Herausgegeben von Volker Hamann und Matthias Hofmann

EDITION ALFONS

Das Logbuch des Robinson Crusoe

Detlef Lorenz

Für meine Eltern, die mir eine unbeschwerte Kindheit und Jugend mit Comics und anderen Trivialmedien ermöglicht haben.

Das Logbuch des Robinson Crusoe
© 2015 by Detlef Lorenz
© dieser Buchausgabe 2015 by Edition Alfons
© Abbildungen, siehe Abbildungsverzeichnis
Alle Rechte vorbehalten

Lektorat: Matthias Hofmann
Gestaltung und Satz: Volker Hamann
Schlusskorrektur: Peter Nover

Druck: Schipplick + Winkler Printmedien GmbH

ISBN 978-3-946266-01-3

1. Auflage 11/2015

Texte zur Graphischen Literatur Band 1
Herausgeber: Volker Hamann & Matthias Hofmann

Verlag Volker Hamann
Edition Alfons
Heederbrook 4 e
25355 Barmstedt

www.edition-alfons.de

Das Logbuch des Robinson Crusoe

Inhaltsverzeichnis

Vorwort (Helmut Nickel) 7
Einleitung 8
Robinsons Reise um die Welt: Heft 1 bis 126 12

Robinson Spotlight 1: Originalseiten 37
Robinson Spotlight 2: *Robinson Sonderheft* 59
Robinson Spotlight 3: Willi Kohlhoffs Romantitelbilder 79
Robinson Spotlight 4: Tajo Tagori 107
Robinson Spotlight 5: Frauen in *Robinson* 176
Robinson und ich: Ein kurzes Resümee 214
Laudatio 215
Die Zweitserien 216

Anhänge 225

Vorwort

Die Vorlage ist der berühmte Roman Daniel Defoes, der am 25. April 1719 erschien und ein solcher Erfolg war, dass im selben Jahre noch vier Neuauflagen gedruckt werden mussten! Er wurde auch sofort Vorbild für mehr oder minder geschickte Nachahmungen und wurde auch in fremde Sprachen übersetzt. Der größte Publikumserfolg war »Die Insel Felsenburg« von Johann Gottfried Schnabel, 1731-43 in Nordhausen in vier Bänden herausgebracht. Es hieß, dass wenn in einem gutbürgerlichen Haushalt nur zwei Bücher vorhanden waren, diese unweigerlich die Bibel und »Insel Felsenburg« waren. Schnabel, der von Beruf Barbier war, hatte als Feldscher in sächsischen Regimentern am Spanischen Erbfolgekrieg teilgenommen und wurde dann Hofbarbier der Grafen Stolberg-Wernigerode. Er hat übrigens den Begriff »Robinsonade« für diese Art von Abenteuerroman geprägt.

Defoe schrieb, von seinem Erfolg angestachelt, noch einen zweiten Band unter dem Titel »The Farther Adventures of Robinson Crusoe, Being the Second and Last Part of His Life, and of the Strange and Surprising Account of his Travels Round Three Parts of the Globe«. Dieser weit weniger bekannte zweite Teil, in dem Robinson unter anderem nach China, Madagaskar und in die »Tartarey« reist, war die Anregung für die Vielfalt der geschilderten Comicabenteuer.

Die Laufzeit der Comicserie *Robinson Crusoe* erstreckte sich über mehr als zehn Jahre, sodass es nur natürlich ist, dass nach und nach mehrere Zeichner und Texter daran teilzuhaben hatten. Es ist ein zusätzliches Schau- und Lesevergnügen, die verschiedenen Stile der beteiligten Künstler herauszufinden.

Von dem hier vorliegenden *Logbuch des Robinson Crusoe*, das die »spannendsten und aufregendsten Abenteuer des beliebtesten Helden der guten Welt-Jugendliteratur« beschreibt, kam das erste Heft der Serie 1953 auf den Markt. Es ist angemessen, dass nach über 60 Jahren endlich alle Anstrengungen gemacht wurden, ein vollständiges umfassendes Sekundärbuch erscheinen zu lassen.

Helmut Nickel
(Marco Island, Florida, Oktober 2014)

The Life And Strange Surprizing Adventures Of Robinson Crusoe, of York, Mariner Who lived Eight and Twenty Years, all alone in an un-inhabited Island on the Coast of America, near the Mouth of the Great River of Oroonoque; Having been cast on Shore by Shipwreck, wherein all the Men perished but himself. With An Account how he was at last as strangely deliver'd by Pyrates. Written by Himself.

Das sind nicht die ersten Sätze des 1719 in England verlegten Romans von Daniel Defoe, sondern der ellenlange Titel. Das war indes keine Marotte des Schriftstellers, jahrhundertelang war dies üblich.

Die erste deutsche Übersetzung, bereits 1720 erschienen, lautete: *Das Leben und die seltsamen überraschenden Abenteuer des Robinson Crusoe aus York, Seemann, der 28 Jahre allein auf einer unbewohnten Insel an der Küste von Amerika lebte, in der Nähe der Mündung des großen Flusses Orinoco; durch einen Schiffbruch an Land gespült, bei dem alle außer ihm ums Leben kamen. Mit einer Aufzeichnung, wie er endlich seltsam durch Piraten befreit wurde. Geschrieben von ihm selbst.* Dies war wortgetreu ins Deutsche übertragen, im Gegensatz zur heutzutage gern gepflegten Praxis, eigenständige Titel zu erfinden.[1]

Dieser Roman, der ein ganzes Genre begründete (Robinsonaden), wurde weltweit rasch ein Bestseller. Neuauflagen und Bearbeitungen folgten bis auf den heutigen Tag. Dabei ereilte *Robinson Crusoe* das Schicksal vieler Werke der klassischen Literatur, um ihm neue Leserschichten

---

[1] Der Science-Fiction-Roman *I am Legend* von Richard Matheson erschien auf Deutsch zunächst als *Ich, der letzte Mensch* (Heyne, 1968).

zu erschließen wurde das Thema bearbeitet und vereinfacht, bis es von seinem ursprünglichen Lesestoff für Erwachsene zur vereinfachten Jugendlektüre geschrumpft war. *Gullivers Reisen* von Jonathan Swift, *Die Lederstrumpfgeschichten* von James F. Cooper oder *Die drei Musketiere* von Alexandre Dumas sollen hier nur beispielhaft genannt werden. Auf Grund dieser Kürzungen, um bei Robinson zu bleiben, ist es heutzutage vielfach unbekannt, dass Robinsons Vater ein aus Bremen nach York in England ausgewanderter Hanseat mit dem Namen Kreutznaer war. Die Engländer (im Roman) machten daraus Crusoe, und dies ist der Familienname Robinsons, der 1632 in York geboren wurde.

Die neuen Medien des 20. Jahrhunderts, der Film und später das Fernsehen, griffen den Stoff auf. Entweder kürzten sie den Roman zu einem abendfüllenden Spielfilmszenario zusammen, oder es wurden Mehrteiler für das Fernsehen gedreht.[2]

Ähnlich unterschiedlich gingen die Comics mit dem Stoff um, die Ausgabe 31 der Reihe *Illustrierte Klassiker* enthält eine drastisch reduzierte Fassung von *Robinson Crusoe*. Der deutsche Verlag Gerstmayer ging einen anderen, der späteren Fernsehreihe ähnlichen Weg. Gerstmayer hatte nach dem Krieg einen sogenannten »Groschenheft-Verlag« aufgebaut. Western- und Krimiromane waren das Standbein, nun sollten Comics die Angebotspalette erweitern. Er be-

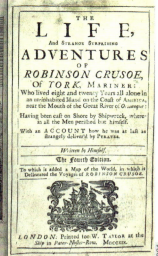

auftragte den Hauptzeichner seiner Romanheft-Titelbilder, Willi Kohlhoff (1906 – 1988), den populären, bekannten und *lizenzfreien* Stoff von Robinson Crusoe einer periodisch erscheinenden Comicreihe anzupassen. Dessen kräftiger, ausdrucksvoller und dynamischer Zeichenstil führte dabei zu einer ungewöhnlichen Auslegung des Urtextes von Daniel Defoe.

Im vorliegenden Buch wird jedes einzelne Heft der Reihe beschrieben. Es ist somit ein Episodenführer, aber mit deutlich erweitertem Charakter. Dabei gehe ich methodisch vor. Der inhaltlichen Beschreibung der Abenteuer des Robinson und der Zweitserien im Heft (diese werden allerdings überwiegend separat behandelt) folgt jeweils ein »Kommentar«. Darin gehe ich auf Eigentümlichkeiten, Merkwürdigkeiten oder Abschnitte mit besonderem Informationsgehalt der jeweiligen Geschichte ein. Der dritte Bereich, »Zeitgeschehen«, schildert reale Geschehnisse im Zeitraum des Erscheinungsdatums des jeweiligen Heftes. Dabei ist es egal, ob es sich um politische, kulturelle, gesellschaftliche Themen

---

[2] Zum Beispiel im Rahmen der »Abenteuervierteiler« im deutschen Fernsehen. Unter dem am Original erstaunlich angenäherten Titel »Die seltsamen und einzigartigen Abenteuer des Robinson Crusoe aus York, berichtet von ihm selbst« spielte 1964 Robert Hoffmann den Titelhelden.

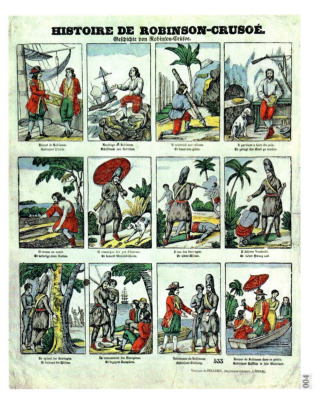

den Farbmodus entschieden. Das fünfzig bis sechzig Jahre alte stark holzhaltige Papier wies schon beim Bedrucken keine rein weiße Oberfläche auf, denn sie zeigt graue und bräunliche Strukturen. Somit wird eine realistische Wiedergabe der Zeichnungen gewährleistet, was in diesem Umfang wahrscheinlich erstmalig ist.

Begleitend erscheint eine Landkartenreihe, die ich 1974 erstellt hatte. Sie sollte einen Artikel

handelt, Hauptsache, sie waren für *mich* bedeutend.³

Ich konsumierte die Comicreihe zum Zeitpunkt des damaligen Erscheinens, war – jugendlicher – Zeitzeuge der Aufbaujahre nach dem Zweiten Weltkrieg und bin jetzt ihr Rezensent in einer Person. Dieser Text wird somit phasenweise emotional sein, weil ich ihn aus meinem erlebten Blickwinkel geschrieben habe. Viele Ereignisse der damaligen Zeit gingen dank meiner aufgeschlossenen Eltern⁴ – was nicht nur das Lesen von Comics, sondern auch das Fördern meiner Interessen betrifft – nicht spurlos an mir vorüber. Immerhin sind bis 2014 bereits über sechzig Jahre vergangen, seit die erste Ausgabe erschien. Ich stelle somit einen historischen Zusammenhang her. Damit die Beschreibungen verständlicher und eindringlicher hervortreten, wird mein Text von Abbildungen begleitet, einschließlich sämtlicher Titelbilder in Farbe. Der Abdruck der Bildbeispiele erfolgt ebenfalls farbig, auch für die – überwiegend – einfarbigen, schwarzweißen Geschichten haben wir uns für

von mir illustrieren, der für das Comicmagazin *Die Sprechblase* vorgesehen war. Die Karten stellen die Welt des 17. Jahrhunderts mit seinen politischen Hintergründen dar. Die Reiseroute Robinsons um den Erdball ist durch eine rote Linie abgebildet, markiert mit den jeweiligen Heftnummern an den Handlungsorten. Da ich alles

---

³ Derartiges hatte ich schon für die »Zeitleiste« des Magazins *Die Sprechblase* Nr. 99 vor. Die Zeit war 1989 wohl noch nicht reif dafür, denn das Vorhaben wurde damals als uninteressant bewertet.

⁴ Es ist durchaus möglich, dass sich mein Vater und Helmut Nickel persönlich begegnet sind. Beide waren Soldaten im 2. Weltkrieg und beide waren im Winter 1941/42 vor Moskau. Da an diesem kurzen Vorstoß personell nur geringe deutsche Truppenverbände beteiligt waren, ist somit ein Treffen gar nicht so abwegig.

⁵ Nach der Heftnummer sind die Seitenzahlen des kompletten Erlebnisstranges angegeben, z. B. 1.1-3 bedeutet Heft 1, Seite 1-3. Oder bei Fortsetzungen über zwei und mehr Hefte 2.10-24 – 3.1-8 bedeutet Heft 2, Seite 10-24 bis Heft 3, Seite 1-8.

so detailliert wie möglich darstellen wollte, also nicht bloß Heftnummern auf eine große Weltkarte malen, ging ich nach einigen unbefriedigenden Versuchen dazu über, Teilausschnitte der jeweiligen Weltgegenden zu zeichnen, in denen sich Robinson aufhielt. Nun konnte ich nicht nur die Heftnummern, sondern auch die Seitenzahlen des jeweiligen Abenteuers vor dem geografischen Hintergrund angeben.[5] Das war allerdings Norbert Hethke (1943–2007), dem Verleger und Herausgeber der *Sprechblase* zu viel des Guten, immerhin hatte sich die so dargestellte Reise auf achtzehn Blätter ausgeweitet. Also arbeitete ich die Kartenserie erneut um. Eine große Weltkarte, von Gerhard Förster phantasievoll illustriert, zierte dann, leider beschnitten, die Innenseite von *Die Sprechblase* Nummer 99. Diese enthält ein Essay zu Helmut Nickel und seinen Comicserien. Komplett ist die Weltkarte erstmals als Beilage eines Sonderdruckes der INCOS erschienen.

Zur Auflockerung des genormten Inhaltes sind sporadisch *Specials* eingestreut. Diese zeigen Themen, die zur Serie gehören, aber den Rahmen der Beschreibung für die einzelnen Ausgaben sprengen würden.

Die komplette Serie *Robinson Crusoe* erschien vom Dezember 1953 bis zum Mai 1964 mit 222 Heftnummern. Allerdings beinhalten die Hefte ab der Nummer 126 ausschließlich Wiederholungen vom Heft 16 der Erstausgabe an. Deshalb sind sie in diesem Buch nicht noch einmal einzeln beschrieben, ein Überblick erfolgt trotzdem. Überraschende Details traten bei einem Vergleich mit dem Erstdruck zutage, weshalb auf diese speziell eingegangen wird.

Robinsons Reise um die Welt: Karte 1
Das sind die politischen Gegebenheiten der britischen Inseln Mitte des 17. Jahrhunderts. Irland war von England unterworfen worden, Schottland wahrte noch seine Unabhängigkeit. Rechts unten erkennt man ein Stück spanischen Besitzes, das sind die spanischen Niederlande, die sich kurz darauf ihre Unabhängigkeit erkämpften.

Ab der Nummer 11 war der Robinson-Stoff nicht mehr alleiniger Inhalt, Kohlhoff fügte eine zweite Serie ein. Die Umstände dafür werden an entsprechender Stelle erläutert.

Der vorliegende Text erscheint hier erstmals in gedruckter Fassung, zuvor war er auf der Internetplattform »Comic Guide Net (CGN) - Lorenz' Comic-Welt« zu lesen. Für diese Fassung habe ich viele Passagen umgeschrieben, Texte erweitert, neue Erkenntnisse eingefügt, dem gedruckten Buch angepasst. Helmut Nickel hat von Florida aus die Berichte in »Lorenz' Comic-Welt« interessiert verfolgt. Er konnte sich durch die intensive Beschreibung der einzelnen Hefte vergangenes Erlebtes ins Gedächtnis zurückrufen. Er durchschaute plötzlich verlegerische Zusammenhänge, die für ihn damals unverständlich waren. Dies hat er mir zeitnah mitgeteilt und ich habe seine Einwürfe und seine Erinnerungen unmittelbar, oder eben erst hier, einfließen lassen.

Rechts:
Willi Kohlhoff fertigte eine oder mehrere Skizzen an, bis er zufrieden war, und nahm diese dann als Vorlage. Das Hefttitelbild zeigt Robinson und einen seltsam erwachsenen Xury von links nach rechts blickend. In dieser Vorstudie ist das Motiv gespiegelt, von rechts nach links, entgegen der »normalen« westlichen Leserichtung. Schaut man sich das Titelbild dazu genauer an, wird man feststellen, dass es wirklich gespiegelt gedruckt wurde, denn die Initialen »WK«, unten links, sind gewendet. Jemand hat das fertige Bild gedreht, um es lesefreundlicher zu präsentieren.

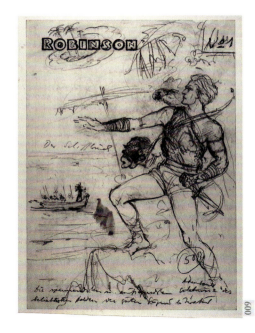

Dezember 1953 (Nummer 1)

Inhalt: Entgegen den Bitten seiner Eltern verlässt Robinson mit 19 Jahren das Elternhaus im britischen York und heuert auf einem Segler an. Unterwegs gerät dieser in einen heftigen Sturm, der das Schiff vor Yarmouth kentern lässt. Ernüchtert, aber unbeeindruckt, erlernt Robinson nun gründlich das Handwerk eines Seemanns und geht wieder an Bord. Auf Höhe der Kanarischen Inseln begegnet ihnen ein maurisches Korsarenschiff und es entspinnt sich ein heftiges Seegefecht. Die »Christen« verlieren den Kampf und werden von den »Moslems« versklavt. Robinson wird der Privatsklave des maurischen Kapitäns Irmak-Bey.

Zwei Jahre verbringt er in Saleh an der maurisch-marokkanischen Küste, dann bietet sich ihm eine Fluchtmöglichkeit. Mit dem jugendlichen Xury flüchtet er auf einem Segelboot Richtung Süden. In der Nähe von Kap Verde gehen sie an Land. Begegnungen mit Raubtieren auf See und an Land bestimmen das letzte Drittel des Heftes. Robinson rettet Xury gerade vor einem Leoparden, als Trommelschläge durch das Dickicht dröhnen.

Kommentar: Willi Kohlhoff hielt sich in den ersten Heften ziemlich eng an den Urtext. Die Handlung entsprach der literarischen Vorlage, von seiner ersten, kurzen Seereise, über das Seegefecht, die Versklavung und die Flucht mit Xury auf einem kleinen Boot. Xurys Sprachakrobatik war ebenfalls romankonform. Die sich anschließenden Erlebnisse von Robinson und Xury im westafrikanischen Guinea waren dagegen ausgeschmückt und erweitert; es war Kohlhoff schon in der Planungsphase klar, dass der Roman zwar sehr umfangreich ist, aber gerade in den Gescheh-

Links:
Der erste Auftritt Xurys im Heft.
Kohlhoff hat ihm hier bereits seine charakteristische Kleidung verpasst, die während der gesamten Serie zu Xurys Markenzeichen wurde: rote Pumphosen, blaues Hemd und ein Turban. Xury, hier noch *Xurie* geschrieben, hat natürlich nichts mit dem kräftigen Begleiter Robinsons auf dem Titelbild gemein.

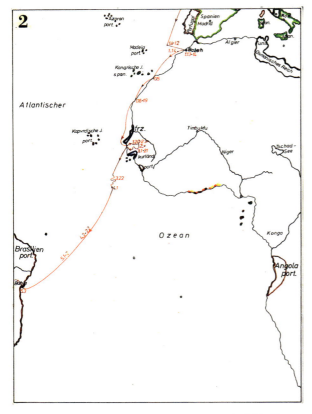

Robinsons Reise um die Welt: Karte 2
Hier ist der Südatlantik dargestellt, von Portugal südwärts bis fast an die Südspitze Afrikas hinunter. Links ist Brasilien zu erkennen, das damals portugiesische Kolonie war. Mehrere europäische Niederlassungen befinden sich bereits an der afrikanischen Westküste (farbig markierte Punkte).

gendsten Abenteuer des beliebtesten Helden der guten Welt-Jugendliteratur« zog sich bis zur zehnten Ausgabe durch. Danach wurde dieser Text durch den jeweiligen Hefttitel ersetzt, der auf dem Titelbild prangte. Der Hinweis auf die »gute Welt-Jugendliteratur« war einerseits als Ansporn für die Eltern gedacht, ihren Sprösslingen gerade diese Serie zu kaufen, andererseits natürlich zur Irreführung der Tugendwächter und zur Verschleierung des Inhaltes. Zum einen die Tatsache, dass es sich um einen Comic handelte, also um angeblich schädliche Literatur, die zum anderen mit besonders ausgeprägten Gewaltszenen schon den (Angst-)Nerv der zum Teil noch kindlichen Leserschaft treffen könnte. Es gab in den ersten Heften Szenen, die »wir« damals recht gruselig fanden und die es noch immer in sich haben.

Heft Nummer 1 gibt es mit und ohne Klammern. Letztere Version ist nur gefaltet und zeigt auch keine Löcher. Weshalb es dieses Kuriosum gibt, ist nicht bekannt. Es wird dafür eine einfache Erklärung geben. Der Sammlerwert des Heftes dürfte in beiden Fällen nicht davon betroffen sein. Welches nun die erste und welches die zweite Auflage ist, sollte dabei keine Rolle spielen. Mir sind Hefte unter die Augen gekommen, die eindeutig nachträglich mit Klammern

nissen auf der »Robinsoninsel« in ihrer Ausführlichkeit nicht viel Gestaltungsmöglichkeiten für einen spannenden Comic bot. Kohlhoff zeigte sich hier als Könner der abenteuerlichen Comicliteratur, denn die zeichnerischen Abfolgen verschiedener Kampfszenen wurden ausführlich, fast filmisch dargestellt. Mit Textklötzen und langen Dialogen erläuterte Kohlhoff zusätzlich die Handlung – für Comics ungewöhnlich literarisch und daher gewöhnungsbedürftig.

»Mit <u>raumem</u> Wind macht das Schiff gute Fahrt« fand sich als Formulierung auf Seite 4. Das ist in der Seglersprache ein Wind, der schräg von hinten bei in einem Winkel von 100° bis 170° auf das Schiff trifft. Er hätte simpler schreiben können: »Eine steife Brise verlieh dem Schiff eine gute Fahrt«, aber Willi Kohlhoff scheute sich nicht, dem Leser auch seemännische Begriffe vorzusetzen, um dessen Allgemeinbildung zu heben – so dieser denn dazu gewillt war.

Der Untertitel »Die spannendsten und aufre-

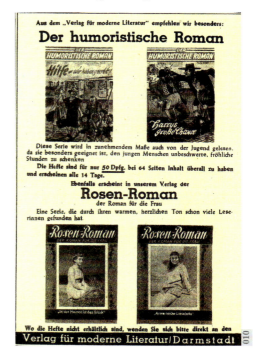

versehen worden sind: wahrscheinlich dachte der Besitzer, seinen Schatz dadurch wertvoller zu machen.

Im Zuge der Internet-Vorveröffentlichung von Teilen dieses Textes in »Lorenz' Comic-Welt« kam ein lange vermutetes, aber bis dato nicht bewiesenes, auf »löschblattartigem« Papier gedrucktes Werbeblatt zum Vorschein [Abb. 10]. Es wird in diesem Buch erstmals abgedruckt. Es muss einer Teilauflage der Nummer 1 (oder 2) beigelegen haben, ist beidseitig bedruckt und zeigt Jugendbücher (*Jupiter-Jugendreihe*) und Romanserien (*Der Humoristische Roman* und der *Rosen-Roman*) des Gerstmayer Verlags. Für diese Serien (außer für den *Rosen-Roman*) wird auch auf den jeweiligen vierten Umschlagseiten von *Robinson Crusoe* Nr. 3 und 4 geworben. Obwohl alle drei Reihen bei Gerstmayer erschienen sind, firmierten sie unter zwei verschiedenen Namen. Das ist nicht so sonderbar wie es aussieht, sondern war mitunter gängige Praxis. Selbst heutzutage geschieht es, dass ein Verlag für Produkte, die nicht in die formalen Veröffentlichungspraktiken passen, ein Extralabel gründet. Hier sei stellvertretend der Splitter Verlag und sein Imprint toonfish genannt. Zur selben Zeit lag dem *Hot-Jerry*-Heft Nummer 6 (aus demselben Verlag) ein ähnliches Werbeblatt bei.

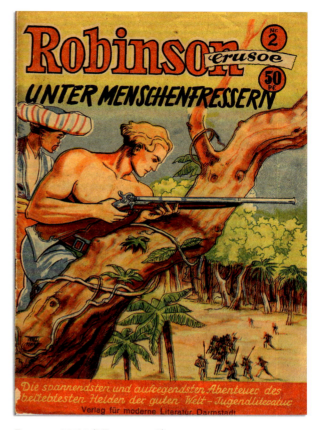

Januar 1954 (Nummer 2)

<u>Inhalt:</u> Robinson und Xury versuchen, eiligst aus dem Urwald hinaus zur Küste zu gelangen. »Das Gefühl Robinsons trügt nicht«, tatsächlich schleichen sich Pygmäen an. »Dunkle, schemenhafte Schatten huschen von Stamm zu Stamm, tauchen auf, und sind in der nächsten Sekunde wie vom Erdboden verschluckt. Kein Rascheln, kein Knacken verrät, dass sich hier Menschen bewegen. Es sind Pygmäen, zwergenhafte Geschöpfe des Urwaldes.« Ein kurzes abwehrendes Gefecht, dann hetzen die beiden weiter und können in einem Bach ihre Spuren verwischen.

Durch die Baumkronen geht die Flucht weiter, in einer Astgabelung ruhen sie sich aus. Unter lautem Geschrei erscheinen auf der Lichtung die Pygmäen direkt unter dem Baum. Dies hat aber nichts mehr mit Robinson und Xury zu tun. Zwei gefangene Eingeborene eines Küstenstammes haben jetzt ihre Aufmerksamkeit. [Abb. 11] Handstreichartig werden sie von Robinson und Xury befreit

und zusammen flüchten sie in deren Dorf. Dort werden sie freundlich aufgenommen, zumal sie den Sohn des Häuptlings und dessen Braut aus der Gewalt der Pygmäen befreit haben. Schari, der Zauberer, ist heimlich mit den »Hyänen-Männern« befreundet, die, gemäß dem Hefttitel, Menschenfresser sind. Nachts sieht Robinson den Zauberer, wie er in den Wald schleicht. Er verfolgt ihn und belauscht die Hyänenmänner. Rasch kehrt er ins Dorf zurück und entwickelt eine Strategie, um deren geplanten Angriff zuvorzukommen. Die Menschenfresser geraten in den gelegten Hinterhalt und werden nach heftigen Kämpfen in die Flucht geschlagen. [Abb. 12] Bei deren Verfolgung gerät Robinson allerdings in ihre Gewalt und wird trotz heftiger Gegenwehr in eine Grube gestoßen, in der ein Leopard gefangen gehalten wird.

Kommentar: Deutlich war eine Verbesserung des Zeichenstils Kohlhoffs zu erkennen. Er wurde sicherer im Detail, in der Anatomie, die Perspektive wurde perfekter und die grafische Bilddarstellung einheitlicher. Es fehlte ihm zwar noch ein harmonischer und abwechslungsreicher Seitenaufbau – Nahbereich, Totale, Weitwinkel, Gegenblick – aber Kohlhoff wurde auch darin rasch besser.

Die Geschehnisse in diesem Heft stehen *so* nicht in der Romanvorlage. Dort betraten Robinson und Xury nur kurz das Land, hatten demzufolge auch nur wenig Kontakt mit Einheimischen. Kohlhoff ließ die beiden sogar noch ein weiteres Heft lang in Westafrika, dann erst ging es über den Südatlantik nach Brasilien.

Willi Kohlhoff hat die Hauptblickrichtung des Titelbilds von links nach rechts ausgerichtet. Dass die Originalzeichnung nicht erneut gespiegelt gedruckt wurde, ist am Schriftzug »Will Key« unten links zu erkennen. Dies ist eines der Pseudonyme Kohlhoffs. Krüger-Kohlhoff, Willi Kohl und Bill Chess waren weitere. Ähnliche Verhaltensweisen sind auch von Helmut Nickel bekannt. Die Gründe waren ähnlich: bloß nicht mit Comics in Verbindung gebracht werden, das wäre gesellschaftlich nicht eine der besten Referenzen gewesen, vor allem, wenn man einen bürgerlichen Beruf anstrebte.

Erstaunlich ist die Unschlüssigkeit Kohlhoffs in den Darstellungen der persönlichen Rede. Mal wählte er die Sprechblase, mal erschien sie in einem Textblock. Ebenso schwankend war er bei den Anführungszeichen. Manchmal setzte er sie, dann wiederum nicht, wobei es im Textblock natürlich Sinn machte. Beide Phänomene waren bereits in der Nummer 1 zu beobachten und hielten noch eine ganze Weile an. Hier lag jedoch kein »Kohlhoff'sches Problem« vor. Allgemeine Standards in der Gestaltung von Comics, sowohl zeichnerisch, als auch in der Textbearbeitung, waren im deutschen Sprachraum aus comichistorischen Gründen noch nicht vorhanden. Sie wurden zu dieser Zeit von Zeichnern wie eben Kohlhoff, aber auch von Nickel, Wäscher, Heinz, von Otto, Richter-Johnsen, van der Heide und anderen erst geschaffen.

Interessant sind auch Details in Kohlhoffs Texten und Illustrationen. Die zwei Gefangenen wurden nicht nur an irgendeinen »Baum« gebunden, nein, es waren Raffia-Palmen (auch »Raphia« genannt). Diese wachsen tatsächlich in Afrika und sind berühmt für ihre langen Blätter, die mit bis zu 25 Metern die längsten in der Welt der Flora überhaupt sind. Willi Kohlhoffs Einfügungen einheimischer Ausdrücke, der Benennung endemischer Tier- und Pflanzenarten, brachten ein lehrreiches Flair in seine Geschichten, sehr zu meinem Wohlgefallen.

Geschickt spielte Kohlhoff mit den gefahrvollen Gegebenheiten, die der afrikanische Dschungel bietet. »Uns« Kindern der 1950er Jahre erschienen die Geschichten ebenso spannend wie die gleichzeitig erscheinenden *Tarzan*-Hefte. Zumal die Farbgebung von *Robinson* die Schrecken des Urwaldes nicht nur vertiefte, sie vermochte mit freundlichen Farben auch romantische Momente zu kreieren. Natürlich sa-

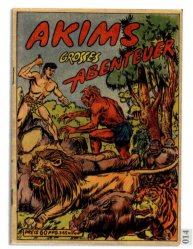 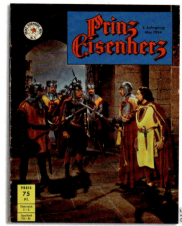 

hen die »Bösen« böse aus und mussten, wenn nicht anders möglich, mit brachialer Gewalt bekämpft werden. Ein weiteres markantes Beispiel: [Abb. 11] Kohlhoff ließ nichts aus, verkniff sich keine Offenheit in den Gewaltdarstellungen und vermochte dies während der Anfänge der Serie durchaus noch zu steigern. Derartige Bilder verschwanden allerdings im Laufe der Zeit aus den Heften, nicht nur bei *Robinson*. Damals folgte nach einer öffentlichen Diskussion über die Inhalte von Comics – eigentlich um die Comics als solche – die Etablierung der »Bundesprüfstelle für jugendgefährdende Schriften« (heute: »… Medien«). Die Bundesprüfstelle für jugendgefährdende Schriften wurde am 19. Mai 1954 geschaffen, nachdem am 9. Juni 1953 das »Gesetz über die Verbreitung jugendgefährdender Schriften« verabschiedet worden war. Die erste Sitzung, bei der über Indizierungsanträge entschieden wurde, fand am 9. Juli 1954 statt.

Die ersten beiden Comics, die von der Bundesprüfstelle indiziert wurden, waren *Der kleine Sheriff* und *Jezab, der Seefahrer*. Sie würden auf Jugendliche »nervenaufpeitschend und verrohend wirken« und sie »in eine unwirkliche Lügenwelt versetzen«. Derartige Darstellungen seien »das Ergebnis einer entarteten Phantasie«, so die damalige Begründung.

Zeitgeschehen: Im Januar 1954 sind einige interessante Comicserien erstmals erschienen. Die *Piccolo Sonderbände* brachten abgeschlossene Abenteuer von Serienhelden aus dem Verlag Walter Lehning [Abb. 14]. Diese herrliche Reihe wurde zunächst von Übernahmen aus Italien und später durch Eigenproduktionen, hauptsächlich von Hansrudi Wäscher, geprägt.[6]

Prinz Eisenherz vom Aller Verlag war eine Auskoppelung aus der Reihe *Phantom* [Abb. 15]. In dieser wurden die Erlebnisse des edlen Prinzen sporadisch und nicht zusammenhängend gedruckt. Ab *Prinz Eisenherz* Nr. 1/1955 begann man den Abdruck der Sonntagsseiten in chronologischer Reihenfolge von der Seite 2 vom 20. Februar 1937 an. Parallel veröffentlichte diese Reihe, die leider nur insgesamt 15 Ausgaben erreichte, Comics wie *Blondie*, *Bob und Frank* (*Jochen und Klaus*, *Tim Tyler's Luck*), *Hopalong Cassidy*, *Mandra*, *Rip Korby* (*Rip Kirby*) und andere aus dem reichen Fundus der damaligen US-amerikanischen Comic Books und Zeitungsserien.[7] Als deutsche Eigenproduktion erschien *Horrido* [Abb. 16] mit insgesamt 56 Heften. Wobei »deutsche« Serie nur bedingt richtig war, denn Hauptzeichner war der Schwede Charly Bood. Später kamen frankobelgische Künstler hinzu. Eine historische Serie, *Tilo der Germane*, und eine Serie um den Archäologen *Ralf* waren die wichtigsten dort enthaltenen Comics. Wobei Bob Heinz mit *Basil* und *Cowboy Jerry* nicht unterschätzt werden sollte.[8]

---

[6] Siehe: Detlef Lorenz: »Die Piccolo-Sonderbände«, in *Die Sprechblase* Nr. 31 (1980). Und: *Alfonz-Enzyklopädie der Comics* Nr. 22-24 (2014), ebenfalls von Detlef Lorenz.
[7] Siehe: Detlef Lorenz, »Die *Phantom* Reihe des Aller Verlages«, in *Die Sprechblase* Nr. 11 (1978).
[8] Siehe: Detlef Lorenz: »Horrido« in *Die Sprechblase* Nr. 44 (1982). Und: Detlef Lorenz, »Auf FKK-Magazine folgten Comics: Horrido« in *Alfonz* 1/2014 (2014). Und: Gerhard Förster/Alexander Holowackji, »Charlie Bood erinnert sich«, in *Die Sprechblase* Nr. 130 (1993).

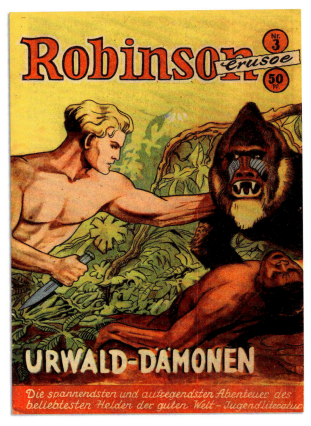

Februar 1954 (Nummer 3)

Inhalt: Robinson ist in die Grube zu den wütenden Leoparden gestoßen worden. Zu seinem Glück hat er dabei zwei Hyänenmänner mitgerissen, denn diesen wird sofort von ihren Kameraden geholfen – und damit indirekt auch ihm. Er wird wieder aus der Grube geholt und der Medizinmann denkt sich eine weitere Todesfolter aus. Er wird zwischen zwei gegeneinander gebogene Palmen gespannt und die Hyänenmänner versuchen, das Halteseil mit Pfeil und Bogen zu treffen … im Erfolgsfall würden die zurückpeitschenden Palmen Robinson zerreißen. Xury befreit mit einem Meisterschuss seinen Herrn aus dieser recht lebensbedrohlichen Lage, aber die Gefahr ist damit noch nicht beseitigt. Beide sitzen in einer Baumkrone fest und die Hyänenmänner stürmen den Baum. Es entwickelt sich ein rasanter Kampf auf den Ästen, in dem Robinson wie ein Artist hin- und herspringt und einen nach den anderen ausschaltet. Geboten wird ein gewaltiger Kampf, der jedem Dschungelhelden zur Ehre gereichen würde. Dann stecken die Hyänenmänner den Baum in Brand, aber rechtzeitig erscheinen die freundlichen Eingeborenen und retten beide aus ihrer ungemütlichen Situation. Danach geht es weiter zur Küste, denn Robinson möchte natürlich nach Hause, oder zumindest auf ein europäisches Schiff. Diverse Erlebnisse mit wilden Tieren und mörderischen Pygmäen müssen sie überstehen, bevor sie endlich wieder am Meer sind und ihr Boot besteigen können. Ein schwerer Sturm bringt es auf dem offenen Meer zum Kentern. Robinson und Xury treiben im aufgepeitschten Ozean.

Kommentar: Robinson und Xury befanden sich weiterhin im westafrikanischen Urwald. Das war Kohlhoffs Metier. Er vermochte es, die schwüle Atmosphäre geschickt und glaubhaft darzustellen. Xury entwickelte sich vom Stichwort gebenden Sidekick zum gleichberechtigten jugendlichen Partner, behielt aber seine burschikose, lustige Art bei. Kohlhoffs Darstellungen der Tier- und Pflanzenwelt waren weiterhin nicht beliebig. Die abgebildeten Arten gehören stets nach Afrika, oder zu anderen Schauplätzen. Er besaß eine umfangreiche Bibliothek mit biologischen Werken sowie historischen und kulturhistorischen Büchern und Magazinen in seinem Heim und versuchte, stets das richtige herauszusuchen und aufs Papier zu übertragen.

Die Nummer 3 war wieder ein Heft prall voll mit Abenteuern, und trotzdem haben »wir« in den 1950er Jahren, neben Cowboy und Indianer, lieber Tarzan als Robinson gespielt. Wahrscheinlich weil es von Tarzan neben Comics auch Kinofilme gab und diese haben »uns« mehr inspiriert.

Mir liegt das Fragment einer Originalseite aus dem Heft 3 vor (die Seite 21) [Abb. 19]. Die ursprüngliche Seite wurde 1957 für ein Piccolo-Heft der Serie *Robinson* (hier die Nr. 10, Seite 13) vom Heinerle-Verlag brutal zerschnitten und

neu zusammengesetzt. Deutlich sieht man die ausgeschnittenen, bearbeiteten und nachgezeichneten Einzelbilder. Auch fand hier Eigenzensur statt (siehe Kommentar zu Heft 9), denn die Pfeile auf dem dritten Bild wurden entfernt und analog dazu der Text geändert. Die abgebildete Halbseite 21 [Abb. 20] zeigt die ursprüngliche Version im Vergleich zur Verstümmelung.

Die Story endete abrupt und ohne Cliffhanger. In den zwei davor erschienenen Heften ging sie auf der vierten Umschlagseite weiter. Hier wurde diese Rückseite komplett für Werbung verwendet [Abb. 18]. Hingewiesen wurde auf die neue Serie *3 Musketiere* von Helmut Nickel (»Von erstklassigen Zeichnern angefertigt …«), die für Ende Februar 1954 angekündigt wurde. Zusätzlich verwies man auf die beiden Romanreihen *Der humoristische Roman* und *Jupiter-Jugendreihe*.

Zeitgeschehen: In diesem Monat erschien im Hamburger Mondial Verlag (*Tarzan*) die Westernserie *Der Kleine Sheriff* [Abb. 16a]. Neben *Pecos Bill* und *Buffalo Bill* ist dies der dritte Wildwestcomic dieses Verlags. Gerade die ersten Hefte hatten mich sehr beeindruckt, da wurde der Vater des »kleinen Sheriffs« erschossen und Kit trat sehr jung in dessen Fußstapfen. Mit seiner Schwester Lisa (eine Mutter gab es nicht mehr)

schlug sich das Geschwisterpaar durchs Leben, unterstützt vom väterlichen Freund Garret und dessen Tochter Lisa. Die Serie stammte aus Italien und war dort sehr beliebt.

Eine weitere Neuerscheinung im Mondial Verlag war das 3D-Heft *Tor*, gezeichnet von Joe Kubert [Abb. 17]. Davor erschien im November 1953 *Mighty Mouse* von Paul Terry, wobei die Übernahme des US-amerikanischen Titels schon erstaunt. Mich hat diese Technik damals sehr begeistert, vor allem die »Beweglichkeit« der Bilder, wenn man den Kopf von rechts nach links schwenkte und die Zeichnungen sich regelrecht mit bewegten, was bei den heutigen 3D-Heften anscheinend nicht mehr funktioniert. Jedenfalls nicht beim *Simpsons Sonderheft Professor Frinks*. Dort sind die Bilder statisch, wie zweidimensionale. Damals wie heute schmerzen allerdings am Schluss des Heftes die Augen des Lesers, weswegen sich unter anderem diese Technik hierzulande nicht durchsetzte.[9]

---

[9] Siehe: Detlef Lorenz, »Mighty Mouse«, in *Die Sprechblase* Nr. 34 (1981).

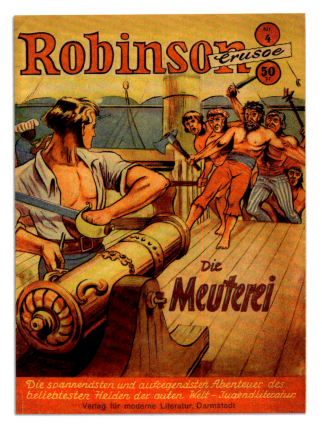

März 1954 (Nummer 4)

Inhalt: Robinson und Xury werden vom portugiesischen Segler »Toro« aus dem tobenden Meer gerettet. Dona Carena, die Tochter des Schiffseigners, pflegt sie gesund und erregt damit den Unwillen des spanischen Edelmannes Don Perado. Dieser sieht in Robinson einen Nebenbuhler und fordert ihn zu einem Degenduell heraus. [Abb. 22] Das geht für den spanischen Granden allerdings völlig schief und er landet unfreiwillig durch eine offene Luke im Laderaum. Er schwört Robinson bittere Rache, taumelt durch die Räume und entdeckt den Goldschatz des Schiffseigners. Perado verbündet sich mit dem 2. Steuermann Maledetto und gemeinsam beschließen sie eine Meuterei anzuzetteln, allerdings ohne etwas vom Schatz preiszugeben.

In der Zwischenzeit macht sich Xury den Bootsmann Curo zum Feind, als er dem Schiffsjungen Picco zu Hilfe kommt. Prompt gerät Robinson in einen Kampf mit dem Hünen: »Knallhart landet die Faust auf der Nase Curos. Es gibt ein Geräusch wie beim Nüsseknacken.« Damit ist der Faustkampf beendet und Robinson hat einen weiteren Gegenspieler. Die Meuterei lässt nicht mehr lange auf sich warten, trotz der beschwichtigenden Worte des Kapitäns. Don Perado ermordet den Kapitän und bringt Dona Carena in seine Gewalt. Robinson eilt hinterher und stellt Don Perado. Doch diesmal geht alles sehr schnell: Perado unterliegt, Robinson wickelt ihn in einen Vorhang und flüchtet mit Dona Carena unter Deck, das lebende Bündel hinter sich her ziehend. Heftige Kämpfe zwischen den Meuterern und den wenigen loyal gebliebenen Mannschaftsmitgliedern bestimmen daraufhin die Handlung. Weil sie nicht weiterkommen, beschließen die Meuterer, die Segel zu reffen. Um das zu verhindern, steigt Robinson in die Takelage und stellt sich auf den Masten und Rahen den Meuterern, die er durch seine überlegene Kampftechnik schnell in die Schranken weist.

Kommentar: [Abb. 23] Auf der abgebildeten Seite ist die verheerende Wirkung eines Kanonenschusses zu sehen, der auf dem Titelbild unmittelbar bevorsteht. Das war schon starker Tobak, den Kohlhoff den jugendlichen Lesern da vorsetzte – Realismus … sicher, und ob er mir und meinen gleichaltrigen Freunden in ihrer geistigen und moralischen Entwicklung geschadet hat? Keine Ahnung, was *andere* für einen

Werdegang hatten, *ich* schreibe noch immer über Comics. Statistiken belegten – und belegen – dies nicht, auch wenn Herr Wertham sich noch so sehr darum bemüht hatte.[10] Kohlhoff hatte im Grunde nur vorweggenommen, was heutzutage durchgewunken wird: *The Walking Dead, Hack/Slash, Horrorschocker, Wonderland*, die Liste ließe sich fast beliebig fortsetzen – andere Zeiten, andere Ein- und Ansichten, andere Befindlichkeiten!?

Das Segelschiff war ein portugiesisches. Brasilien war zu dieser Zeit, im zweiten Drittel des 17. Jahrhunderts, portugiesische Kolonie. Während im Buch noch sprachliche Probleme angeschnitten werden (Robinson spricht an diesem Punkt der Handlung nur Englisch), überging Kohlhoff dieses Thema.

Kohlhoff hat sich ab diesem Heft für eine einheitliche Regelung der direkten Sprache entschieden. Die Sprechblase hat nun den Vorrang. Zwar wurde der Text immer noch in Anführungszeichen gesetzt, aber in den Textblöcken erschien eine direkte Rede nicht mehr.

Die neue Verlagspolitik – mit der Werbung auf der letzten Seite – wirkte sich auf die Gestaltung des Comics aus. Kohlhoff zeichnete von nun an 22 Seiten.

In dieser Skizze Kohlhoffs zum aktuellen Titelbild [Abb. 21] sind sehr schön die Körperhaltungen zu sehen, die er an beweglichen Holzfiguren studierte und mittels Hilfslinien vorzeichnete.

April 1954 (Nummer 5)

Inhalt: Die Meuterei ist recht schnell beendet. Mit dem drastischen Tode Maledettos ergeben sich auch die anderen Aufrührer. Bis auf Don Perado und Curo sollen die Meuterer straffrei ausgehen, sofern sie ihre Arbeit unverzüglich aufnehmen. Der Segler landet in »Bahia De Todos Los Santos«, der Allerheiligenbucht. Hier schenkt Senhor Vargas, der Schiffseigner und Vater Dona Carenas, Robinson den Besitztitel für eine Zuckerrohrplantage im Landesinnern. Robinson und Xury verabschieden sich nach einigen Tagen und reiten zu ihrer Plantage. In einer Dorfschenke machen sie Rast. Hier erleben sie, wie ein Rüpel einen alten einbeinigen Mann verspottet; [Abb. 24] Natürlich helfen sie ihm und im Nu ist ein heftiger Tumult im Gange,

bei dem Xury und Mike Storm, der Einbeinige, kräftig austeilen.

Sie nehmen Mike Storm mit und während einer Rast erzählt er seine Geschichte: Vor fünf Jahren sank sein Schiff im Mündungsgebiet des Amazonas. Nur er und Jim Coward, den er Robinson anschaulich beschreibt, überlebten den Untergang. Einen Kasten mit Juwelen konnten sie retten, ihn aber nicht durch den Dschungel schleppen, deshalb vergruben sie ihn und fertigten eine Karte an. Ein paar Tage später ver-

---

[10] Fredric Wertham, *Seduction of the Innocent*, Rinehart & Company (1954).

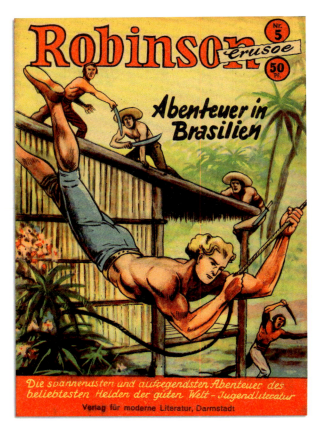

suchte Coward, die Karte zu stehlen, dabei zerriss sie in zwei Teile und Coward flüchtete mit einer Hälfte. Bei dem Kampf wurde Storm so heftig am Bein verwundet, dass es ihm amputiert werden musste. Seitdem verfolgt er Jim und glaubt nun, ihn in dieser Gegend finden zu können.

Bald sind sie an Robinsons Plantage angekommen und werden freundlich begrüßt. Ein paar Tage später sucht Robinson einen abgelegenen Teil seiner Besitzungen auf. Dort sieht er, wie der Aufseher einen Sklaven auspeitscht. Wütend und energisch geht Robinson dazwischen und erkennt, dass der Aufseher niemand anderes ist als Jim Coward. Dieser flüchtet, Robinson eilt hinterher. Schließlich erreicht er ihn und findet bei ihm den anderen Teil der Schatzkarte. Leider kann er Coward nicht mitnehmen, weil weitere Banditen des Wegs daherkommen. Mike Storm ist ganz gerührt, aber Robinson winkt verlegen ab, hat er doch noch weitere Probleme. Ein gefangener Indio erzählt, dass die Bande aus dem Gasthaus sich an Robinson rächen will und die Plantage demnächst zu überfallen beabsichtigt. Deshalb treffen sie Vorbereitungen, um die Banditen gebührend zu empfangen. [Abb. 25] Als die Lage der Verteidiger doch kritisch zu werden beginnt, fliehen sie auf die umliegenden Bäume, zu denen Robinson vorsorglich Leinen spannen ließ (hier kehrt das Motiv des Titelbildes wieder).

Im letzten Moment kommt der Entsatz und die Banditen werden fast aufgerieben. Nur ihr Anführer Tejus, Coward und einige wenige Leute können flüchten. Diese entführen Xury und drohen mit seiner Ermordung, wenn sie nicht die gesamte Schatzkarte im Austausch bekommen. Aber Robinson gelingt es, Xury aus dem Banditenlager zu befreien und mit ihm zu flüchten. Dabei gelangen sie in eine Höhle, doch »(…) auf einem Felsensims hocken lauernd und bösartig mehrere zottige Vogelspinnen, von denen die kleinste noch die Größe einer Männerfaust hat.«

Kommentar: Willi Kohlhoff scheute sich nicht, Menschen mit Behinderungen zu zeigen. Der einbeinige Spielmann in der Kneipe stand durchaus seinen Mann; in den 1950er Jahren war dies auf den Straßen von Berlin und sicher auch anderswo, durchaus kein seltener Anblick. Kriegsversehrte sah man allerorten. Arm- und Beinamputierte auf Krücken und im Rollstuhl gehörten, tragischerweise, zum Alltagsbild der Nachkriegszeit.

Kohlhoff spielte auch mit den Urängsten der Menschen. Spinnen hatten ekelerregend und bösartig zu sein und ständig bereit, sich auf zwanzigmal so große Lebewesen zu stürzen, um sie zu Tode zu beißen. Warum eigentlich? Spinnen mussten doch jederzeit damit rechnen, von den »Riesen« ohne Mühe zertreten zu werden? Aber mit dem gruseligen Grauen so zu unterhalten, dass es wohlig schaudert, ist seit Urzeiten ein beliebtes Spiel.

Im Roman, wie im Comic, landete der portugiesische Segler in »Bahia De Todos Los Santos«. Im Gegensatz zum Comic kauft der Kapitän im Roman Robinson seine Habseligkeiten samt dem kleinen Segelboot ab. Zusätzlich erwirbt er ein Löwen- und ein Leopardenfell, Wachs und einen Flaschenschrank sowie zwei Gewehre. Mit dem Erlös kauft er eine Zuckerrohrplantage und wird Pflanzer bzw. Haziendero.

Einen großen Unterschied gibt es aber zwischen Roman und Comic. In der Fassung von Daniel Defoe verkauft Robinson, unter Auflagen, Xury an den Kapitän. Dieser soll aus dem Maurenjungen einen »guten« Christen machen und ihm nach zehn Jahren die Freiheit schenken. Und damit verschwindet Xury aus dem Erzählkreis des Romans – was der Roman-Robinson eine halbe Seite später schon wieder bedauert ... so, so!

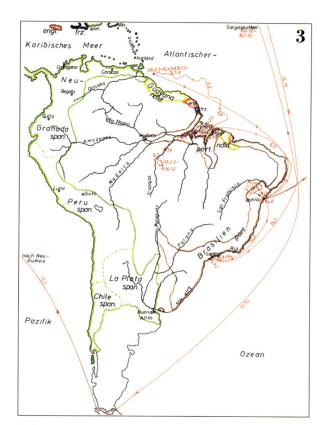

Robinsons Reise um die Welt: Karte 3
Der Handlungsbogen hat seinen Schauplatz von Afrika auf den Atlantik und anschließend nach Brasilien verlagert. Auf der dritten Karte sind alle Abenteuer Robinsons in Brasilien, auf der Robinson-Insel, in der Sargassosee (nur angedeutet) und die Fahrt um das Kap Hoorn herum nach Neu Guinea zu verfolgen.

Im Roman vergeht die Zeit auf der Zuckerrohrplantage recht ereignislos, während im Comic »der Teufel los ist«.

Zeitgeschehen: Die erste Comicserie Helmut Nickels erschien bei Gerstmayer: *3 Musketiere* [Abb. 26]. Diese war auf Wunsch des Verlegers entstanden, der sich von einem weiteren lizenzfreien historischen Stoff einen ebensolchen Erfolg wie mit *Robinson Crusoe* erhoffte. Der Roman widersetzte sich aber hartnäckig einer adäquaten Umsetzung. Es war ein ausuferndes Mantel-und-Degen-Abenteuer, das nicht mit dem Robinsons vergleichbar war.[11]

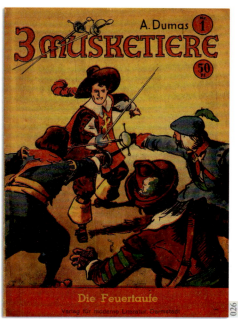

---

[11] Siehe: Detlef Lorenz, »Helmut Nickel«, in *Comixene* Nr. 10 (1976). Und: Gerhard Förster/Detlef Lorenz, »Helmut Nickel« in *Die Sprechblase* Nr. 99 (1989). Und: Detlef Lorenz, »Helmut Nickel, Literatur und Geschichte auf Comic-Art« in *Hugh! Eine Hommage an Karl May und Helmut Nickel*, Edition 52 (2011).

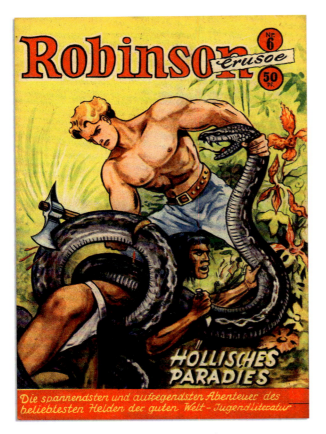

Mai 1954 (Nummer 6)

Inhalt: Robinson und Xury befinden sich in einer Höhle und werden von Spinnen angegriffen. Robinson wirft einen Stein auf die erstbeste Spinne, beide rennen daraufhin aus der Grotte und landen in einem kleinen Talkessel, einem Einbruch, ähnlich einer Doline. Hier hangeln sie sich heraus, geraten aber gleich wieder mit der Bande von Tejus und Coward aneinander. Es gelingt die Flucht und sie kehren zur Plantage zurück.

Dort verabreden sie mit Mike Storm, dass sie zur Halbinsel Marajo aufbrechen, um die Schatzkiste zu bergen. Ein Verräter unter den Arbeitern belauscht das Gespräch und begibt sich rasch zu Tejus. Die Banditen folgen im Abstand, um Robinson die Arbeit des Suchens und Findens zu überlassen. [Abb. 27] In einer Bucht der Halbinsel machen Robinson und Xury das erste Mal Bekanntschaft mit Piranhas. An Land entdecken sie Fußabdrücke von Schuhen – die nicht von barfuß laufenden Indios stammen können – und hören dann Kampfgeräusche.

Der Indio Timbo wird von einer riesigen Anakonda attackiert, mit »wuchtigen Beil-Hieben« befreit ihn Robinson aus seiner misslichen Lage. Während Timbo sich auskuriert, suchen Robinson und Xury mit Hilfe der Karte den Schatz. Kaum haben sie ihn ausgegraben, erscheinen die Banditen. Robinson wird abgelenkt und Tejus und Coward stehlen die Kassette. Coward will teilen, Tejus lehnt ab und wird von Coward niedergeschlagen und gefesselt. [Abb. 28] Treiberameisen stürzen sich auf den Banditen und fressen ihn auf. Nun verfolgt Robinson Coward und beide gelangen an ein sumpfiges Gelände.

»In dem fauligen Wasser schwimmen die Blattinseln der *Viktoria Regia*, der Königin der Wasserpflanzen. Hier ist das Eldorado der Kaimane, der Panzerechsen.« [Abb. 29] Coward

gerät mit den Kaimanen aneinander und wird von Robinson gerettet, der seinerseits den Echsen gerade so entwischen kann. Weiter geht die Jagd, bei der Coward in einen Flussarm springt und von Stromstößen einiger Zitteraale getötet wird. Robinson baut sich einen mannsgroßen Korb, geht so geschützt ins Wasser und birgt die Kassette. Nun will er zurück zu Xury und Timbo, wird aber von Indios gefangen genommen. Trommeln verkünden dies, Timbo erkennt die missliche Situation Robinsons und erkundet mit Xury die Lage. Derweil muss Robinson in meh-

reren »Wettbewerben« (Pfeilschießen, Hürdenlauf, Speerkampf, Ringkampf) mit dem Champion der Indios seine Fähigkeiten unter Beweis stellen. Er siegt und wird zur Belohnung auf eine Plattform gestellt, die über den Fluss ragt. Dann wird die Halterung gelöst und der überraschte Robinson stürzt in den Fluss. »Wird er ein Opfer der mörderischen Raubfische, der Piranhas?«

Kommentar: In einem furiosen Geschehen kam die Schatzsuche als solche zu ihrem Abschluss, denn die beiden Hauptübeltäter fanden ihr Ende. Aber Robinson musste noch viele Abenteuer erleben, ehe er auf seine Plantage zurückkehren konnte. Das alles hatte natürlich nichts mehr mit dem Roman gemein. Kohlhoff fabulierte den knappen Stoff des Aufenthaltes von Robinson in Brasilien mit eigener übersprudelnder Phantasie aus.

Der Druck und die Farbgebung des Hefts waren hier mäßig bis schlecht. Oft verschwammen die Flächen ineinander. Die Hintergründe erschienen blass und konturlos. Bis Heft 5 wurde *Robinson Crusoe* von Bläschke-Druck Berlin hergestellt, ab der Nr. 6 geschah dies bei der Druck- und Verlagsgesellschaft SILESA, ebenfalls in Berlin, und prompt wurde die Qualität schlechter. SILESA war womöglich billiger?

Auf mehreren Seiten erklärte Kohlhoff, wie schon so oft, die einheimische Tier- und Pflanzenwelt, die schon erwähnten Piranhas und Zitteraale oder auch Feuer- und Treiberameisen. Zu den Papayas, die Xury gefunden hat, erläuterte er gleich mit, dass es sich um Kürbisfrüchte handelte. Die Herstellung eines Blasrohres der Indios beschrieb er in drei Bildern. Schließlich scheute er sich nicht, bzw. der Verlag hatte keine Bedenken, die Indios nackt, bis auf einen schmalen vorderen Stoffstreifen, abzubilden.

Die Werbung für die *3 Musketiere* und für die Romanserien auf der vierten Umschlagseite war beendet. Zwei Drittel der Seite standen nun wieder für Comics zur Verfügung. Den Rest bestritten Verlagsmitteilungen, wie »Unsere Bilderzeitung bringt die Erlebnisse Robinson Crusoes frei nacherzählt.« Es wurde nicht von einem »Comic-Heft« geschrieben. Zu diesen Zeiten war das »C-Wort« verpönt, auch der Lehning-Verlag benutzte es in seinen Heften nie.

Zeitgeschehen: In diesem Jahr erschien im Rufer Verlag, Gütersloh die Heftromanreihe *Spannende Geschichten* [Abb. 30]. Die 139 Hefte beinhalteten je eine abgeschlossene Hauptgeschichte und diverses Unterhaltendes. Als Jugendlicher hatte ich sie gerne gelesen (auch ohne extra zu »guter Lektüre«, zu der diese zählten, aufgefordert zu werden). Etliche Ausgaben habe ich heutzutage noch in meiner Sammlung, darunter auch die Nummer 59 mit dem Titel »SOS – Ameisen!«. Wie man sich denken kann, handelt sie von Treiberameisen bzw. Wanderameisen, wie im eben besprochenen *Robinson*-Heft, und spielt gleichfalls in Brasilien. Die *Spannenden Geschichten* waren meist tatsächlich spannend, spielten auf alle Erdteilen, brachten Fortsetzungsgeschichten, z.B. die Erlebnisse von Heinz Helfgen, der mit dem Fahrrad in den 1950er Jahren um die Welt radelte, den heutzutage kaum noch einer kennt.

Vom Bertelsmann-Verlag, Gütersloh, gab es unter diesem Titel zwei Reihen, eine Vorkriegs- und eine Nachkriegsserie. Auch wenn die Rufer-Hefte nicht mit diesen identisch sind, so erschienen sie erst nach dem Abschluss der Bertelsmann-Reihe – sicher kein Zufall, erst recht nicht durch denselben Verlagsort.

Im Mai erschien im Lehning Verlag die Piccoloserie *Jezab, der Seefahrer* (im Original: *Jezab il fenecio*), gezeichnet von Enzo Chiomenti [Abb. 31]. Jezab war ein phönizischer Seemann, der mit seinem Freund Amud für den Tempel von König Salomon Gold und Edelsteine aus Ophir und Tarsis holen soll. In den 42 Heften gelang ihm dies, trotz vielerlei Gefahren. Beeindruckt hat mich damals die furiose Zeichentechnik von Chiomenti, die er sich bei Burne Hogarths *Tarzan* abgeschaut hatte. Obwohl ich diese Hefte nicht oft gelesen und vieles vergessen hatte, kann ich mich an einen Hefttitel genau erinnern. Es ist die vorletzte Nummer (»Lebwohl, Amud!«), deren Titelbild zeigt, wie der sterbende Freund Jezabs in die im Meer versinkende Sonne blickt. Etwas versöhnlich, aber nur ein klein wenig, stimmte dann das letzte Bild im Schlussheft, als Jezab und Prinzessin Morgenstern den neuen strahlenden Tempel des Königs Salomo anschauen und einer gemeinsamen Zukunft entgegen sehen.

Juni 1954 (Nummer 7)

Inhalt: Robinson stürzt ins Wasser und erwartet, von den Piranhas aufgefressen zu werden … aber nichts geschieht, im Gegenteil, die Raubfische treiben reglos an ihm vorbei. Timbo hatte stromaufwärts ein betäubendes Pflanzengift, das er aus dem Milchsaft des Oassakubaumes[12] zubereitet hat, rechtzeitig ins Wasser geschüttet. Nachdem Robinson das Wasser verlassen hat, springen die enttäuschten und wütenden Indios hinterher und bekommen es ihrerseits mit den wiedererwachenden Piranhas zu tun. Nun gilt es, die Schatzkiste zu holen, aber Robinson wird auf der Flucht von einem Blasrohrpfeil getroffen. Abermals rettet ihn Timbo, der ihm rechtzeitig ein Gegengift einflößt. Sie fliehen weiter auf dem Fluss und segeln in den Trapajoz, einen Nebenfluss des Amazonas, hinein. Am Ufer sehen sie ein riesiges steinernes Bauwerk, das, um vorzugreifen, von Inkas erbaut wurde, die vor den Konquistadoren Pizarros hierher geflüchtet waren. Neugierig umrunden sie das Gebäude und hören einen gellenden – weiblichen? – Schreckensschrei. Auf der Suche nach der Quelle verlieren sie Xury, der von den Mitimaks[13], Inka-Kriegern, in das Bauwerk gezogen wurde. Robinson und Timbo finden eine Öffnung und ge-

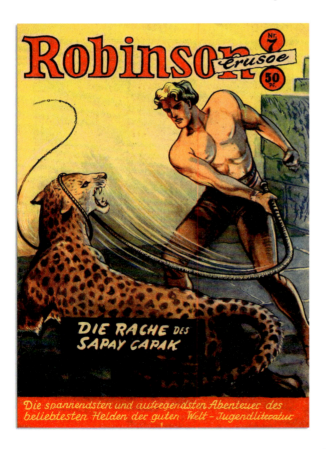

---

[12] Der Begriff »Oassaku« klingt etwas ähnlich dem portugiesischen Açacu. Das ist der Sandbüchsenbaum, dessen Milchsaft und Samen sehr giftig sind. Bei meinen Recherchen zu diesem Thema bin ich auch auf sogenannte »Timboranken« gestoßen. Hat Kohlhoff diese gekannt und hieß der Indio in dieser Geschichte deshalb »Timbo«? Huillak Umu hat er sich ebenfalls nicht ausgedacht. Das ist eine Bezeichnung für die Priester der Inka.

langen ins Innere. Plötzlich stehen sie einem Jaguar gegenüber, aber Robinson verscheucht das Tier mit Hilfe einer Peitsche. Der Häuptling Sapay Capak hat das Geschehen heimlich beobachtet und schickt wütend seine Krieger gegen Robinson und Timbo. [Abb. 32] Beide flüchten durch den Jaguarkäfig, die Bestie beschäftigt sich derweil mit den Mitimaks. Inzwischen wird Xury vor den Sapay Capak gebracht. Der Knabe macht sich über ihn lustig und flieht blitzschnell in das labyrinthische Gängesystem. Eine tolle typisch Xuryhafte Verfolgungs-Burleske entspinnt sich, aber letztlich wird der Maurenknabe gefangen, auf einen Folterstein gelegt und sieht dem Tod in Form einer Schlange, die sich langsam von oben auf ihn niederläßt, entgegen. [Abb. 33] Er befreit sich in letzter Sekunde aus dieser misslichen Lage und benutzt die von ihm an einer Lanze gefesselte Giftschlange seinerseits als todbringende Waffe. Robinson und Timbo sind in eine Rotunde geraten, an deren Rand Käfige eingelassen sind. Einer ist mit stummen Waldindios belegt, die den Inkas als Sklaven dienen; in einem anderen sind die Tiermenschen untergebracht, menschliche Bestien, die der Oberpriester Huillak Umu gezüchtet hat. Im dritten Käfig befindet sich eine junge Frau, eine Acclak Una, eine »Abgeschlossene«, die hier auf ihre Opferung wartet (sie war es auch, deren Schrei die Freunde gehört hatten). Als sie Robinson durch die Gitterstäbe erblickt, flüstert sie »Nira Cocha«[14]. Aus schmalen Eingängen strömen plötzlich Knochenmenschen hervor: Menschen, die nur aus Haut und Knochen bestehen und als Waffen Schnüre schwingen, auf denen menschliche Wirbelknochen aufgereiht sind. Robinson versucht, sie mit donnernder Stimme zurückzutreiben, »… doch unbeirrt kommen die

[13] Mitimaks waren eine Gruppe loyaler Inkas, die vom Herrscher in eroberte Gebiete umgesiedelt wurden und deren Männer auch als Krieger dienten. Genau genommen ist Inka ausschließlich die Bezeichnung für den Herrscher (geworden). Ursprünglich war es ein kleines Volk gleichen Namens um das heutige Cuzco herum, dann dehnte sich sein Machtbereich immer weiter aus und »Inka« war nunmehr ein Titel, wie »Kaiser« in Europa, was ja von Caesar kommt – vor allem, wenn man das C, wie im lateinischen üblich, als K liest.

[14] Andererseits enthalten schon Kohlhoffs Texte in Heft 7 das Wort »Nira«, was er oder Helmut Nickel, offensichtlich bemerkte und durch den korrekten Begriff »Vira« im nächsten Heft berichtigte. In der Mythologie der Anden-Indianer ist Vira Cocha der Schöpfergott. Bis zur Ankunft der Spanier war er einer der obersten drei Götter der südamerikanischen Indianer und deshalb ist es kein Wunder, wenn das Inka-Mädchen Mayta den blonden (!) Robinson für die personifizierte Gottheit hält.

Mumienmänner knochenrasselnd und kichernd näher und näher. Robinson und Timbo schlagen mit ihren Fackelkeulen zu, dass die Schädel wie Kokosnüsse krachen. Die scheußlichen Gerippe entfalten jedoch ungeahnte Behändigkeit und Kraft. Blitzschnell werfen sie den beiden ihre würgenden, fesselnden Knochenschnüre über.«

Kommentar: Langsam strebte der Inhalt auf den Höhepunkt der ersten Hefte zu. Kohlhoff fügte fantastische gruselige Elemente bei, deren zeichnerische Umsetzung und Sprache jedem modernen Splattercomic zur Ehre gereichte … naja, fast. Dabei ist es fragwürdig, welche seiner »Schöpfungen« grausiger waren, die knochenhaften Mumienmenschen, oder die Raubtiermenschen. Auf der Comicseite 8 erklärte Kohlhoff die gigantischen Ausmaße des Amazonas (6400 km Länge) und verglich ihn mit der dazu vergleichsweise kleinen Donau (2850 km), dem immerhin größten Fluss Mitteleuropas. Kohlhoff gab den Namen des Nebenflusses mit *Trapajoz* an, korrekt ist allerdings *Tapajoz*.

Erstmals wurde in einer Vorschau auf den Inhalt des folgenden Hefts eingegangen und einige Details geschildert. Allerdings gab man den Titel von Heft 8 falsch an, statt »Der Sieg des *Vira* Cocha« steht zwei Mal in der Vorschau »Der Sieg des *Nira* Cocha«.

Juli 1954 (Nummer 8)

Inhalt: Robinson schafft sich Bewegungsfreiheit, verdoppelt im Zorn seine Kräfte: »Dumpf prasseln ihre Schädel, als er sie mit den Köpfen zusammenschlägt.« »In atemloser Spannung beobachtet die schöne Mayta den beispiellosen Kampf. So kann nur ein Gott kämpfen, Vira Cocha«. Gerade verschaffen sich Robinson und Timbo etwas Luft, als auch noch Mitimaks eingreifen. Trotzdem scheinen die Freunde die Oberhand zu gewinnen, da greift Huillak Umu ein und peitscht seine Untergebenen erneut an. Robinson erhält einen Schlag auf den Kopf und wacht gefesselt wieder auf. Kaum hat er die Lage erkannt, lässt er Timbo seine Fesseln annagen. Sie werden vor Huillak Unu geführt. Timbo soll die Zunge rausgerissen und Robinson geblendet werden, da zerfetzt er die Fesseln und nimmt den Oberpriester als Geisel. Unterwegs treffen sie auf Xury, der Mitimaks mit seiner »Schlangenlanze« vor sich hertreibt.

In der Wiedersehensfreude verdrückt sich Huillak Umu. Nun befreien und bewaffnen sie die stummen Sklaven. Robinson geht Mayta suchen, aber diese ist im Tumult des Kampfes geflüchtet. Huillak Umu schickt Hoko hinter ihr her, dieser ist der stärkste und blutgierigste der Tiermenschen. Mayta hört den sich rasch nähernden Hoko, seine raumgreifenden Sprünge machen »Tapp Te Tapp – Tapp Te Tapp.« Voller Panik versteckt sie sich in einer Nische. Hoko greift wild in den für ihn zu schmalen Mauerspalt. Mayta schreit voller Entsetzen »Vira Cocha, Vira Cocha – hilf mir!« Robinson eilt den Rufen nach, besiegt im mörderischen Kampf Hoko und sie kehren zu den Gefährten zurück, die sich auf die kommenden Kämpfe vorbereiten.

Den ersten Angriff der Mitimaks wehren sie ab, Robinson erschlägt den Häuptling Sapay Capac. Da berichtet ein Späher, dass Huillak Umu fünf Raubtiermenschen freigelassen hat. Es folgt ein grausiger Kampf gegen die Bestien, bis alle fünf erledigt sind.

In der Zwischenzeit hat Xury durch eine Öffnung den restlichen Tiermenschen so viel Chicha-Bier zu trinken gegeben, dass sie betrunken werden. Als Huillak Umu in den Käfig tritt, um sie zum Kampf aufzustacheln, erkennt er seine unangenehme Lage. Die trunkenen Wesen gehorchen ihm nicht mehr und töten nicht nur ihn, sondern auch die restlichen Mitimaks. Dann schlafen die Ungeheuer berauscht und gesättigt ein. Ein Trupp Indios schleicht in die Rotunde und tötet die Bestien. Auf dem Weg in die Freiheit treten ihnen die Knochenmenschen entgegen. Robinson zeigt ihnen, dass ihre Herren tot sind. Sie geben auf und ihr Sprecher führt die Gruppe in einen Hof, der nach oben offen ist: »Ich freue mich, dass ihr mir alle so willig gefolgt seid. So will ich auch euch eine Freude bereiten. Wisset denn, der Ort, an dem wir uns jetzt befinden, wird unser aller Grab werden…«. Dann schießt plötzlich ein Wasserstrahl aus einer Maueröffnung und beginnt, den jetzt verschlossenen Hof zu fluten.

Kommentar: Die Nummer 8 enthielt weder eine Verlagsangabe noch einen Hinweis auf die Druckerei. Zufall? Eher nicht! Diese Ausgabe war der eindeutige Höhepunkt der Gewaltdarstellungen in den bisherigen *Robinson*-Heften (möglicherweise auf dem ganzen damaligen deutschsprachigen Comicmarkt!?). Und da bereits die Bundesprüfstelle für jugendgefährdende Medien ihre Arbeit aufgenommen hatte, glaubte Gerstmayer, mit der Nichtangabe der Verlagsangaben anscheinend einem Antrag und damit einem sicherlich auszusprechenden Verbot entgehen zu können… das war etwas naiv, aber verlegerisch richtig gedacht, denn *Robinson* verkaufte sich sehr gut. Allerdings war es mehr als erstaunlich, dass die *Robinson*-Hefte einem Antrag bis dahin entgangen waren. Was Tatsache ist: *Robinson* spielte beim Findungsprozess um eine gesetzliche Regelung durchaus eine Rolle.

Mich hat damals Heft 8 ungemein beeindruckt. Einige Szenen, vor allem die Darstellung der Verfolgung des Mädchens Mayta durch den Tiermenschen und des folgenden drei Seiten langen brutalen Gemetzels, wie es mit Sicherheit zu diesem Zeitpunkt noch nie in der deutschen Comiclandschaft gezeigt worden war und auch lange danach nicht, blieben lange in meinem Gedächtnis haften. Ähnlich ging es mir mit dem Kampf von Tarzan mit dem Saurier von Goru Bongara im Heft 7 der Mondial-Reihe.

Kohlhoff wählte für die Knochenmenschen die Bezeichnung »Mallquis« und bewies wieder einmal seine eingehenden Studien der präkolumbianischen Kulturen in Südamerika: Mallquis waren mumifizierte Körper, die man u. a. auf der Hochebene von Nasca findet. Wenn man sie mit den »Knochenmenschen« vergleicht, darf schon eine beträchtliche Nähe zueinander konstatiert werden.

Kohlhoff hatte die Nummer 8 nur vorgezeichnet, da er Urlaub machen wollte. Nickel übernahm die Tuschezeichnung – und hat sich schon etwas über die Tier- und Knochenmenschen gewundert. Auf Seite 1 wurde auf die Entstehung der Mallquis mit folgenden Worten näher eingegangen: »Seltsame Geschöpfe hat sich Huillak Umu mit raffinierten Methoden herangezüchtet.« Diese Erklärung (»mit raffinierten Methoden«) war später bei den Nickels zu einem geflügelten Wort geworden, wenn es Dinge gab, die mit rationalen Werten nicht zu erklären waren – sie haben sich dann köstlich amüsiert.

In der folgenden Nummer 9, »Die Robinson Insel«, beschäftigte sich Kohlhoff endlich mit dem eigentlichen Höhepunkt des Romans, auf den wir Leser schon lange gewartet hatten.

Auf Heften einer zweiten Auflage ist auf der vierten Umschlagseite ein Vermerk zugefügt worden [Abb. 34], der die Seltenheit der Nummer 7 auf dem heutigen Sammlermarkt erklärt. Die Lieferung nach Westdeutschland (BRD) ist bei einem Brand des Güterwagens vernichtet worden. Demzufolge sind nur die in Westberlin vertriebenen Hefte sowie die der zweiten Auflage in den Handel gekommen.

Zeitgeschehen: Deutschland wurde am 4. Juli 1954 im Berner Wankdorfstadion Fußballweltmeister – und Österreich dazu noch Dritter [Abb. 35]. Ich war zu dieser Zeit sieben Jahre alt und habe vor den Schaufenstern der Rundfunkläden, an denen wahre Menschentrauben die Fernsehübertragungen verfolgten, mitgefiebert. Historiker postulieren heutzutage dieses Ereignis gerne als eine der Geburtsstunden der Identitätsfindung für die Menschen im zerstörten Nachkriegsdeutschland. Nicht nur der verlorene Krieg, mit allen seinen grausamen Begleiterscheinungen lastete auf ihnen; sie hatten auch erfahren, einem Rattenfänger aufgesessen zu sein. Nun war man wieder wer und der Sport hat schon immer Emotionen ausgelöst. »Damals« gab es herausragende sportliche Ereignisse auch im Kino, nicht nur in den Wochenschauen, sogar im Hauptprogramm. So auch die Fußball-Weltmeisterschaft 1954 [Abb. 35a].

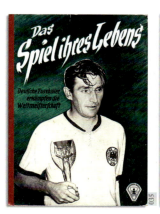 

August 1954 (Nummer 9)

Inhalt: Die zornigen Indios erschlagen den Knochenmann. Der Wasserspiegel im Hof steigt langsam, aber unaufhörlich. Nach über drei Stunden hat das Wasser seinen höchsten Punkt erreicht, es steht den Männern jetzt bis zum Hals; Xury hat sich auf die Schultern seines »Herrn« geflüchtet. Robinson klopft wieder und wieder die Mauern ab und kurz vor der Abenddämmerung trifft er eine hohle Stelle, die beim Schlagen einen Trommelton erzeugt. Timbo schlägt einen bestimmten Rhythmus und bald dröhnen Trommeltöne aus dem Dschungel zurück. Trotzdem müssen sie noch eine Nacht stehend im Wasser verbringen, ehe die Stammes-

genossen vor Ort sind. [Abb. 37] Die befreiten Indios schenken Robinson und Xury ein Segelboot, mit dem sie nach Para fahren. Xury wird mit der Kassette und den Diamanten zu Mike Storm nach Bahia geschickt, da Robinson in Para noch Geschäfte zu erledigen hat.

Im Hafen hilft Robinson einem Kapitän gegen betrunkene Seeleute. Dieser bietet Robinson an, ihn nach Bahia zu bringen – zufällig denkt Robinson daran, dass heute, der 1. September 1659, der achte Jahrestag ist, an dem er sein Elternhaus in England verließ. Auf hoher See trifft sie ein heftiger Orkan und treibt den Segler weit nach Norden. Plötzlich läuft das Schiff auf eine Sandbank. Die Matrosen können ein Rettungsboot zu Wasser lassen. Eine Sturzwelle bringt es zum Kentern, nur Robinson und der junge Hund Lupus können sich zum nahen Land retten ... der »Robinson-Insel«. Als der Sturm abflaut, schwimmt Robinson zum Wrack hinüber, baut sich ein Floß und bringt so viel von der Ladung an Land, wie er glaubt gebrauchen zu können. In zwölf Fahrten holt Robinson alles Mögliche von Bord, ehe ein erneutes Unwetter das Schiff endgültig zerbricht.

Nun beginnt er sich auf der Insel, die er zwischenzeitlich ausgekundschaftet hatte, einzurichten. Eine Höhle ist seine Unterkunft, Palisaden schützen ihn. Er erkundet die Insel, baut einen hölzernen Kalender, fängt einen Papagei, den er zähmt und Koko[15] nennen wird. So vergeht ein Jahr, Robinson hat sich den Umständen entsprechend häuslich eingerichtet; Lupus ist ausgewachsen und mehr Wolf als Hund. In einem fruchtbaren Tal baut sich Robinson einen Baum-Bungalow und fängt mit der Landwirtschaft an. [Abb. 36] Nach einigen Fehlversuchen erntet er Gerste und Reis, verarbeitet sie so gut er kann und backt sich Brot: »Tiefe Dankbarkeit und Demut erfüllt ihn, als er eine gekochte Mahlzeit und das erste selbstgebackene Brot essen kann.« Es dürften so ungefähr zwei Jahre vergangen sein. Robinson findet sich mit seinem Schicksal ab, denkt aber noch immer wehmütig an Xury, Timbo und Mike Storm. Da entdeckt er auf dem Meer ein kleines Segelboot, das mit »sechs abenteuerlichen Gestalten bemannt ist«. Obwohl er misstrauisch ist, geht er offen auf sie zu, zu lange hat er keinen Menschen mehr gesehen. Er wird vom Anführer, dem Schwarzen Pierre, freundlich begrüßt. Es sind indes Sträflinge, die aus einer Strafkolonie geflohen sind

---

[15] Dieser Koko wird später eine wichtige Rolle für den Fortgang der *Robinson*-Serie spielen.

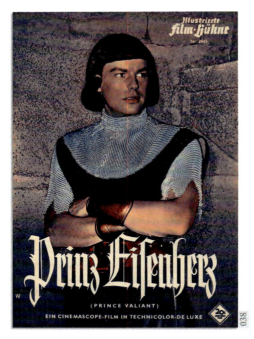

und den riesigen Bluthund Pluto mit sich führen. Das offene Gesicht Pierres lässt ihn seine Vorsicht vergessen und prompt wird er von der Bande überwältigt. Dabei zeigt sich die grausame Kaltblütigkeit Pierres, als er einen seiner Männer, der nicht seinen Befehlen gehorcht, ohne zu zögern über den Haufen schießt. Lupus durchstreift derweil die Insel, hört den Schuss, eilt zum Strand und steht Pluto gegenüber.

Kommentar: In vielen Passagen hielt sich Kohlhoff an den Romantext: die Abfahrt am 1. September mit dem Segler (selbst dessen Maße von 120 Tonnen übernahm er), das Kentern des Rettungsbootes, die Anzahl der Fahrten Robinsons zum Schiffswrack, die geretteten Gegenstände, den Bau der Unterkünfte, die landwirtschaftlichen Bemühungen, den Hund – von Kohlhoff Lupus genannt – die wilden Ziegen, den Holzkalender, usw. Nur den Ablauf der Zeit hat Kohlhoff stark gerafft sowie die Bande des Schwarzen Pierre eingefügt, die im Buch nicht vorkommt. Die Schlägerei im Hafen von Para entsprang ebenfalls Kohlhoffs Phantasie, und über den Grund der Fahrt mit dem Unglücksschiff schwieg er sich ganz aus. Im Roman will Robinson eine Fahrt nach Westafrika unternehmen, um dort Sklaven gegen Tand für seine Plantage bei den schwarzen Häuptlingen der Küste zu tauschen. Deshalb segelt das Schiff zuerst nordwärts, um später mit dem äquatorialen Gegenstrom nach Westafrika abzudrehen, wobei der Orkan dazwischenfunkt.

Wo Kohlhoff das Buch ebenfalls konsequent ignorierte, waren die Schilderungen Defoes zur Bekleidung Robinsons auf der Insel: Der Zeichner erzählte mir einmal, dass er die beschriebene Fellbekleidung des Insulaners für ziemlichen Nonsens hielt. Die Bevölkerung in den Tropen läuft spärlich bekleidet herum, weil die Temperaturen dies erfordern, was Defoe durchaus hätte wissen können. Dort ist es in der Regel so warm, dass auch Robinson überhaupt nicht auf die Idee mit der Fellmütze gekommen wäre. Also verpasste er »seinem« Robinson einen realistischen neuzeitlichen Look, der einem erblondeten Tarzan glich. So wie Willi Kohlhoff das Inseldasein Robinsons schilderte, bekam man direkt Lust auf ein ähnliches Erlebnis. Wenn ich allerdings an Tom Hanks im Film *Cast Away* (2000) denke, wie er sich mit einem Schlittschuh den schmerzenden Zahn ausgeschlagen hat …

Übertrieben dargestellte Grausamkeiten waren ab diesem Heft verschwunden. Natürlich gab es nach wie vor heftige Schlägereien und die Brutalität des Schwarzen Pierre war schon enorm, aber das Eindringen von Stichwaffen in Körper, das Zerfetzen von Leibern durch Kanonenschüsse, all dies gehörte weitgehend der Vergangenheit an. Kohlhoff, bzw. Gerstmayer als Verleger, war mit Sicherheit von entsprechenden Stellen, vielleicht von Mitgliedern der Bundesprüfstelle für jugendgefährdende Schriften ermahnt worden.

In der Vorschau auf das nächste Heft wurde bereits »Freitag« erwähnt.

Zeitgeschehen: *Prinz Eisenherz* als Kinofilm [Abb. 38]! Nachdem ich die Serie schon eine ganze Weile gelesen hatte, in der *Badischen Illustrierten*, als Album, als Buch, in *Phantom*, kam nun endlich ein Film. Allerdings war ich schwer enttäuscht, denn viele Motive oder auch Figuren, etwa Ritter Brack, herrlich gespielt von James Mason, kamen nicht in der Comicserie vor. Heutzutage sehe ich das anders, aber damals konnte ich nicht einsehen, warum so viele inhaltliche Änderungen sein mussten. Zugegebenermaßen habe ich den Film mit an Sicherheit grenzender Wahrscheinlichkeit nicht schon im August 1954 im Kino gesehen, eher einige Jahre später in einer Jugendvorstellung.

September 1954 (Nummer 10)

Inhalt: Lupus stellt Pluto zu einem Kampf, der sich über zweieinhalb Seiten hinstreckt und mit dem Sieg von Lupus endet. Dann geht er noch einen Banditen an und beißt ihm die Kehle durch. Schließlich stürmt er zum Strand, um seinem Herrn zu helfen, was der Schwarze Pierre sieht. Als er eine Muskete auf den Hund anlegt, wird er vom gefesselten Robinson umgestoßen. [Abb. 52] Während Lupus auf einen der Verbrecher zustürmt, flieht dieser in sein Boot. Daraufhin wendet sich Lupus dem Schwarzen Pierre zu. Auch dieser flüchtet auf das Segelboot und unter wilden Flüchen suchen die beiden einzigen Überlebenden das Weite. Robinson beginnt kurz darauf, ein Auslegerkanu zu bauen, um die Inseln auch von See her überwachen zu können. Des Weiteren errichtet er auf dem Felsenberg, in dessen Sockel sich seine Wohnhöhle befindet, einen Zufluchtsort. Auf einem See in der Mitte der Insel baut er sich ein Hausboot und kann nun zusätzlich Süßwasserfische fangen.

Bei einem Rundgang um die Insel entdeckt er die schaurigen Überreste einer Kannibalen-Mahlzeit. Daraufhin verstärkt er die Befestigungen, steckt schussbereite Musketen durch die Palisaden und legt Sprengfallen vor den Verschanzungen an. Eines Tages sieht er von seinem Beobachtungsposten aus mit Kannibalen bemannte Kanus zur Insel kommen. Sie bringen zwei Gefangene mit, wohl um sie zu verspeisen. An Land wird einer erschlagen, dem zweiten ge-

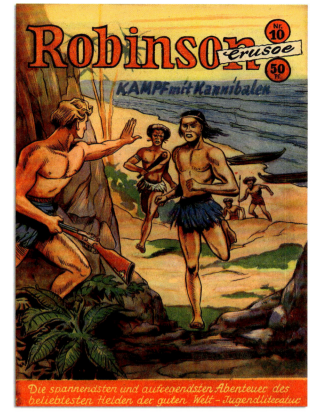

lingt die Flucht. Die Indios verfolgen ihn, aber Robinson hilft ihm. Einem getöteten Kannibalen schlägt der Befreite den Kopf ab, legt ihn Robinson »dankbar« zu Füßen und schlägt vor, die anderen zu essen. Während Robinson dies aufs schärfste missbilligt, wittert Lupus neue Verfolger. [Abb. 39] Mit Musketenschüssen vertreibt Robinson die Wilden von der Insel, weiß aber, dass sie wiederkommen werden. In der nächsten Zeit trainiert er Freitag, denn um niemanden anderen handelte es sich bei dem befreiten Gefangenen, nach allen Regeln moderner Fitness: Laufen mit Gewichten, Bodybuilding, Ringkämpfe, Gymnastik, das ganze Programm.

Eines Tages vermisst Robinson seinen neuen Gefährten. Lupus findet seine Spur, die sich plötzlich mit anderen vermischt. Robinson erkennt klar die Zusammenhänge. Freitag ist gefangen genommen worden. Mit Lupus' Hilfe finden sie die Entführer auf einer kleinen Halbinsel im See.

Robinson schwimmt unter Wasser hinüber. Ein Bambusstängel dient ihm als Schnorchel. Für Freitag hat er vorsorglich einen zweiten mitgenommen. Freitag ist an einen Baum gebunden, [Abb. 40] Robinson durchtrennt seine Fesseln und plötzlich steht er dem Schwarzen Pierre Auge in Auge gegenüber – dieser hat sich mit den Kannibalen verbündet. Schnell fliehen sie ins Wasser, schwimmen ans andere Ufer, immer verfolgt von den Wilden. Dort angekommen finden sie einen Indio mit durchbissener Kehle … Lupus hat blutige Rache genommen und ist nun im Unterholz verschwunden.

Kommentar: Kohlhoff zeigte noch einiges vom Inseldasein, wie sich Robinson weiterhin häuslich einrichtete oder seine landwirtschaftlichen Bemühungen, zu denen auch die Anschaffung einer Ziegenherde aus dem Wildbestand der Insel gehörte. Inhaltlich schaffte Kohlhoff wieder eine Synthese aus Übernahmen des Romanstoffes und eigener Phantasie. Den Schwarzen Pierre und seine Bande habe ich bei der Vornummer bereits erwähnt, und nun brachte Kohlhoff endlich Freitag ins Geschehen ein – auf diesen hatten »wir« Erstleser damals schon gewartet. Die Befreiung von seinem Los, als Kannibalen-Mahlzeit zu dienen, und die Andeutungen zur Umerziehung Freitags im Sinne einer »christlichen« Morallehre schilderte Kohlhoff in wohlgesetzten Worten. Wobei dazu hauptsächlich der Verzicht auf Menschenfleisch gehörte, denn auch Freitag frönte diesem Brauch.

Man sah es den detailliert geschilderten und gezeichneten Fitnessstunden, die Freitag von Robinson erhielt, an, dass Willi Kohlhoff in seiner Freizeit dem Boxsport frönte.

Eine weitere Landung der Kannibalen geschieht im Roman zwei Jahre später. Die Indios bringen einen Spanier und den Vater von Freitag mit. Bei Kohlhoff vergingen hingegen nur einige Wochen. Er ließ den Vater weg und statt des Spaniers fügte er noch einmal den Schwarzen Pierre ein, der mit den Kannibalen gemeinsame Sache machte.

Die Zeichnungen waren häufig weniger detailliert. Hintergründe waren teilweise Mangelware. Es gab oft nur farbige Flächen. Der Grund lag wohl in einer zusätzlichen Arbeit Kohlhoffs. Er konzipierte einen neuen Comic, der in der nächsten Ausgabe von *Robinson* erscheinen sollte.

Auf der vierten Umschlagseite wurde für die gerade erschienene neue Piccolo-Serie *Der Graf von Monte Christo* geworben.

Bis einschließlich Heft 23 wurde die Seitennummerierung bereits ab der ersten Titelseite vorgenommen. Dabei kam es vor, dass nicht alle Seiten eine fortlaufende Nummer enthielten, weitergezählt wurde jedoch trotzdem. Ab Heft 24 erhielt die erste eigentliche Comicseite die Seitennummer 1.

Dies war die zehnte Ausgabe von *Robinson*, also ein kleines Jubiläum. Vergeblich suchte man nach einem Preisausschreiben oder ähnlichem. Es gab auch keine Leserbriefecke oder sonstige Kontakte zur Redaktion. In fast allen mir bekannten Comics dieser Zeit war das üblich. Lehning, Ehapa, Semrau, Kauka, alle diese Verlage hatten irgendeine Form der Leserbindung aufgebaut. Nur Gerstmayer etablierte nichts dergleichen, abgesehen von gelegentlichen Aufforderungen, an die Redaktion zu schreiben.

Zeitgeschehen: Im Januar 1955 erschien die Piccolo-Serie Der *Graf von Monte Christo* [Abb. 41]. Sie war im Gegensatz zu den Reihen vom Lehning Verlag vierfarbig und kostete deshalb 25 Pfennig statt 20 Pfennig. Sie hatte allerdings auch nur 24 Seiten im Gegensatz zu den 32 Seiten der Lehning-Hefte. Gezeichnet hat sie Helmut Nickel und leider war der Reihe kein langes Leben beschieden. Nach nur zwölf Heften wurde sie von Gerstmayer eingestellt und in *Robinson* Nr. 24 von einem anderen Zeichner fortgesetzt.[16]

Zu der seit Januar 1954 laufenden Serie *Horrido* erschien als Ergänzung das *Horrido Sonderheft* [Abb. 42]. Bei einer monatlichen Erscheinungsweise kamen vier Hefte heraus, die ersten beiden im »normalen« Heftformat, die letzten beiden im Querformat. In der Nummer 1 gab es ein abgeschlossenes Abenteuer von »Jerry, der lustige Cowboy« von Bob Heinz. Es folgte eine von Charlie Bood gezeichnete, ebenfalls durchgehende Geschichte um »Ralf, der junge Entdecker«. Band 3 und 4 enthielten Kurzgeschichten von Fred Funcken, René Follet, François Craenhals [Abb. 42a] oder Albert Weinberg, also der Creme des belgischen Comics.[17]

In diesem Monat kam der 3D-Film *Der Schrecken vom Amazonas* (*The Creature from the Black Lagoon*, 1954) von Jack Arnold, mit Richard Carlson, Julie Adams und Richard Denning, in die Kinos [Abb. 43]. Ich habe ihn damals in Berlin in meinem Lieblingskino, dem Metropol am Nollendorfplatz, gesehen und fand die Effekte super – vor den heransausenden Harpunenpfeilen habe nicht nur ich mich weggeduckt. Beeindruckend war die Unterwasseraufnahme, in der aus der Perspektive des Ungeheuers die an der Oberfläche schwimmende Kay Lawrence gefilmt wurde. Diese Szene hat für Furore gesorgt, denn sie war innovativ und erotisch. Arnold hat sie für sich reklamiert. Kameramann William E. Snyder widersprach mit der Begründung, der Regisseur sei zu diesem Zeitpunkt gar nicht am Drehort gewesen.[18]

---

[16] Siehe: Detlef Lorenz, »Helmut Nickel«, in *Comixene* Nr. 10 (1976). Und: Gerhard Förster/Detlef Lorenz, »Helmut Nickel«, in *Die Sprechblase* Nr. 99 (1989). Und: Detlef Lorenz, »Helmut Nickel, Literatur und Geschichte auf Comic-Art«, in *Hugh! Eine Hommage an Karl May und Helmut Nickel*, Edition 52 (2011).

[17] Siehe: Detlef Lorenz, »Horrido« in *Die Sprechblase* Nr. 44 (1982). Und: Detlef Lorenz, »Charlie Bood, ein schwedischer Zeichner in Deutschland«, in *Mills Comics International* Band 2 (1987). Und: Detlef Lorenz, »Auf FKK-Magazine folgten Comics: Horrido« in *Alfonz* 1/2014 (2014)

[18] Zu Jack Arnold gibt es ein großartiges Filmbuch: Peter Osteried, *Die Filme von Jack Arnold: König des phantastischen Films*, MPW (2012).

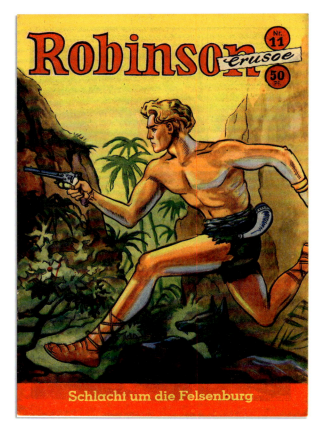

schwindet blitzartig im Unterholz, wo sein Herr bereits auf ihn wartet. Der Schwarze Pierre und die Indios finden jedoch ihre Spuren und stellen sie an einem kahlen Berghang [Abb. 44].

Kommentar: Die Konfrontation von Robinson, Freitag und Lupus mit dem Schwarzen Pierre und dessen Verbündeten, den Kannibalen, sorgte weiterhin für Spannung. Diesmal hatte Kohlhoff nur neun Comicseiten zum Vorantreiben der Geschichte, die anderen vierzehn Seiten standen für die neue Serie *Tajo Tagori – der Tigerprinz* zur Verfügung [Abb. 45].

Statt einer Vorschau auf den Inhalt des nächsten Hefts veröffentlichte der Verlag am Schluss der *Robinson*-Episode eine Erklärung. Inzwischen hatte man sich Gedanken über den Fortgang der *Robinson*-Geschichte gemacht und kam in der Redaktion zu folgendem Ergebnis: Kohlhoff sollte sie weiterführen, bis Robinson seine Insel verlässt. Als Ersatz wurde dafür vom Texter und Zeichner Bill Chess eine völlig neue Erzählung ab Heft 11 vorgestellt, die ab der nächsten Ausgabe zur Hauptgeschichte werden sollte. Robinson wollte man fortan als Zweitserie fortsetzen. Der Verlag war zuversichtlich, dieses Konzept so durchführen zu können. *Tajo* würde beim Leser gut ankommen, zumal sich hinter

Lesen Sie bitte weiter auf Seite 38 ->

Oktober 1954 (Nummer 11)

Inhalt: Am Ufer wehren Robinson und Freitag die ihnen nachgeschwommenen Indios ab. Anschließend suchen sie ihr verstecktes Hausboot, weil Robinson die dort befindlichen Waffen braucht. Dort angekommen müssen sie erst die sich darauf befindlichen Kannibalen ausschalten, dann machen sie sich auf die Suche nach Lupus, um dessen Wohl sich Robinson sorgt. Dieser ist inzwischen eingefangen und zum Schwarzen Pierre gebracht worden. Sadistisch quält er den gefangenen Hund, der sich trotzdem immer wieder verteidigt. Plötzlich knallt ein Schuss und die Kugel durchtrennt die Kette. Lupus ver-

Robinson Spotlight 1: Originalseiten

Von der Heftnummer 11 liegt mir eine Originalseite des *Robinson*-Comics [Abb. 46] vor. Der Vergleich des Originals mit der Druckversion [Abb. 47] zeigt, dass Willi Kohlhoff mit einem kräftigen, dynamischen und detaillierten Stil zeichnete. Die Hintergründe waren in der Regel abwechslungsreich ausgeführt. Der Text war gewohnt umfangreich. Die Maße der Originalseite betragen von der Breite 23,3 cm und der Länge 34,5 cm.

An dieser Stelle greife ich einmal der Chronologie der *Robinson*-Serie vor. Auch für *Tajo* zeige ich eine Originalseite [Abb. 48] und die entsprechende gedruckte Heftseite [Abb. 49]. Das großformatige Einzelbild (26 cm x 37,5 cm) war von Kohlhoff als Titelbild geplant. Aber es kam anders. Nun fand es als Splash-Panel für *Tajo* in Heft Nr. 14 Verwendung, musste aber ein Drittel der Seite für zwei weitere Zeichnungen abgeben. Durch die drastische Verkleinerung geht natürlich viel von der Kraft und der Wildheit, die das Motiv ausstrahlt, verloren.

Ein Detail aus der *Robinson*-Seite zeigt im Verlag eine gewisse Hektik in Bezug auf die neue Geschichte: Wie unschwer unten rechts zu erkennen ist, hat Kohlhoff den Text zur Ankündigung von *Tajo* nachträglich eingefügt, und zwar in einer anderen Farbe als der Rest des Zeichenkartons. Im Original sind das ausgeschnittene Bild und die nachträglich aufgeklebte Ankündigung gut zu erkennen. Wo die fehlende Zeichnung geblieben ist … wahrscheinlich im Papierkorb, da wo früher viele Originalzeichnungen gelandet sind.

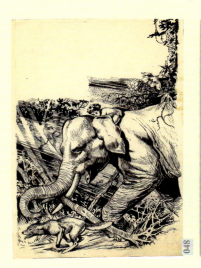

Bill Chess niemand anderes als Willi Kohlhoff verbarg, der für interessante Geschichten sorgte und mit seinen gut verkäuflichen Heften *der wichtigste Mann im Verlag war.* »Chess« ist in diesem Fall englisch zu verstehen, da Kohlhoff das Schachspiel zu seinen liebsten Freizeitgestaltungen zählte. In meinem Artikel über *Robinson* in *Die Sprechblase* Nr. 14 (August 1978) hatte ich noch gerätselt, Vergleiche und Vermutungen über die Person hinter dem Pseudonym angestellt und kam letztlich zum richtigen Schluss, da der Zeichenstil, die Textgestaltung und die Erzählweise derer Kohlhoffs ähnelten.

Tajo ist natürlich eng an *Die Dschungelbücher* (1894) von Rudyard Kipling angelehnt. Auch hier können die Tiere untereinander und Menschen sich mit ihnen unterhalten … sofern sie bereit und in der Lage sind, tierische Laute zu imitieren. Kohlhoff vertauschte die Rollen der »bösen« und der »guten« Tiere. In den Dschungelbüchern ist der Tiger Shir Khan (Shere Khan) der erklärte Feind und der Panther Baghira, neben dem Bären Balu, der Freund Mowglis. Be-

merkenswert ist der von Kohlhoff gewählte zweite Vorname der Hauptfigur: Tajo *Sidharta* Tagori. *Siddharta* Gautama ist der bürgerliche Name des Buddha. Und was sich Kohlhoff dabei gedacht hat, habe ich damals leider vergessen zu fragen …

Wie weit die Vorstellungen des Verlages bezüglich *Tajo* aufgingen, würde sich zeigen. Auf jeden Fall sah man in der Vorschau auf der letzten Seite ein Titelbild mit dem Logo von *Tajo* [Abb. 50]. *Robinson* war an die zweite Stelle gerutscht. Die Zweitserien – gerade die folgenden – werden in diesem Buch zu ihrem Start in der jeweiligen Heftnummer vorgestellt und dann in einem gesonderten Kapitel (»Die Zweitserien«) behandelt.

November 1954 (Nummer 12)

<u>Inhalt:</u> Die Auseinandersetzung Robinsons mit dem Schwarzen Pierre geht auf dem schrägen Felsplateau weiter. In seiner Niedertracht lässt Pierre zwei Indios einen Steinschlag auslösen, der Robinson erschlagen soll. Dieser kann ausweichen, aber die rollenden Steine erzeugen eine riesige Lawine, welche die gerade neu ankommenden Kannibalen unter sich begräbt. [Abb. 51] Es folgt auf fünf Seiten die letzte Auseinandersetzung zwischen Robinson und dem Schwarzen Pierre. In einer für Robinson nicht

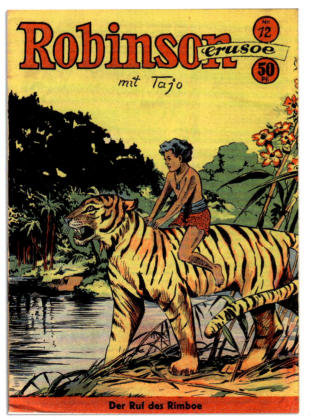

komfortablen Lage verweist Kohlhoff auf die Fortsetzung des Kampfes »Schiff in Sicht.«

Kommentar: Das Vorschautitelbild in Heft Nr. 11 wurde nur teilweise umgesetzt. Zwar war Tajo zu sehen, zeichnerisch hat Kohlhoff es ein wenig umgestaltet, aber der Hefttitel war *Robinson Crusoe* geblieben. Darunter stand der handschriftliche Zusatz »mit Tajo«. Entweder ist das komplette Bild – mit angekündigtem *Tajo*-Schriftzug – noch nicht fertig gewesen, oder es gab dafür andere Gründe?

Für *Robinson* hatte Kohlhoff nur acht Seiten zur Verfügung, bzw. so viel gab er sich selber, denn er war natürlich allein für den Inhalt verantwortlich.

Noch einmal zeigte Kohlhoff eine ziemlich brutale Szene: Kannibalen werden durch die Steinlawine von den ins Tal donnernden Felsen mit brachialer Gewalt zerschmettert.

Der Verlag für moderne Literatur war von Darmstadt nach Hamburg umgezogen und nannte sich nun Titanus-Verlag. Gedruckt wurde jetzt bei Hansa Druck, Berlin. An den rechtlichen Gegebenheiten änderte sich nichts, denn der Inhaber war nach wie vor Gerstmayer.

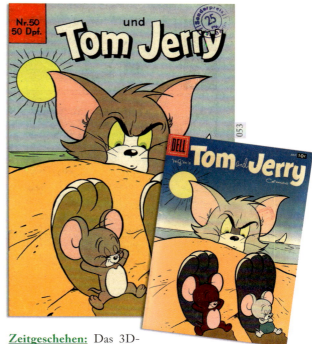

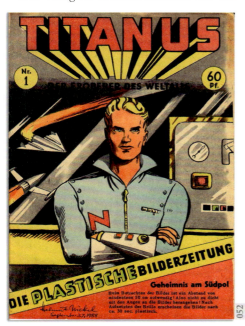

Zeitgeschehen: Das 3D-Heft *Titanus* erschien im Titanus-Verlag [Abb. 52]. Gezeichnet hat es Helmut Nickel nach den Romanen von Claus Eigk (Pseudonym von Hartmut Bastian). Es war eine weitere Auftragsarbeit von Gerstmayer.[19]

Die Comicserie *Tom und Jerry* erschien beim Hamburger Alfons Semrau Verlag [Abb. 53]. Das streitbare Duo war mir bereits aus dem Kino bekannt, wo seine Abenteuer als Vorfilme zu Spielfilmen der MGM liefen. Nun gab es sie als Comic – allerdings längst nicht so spannend. Das US-amerikanische Heft vom Mai 1949 zeigt detaillierte Farben. Allein der Übergang des Himmels zum Horizont orientiert sich stärker an der Natur und ist nicht einfach nur bunt. Die Geschichten beider Hefte sind nicht identisch.

---

[19] Siehe: Detlef Lorenz, »Helmut Nickel, Literatur und Geschichte auf Comic-Art«, in *Hugh! Eine Hommage an Karl May und Helmut Nickel*, Edition 52 (2011). Und: *Alfonz-Enzyklopädie der Comics* Nr. 14-15 (2013), ebenfalls von Detlef Lorenz.

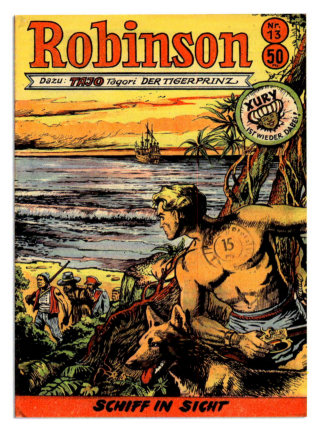

Dezember 1954 (Nummer 13)

Inhalt: Mit der endgültigen Niederlage des Schwarzen Pierre fliehen auch die überlebenden Kannibalen und betreten nie mehr die Insel. Einige Zeit leben nun Robinson und Freitag ungestört, den Umständen entsprechend zufrieden, auf der Insel. Eines Tages erblicken sie einen Großsegler, der vor der Küste ankert. Vorgewarnt durch die schlechten Erfahrungen mit dem Schwarzen Pierre, erkunden sie vorsichtig die Lage. Zu Recht, wie sich herausstellt, denn Meuterer haben die Herrschaft auf dem Schiff übernommen und beabsichtigen, die nicht auf ihrer Seite stehenden Mannschaftsmitglieder auf der Insel auszusetzen. Nun machen sich Robinson und Freitag daran, die Meuterer zu überwältigen. [Abb. 55] Die ersten sind die Matrosen Spinne und Schwabbel (in diesem Heft noch »Schwappel«), ein Laurel und Hardy ähnliches Duo. Am Abend haben sie alle auf der Insel befindlichen Meuterer überwältigt. Einige nimmt der ebenfalls befreite Kapitän in Gnaden wieder auf, dann segeln sie mit dem Beiboot zum Schiff hinüber. Auf diesem befindet sich Xury, der auf der Suche nach seinem »Herrn« dorthin geraten ist. Vom Anführer der Meuterer wird er in die Kombüse geschickt, um eine anständige Mahlzeit zu bereiten. [Abb. 56] Dies tut Xury auf seine Art und die Auswirkungen sind in Heft 14 zu verfolgen.

Kommentar: Das vorliegende Heft war in mehrfacher Hinsicht interessant: »Das hatten wir nicht erwartet!«, schrieb die Redaktion auf Seite 11. Die abgebildete Verlagsmitteilung [Abb. 54] am Ende der *Robinson*-Episode veranschaulichte besonders eindrucksvoll die Leserreaktionen auf die Ankündigung, demnächst *Robinson* zugunsten von *Tajo* zu beenden. Bereits auf dem Titelbild der Nummer 13 war die Dominanz von *Robinson* wieder hergestellt. Es zeigte den blonden Helden, der Hinweis auf *Tajo* als Zweitserie war unter dem Schriftzug »Robinson Crusoe« platziert (Untertitel: »Dazu: TAJO Tagori DER TIGERPRINZ«), später meist in einer Kartusche. Die Erzählungen von Robinson waren nach vorn gerückt, die Rangfolge eindeutig!

Mit einem nicht zu übersehenden Hinweis auf dem Titelbild war Xury wieder Teil der Geschichte. Kohlhoff musste sich über mehrere Aspekte klar geworden sein, die eine Fortsetzung über den Romanstoff hinaus für *Robinson* erforderte. Freitag als Partner an der Seite Robinsons war so nicht zu handhaben. Ein Erwachsener als gleichberechtigter, aber gleichzeitig untergeordneter Partner machte nicht viel Sinn. Zudem fehlte den jugendlichen Lesern eine Identifikationsfigur. Hansrudi Wäscher hatte dies schon bei *Sigurd* erkannt, als er zum Duo Sigurd und Bodo den jugendlichen Cassim in die Serie einführte.

Obwohl Kohlhoff wieder mit dem Romanstoff konform ging, spann er seine Interpretation weiter aus. Die Meuterer, die auf der Insel landeten, die Befreiung der Gefangenen und im Anschluss daran das Verlassen des Eilandes. Letzteres hat er allerdings auf höchstens drei

Jahre verkürzt. Im Roman dauerte es 28 Jahre, zwei Monate und neunzehn Tage.

Xury und Freitag sind sich nie begegnet. Im Gegenteil, Freitag war derjenige, den Robinson als künftigen Weggefährten mitnahm. Er folgt seinem »Herrn« sogar bis nach Europa und kommt erst viele Jahre später während eines Seegefechtes ums Leben. Xury dagegen tauchte nie wieder auf – jedenfalls nicht in den mir vorliegenden Fassungen. Kohlhoff führte zwei weitere Figuren in die Geschichte ein, die dauerhaft bleiben und zu treuen Gefährten Robinsons werden sollten: Spinne und Schwabbel.

Auf der letzten Umschlagseite gibt es eine weitere Verlagsmitteilung, die nicht ganz so dramatisch ist wie die vorherige. Es wird auf einen

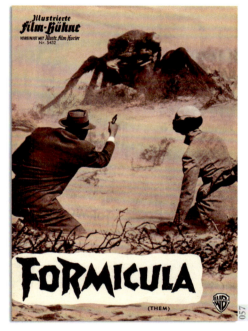

Nachbestellservice für die Serien *3 Musketiere* und *Robinson* verwiesen. Von Interesse ist sie allein deshalb, weil der Text von Helmut Nickel geschrieben wurde. Der präzise Stil, die akkurate Ausrichtung der Buchstaben, nicht komplett in Versalien, wie sonst üblich, sondern in Groß- und Kleinschreibung, das kann nur Nickels Werk sein!

Mit diesem Heft werden erneut Hersteller und Druckerei gewechselt. Die neue Druckerei, Gloria-Druck in Berlin, gehörte zu diesem Zeitpunkt wohl schon Lehning. Joachim Heinkow hat dies in seinem Sekundärwerk *Walter Lehning*

in Berlin (2013) äußerst kenntnisreich dargestellt.[20]

Zeitgeschehen: Rückwirkend für das Jahr 1954, da ich nicht mehr weiß, in welchem Monat ich den Film wirklich gesehen habe: Mit *Formicula* (*Them!*, 1953) kam ein Science-Fiction-Streifen in die Kinos [Abb. 57], der von mutierten Riesenameisen handelt und gar nicht mal so schlecht war. Immerhin war *Formicula* für das Studio Warner Bros. der erfolgreichste Film des Jahres 1954. Ein gewisser James Arness spielte darin als FBI-Agent eine nicht unwesentliche Rolle.

---

[20] Siehe: Joachim Heinkow, *Walter Lehning in Berlin*, Eigenverlag (2013).

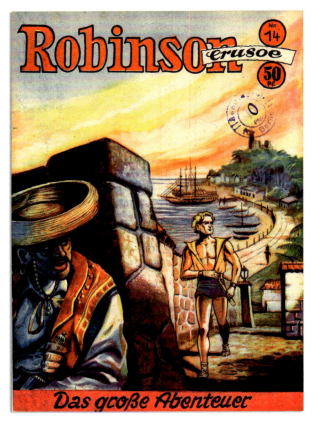

indem er die wütenden Matrosen einsperrt und auf Deck flüchtet. Dort gerät er in die Hände des zornigen Anführers und muss um sein Leben fürchten. [Abb. 58] In diesem Moment kommt Robinson an Deck und erkennt die brenzlige Lage. Im Zusammenspiel sind beide unschlagbar, und die Freude des Wiedersehens ist genauso hochgradig emotional wie der Kampf zuvor. Die restlichen Meuterer sind rasch überwältigt. Friede kehrt auf der Insel ein.

Freitag und einige Matrosen bleiben zurück, als der Segler ablegt und Robinson die Insel endlich verlassen kann. Er findet seine Plantage nicht nur mustergültig verwaltet vor, er ist sogar reich geworden. Trotzdem beabsichtigt Robinson, sein restliches Leben nicht schon jetzt als Pflanzer zu verbringen. [Abb. 59] Er lässt einen zweimastigen Schoner bauen, den er »Sturmvogel« nennt. Das erste Ziel ist eine kleine südamerikanische Hafenstadt. Dort vertritt er sich gerade die Beine, als ein Hilferuf ertönt. Der Schrei kommt aus einem schlossähnlichen Haus, und dort gerät Robinson mit einem brutalen Schlägertrupp aneinander. Als dieser überwältigt ist, findet Robinson einen sterbenden Mann.

Januar 1955 (Nummer 14)

Inhalt: Xury versalzt die Suppe und schüttet reichlich Pfeffer, Öl, Essig, Zucker, Mehl und Fisch in den Topf hinein. Das Ergebnis ist eine wilde Verfolgungsjagd der düpierten Mannschaft, die Xury ans Leder will. Er entkommt,

Dieser erzählt ihm von seiner undankbaren Mannschaft, die ihn beseitigen wollte, um einen Schatz zu rauben, der in der Sargassosee zu finden sein soll. Ein pomadiger Polizist betritt mit Gefolge das Zimmer und verdächtigt sofort Robinson als Täter. Als er gefangen genommen werden soll, entflieht Robinson aus dem Haus auf die Straße. Entschlossen reitet er zum Hafen, von der Polizei verfolgt. Xury beobachtet vom Mastkorb aus die Kavalkade und hat schon einen Plan, wie er seinem Herrn helfen kann.

Kommentar: Mit diesem Heft endete die Adaption der Romanvorlage von Daniel Defoe. Robinson erlebte in einem zweiten Buch weitere Abenteuer. Diese fanden aber wenig Interesse beim Publikum. Die Geschichten waren zu beliebig. Robinson verlässt seine Insel. Freitag bleibt, im Gegensatz zum Roman, zurück. Viele Hefte später griff Helmut Nickel noch einmal das Thema Robinson-Insel auf und ließ ihn dorthin zurückkehren, wie im Roman.

Kohlhoff führte den Segler »Sturmvogel« ein, auf dem Robinson und seine Freunde von nun an die Welt bereisten. Zuvor hatte Kohlhoff Robinson die beiden Matrosen Spinne und Schwabbel zur Seite gestellt. Er legte hier die Grundsteine für den kommenden lang anhaltenden Erfolg.

Für *Robinson* nahm sich Kohlhoff wieder mehr Platz: 15 Comicseiten, statt nur acht wie noch in Heft 12. Die Robinson-Geschichte endete mit dem Hinweis auf das nächste Heft und dem Titel (»Ohne Gesetz«)… allerdings mit der falschen Nummernangabe »Fortsetzung im Heft Nr. 14« (statt der 15).

Auf dem Titelbild fehlte der Zusatz »Dazu: Tajo Tagori Der Tigerprinz«. Höchstwahrscheinlich hatte ihn die Grafikabteilung vergessen. Auf der letzten Umschlagseite gab es noch einmal denselben, von Helmut Nickel verfassten Text zur Nachbestellung von älteren Heften. Im Heft findet sich keine Angabe zur Druckerei, dafür zeichnete nun »U. Gerstmayer, Berlin« für die Herstellung verantwortlich.

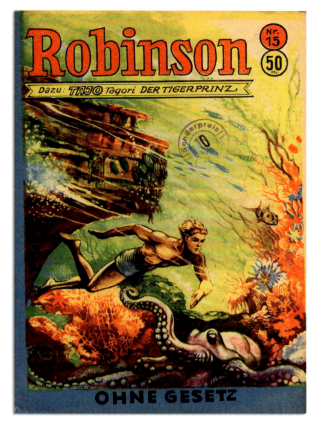

Februar 1955 (Nummer 15)

Inhalt: Xury lässt schnell den »Sturmvogel« zum Ablegen klar machen. Robinson kommt auf seinem Pferd angaloppiert. Kaum ist er an Bord, zieht Xury die Laufplanke ein und einer der Verfolger geht mitsamt seinem Pferd baden. Nun geht es in die Sargassosee, einem Teil des Nordatlantiks. Robinson umrundet das tückische Gebiet und entdeckt eine schmale Fahrtrinne, die zu einer größeren pflanzenfreien Wasserfläche führt. Dort entdecken sie einen Schiffsfriedhof, der einer Insel gleich im Meer treibt. [Abb. 60] Mit einem »Schlickrutscher«, einem kleinen kiellosen Segler, geht es auf das nächstgelegene Wrack. Dort erwartet sie ein Mann, dessen »mongolisches Gesicht wie versteint wirkt«. Seine Gesichtszüge entgleisen allerdings recht bald, als er mit Robinson aneinandergerät.

Der Pirat entledigt sich Robinson durch einen Trick, indem er diesen durch eine Falltür in einen Laderaum stürzen lässt. Dort erwartet ihn ein Untier: eine Riesenkrake. Robinson gelingt es, das – unschuldige – Tier zu töten und durch den offenen Schiffsrumpf zu entkommen. Xury ist derweilen verschwunden. Auf Deck trifft Ro-

binson mit einem wilden Kerl zusammen, dem Piraten Jwan. Als er diesen vor dem Ertrinken rettet, geht Jwan auf Robinsons Seite über und führt ihn zu einer kleinen Felseninsel, die von den Piraten zu einer Art Schlupfwinkel ausgebaut worden ist. Hier wird Xury gefangen gehalten, allerdings befreit er sich auf unnachahmliche Weise selbst.

Kommentar: Die erste größere Reise des »Sturmvogel« ging in die Sargassosee, einem Teil des Atlantischen Ozeans, südlich der Bermuda-Inseln. Auf meiner Reisekarte ist sie oben zu finden, etwas außerhalb des Bereiches. Ich finde es unnötig, einen Ausschnitt des Atlantiks darzustellen, auf dem außer einer kleinen Inselgruppe, den Bermudas, nichts weiter zu sehen ist. Die Sargassosee war bei den damaligen Matrosen auch als »schwimmende Krautwiesen« bekannt und berüchtigt. Tang und Braunalgen bilden dort eine fast zusammenhängende Masse und sind vielen Segelschiffen zum Verhängnis geworden.

Es war auffällig, dass Kohlhoff – und später in geringerem Maße auch Nickel – Szenen, in denen Xury allein agiert, mehr im Funny-Stil zeichnete. Die Figuren transformierten vor allem in der bildlichen Darstellung zu einer »Max-und-Moritz-Art« oder einem »Struwwelpeter-Look«, was nicht negativ gemeint ist.

Riesenkraken sind als Gruselmonster in dieser Zeit in Comicserien sehr beliebt. In *Tarzan, Prinz Eisenherz, Akim, Sigurd, Donald Duck*, um nur einige zu nennen, kamen sie vor. Aus irgendeinem Grund besaßen sie ein Negativimage, sodass sie stets als blutrünstige Ungeheuer herhalten mussten.

Kohlhoff schien das Heft unter problematischen Bedingungen gefertigt zu haben. Die Bildrahmen beider Comics – *Robinson* und *Tajo* - waren nicht wie mit einem Lineal, sondern eher freihändig gezogen. In leichter Wellenform begrenzten sie die Panels. Hatte er keine Zeit, lag es am Verlag? Zu dieser Zeit schien es große Schwierigkeiten bei der Herstellung der Serie gegeben zu haben. Diese Mängel setzten sich in den nachfolgenden Ausgaben fort, nicht mehr so gravierend, aber doch erkennbar.

Der »Schiefdruck« hatte sich gegenüber der Vornummer noch verstärkt. Wie auf dem Titelbild erkennbar, ist rechts oben und links ein weißer Rand zu erkennen, der sich bis zu einem halben Zentimeter ins Bild hineinschiebt. Im Heftinnern setzt sich diese Schieflage fort, allerdings nicht ganz so drastisch. Die Falz- und Schneidemaschinen arbeiteten nicht passgenau, weshalb es zu diesen Verwerfungen gekommen sein muss. Bis zum Schluss der Serie blieb das ein Thema, wenn auch nicht so massiv, wie im vorliegenden Nummernbereich.

Dass tatsächlich Probleme mit dem Equipment bestanden, zeigt auch ein in den Handel gekommenes Heft: die Nummer 22. Sie ist zwar gefaltet, geklammert und (fast) komplett geschnitten … bis auf den Umschlag und die folgende, sowie die letzte reguläre Seite. Die sind am oberen Rand nicht beschnitten und ergeben auseinandergefaltet einen DIN-A3-Bogen.

Der Übergang von einem Druckort zum anderen, welcher bleibt unklar, scheint auch die Qualität des Druckergebnisses zu beeinträchtigen. Die Schärfe der Linien ist verwaschen, mitunter verschwimmen die Farben.

Leider sind mir viele dieser Ungereimtheiten erst bei der Arbeit an diesem Buch aufgefallen. So gründlich hätte ich schon vor Jahrzehnten forschen müssen. Allerdings ging es da noch um Grundlagen, wie die Zuordnung der Zeichnungen zu den Künstlern oder deren tatsächliche Namen. Dazu konnten auch Willi Kohlhoff oder

Helmut Nickel keine Auskünfte geben. Fragen zum Verlag hatte ich ihnen damals zwar gestellt, aber so dicht waren sie nie am dortigen Geschehen dran, dass sie tiefere Einblicke in die Verhältnisse gehabt hätten. Das wird alles nie mehr zu klären sein. Leider …

Einige Dinge sind im Zuge meiner Recherchen zutage getreten. So gibt es von mindestens zwei Heften Auflagen, die sich farblich auf dem Titelbild unterscheiden [Abb. 61, 62]. Die Hefte 3 und 14 existieren sowohl mit einer roten als auch mit einer blauen Fußleiste auf der Titelseite. Die Version mit der rote Leiste müsste die Erstauflage sein, da alle anderen Hefte ebenfalls so gedruckt sind, oder der Druckerei sind zwischendurch die Farben ausgegangen. Eine Ausnahme gibt es dann doch, soweit bekannt, denn die Nummer 15 scheint es nur mit blauer Fußleiste zu geben. In diesem Zusammenhang ergibt sich eine Verbindung zur Romanserie *Klaus Störtebeker*, die ebenfalls von Gerstmayer publiziert wurde. Diese Hefte haben in einer zweiten Auflage der Nummer 2 ebenfalls unterschiedlich farbige Fußleisten.

Zeitgeschehen: Im Mondial Verlag erschien in diesem Monat das Sonderheft *Tarzans Kindheit* der *Tarzan*-Comicheftreihe [Abb. 63]. Darin kam der erste Teil der *Tarzan Dailies* (1927/28) von Hal Foster zum Abdruck, zum ersten Mal

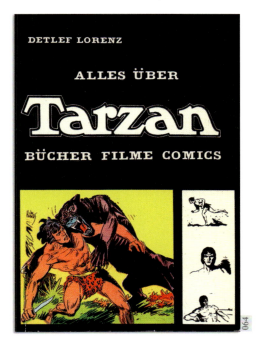

auf Deutsch. »Wir« konnten damals die Ursprungsgeschichte unseres beliebtesten Urwaldhelden lesen, allerdings sowohl im Text als auch im Bild in stark bearbeiteter Weise. Es war trotzdem ein Erlebnis und die Bearbeitungen störten nicht. Was wussten »wir« Genaueres über die Romane von Burroughs?[21] [Abb. 64]

---

[21] Siehe: Detlef Lorenz, *Alles über Tarzan*, Edition Corsar (1980). Und: Detlef Lorenz Vorwort zu *Tarzan Sonntagesseiten* Band 1, 3, 5 und 7, Bocola Verlag (2012-2014).

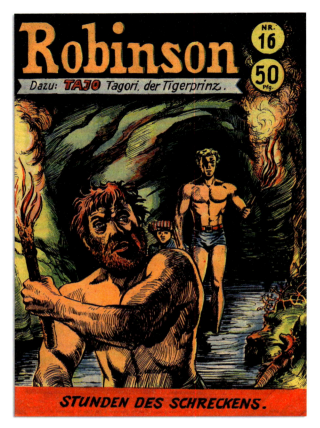

März 1955 (Nummer 16)
Inhalt: Robinson und Lenko[22] stürmen ins Innere der Insel und finden Xury, der gerade aus seinem Gefängnis fliehen will. Sie verbarrikadieren den Raum von innen. Lenko zeigt ihnen einen Geheimgang, der in eine Grotte mit einem Ausgang zum Meer hin führt. Dort verschwindet Lenko unvermutet in eine Kasematte, aus der Kindergeschrei ertönt. Robinson und Xury stürzen hinterher und sehen Lenko, wie er ein kleines Mädchen auf den Armen trägt und es beruhigt. Der Raum ist gemütlich eingerichtet. Lenko überreicht Robinson einen Brief, in dem von Tiny berichtet wird. Sie ist die Tochter eines Gefangenen, der mit diesem Schreiben Lenko bittet, sich um Tiny zu kümmern. Er weiß, dass er in Kürze sterben wird. Während eines plötzlich auftretenden kurzzeitigen Rumpelns, das die Grotte erbeben lässt, rennt Tiny weg. Xury sucht sie in der Höhle. Die nachkommenden Piraten finden das Mädchen zuerst und Xury stößt mit ihnen zusammen. Als er zwei von ihnen matt setzt, nehmen sie den Jungen als ernsthaften Gegner an. Zum Glück erscheinen rechtzeitig Robinson und Lenko. Da füllen sich die Gänge mit Schwefeldunst, woraufhin Robinson ein nahendes Unterwasserbeben befürchtet, das die kleine Insel vernichten könnte. [Abb. 65] Rechtzeitig erreichen sie den »Sturmvogel« und sehen von ferne, wie das Seebeben die Insel schier explodieren und im Meer versinken lässt.

Kommentar: Auf der letzten Seite wurde in einer Verlagsmitteilung auf die Nr. 2 der *Titanus*-Reihe hingewiesen [Abb. 66]; im Dezember 1954 kam bekanntlich die erste Ausgabe als 3D-Heft heraus. Nun wurde nach einer langen Pause, die auf die Umarbeitung auf Normalformat zurückzuführen war, diese Serie in Farbe weitergeführt.[23]

Zu diesem Zeitpunkt bereitete sich Willi Kohlhoff auf einen Wechsel seines Arbeitsplatzes vor. In Kürze würde er seinen Vorkriegsjob, Tatortzeichner bei der Berliner Kriminalpolizei, wieder aufnehmen. Demzufolge erlaubte es ihm seine Zeit nicht mehr, sich ausschließlich der Comicarbeit zu widmen. Kohlhoff zog sich sukzessive aus dem Comicgeschäft zurück. Das sollte für den Verlag zum Problem werden.

Zeitgeschehen: In diesem Monat wurde leider die Reihe *Hot Jerry/Don Pedro* eingestellt, welche

---
[22] Der auf Robinsons Seite gewechselte Pirat Jwan heißt jetzt »Lenko«.
[23] Der Serie *Titanus* war kein langes Leben beschieden. Ab der Nummer 4 erschien sie nur noch in Schwarzweiß. Hansrudi Wäscher übernahm für ein Heft die Gestaltung, danach wurde sie mit der Nummer 5 ganz vom Markt genommen.

ich fortan schmerzlich vermisste [Abb. 67]. Helmut Nickel hatte mit der Zweitserie *Don Pedro* die, für meinen Geschmack, gelungenste Geschichtsadaption in Wort und Bild geschaffen. Schade, dass sie nie weitergeführt wurde. Besonders ärgerlich ist in diesem Zusammenhang, dass Nickel die Geschichte bereits weitergezeichnet hatte: Die komplette Nummer 31 lag beim Verlag vor und für die 32 hatte er die ersten drei Seiten nahezu fertig. Als das Aus vom Verlag kam, stellte er natürlich die Arbeiten an *Don Pedro* sofort ein.[24]

Das zweite *Tarzan Sonderheft* »Die Jugend des Urwaldmenschen« erschien als Fortsetzung des ersten Hefts. Erneut wurden Text und Bild teilweise stark geändert, gekürzt und zensiert. So rennt Tarzan hier mit einem Blätterlendenschurz, wie immer der auch befestigt sein mag, durch den Urwald. Hal Foster hatte ihn im Original nackt gezeichnet.

Trotzdem war dieses Heft eine kleine Offenbarung, sahen »wir« doch in Comicform die weiteren Jugenderlebnisse unseres Dschungelhelden, u.a. wie er seine Jane kennenlernte, was im krassen Gegensatz zur filmischen Version der

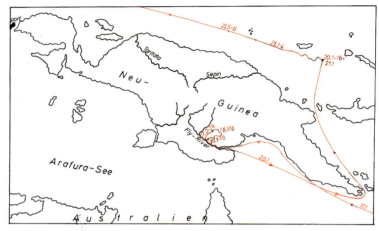

Robinsons Reise um die Welt: Karte 4
Mit diesem neuen Kartenblatt verlassen wir für eine ganze Weile die westliche Hemisphäre und den Atlantischen Ozean. Robinson und seine Freunde segeln mit dem »Sturmvogel« durch die Magellanstraße um den südamerikanischen Kontinent herum in den Pazifischen Ozean. Nachforschungen hatten ergeben, dass auf Neu-Guinea Verwandte von Tiny leben. Ganz links außen kann man eine kleine Insel erkennen, die zu dieser Zeit portugiesischer Besitz war und noch eine wichtige Rolle für Robinson spielen sollte. Die zweitgrößte Insel der Erde ist von mir auf einer separaten Karte dargestellt, alles andere wäre zu unübersichtlich.

Johnny-Weissmüller-Filme stand. Diese waren für »uns« bis dato die einzige Informationsquelle zu *Tarzan*. Die vom Pegasus Verlag publizierten Romane von Edgar Rice Burroughs, bis 1955 immerhin sechzehn Bücher, sind damals an mir vorbeigegangen. Mir ist auch kein Freund aus damaligen Zeiten bekannt, der sie, im Gegensatz zu Karl May, gelesen hatte.

---

[24] Siehe: Detlef Lorenz, »Helmut Nickel, Literatur und Geschichte auf Comic-Art«, in *Hugh! Eine Hommage an Karl May und Helmut Nickel*, Edition 52 (2011).

April 1955 (Nummer 17)

Inhalt: Auf der im 17. Jahrhundert noch weitgehend unerforschten Insel Neu-Guinea lebt Mac Trevor, ein Onkel Tinys. Er verdient seinen Lebensunterhalt mit der Jagd auf Paradiesvögel, deren Federn in Europa begehrt sind. Allerdings auch bei den einheimischen Papuas, und einem von diesen fällt er zum Opfer. Kurze Zeit später erscheinen Robinson und Xury in Begleitung von Pater Hopkins am Tatort, der Hütte Mac Trevors. Sie begraben den Rumpf, den Kopf hat der Papua als Trophäe mitgenommen. Danach verfolgen Robinson und Xury die Spur des Mörders. [Abb. 68] An einer Bambusbrücke geraten sie mit den Papuas in einen Kampf, bei dem Xury von Mac Trevors Mörder, Mobu, entführt wird. Im Dorf angekommen, prahlt dieser mit seinen Taten und erzählt von der mächtigen Stärke Robinsons. Als ihre Gefährten nicht zurückkehren suchen die Papuas sie. Xury wird im Dubu-Haus gefangen gehalten. Plötzlich hört er einen Vogelruf, den er von seinem Herrn her kennt. Nun wird er aktiv, entwischt auf das Dach des Langhauses und wird dort von Robinson empfangen. Die Papuas sehen dies. Mobu klettert auf das Dach und will Robinson mit einem Pfeilschuss töten. Er hat gesehen, wie der Weiße fünf seiner Kameraden im Nahkampf besiegt hat und vermeidet eine direkte Konfrontation. Nachdem sein Pfeil verfehlt, erschießt ihn Robinson mit seiner Pistole. Damit hat der Mörder Mac Trevors seine gerechte Strafe erhalten. [Abb. 69]

Die beiden Freunde fliehen weiter und gelangen im Wald an ein Haus auf Stelzen, welches verlassen ist. Robinson schließt aus den Spuren, dass hier Zwergmenschen gelebt haben, die von menschenfressenden Papuas gefangen genommen wurden. Diese bereiten gerade die Kochzeremonie vor, was der sich anschleichende Robinson beobachtet. Als er sich vorsichtig zurückziehen will, wird Xury von einem Buschschwein angegriffen.

Kommentar: Das Titelbild der vorliegenden Ausgabe ist schlichtweg grandios. Mit viel Liebe zum Detail zeichnete Kohlhoff die Papuas von Neu-Guinea. Ihre Bekleidung, vor allem ihr Schmuck, ist aufwändig wiedergegeben und entspricht realen Vorbildern (bis auf den – entschuldbar – nicht gezeichneten »Penisköcher«). Dies setzte sich, nicht ganz so penibel, in der Geschichte fort, denn jeder »Eingeborene« wurde individuell dargestellt. Alle hatten ihr persönliches Aussehen. Auch das Lebensumfeld der Papuas, wie ihre Langhäuser (Dubu-Haus), die nur von Männern betreten werden dürfen, sowie weitere Sitten und Gebräuche zeichnete und erklärte Kohlhoff anschaulich; das war damals und ist auch heute noch für mich ein Augenschmaus.

Der Herstellungsprozess, das Zusammenspiel der Druckmaschinen, der Beschnitt der Druckbögen, das Falzen und das Klammern, funktionierte weiterhin nicht einwandfrei. Die Abbildungen waren noch immer schief gegenüber dem Heftrand, diesmal im Heftinnern.

Zeitgeschehen: In diesem Monat startete der Rolf Kauka Verlag die Reihe *Eulenspiegels Kunterbunt* [Abb. 70]. Sie sollte den *Micky-Maus-Sonderheften* des Ehapa Verlages Konkurrenz machen, was insofern gelang, als dass diese bald eingestellt wurden. An Kaukas neuer Reihe lag es natürlich nicht: Ehapa stellte das *Micky-Maus*-Heft Ende des Jahres von monatlicher auf vierzehntägliche Erscheinungsweise um und beendete dafür die Sonderheftreihe. In *Eulenspiegels Kunterbunt* probierte Kauka verschiedene neue Charaktere aus. Mich hatten vor allem »Tips und Taps« sehr interessiert. Ihre geschichtsträchtigen Erlebnisse mit Christoph Kolumbus oder als Gehilfen bei Archimedes, bei deren Ent-

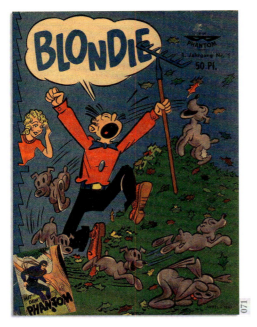

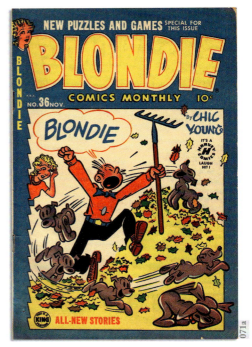

deckungen und Erfindungen sie dabei waren, förderten damals mein bereits vorhandenes Interesse an Comics und Historie. Kauka schien an dem Titel *Eulenspiegels Kunterbunt* Gefallen gefunden zu haben. Auch nach Beendigung der Serie im Folgejahr, nach zwanzig Heften, wurde er gelegentlich als Untertitel bei den *Fix-und-Foxi*-Heften verwendet.

Eine weitere Reihe wurde im April 1955 eingestellt: *Phantom* vom Hamburger Aller Verlag [Abb. 71]. Diese noch heute faszinierende Anthologie-Reihe brachte neben *Buntes Allerlei* aus demselben Verlag US-amerikanische Zeitungscomics und Geschichten aus »comic books«. Für Letztere soll exemplarisch *Hopalong Cassidy* stehen, dessen gezeichnete Abenteuer zwar einfach gestrickt waren, ähnlich denen in der Serie *Sheriff Klassiker* (Bildschriftenverlag), die aber zeichnerisch, drucktechnisch und in der Farbgebung eine ganze Klasse höher eingestuft werden müssen. Die Sundays und Dailies glänzten, u.a. mit *Prinz Eisenherz, Flash Gordon, Rip Kirby, King der Grenzreiter, Bob und Frank (Tim Tyler's Luck)* und natürlich mit dem titelgebenden Maskenmann *Phantom*. Leider waren viele dieser Storys bearbeitet, gekürzt und aus dem Zusammenhang gerissene Einzelabenteuer, aber sie brachten die vielfältige Welt der grandiosen Zeitungscomics in den deutschen Sprachraum.[25]

Das US-amerikanische Originalheft vom November 1951 [Abb. 71a]. Wie erkennbar ist, nahm man bei Aller das Bildmotiv im Rahmen, setzte »Phantom« darüber und fertig war die Eigenkreation. Im Gegensatz zum auf Seite 39 abgebildeten US-*Tom-and-Jerry*-Heft, war der Inhalt hier weitgehend identisch. Bei Aller fügte man unten links noch das Phantom ein.

---

[25] Detlef Lorenz, »Phantom« in *Die Sprechblase* Nr. 11 (1978).

Mai 1955 (Nummer 18)

Inhalt: Xury kommt unfreiwillig auf dem wild gewordenen Buschschwein zu sitzen. Im widerwilligen Verbund sorgen beide für ein ordentliches Tohuwabohu unter den Papuas. Das Tier rast mit Xury weiter durch den Wald. Der Mohrenknabe wird durch einen schräg stehenden Palmenstamm abgeworfen. Die Papuas verfolgen Schwein und Xury. Sambi, ihr bester Fährtenleser, entdeckt, dass der Junge sich in den Baumwipfeln versteckt hält. Es schließt sich eine Verfolgungsjagd an, die sich am Waldboden fortsetzt. Ein Helmkasuar wird zum unfreiwilligen Helfer für Xury. Erst beißt der verschreckte Laufvogel Sambi, welcher daraufhin flüchtet. Dann schwingt sich Xury auf das Tier und beide landen nach einem wilden Ritt in einem morastigen Tümpel. [Abb. 72] Dort sitzen beide fest: Xury befindet sich auf einer kleinen Insel, während der Vogel langsam im Sumpf versinkt.

Das ganze Drama hat ein Zwergmensch beobachtet, dessen Kameraden derweil von Robinson befreit wurden. Allerdings sind nun auch die Papuas am Sumpf angelangt und beide Gruppen stehen sich am jeweils anderen Ufer des Morasts gegenüber. Die Papuas beginnen Xury mit Speeren zu attackieren, Robinson dagegen wirft ein Seil auf die Insel. Xury lässt sich, ein Schild schützend über sich haltend, von Ro-

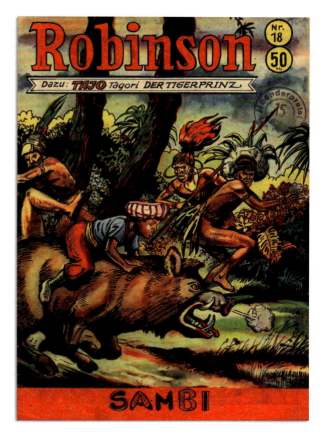

binson ans rettende Ufer ziehen. Dann bittet er Robinson, dem Kasuar den Gnadenschuss zu geben, da dieser kurz vor dem Versinken ist. Schließlich erreichen sie das Stelzenhaus. Dort wird den Papuas ein Hinterhalt bereitet. Diese wähnen ihre Opfer im Haus und klettern rasch hinauf. Allerdings wartet Robinson mit seiner Schar am Boden. Lange Seile sind an den Stützen angebracht. Die List gelingt und mit dem umstürzenden Bauwerk sind viele Kannibalen ausgeschaltet. Mit den Restlichen entwickelt sich ein heftiger Kampf.

Kommentar: Interessant ist Kohlhoffs Bildaufteilung der nebenstehend wiedergegebenen Seite 10. Je nach Wichtigkeit der Motive öffnete sich das Panel jeweils zum Rand hin stärker. Kohlhoff war Profi genug, um derartige grafische Experimente sparsam einzusetzen, dafür saßen sie dann umso treffender.

[Abb. 73] Auf der letzten Umschlagseite warb der Verlag erneut für seine utopische Comicserie *Titanus*. Die Verkaufszahlen versprachen keinen bedeutenden Gewinn, wenn überhaupt, was sicherlich nicht aus den zuvor erwähnten unter-

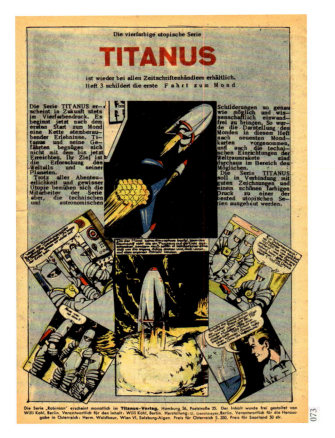

lich hinterher, trotz spannender Unterhaltung.

Erstmals seit der Eigenproduktion standen Druck und Beschnitt weitgehend im rechten Winkel zueinander. Die Panels waren dagegen weiterhin wellenförmig, gelegentlich sogar unterbrochen. Sporadisch überschritten Details die Begrenzungen, wie es schon lange für Kohlhoffs Zeichnungen charakteristisch war. Speerspitzen, Musketen, Hände, Füße, Sprechblasen, Ausdruckszeichen und anderes mehr ragten über die Linien hinaus ... das hat mich nie gestört, es erzeugte sogar ein lebendigeres Bild.

Der in diesem Heft vorkommende Helmkasuar muss an dieser Stelle noch einmal Erwähnung finden. Vor mehr als zehn Jahren, zirka 2002/2003, erzählte mir ein Freund von einer Begegnung mit einem Laufvogel in Australien, »den ich sicherlich nicht kennen würde«, weil ich noch nie in Australien war. Als ich nach dem Namen fragte und Kasuar als Antwort erhielt, konnte ich das Tier zu seinem Erstaunen sogar beschreiben. Und da weisen Kritiker gerne darauf hin, Comics seien bildungshemmende Lektüre ...

nehmerischen Problemen resultierte. Zwei Gründe würde ich hier vermuten: einmal vertriebstechnische, die kleinere Verlage schon immer in »Geiselhaft« genommen haben, und inhaltliche. Jahre später hat nämlich auch die von Hansrudi Wäscher gestaltete SF-Reihe *Nick der Weltraumfahrer* aus dem Hause Lehning Absatzprobleme. Auch deren verkaufte Auflage entsprach nicht der von den parallel laufenden Serien wie *Falk, Akim, Tibor*, sondern hinkte deutlich

Zeitgeschehen: Im Mai erschien eine neue Piccolo-Reihe im Gerstmayer-Verlag: *Wildtöter*, nach den *Lederstrumpf Geschichten* (1826) von James Fenimore Cooper [Abb. 74]. Willi Kohlhoff bearbeitete den Stoff des ersten der fünf Bücher in eigener Interpretation. Später wich er total von Coopers Darstellung der amerikanischen Kolonialkriege (Engländer gegen Franzosen mit ihren jeweiligen indianischen Verbündeten) ab und textete Wildwestabenteuer. Er fertigte die Bleistiftzeichnungen an, die Tusche besorgte eine Studentin mit Namen Zorr, die später auch bei *Robinson* mitarbeitete. Kohlhoff hatte mit den Vorbereitungen für *Robinson* so viel zu tun, dass er *Hot Jerry* mit der Nummer 6 ganz abgab und einen Assistenten für *Wildtöter* benötigte. Da auch diese Serie nicht besonders lief, glaubte Gerstmayer, sie durch Umstellung auf das Großbandformat pushen zu können. Nach drei weiteren Heften war aber Schluss.[26]

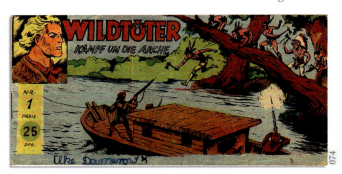

[26] Siehe: Detlef Lorenz, »Wildtöter« in *Die Sprechblase* Nr. 21 (1979)

Juni 1955 (Nummer 19)

Inhalt: Es entwickelt sich ein heftiger Kampf zwischen Robinson, Xury und den Zwergmenschen einerseits und den Papuas andererseits. Als Letztere Verstärkung erhalten, beginnt für die Partei um Robinson die Situation kritisch zu werden. Robinson sorgt sich um Xury, den er schon eine ganze Weile nicht mehr gesehen hat. Da »wird zwischen den Bäumen ein seltsames, langbeiniges Ungeheuer sichtbar!« Als es auch noch Feuer spie, gibt es bei den Papuas kein Halten mehr und sie verschwinden fluchtartig im Wald. [Abb. 75]

Xury hat sich eine Teufelsgestalt auf Stelzen gebaut, die aber den Nachteil einer eingeschränkten Sicht hat. So stolpert er über eine Wurzel, doch zum Glück sind die Papuas bereits verschwunden. Robinson und Xury verabschieden sich von den Zwergmenschen und wollen am nächsten Tag auf dem Fly River zum »Sturmvogel« zurückkehren. Am Fluss angekommen hören sie Trommelklänge. Diese stammen von einer Gruppe Papuas, die auf Booten flussabwärts paddeln. Als Kanonendonner zu vernehmen ist, entert Robinson das letzte Ruderboot und paddelt hinterher. Wie vermutet, wird der »Sturmvogel« von den Papuas angegriffen und die Besatzung wehrt sich u.a. mit der Heckkanone. Trotzdem gelingt es einigen Papuas auf Deck zu klettern, dann wird Tiny entführt. Der später am Ort des Geschehens eintreffende Robinson befreit die Kleine gleich wieder. Obwohl die Besatzung des Schiffs den Angriff abgewehrt hat, ist die Gefahr noch immer nicht beseitigt,

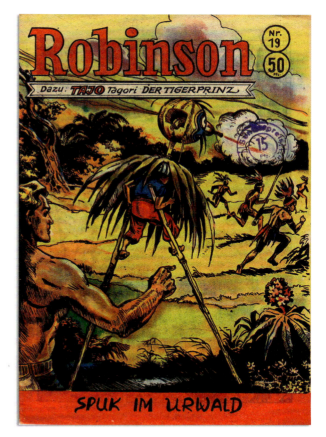

denn der Fluss ist weiterhin gesperrt. Robinson späht die Lage aus und Xury entwickelt einen Plan. Er spannt von Ufer zu Ufer eine Leine, welche die Boote der Papuas zum Kentern bringen soll. Das Vorhaben glückt, wenn auch Xury nur knapp durch einen Meisterschuss Robinsons vor einem Krokodil gerettet werden muss. Nachdem die Papuaboote gekentert sind, kann der »Sturmvogel« ungefährdet das offene Meer erreichen.

Kommentar: An diesem Heft haben drei Personen mitgearbeitet: Willi Kohlhoff, Helmut Nickel und Helmut Steinmann. Wie schon zuvor erwähnt, hatte Kohlhoff nicht nur einen »seriösen«, sondern auch einen einkommensmäßig zuverlässigen Job bei der Berliner Kriminalpolizei angenommen. Deshalb schränkte er seine Tätigkeit als Comictexter und -zeichner drastisch ein. Für den Inhalt und die Gestaltung des vorliegenden Heftes war er noch allein verantwortlich. So wies es jedenfalls das Impressum aus. Aber das stimmte nur zum Teil und auch nur was

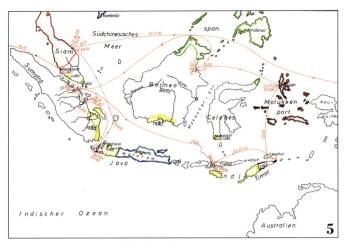

Robinsons Reise um die Welt: Karte 5
Der »Sturmvogel«, beziehungsweise was von dem einst so schmucken Schiff noch übrig ist, befindet sich an der Ostküste von Malakka, im Südchinesischen Meer. Dieses Gebiet, einschließlich des malaiischen Archipels, werden Robinson und seine Gefährten längere Zeit nicht verlassen, genauer bis zum Heft 36 – und bis dahin ist es noch ein langer, abenteuerlicher Weg. In den folgenden Heften betritt ein neuer Akteur (bzw. eine Akteurin), den Schauplatz unserer Geschichte und bereichert sie allein durch ihr charmantes Äußeres. Wie man erkennen kann, machen sich europäische Seemächte auf der südostasiatischen Inselwelt breit. Die Spanier (grün) auf den Philippinen, die Portugiesen (braun) auf den damals Gewürzinseln genannten Molukken und die Niederländer (gelb) auf diversen Inseln. Viele *Robinson*-Hefte später kehren die Freunde in dieses Gebiet zurück und wer Lust hat zu vergleichen, wird diverse politische Gebietsveränderungen auf der neuen Karte feststellen.

---

den Inhalt betraf. Im Einzelnen: Das Titelbild stammt komplett von ihm, während er die Robinsongeschichte nur vorgezeichnet hat. Getuscht hat sie Helmut Nickel, wie schon die Nummer 8. Das Schlussbild auf Seite 16 hat allerdings Helmut Steinmann fertiggestellt – also haben drei Zeichner Robinson gezeichnet; in dieser Vielfalt kommt das für ein einziges Heft wohl selten vor. In der weiteren Folge dieser Chronologie werden wir erfahren, dass Mitarbeiterwechsel im Impressum frühestens ein Heft später vermerkt wurden.

> **Persönliche Zwischenbemerkung**
> Die Nummer 19 war für lange Zeit die letzte *Robinson*-Geschichte aus Willi Kohlhoffs Hand. Erst viel später sollte er aushilfsweise und auch nur für drei Hefte zu »seiner« Serie zurückkehren. Er hat mit seiner Definition, Auslegung und Bearbeitung des *Robinson*-Romanstoffs ein wichtiges Kapitel deutscher Comicgeschichte geschrieben und gezeichnet. Ihm war das Metier bekannt, im Berlin der Vorkriegszeit kam er an US-amerikanisches Comicmaterial in Form von Zeitungen heran und begann es zu schätzen. Dann musste er aus dem Stand heraus selbst Comics schaffen. Er musste sich dazu in die Erzählstruktur einer Bildergeschichte hineinfinden und damit experimentieren. Er hatte kein einheimisches Vorbild, obwohl es natürlich Comics, besser Bildergeschichten, hierzulande schon lange gab, aber eben nicht in der Form von Comicheften. In diesem Buch versuche ich, diese Entwicklung anschaulich darzustellen. Mich hat vor Jahrzehnten Kohlhoffs *Robinson* stark beeindruckt und nichts davon ist verloren gegangen.

Die Zusammenarbeit von Kohlhoff und Nickel bewährte sich auch diesmal. Das Ergebnis bestach durch kräftige, aktionsgeladene Bilder von Kohlhoff, die Nickel mit seinem Strich verfeinert hat. So gesehen waren die beiden ein perfektes Team.

Die Schrift ist – mit Sicherheit – die von Kohlhoff. Helmut Nickel hat sie mit der Feder geschrieben. Wer die Zweitserie *Tajo* gelettert hat, ist unbekannt. Auf jeden Fall war es keiner der drei am Heft beteiligten Künstler, denn Steinmann hat in den nächsten Heften eine völlig andere Schrift verwendet. *Tajo* hat Willi Kohlhoff nur flüchtig skizziert und getextet. Fertiggestellt hat den Comic Helmut Steinmann.

Das technische Herstellungsequipment funktionierte weiterhin nicht einwandfrei. Der Versatz ist an der rechten Seite des Titelbildes sehr schön zu erkennen und im Inneren hat das gedruckte Comicpanel von oben nach unten einen Unterschied von bis zu einem halben Zentimeter zum Heftrand.

Helmut Nickel erinnerte sich beim Lesen der vorstehenden Zeilen an eine Begegnung mit Willi Kohlhoff in Berlin. Beide hatten sich zwei Mal getroffen: zuerst bei der Übergabe der Unterlagen für die Nummer 8 und nun für die Nummer 19. Dabei zeigte Kohlhoff Nickel eine entsprechende amerikanische Ausgabe von *National Geographic*, die er als ethnologische Vorlage für das Neu-Guinea-Abenteuer verwendet hatte. Dieses Heft war 1954 in Deutschland mit Sicherheit nicht so leicht zu erhalten. Wie weit dieses Magazin unter Comiczeichnern Verwendung gefunden hat, wie auch bei Barks, ist schon interessant.

Zeitgeschehen: Für den Juni 1955 gibt es nur in eigener Sache etwas zu bemerken. Mir ist aufgefallen, dass ich bisher hauptsächlich über Comicserien berichtet habe. Das überrascht nicht, denn Comics haben mich überwiegend beschäftigt, neben dem Spielen auf den fast autofreien Nebenstraßen, in Ruinen, auf Trümmergrundstücken, und begrünten Schutthügeln. Alles war wichtiger als die Schulzeit und ähnliche freizeitvernichtende Betätigungen. Für das Jahr 1956 sieht es etwas anders aus. In meiner Rückschau für diesen Zeitraum habe ich eine erlebte und gelebte Auswahl getroffen, die nicht nur mit Comics zu tun hatte.

Juli 1955 (Nummer 20)

Inhalt: Robinsons »Sturmvogel« ankert vor einer unbekannten Insel, was im 17. Jahrhundert nicht ungewöhnlich war. Spinne und Schwabbel werden zum Wasserholen hinübergeschickt. Als sie nach einigen Stunden nicht zurückkehren, rudern ihnen Robinson und Xury nach. Xury klettert zur besseren Übersicht auf einen Baum und wird von einem Saurier regelrecht gepflückt und verschleppt. Robinson verfolgt die beiden und sieht das Tier in einer Baumgruppe unterhalb eines Vulkans verschwinden. Als es wieder auftaucht schleicht er sich in diesen Wald. [Abb. 76] Dort findet er eine Baumhöhle, in der er Professor Laurin beobachtet, wie dieser den gefangenen Freunden, auch Spinne und Schwabbel, einen Vortrag hält. Robinson überwältigt ihn und hört von den befreiten Gefährten die Geschichte des Professors. Er hat den Saurier aus einem Krokodil gezüchtet und eine Mixtur geschaffen, die aus Pflanzenfressern reißende Bestien machen soll.

Als sie flüchten wollen, versperrt das Untier den Ausgang. Mit Fackeln erzwingen sie sich die Flucht, das Baumhaus geht in Flammen auf. Den Professor nehmen sie mit an Bord. Von dort flüchtet dieser aber zurück, was Robinson eigentlich recht wäre, aber sie benötigen die zurückgelassenen Waffen und Trinkwasser. Deshalb kehren sie an Land zurück, nehmen aber eine Kanone mit. Xury lockt das Untier unfreiwillig zu seinen Freunden, die mit geladenem Geschütz auf das Monster warten.

Kommentar: Das Titelbild des vorliegenden Heftes verhieß nichts Gutes. Schon nach wenigen Seiten wurde klar, dass der neue Zeichner dem Vorgänger deutlich unterlegen war und recht spröde Geschichten erzählte. Die eigentliche Absicht der Reise, Tiny eine neue Heimat zu suchen, wurde nicht erwähnt. Sie und Lenko kommen nicht einmal vor. Die Protagonisten waren auf Robinson, Xury, Spinne und Schwabbel begrenzt sowie, als Gegner, Professor Laurin. Der künstlich gezüchtete Saurier, eine Mischung aus Bronto-, Brachius- und Stegosaurus, der auch schon mal schelmisch oder böse schauen konnte, war der »Gehilfe« des Mad-Scientist Laurin.

Für alle Neueinsteiger in der Lesekunst der Comics hat Steinmann für *Robinson* und *Tajo* von Bild zu Bild leserichtungsweisende Pfeile

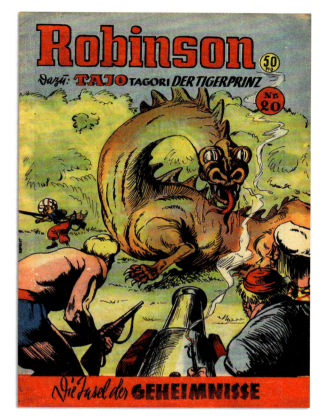

eingezeichnet; nicht gelegentlich, sondern permanent.

Trotz einer vollmundigen Umbenennung des Verlages in »Offsetdruckerei U. Gerstmayer, Berlin« führten die Maschinen weiterhin ihr Eigenleben, vor allem was die Parallelität der Pa-

nelränder zum Beschnitt des Papierbogens betraf.

Zur Nachbestellung von früheren Heften wurde nicht auf die eigentliche Verlagsadresse verwiesen, sondern eine Berliner Redaktionsanschrift angegeben. Inzwischen waren auch die Nummern 1 und 2 wieder lieferbar, was auf eine Neuauflage hinweist.

Das Impressum dieser Nummer nannte Helmut Steinmann als für den Inhalt und das »Atelier Zwo« für die Zeichnungen verantwortlich. Dieses Atelier wurde nur hier genannt, nicht einmal in den Impressen der *Robinson Sonderhefte Xury*. Verständlich geworden sind mir dadurch die kryptischen Zeichen vor dem »st« auf dem Titelbild des vorliegenden Heftes, die nur dort und auf den Heften Nr. 1 und Nr. 4 der Sonderhefte vorkommen. Sie bedeuten »Zwo«, also ein künstlerisch gestaltetes Kürzel des Ateliers, in dem Steinmann arbeitete oder das ihm möglicherweise gehörte.

Zeitgeschehen: Am 17. Juli 1955 öffnete in Anaheim in Kalifornien Disneyland seine Pforten [Abb. 77, 77a]! Ein neuer Ort der Sehnsucht ließ unsere Kinderherzen schneller schlagen. Erhöht wurde der Rhythmus mit den Berichterstattungen in den *Micky-Maus*-Heften durch Reporter Flix. Als dann sogar noch ein Wettbewerb in der *Micky Maus* dem Gewinner eine Reise nach Anaheim versprach, kannte die Hoffnung auf den ersten Preis keine Grenzen. Daraus wurde nichts. Erst über 30 Jahre später, 1987, war Disneyland für mich real. Hier ein Guide für Disneyland von 1959 [Abb. 77b].

Das *Robinson Sonderheft Xury* erschien. Es war ein Ableger der regulären Reihe und brachte Erlebnisse Xurys ohne Robinson.

August 1955 (Nummer 21)

Inhalt: Vom »Sturmvogel« aus sehen die Freunde den Vulkan ausbrechen, der die Insel samt dem Professor und seinem Monster vernichtet. Eine Flutwelle kann das Schiff zwar abreiten, es wird dabei aber so stark beschädigt, dass es manövrierunfähig ist. Tiny wird mit Lenko über Bord gespült. Robinson bindet sich ein Seil um die Hüften und springt sofort hinterher. Als er mit Tiny an Bord gehievt wird, attackiert ein Hai Lenko. Xury schleudert dem Raubfisch eine Bombe ins Maul. Später finden sie die unter Deck befindlichen Wasserfässer zerstört und sind dem Tode durch Verdursten nahe. Eine Malaien-Dschunke geht einige Tage später längsseits. Es sind Piraten, denen die kraftlose Mannschaft des »Sturmvogels« nichts entgegenzusetzen hat. Nur Xury versteckt sich an Bord und spielt den Bösewichten manche Streiche, die zur Befreiung der Freunde führen. Das Schlepptau zur Dschunke wird in Ufernähe gekappt, worauf das Schiff zum Ufer treibt. Dort angekommen springen sie an Land, verstecken sich in einem Schuppen und Robinson kundschaftet die Lage aus. Als er zurückkehrt findet er den Schuppen leer. Sein leises Rufen verhallt unerwidert. Er ist »alleine in einer fremden, unheimlichen Stadt – im geheimnisvollen Lande Siam – zwischen Malaien, Chinesen und Siamesen! Lest seine spannenden Abenteuer im nächsten Heft ›Der Tempel der Glückseligkeit‹«.[27]

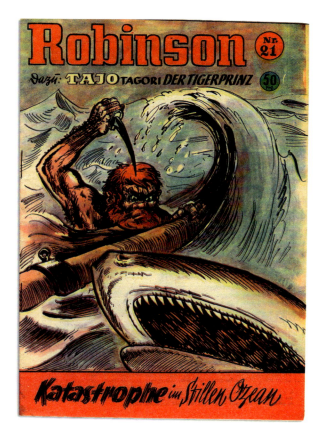

Kommentar: Die Handlung von *Robinson* wurde ohne erklärende Auflösung des vorherigen Cliffhangers fortgesetzt. Die Freunde befanden sich übergangslos auf dem »Sturmvogel«.

Zum Abschluss meines insgesamt negativen Urteils über Steinmanns Zeichenkunst sei zusammengefasst, dass er Grundlagen von Anatomie, Perspektive, Bildkomposition oder Hintergrund nicht wirklich beherrschte. Das sieht man an den Bildbeispielen. Helmut Steinmann hatte andere Talente, die ihn später zu Walter Lehning führten. In der schwarzen *Winnetou*-Reihe (1964-1966) gab es die Rubrik »Stammeschronik«, die Steinmann betreute. Mit einer schier unglaublichen Akribie stellte er die einzelnen Stämme, und nicht nur die populären, vor. Die Apachen, die Sioux und die Komantschen sind allgemein bekannt, aber wer kennt die Atkapa, die Mobilian und die Tunica? Zusätzlich gab es die Aufzeichnung über »Manitus rote Kinder«. Sie erzählte penibel die tragische Geschichte, die von den indianischen Völkern seit der Landnahme durch die Europäer erlitten werden musste. Helmut Steinmann hatte hier seine Profession gefunden.

Zeitgeschehen: Als letzte der Serien aus dem Aller Verlag wurde *Prinz Eisenherz* eingestellt. Sie war im Januar 1954 aus *Phantom* ausgekoppelt worden. Der Verlag hatte sich durch die gesteigerte Popularität des Prinzen von Thule, u.a. wegen des Kinofilms, Hoffnung auf mehr Erfolg gemacht. Für diese Vermutung sprechen Fotobilder aus dem Film, die ab dem dritten Heft als Cover verwendet wurden. Die Geschichte um Prinz Eisenherz wurde im 2. Jahrgang (Januar 1955) mit der zweiten Sonntagsseite neu gestartet und kontinuierlich fortgesetzt. Leider hat das kleine Heftformat den Gesamteindruck beeinträchtigt. Farbgebung und Druck dagegen waren exzellent, im Gegensatz zu *Robinson*!

---

[27] Sicherlich macht sich Robinson sorgen um seine Freunde, aber derartige Situationen hat er schon des Öfteren gemeistert, ohne sich in die Hosen … Steinmann überzog ein wenig die Situation mit übertriebenen Spannung heischenden Worten. Zumindest wissen wir nun, dass Robinson sich im Siam aufhält.

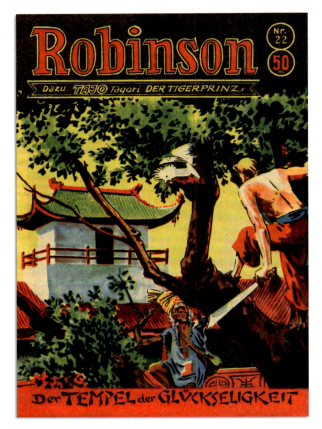

September 1955 (Nummer 22)

Inhalt: Robinson gerät im Hafenschuppen in einen Hinterhalt der Piraten, kann sie aber alle überwältigen – bis auf einen. Da hilft ihm Si Anu, indem dieser den letzten Gegner niederschlägt. Er verspricht Robinson bei der Befreiung der Gefährten zu helfen, wenn ihm dieser im Gegenzug hilft, die gefangene Prinzessin Tuanila zu befreien. Robinson geht auf den Handel ein, obwohl er die Rolle des Alten zunächst höchst skeptisch sieht. Dieser erweist sich aber als äußert listenreich, beherrscht den indischen Seiltrick, der ihnen zum Übersteigen der Umfassungsmauer des Tempels der Glückseligkeit nutzt, und auch Hypnose, durch die einige Wächter in Trance versetzt werden. Sie gelangen in ein Kellerverlies, in dem die Freunde schmachten. [Abb. 78]

Es gilt, die Prinzessin zu befreien. Dafür verkleiden sie sich, teils als Malaien, teils als Europäer, und gelangen unbehelligt ins Innere des Tempels, der letztlich nur ein Hafenlokal ist. Tuanila muss derweilen vor den betrunkenen Gästen tanzen. Robinson flüstert ihr dabei das Passwort »Tuanila« zu und dann geht alles blitzschnell. Er reißt die durch eiserne Fußfesseln behinderte Prinzessin an sich, springt durch das Papierfenster und rennt mit ihr zum Hafen. Xury hat für die Verfolger einige Hindernisse vorbereitet, u.a. eine Kanone mit Feuerwerkskörpern. Am Hafenbecken angekommen, springen sie in ein Beiboot des ihnen wohlbekannten Piratenschiffes und hoffen, in der Dunkelheit von der Wache an Deck nicht erkannt zu werden. Als die Verfolger die Wachen auf der Dschunke auf die Situation aufmerksam machen, wird das Beiboot augenblicklich vom Schiff aus unter Feuer genommen. Nun können sie weder vor noch zurück.

Kommentar: Welche Wohltat für die Augen und die Sinne; nach dem Intermezzo mit Helmut Steinmann, der ein »Spezi« Gerstmayers war (laut Helmut Nickel), gab der Verleger den Leserbeschwerden nach - wie schon einmal beim Versuch, *Tajo* als Hauptserie zu initiieren - und übergab *Robinson* an Helmut Nickel – wie schon *Hot Jerry*. Er tat das sehr ungern, denn Gerstmayer hielt nicht viel von Nickels Erzähl- und Zeichenkünsten. Die »Pleiten« der Serien *3 Musketiere*, *Der Graf von Monte Christo*, *Hot Jerry/Don Pedro* und *Titanus* lagen ihm noch schwer im Magen.

Lesen Sie bitte weiter auf Seite 61 ->

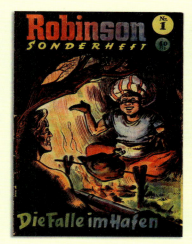 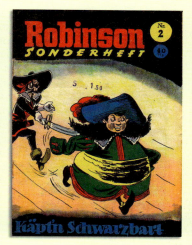 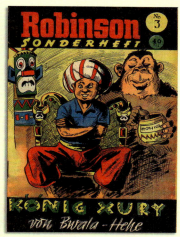

Robinson Spotlight 2:
Robinson Sonderheft

Im Juli 1955 brachte der Gerstmayer-Verlag einen Ableger (heute sagt man »Spin-off«) zu seinem erfolgreichen *Robinson* heraus: Es war das *Robinson Sonderheft*. Allerdings vermochte dieses Sonderheft nicht ansatzweise an den Erfolg der Hauptserie anzuknüpfen. Es sind nur sechs Hefte erschienen.

Das Sonderheft schließt inhaltlich an Heft 9 der Hauptserie an, als sich Robinson und Xury trennen. Robinson reist allein los, erleidet Schiffbruch, rettet sich auf die Insel und beide sehen sich erst in Heft 13 wieder. Für diesen Zeitraum, der drei Jahre gedauert haben müsste, erzählt Xury seine Erlebnisse. Dies geschieht in der Ich-Form und in der verquasten Ausdrucksweise des Knaben. Haben die sprachlichen Absurditäten in der Hauptreihe noch einen lustigen Anstrich, so sind sie in der geballten Form der Sonderhefte schon recht mühsam zu lesen.

Die Story der sechs Hefte ist schnell erzählt: Nach dem Abschied von Robinson soll Xury als Sklave verkauft werden. Es gelingt ihm zu fliehen, er wird aber erneut gefangen genommen und landet auf einem Sklavenschiff. Dieses wird vom Piraten Schwarzbart (!) angegriffen und erobert. Diesmal gelingt Xury die Flucht und er landet auf der Insel der Bwala-Hehe.[28] Dort wird er zum König der »abergläubischen« Eingeborenen. Leider landet das Piratenschiff genau auf dieser Insel, um dort Sklaven zu fangen. Es entspinnt sich eine Auseinandersetzung, die dank Xurys Pfiffigkeit für ihn und die Bwala-Hehe gut ausgeht. Es befindet sich auch ein Schatz auf der Insel, der den Piraten gerade recht kommt, aber Xury stiftet Neid und Missgunst zwischen ihnen. Er entkommt mit dem Piratenschiff, sein schwarzer Freund Mambo und vier angeblich geläuterte Piraten begleiten ihn. Diese versuchen jedoch, sich den Schatz unter den Nagel zu reißen. Mambo und Xury fliehen mit einem Rettungsboot und … wo sie landen, versprach zwar Heft Nummer 7 zu schildern. Dazu kam es aber nicht mehr.

---

[28] Im ehemaligen Deutsch-Ostafrika leistete der Sultan Mkwawa lange erbitterten Widerstand. Seine Krieger vom Stamm der Wahehe fügten den Kolonialtruppen manch empfindliche Niederlage zu. Die nicht zu verkennende Namensgleichheit dürfte kaum ein Zufall sein.

the Kid. Der Verlag war, analog zu *Robinson*, der Titanus-Verlag, Hamburg. Die Erscheinungsweise erfolgte monatlich. Die Seitenzahl betrug einschließlich des Umschlages konstant 16 nicht nummerierte Seiten. Die Heftgröße von 16,5cm x 23cm, war leicht schwankend. Der Preis betrug durchgehend 40 Pfennig (für Berlin (West): 15 Pfennig).

Xury teilte sich in allen Nummern das Heft mit dem jugendlichen Westernhelden Joe the Kid. An den Titelbildern und einigen Abbildungen aus dem Heft 1 [Abb. 79, 81] und der sechsten Ausgabe kann man sehr schön die Darstellung der unterschiedlichen Stile von Kohlhoff und Steinmann im Vergleich zu der sehr funny-haften Darstellungsweise von Becker-Kasch sehen.[29]

Kommentar: Die ersten fünf Hefte wurden von Willi Kohlhoff in Zusammenarbeit mit Helmut Steinmann geschaffen. Das sechste Heft ist von Becker-Kasch, hinter dem sich der Verleger Dr. Walter Becker und der Künstler Kurt Ludwig Schmidt (Künstlername: Kasch) verbergen. Schmidt hat u.a. auch für Rolf Kauka gearbeitet und sehr schöne *Fix-und-Foxi*-Geschichten hergestellt.

Über kontroverse Details der Urheberschaft an den Sonderheften gibt es von mir einen ausführlichen Beitrag im Nachdruck der Sonderheft-Reihe, der 2011 von der Interessengemeinschaft Comic Strip (INCOS) als Sonderpublikation herausgegeben wurde. Hier die Kurzfassung: Nach meinen Recherchen hat Kohlhoff die Story konzipiert und vorgezeichnet, getuscht hat sie Steinmann. Und das gilt auch für die Zweitserie *Joe the Kid*. Dass die »Zusammenarbeit« für alle fünf Hefte erfolgte, vermute ich aus Indizien im Comic *Joe the Kid*, der von der ersten Ausgabe an im Heft erschien. In der Nummer 4 findet sich ein Porträt von Willi Kohlhoff [Abb. 80]. Sicherlich machte es ihm Spaß, sich selbst zu skizzieren.

Die Heftreihe erschien vom Juli 1955 bis zum Januar 1956. Die Nummern 1 bis 3 haben den oben genannten Serientitel. Dann wechselt er in *Das lustige Robinson-Sonderheft mit Xury und Joe*

---

[29] Siehe: *Robinson Sonderhefte*, INCOS (2011); ein Schuber mit acht Heften und der erstmals komplett abgedruckten Weltkarte mit der Reiseroute Robinsons. Mit Textbeiträgen von Werner Fleischer und Detlef Lorenz.

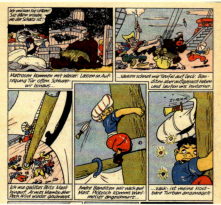

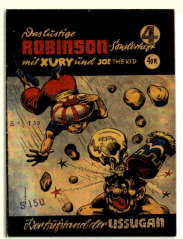 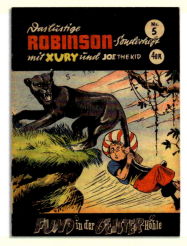 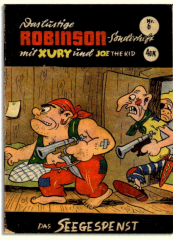

Helmut Nickel hat von Gerstmayer in einem Gespräch die Grundzüge der aktuellen Geschichte erhalten; nach diesem »Plot« gestaltete er die Fortsetzung [Abb. 82]. Auch das Titelbild »durfte« er zeichnen, obwohl Gerstmayer bezüglich Nickels grafischer Ausdruckskraft skeptisch blieb, und er ihm nicht zutraute, damit genügend Käufer anzulocken. Deshalb wechselten die Zeichner der Titelbilder in den folgenden Heften. Die Nummern 23, 24, 28 und – da bin ich ziemlich sicher – die 29 sind von Willi Kohlhoff. Das Titelbild von Heft 25 zeichnete Steinmann und die der beiden folgenden 26 und 27 sind von Nickel. Ab der Nummer 30 war Helmut Nickel allein für *Robinson* zuständig. Dies bekam der Serie gut.

Als Helmut Nickel *Robinson* übernahm, hatte er nicht viel Zeit, in die Story einzusteigen, die Zeichnungen zu fertigen und sie druckreif im Verlag abzugeben. Der zuvor erwähnte erläuternde/entschuldigende Text an die Leser erhärtet die Vermutung, dass bei Gerstmayer die Auflagen-Alarmglocken geschrillt hatten.

Unbeirrt von der Skepsis und den mahnenden Worten Gerstmayers setzte Nickel seinen eigenen Erzählstil weiterhin fort. Dazu gehörten auch die Einschübe ethnografischer Art. Als der schrullige, aber hilfsbereite und erstaunlich fähige Si Anu Robinson anspricht, geschieht dies in »Pidgin«. Nickel fügte diese Sprache in seine Geschichte ein, obwohl er Verständigungsprobleme hätte beiseiteschieben können. Aber nein, er setzte ein mögliches und wahrscheinliches Szenario voraus und beließ es nicht dabei, sondern erklärte auch die Besonderheiten dieses Sprachenmischmaschs. Das hat weder dem Verkaufswert des Heftes noch der Reihe geschadet. Ich habe als Leser daraus gelernt und vermute, dass ich in dem Heft »Im Tempel der Glückseligkeit« den Begriff »Pidgin« das erste Mal gelesen habe.

Eine weitere Besonderheit zeichnete von nun an *Robinson* aus. Helmut Nickel textete nicht ausschließlich mit Versalbuchstaben, wie im Comic allgemein üblich, sondern in Groß- und Kleinschreibung, gemäß Schulbuch. Erst viel später wurde ihm das von Walter Lehning für *Winnetou* ausgetrieben.

Es sind bereits 2011 in der Münchner Ausstellung zu Helmut Nickel Abbildungen gezeigt worden, die als Vorlagen zu Tuanila gedient haben. [Abb. 84, 84a] Links ist die Prinzessin Tuanila aus Heft 22 zu sehen. Das Bild rechts zeigt La Jana, eine bekannte Tänzerin und Schauspielerin aus den 1930er Jahren. Hier in dem Spielfilm »Stern von Rio« von 1940. Dessen Uraufführung im Berliner Ufa-Palast am Zoo hat sie allerdings nicht mehr erlebt. Sie starb kurz zuvor mit 35 Jahren an einer Lungenentzündung.

Im Gerstmayer Verlag, Darmstadt, erschien die Großbandreihe *Testpilot Speedy* [Abb. 83], zuvor hatte man im Mai bereits ein einzelnes gleichnamiges Piccolo-Heft publiziert. Der Inhalt des ersten Großbands ist mit dem des Piccolos identisch; weshalb es diese Umstellung gab, ist nicht bekannt. Sie waren in Schwarzweiß, hatten 24 Seiten, einschließlich des Umschlags, kosteten 30 Pfennig. Der Berlin-Rabatt betrug 10 Pfennig. Weshalb ich das so genau erzähle: Zeichnerisch ist *Testpilot Speedy* eine der schlechteren Serien, grafisch höheres Amateurniveau, zumindest was die Personendarstellungen betrifft. Die Story war dem damaligen Ost-West-Konflikt angeglichen, ohne sich dabei allerdings geopolitisch und namentlich festzulegen. Technisch dagegen war *Testpilot Speedy* allen anderen Science-Fiction-Serien, und das nicht nur in den 1950er Jahren, weit überlegen und die Gestaltung besserte sich im Laufe der Serie beträchtlich.[30]

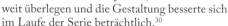

---

[30] Siehe: Detlef Lorenz, »Speedy« in *Die Sprechblase* Nr. 19 (1979). Und: Detlef Lorenz, »Testpilot Speedy« in *Die Sprechblase* Nr. 106 (1990).

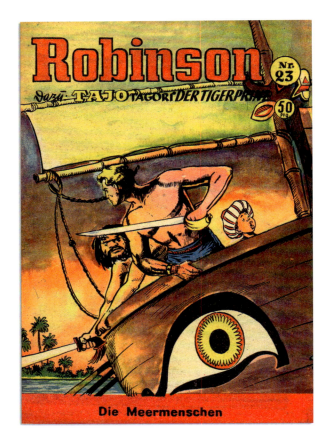

Oktober 1955 (Nummer 23)

Inhalt: Das kleine Auslegerboot beginnt langsam zu sinken. Robinson und Xury tauchen unter Wasser bis zum Seeräuberschiff. Die übrigen planschen und rufen, um die Malaien abzulenken. Die beiden Protagonisten klettern unbeobachtet an Bord. [Abb. 87] Es entspinnt sich ein heftiger Kampf, in dem Robinson zu unterliegen drohte, wenn Xury ihm nicht zu Hilfe gekommen wäre. Nun sind die Freunde die neuen »Besitzer« der Dschunke und rasch werden die Segel gesetzt, denn weitere Piratenschiffe nähern sich.

Von Ferne hat dies ein holländischer Ostindienfahrer (Kapitän Mijnheer van Bloempjebrook auf seinem Segler Annegriet van Amsterdam) beobachtet. Er ändert sofort den Kurs und vertreibt allein durch seine bedrohlichen Kanonen die Piraten. Zuerst glaubt der misstrauische Kapitän an eine Falle, als aber Robinson und seine Freunde an Bord geholt worden sind, ändert sich schlagartig seine Skepsis. Er erkennt Tiny als die Tochter seines verschollenen Bruders. [Abb. 85] Nach einigen Tagen der Ruhe trennen sich die Freunde. Tiny und Lenko ziehen mit dem Holländer weiter. Robinson, Xury, Spinne und Schwabbel, sowie Si Anu bleiben bei Tuanila, um ihr bei der Rückeroberung ihres Reiches zu helfen. Bald treffen sie auf die »Orang Laut«, die Meermenschen. Nach einer kurzen, handgreiflichen Debatte, durch Si Anus hypnotische Kräfte schnell zugunsten der Freunde beendet, haben sie weitere Verbündete für Tuanila gewonnen.

Zeitgeschehen: In diesem Monat kehrten zehn Jahre nach Kriegsende die letzten Gefangenen aus russischer Gefangenschaft heim. Das soll das Lockangebot der UdSSR für die Aufnahme diplomatischer Beziehungen mit der Bundesrepublik Deutschland gewesen sein – und sicherte Konrad Adenauer bei der nächsten Wahl eine weitere Amtsperiode als Bundeskanzler.

Kommentar: Heft 23 gibt es in zwei Auflagen mit unterschiedlichen Titelbildern. Die Erstauflage (und davon können wir ausgehen) hat, wie bisher, einen rauen, stumpfen Umschlag. Die Zweitauflage, bei der Robinson und Tuanila auf das Meer schauen, hat einen glänzenden Umschlag, wie künftig alle weiteren Hefte der Serie. Auf der zweiten und dritten Umschlagseite ist der Comic in Farbe gedruckt, für die zweite Auflage hat es nur für schwarz auf weiß gereicht. Bei letzterer Variante fehlt der Zusatz »Dazu: Tajo Tagori der Tigerprinz«, was wohl darauf zurückzuführen ist, dass *Tajo* mit dieser Ausgabe beendet wurde. Alles recht kuriose Unterscheidungen und des Gerstmayer Verlags würdig.

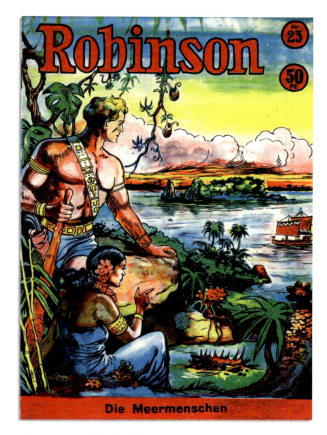

Die Meermenschen

[Abb. 86] Der Kapitän Mijnheer van Bloempjebrook parliert gelegentlich auf Flämisch, wohl eine Reminiszenz Helmut Nickels an seine Kriegsgefangenschaft in Belgien. Einige Jahre später verhalfen ihm diese Sprachkenntnisse zu einem Nebenjob: Lehning bat ihn, seine niederländischen Piccolo-Ausgaben *Akim Nieuwe Avonturen* (dt. *Akim Neue Abenteuer*) zu lettern.[31]

Um Wasser und Nahrung zu fassen, ankert das Schiff vor einer kleinen Insel. Spinne und Schwabbel gehen an Land und es entspinnt sich folgender, kurzer Dialog.

Schwabbel: *»Prachtvolle Sache, so 'ne Insel! Wollen wir uns hier nicht häuslich niederlassen?«*

Spinne: *»Frag mal unseren Kapitän, ob's auf 'ner einsamen Insel so schön ist!«*

Nickel spielte auf damalige Geschehnisse an, denn die beiden hatten Robinson auf »seiner« Insel kennengelernt.

Die »Meermenschen« heißen auf Malaiisch »Orang Laut«, aber das konnte kaum als Titel verwendet werden. Also erklärte es Nickel kurzerhand im Heftinneren. Diese Volksgruppe streift auf Schiffen durch die malaiische Inselwelt, ohne festen Wohnsitz, gleich »Meer-Zigeunern«, wie man sie in den 1950er Jahren genannt hat.

Tajo war zu Ende. Und das wurde auch Zeit. Er hatte nichts mehr mit dem ursprünglichen Stoff, den Absichten Willi Kohlhoffs, eine romantische Abenteuergeschichte im Dschungel Indiens auszubreiten, zu tun. Es war nur noch eine müde Weiterführung, außerdem schlecht gezeichnet und getextet. Das phantasiereiche Abenteuer war einer spröden modernisierten Kriminalgeschichte gewichen, die nur gelegentliche Reminiszenzen an den Vorgänger aufwies. Als Nachfolgeserie für *Tajo* wurde *Peter Palms*

Abenteuer angekündigt. Diesen Titel gab es bereits 1951 als Romanserie mit neun Heften. Einer der Autoren dieser Reihe war Freddy Weller, was allerdings nur ein Pseudonym für ein ganzes Kollektiv von Schreibern war. Soweit bekannt waren es Otto Bruno Burkhardt, Alfred Gerstmayer, Hermann Gerstmayer, Fritz Klein, Helmut Nolte[32] (weiteres Pseudonym Tumleh Etlon), also die ganze Gesellschaft um den Gerstmayer-Verlag herum. Diese Angaben sind *Schmidtkes Pseudonym-Spiegel* entnommen.[33]

---

[31] Siehe: Jürgen Hüfner, »Helmut Nickel letterte Wäschers Akim« in *Die Sprechblase* Nr. 230 (2014).
[32] Helmut Nolte hat u.a. die Romanserien *Der Texaner* für Gerstmayer geschrieben, zu denen Willi Kohlhoff die Titelbildzeichnungen beigesteuert hat.
[33] Siehe: Werner G. Schmidtke, *Schmidtkes Pseudonym-Spiegel*, Ronacher Verlag (1984).

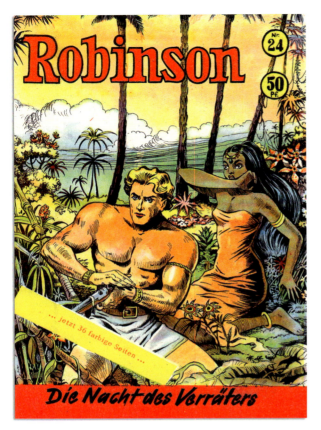

springt nach dem Tiger, der einen Weg in die Freiheit gefunden hat, ebenfalls über die Schulter der Wache ins Freie. Darauf lässt Robinson die Orang Laut den Palast angreifen. [Abb. 89] Als sie im Inneren sind, beginnen sie zu plündern, rennen mit der Beute zu ihren Schiffen zurück und nehmen Tuanila als Geisel. Durch einen genialen Trick rettet Xury die Situation. Die Meermenschen springen über Bord. Nun bietet ihr Anführer dem Thronräuber Hariman seine Dienste an. Mitten in der Nacht brennt die Dschunke von Robinson und sie fliehen an Land, wo allerdings die Orang Laut lauernd warten.

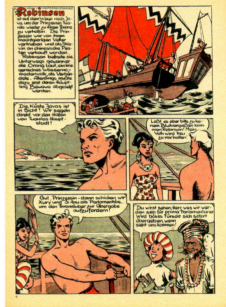

November 1955 (Nummer 24)

Inhalt: [Abb. 88] Die Flotte der Verbündeten segelt nach Situbondo auf Java, Tuanilas Heimat. Xury und Si Anu sollen als Parlamentäre vorfühlen. Kaum vor Fürst Hariman angekommen, werden sie gefangengenommen. Si Anu kommt in den Kerker. Xury wird in eine Tigergrube geworfen. Er reißt im Fall einen Wächter mit und

Kommentar: Das Titelbild versprach so einiges: »jetzt 36 farbige Seiten« und ohne Preiserhöhung. Das hörte sich gut an. Falsch an dieser Aussage war allerdings, dass die Umschlagseiten 2 und 3, die mitgezählt worden sind, völlig blank, d.h. nicht bedruckt waren. Außerdem ist der bisherige recht ansprechende Vierfarbdruck von einem Zweifarbdruck (schwarz und rot in verschiedenen Abstufungen) abgelöst worden. Das war eindeutig eine Verschlechterung. Anders war die beträchtliche Seitenzahlerhöhung wohl nicht zu finanzieren. Die Nummerierung der Comicseiten begann auf ihrer ersten Seite mit der Zahl 1. In der Werbung wurde der Umschlag jedoch hinzugezählt.

Durch den Zweifarbdruck entstand der kuriose und teils unansehnliche Eindruck einer »schweinchenfarbigen« Tuanila, die doch im Grunde einen dunklen Teint besitzt (siehe Titelbild); selbst Xury hat plötzlich eine rosa Hautfarbe. Beides müssen die Grafiker im Verlag bemerkt haben, denn im nächsten Heft erscheinen die beiden mit bräunlicher Hautfarbe.

Mit einer aufwändigen Erklärung begründete der Verlag seine Entscheidung, statt des Romans *Peter Palms Abenteuer* eine Fortsetzung des *Grafen von Monte Christo* zu bringen. Erstaunlicherweise war die Piccolo-Serie aus Sicht des Verlages plötzlich ein Erfolg, welcher hauptsächlich in der Story und natürlich der gekonnten Umsetzung des Romanstoffs begründet lag. Zu Zeiten ihres Erscheinens klang das in Vier-Augen-Gesprächen des Verlegers mit Helmut Nickel gänzlich anders.

Erstaunlicherweise reagierte Gerstmayer diesmal prompt auf den Zeichnerwechsel. Otto Albert wurde im Impressum genannt. Helmut Nickel wurde erstmals erwähnt, nachdem er bereits das dritte *Robinson*-Abenteuer nacheinander gezeichnet hat. Er wurde »H. Humbert« genannt. Das war ein von ihm selbst gewähltes Pseudonym.

Auf der vierten Umschlagseite warb der Verlag für seine Comichefte *Robinson*, *Robinson Sonderheft* und *Titanus*, für letzteres mit dem Zusatz »mit Lederstrumpf«. Das war ein Hinweis auf die Gestaltung der utopischen Serie durch Hansrudi Wäscher, der die Heftnummern 4 und 5 ziemlich frei von den vorherigen Inhalten gestaltete. Zusätzlich fügte er als Zweitserie den Western *Lederstrumpf* mit ein, der allerdings nichts mit den Romanen von J. F. Cooper zu tun hat. Zu diesem Zeitpunkt war Hansrudi Wäscher nicht ausgelastet, weil über dem Lehning Verlag das Damoklesschwert einer Pleite schwebte, eine Folge der gescheiterten Expansionspläne mit der Zeitschrift *Wir Zwei / Moderne Illustrierte*. Also suchte er vorsichtshalber einen sichereren Arbeitgeber und glaubte, ihn ausgerechnet in Gerstmayer gefunden zu haben.

Die Bezeichnung »ffrs«, die das Impressum ab diesem Heft nannte, betraf den französischen Franc, der ab November 1955 wieder Zahlungsmittel im zu Frankreich gehörenden Saarland wurde. Einige Zeit vorher hatte die Saar, kurzfristig ein autonomes Gebiet, eine eigene Währung, den Saarfranken (»sfr«).

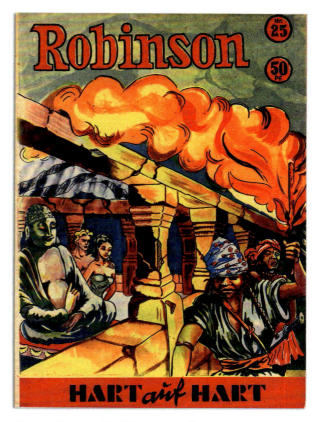

Dezember 1955 (Nummer 25)

Inhalt: Die Verfolger sind herangekommen und eine Hand greift unheildrohend nach Tuanila. Es ist aber nur Spinne, der im Felsen einen Durchschlupf gefunden hat. Schnell kriechen Robinson und Tuanila hinein und landen kurz darauf in einem Höhlentempel, der von ihren Verfolgern bereits durchsucht wird. Zum Glück übersehen die Orang Laut die zum Strand laufenden Freunde. Dort treffen sie auf Xury, Schwabbel und Wuki, den letzten treuen Meermenschen. Robinson und Xury tauchen anschließend zum gesunkenen Wrack ihrer Dschunke. Sie bergen allerhand Gegenstände, mit denen sie ein Floß bauen können.

Allerdings fehlt ihnen ein Segeltuch, woraufhin Tuanila ihr Kleid opfert. [Abb. 90] Bei ihrer Fahrt die Küste entlang geraten sie an die Orang Laut, die, reichlich mit Beute beladen, abgezogen sind. Das Floß kentert in den Klippen, womit sie erneut schiffbrüchig sind.

Nun gilt es, aufs Ganze zu gehen. Sie dringen in den Palast ein, um den Thronräuber zu überwältigen. Im Getümmel gelingt diesem nicht nur die Flucht, er nimmt auch Tuanila als Geisel. Robinson jagt hinterher. Das Fluchtgefährt, ein Ochsenkarren, kommt an einer sumpfigen Stelle zum Stehen. Hariman hastet mit der Prinzessin weiter, stürzt in ein Sumpfloch, hält sich an Tuanilas Haaren fest, die sich mit einem Kris eine Locke abschneidet woraufder Tyrann im Morast versinkt. Tuanila hat ihren Thron wieder zurückgewonnen, mit tatkräftiger Unterstützung von Robinson und seinen Gefährten.

Kommentar: Das Titelbild schien eine Notversion zu sein. Es ist einem Bild aus der Geschichte erschreckend schlecht nachgezeichnet worden und es fehlte im Druck mindestens eine Farbe.

Das Abenteuer um die Prinzessin Tuanila hatte sein Ende gefunden, erstaunlicherweise ohne Cliffhanger. Nickel wies lediglich auf weitere Erzählungen über Robinson hin.

Wie schon in der vorherigen Ausgabe, bot der Verlag die Hefte der Piccolo-Serie *Der Graf von Monte Christo* an. Es waren zu diesem Zeitpunkt noch alle zwölf Hefte erhältlich.

Zeitgeschehen: Nach 33 Ausgaben erschien das letzte *Micky Maus Sonderheft*. Sie hatten mir großen Spaß bereitet. Die reguläre Heftserie wurde dafür ab 1956 vierzehntäglich herausgegeben. [Abb. 91] Die Geschichte »Familie Duck auf Ferienfahrt« (Nummer 16) wurde meine liebste lange Barks-Erzählung. Nebenbei kam die Zahl 33 als Serienende nicht nur hier, sondern gleich drei Mal für Sonderheft-Serien verschiedener Verlage vor: *Piccolo Sonderband* (1954-1958, Lehning), *Tom und Jerry Sonderheft* (1956-1958, Semrau) und die oben erwähnten *Micky Maus Sonderhefte* (1951-1955, Ehapa). Das war schon kurios!

[Abb. 92] Die *Mosaik*-Hefte von Hannes Hegen erschienen im Verlag Neues Leben. Es wird das einzige echte Comicheft der DDR bleiben und erscheint, nach einigen Turbulenzen in der »Wendezeit«, noch heute. Ich habe sie vor allem in den 1950er Jahren gelesen. Mit einem Nachbarsjungen, dessen Vater bei der Deutschen Reichsbahn, die trotz des Namens von der DDR verwaltet und betrieben wurde, gearbeitet hat, bekam ich im Lesetausch gegen die *Micky Maus* die ersten *Mosaik* (so bis zu den vierziger Nummern) zu lesen. An »meinem« Zeitungskiosk gab es sie nicht zu kaufen, umgekehrt natürlich auch keine *Micky Maus* in Ost-Berlin.

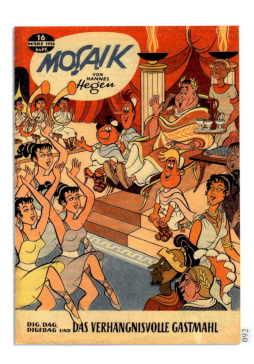

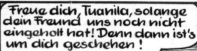

"Freue dich, Tuahila, solange dein Freund uns noch nicht eingeholt hat! Denn dann ist's um dich geschehen!"

Das Gelände wird morastig. Auf ungebahnten Pfaden rast der wild holpernde und stoßende Wagen durch aufspritzende Wasserlachen.

Mitten im Sumpf stockt die Fahrt, die Zugbüffel arbeiten wie verzweifelt, doch der schwere Wagen rührt sich nicht und sinkt immer tiefer.

Originalseite 15 aus *Robinson* Heft 25. Sammlung Günther Polland

Originalseite 16 aus *Robinson* Heft 25. Sammlung Günther Polland

Januar 1956 (Nummer 26)

Inhalt: [Abb. 93] Robinson ist mit seinen Getreuen Xury, Spinne und Schwabbel auf dem neuen »Sturmvogel« auf hoher See. Die dankbare Tuanila hat ihm diese Brigg für das alte wracke Schiff bauen lassen. Plötzlich sehen sie einen Schiffbrüchigen auf einem Floß. Er heißt Jack Parker und bittet um Hilfe, denn seine Freunde seien an der Küste von Sumatra von Einheimischen überfallen und verschleppt worden. Natürlich sagt Robinson zu und steuert die Insel an. In der Nähe des Überfalls gehen sie an Land.

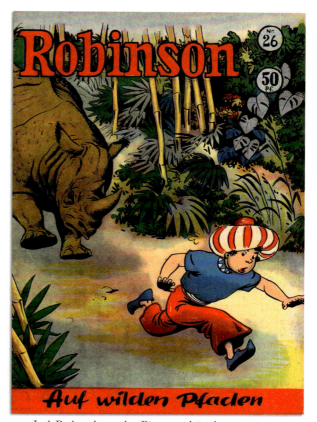

Ein baufälliger Tempel erweckt ihre Neugier. Dort warten aber schon die Thugs, die sogenannten »indischen Würger«. In einem Verlies finden sie die Gefangenen. Die Frau, Belladonna Hothouse, genannt Bloody Belly, entpuppt sich als Anführerin der Piratenfregatte Tigerhai.[34] Sie ist ihrer blonden Haare wegen in einem Käfig gefangen, über und über mit Goldstaub gepudert. Sie wird als Göttin verehrt, was ihr verständlicherweise nicht zusagt. Eine Truhe mit Gold erregt die Gier der Gruppe, außer Robinson und Xury, natürlich, und während man sich deswegen streitet, greifen die Thugs an. Nur knapp können sie an Bord des »Sturmvogels« entkommen.

Während eines Bades schöpft Bloody Belly das Gold ab und beschuldigt Robinson des Diebstahls. Die Freunde werden überwältigt. Bloody Belly will sie am liebsten sofort umbrin-

gen. Jack Parker, der zu den Piraten gehört, kann sie aber überreden, sie wenigstens auf einer Sandbank auszusetzen, denn immerhin haben sie ihnen allen das Leben gerettet. Bloody Belly stimmt widerstrebend zu, ahnt sie doch, dass Robinson noch Probleme bereiten könnte. Die Freunde sehen das Schiff nicht zum Meer hin segeln, sondern flussaufwärts ins Landesinnere. Dort erhoffen die Piraten neben der Quelle des Flusses, auch die des Goldes zu finden. Nachdem die Freunde sich von der Sandbank gerettet haben, quälen sie sich durch das Bambusdickicht am Flussufer entlang, in der Hoffnung, irgendwoher Hilfe zu bekommen. [Abb. 94] Xury gerät dabei auf einen Wildwechsel und wird von einem Nashorn angegriffen.

---

[34] Den »Tigerhai« hat Helmut Nickel bereits früher verwendet. In belgischer Kriegsgefangenschaft gestaltete er die Erzählung einer Piratencrew, deren Schiff eben diesen Namen trug. Er hat die Blätter nach seiner Entlassung mit nach Hause genommen. Es gibt sie aktuell (2015) als kolorierte Beilage für Neuabonnenten des Magazins *Die Sprechblase*.

Kommentar: [Abb. 95] Bloody Belly ist natürlich eine Anspielung auf »Bloody Mary«. So wurde die Königin von England Maria I. Tudor (1516-1558) auf Grund ihrer Verfolgung von Protestanten beschimpft. Dem machte erst ihre Nachfolgerin – und Halbschwester – Elisabeth I. ein Ende. Und diese Elisabeth war die Gegnerin des spanischen Königs Phillip, mit dessen Macht sich auch Francis Drake anlegte, womit sich der (Comic-)Kreis wieder in Richtung Helmut Nickel schloss. Drake hat Nickel eine Comicserie gewidmet, die in den Heften 1 bis 17 der Reihe *Harry die bunte Jugendzeitung* (1958-1960, Lehning) abgedruckt wurde. Bloody Mary hat auch eine kulinarische Bedeutung, so heißt ein Longdrink, der vermutlich 1921 das erste Mal in Paris in »Harry's New York Bar« gemixt wurde. Er bestand zu gleichen Teilen aus Wodka und Tomatensaft. Es gibt weitere Deutungen zum Ursprung des Namens für das Mixgetränk, aber das Vorstehende finde ich am prosaischsten.

Es war abzusehen: Der Umstellung vom Vierfarb- auf Zweifarbdruck folgte nach bereits zwei Heften der endgültige Schwarzweißdruck. Ich halte ihn trotzdem für eine Verbesserung gegenüber dem rosaroten Mischmasch. Die Zeichnungen kamen so besser zur Geltung, in dieser Anfangsphase des Einfarbdrucks sogar sehr gut. Das Schwarz war kräftig. Es erreichte eine plastische Wirkung, die später, im höheren Nummernbereich verloren ging. Es wurde billigeres Papier verwendet, das die schwarzen Linien oft brechen lies. Die zweite und dritte Umschlagseite wurde nicht bedruckt und nicht nummeriert.

Zeitgeschehen: Im Januar 1956 kam unter dem Titel *Akim neue Abenteuer* bereits die dritte Piccolo-Serie dieses überaus beliebten Dschungelhelden heraus [Abb. 96]. Nachdem 1953 die erste Serie *Akim der Sohn des Dschungels* im Lehning-Verlag erschien (Nr.1-78) und wegen Problemen mit der Zensur 1954/55 von der Reihe *Herr des Dschungels* (Nr. 1-24) – welche nichts anderes als eine titelmäßig verkappte Fortsetzung war – abgelöst wurde, konnte Lehning nach Ablauf der Sperrfrist seinen Bestseller nun wieder unter dem zugkräftigeren Namen herausbringen. Er ließ ihn allerdings von Hansrudi Wäscher zeichnen. Dieser war eher ein Garant für »saubere« Lektüre als sein italienisches Pendant Augusto Pedrazza. Immerhin brachte es die neue Reihe auf 196 Hefte und war damit eine der erfolgreichsten des Verlags.[35]

Februar 1956 (Nummer 27)

Inhalt: Xury ist mit der Betrachtung eines Schmetterlings so in Gedanken verloren, dass er das anstürmende Nashorn fast zu spät bemerkt. Zu seinem »Glück« war er als Mahlzeit eines schwarzen Panthers auserkoren. Dieser landet aber beim Sprung auf dem Nashorn und beide verschwinden kämpfend im Dickicht.

---

[35] Siehe: B. Christiansen, »Akim und die Bundesprüfstelle«, in *Die Sprechblase* Nr. 16 (1978). Und: Klaus Spillmann, »Akim in Holland«, in *Die Sprechblase* Nr. 41 (1982) Und: Gerd Oldenstädt, »Der Wäscher-Akim«, in *Die Sprechblase* Nr. 81, 1987. Und: Gerhard Förster, »Die italienischen Wurzeln«, in *Die Sprechblase* Nr. 191ff, ab 2003 (erscheint noch). Und: Detlef Lorenz, *Tibor – Eine Legende in Afrika*, Verlag comics etc. 2009.

Nach weiteren Tagen mühevollen Marsches durch den Dschungel, hören sie einen Hilfeschrei. Eine Riesenschlange hält ein junges Mädchen im eisernen Griff. Robinson tötet das Reptil. Das Mädchen führt sie in ihr Dorf, das unter einem menschenfressenden Tiger leidet. Robinson konstruiert eine Tigerfalle. Das Raubtier wird von den Speeren erlegt. Es stellt sich heraus, dass es sich um ein Tigerpaar handelt, da Robinson einem zweiten Tiger gegenüber steht. Aber dieser zieht sich in den Dschungel zurück.

Nun soll der Tiger gejagt werden, wobei Xury heimlich alleine in den Wald geht, um diesen zu suchen. Der Knabe will die Raubkatze mit einem Lasso fangen. Aber das Unternehmen wäre für Xury schlecht ausgegangen, hätte ihn nicht ein Orang-Utan im letzten Moment hoch in die Baumwipfel gezogen. Robinson macht sich auf den Weg, um Xury zu finden. [Abb. 97] Dabei wird er von den unvermutet auftauchenden Piraten um Bloody Belly überwältigt und an einem Ast über dem Fluss festgebunden.

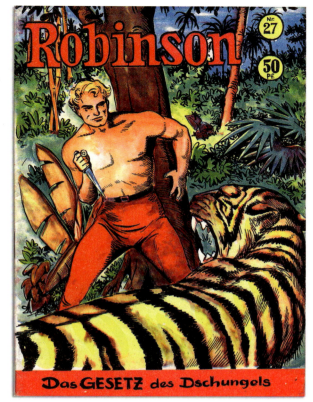

Kommentar: »Das Gesetz des Dschungels«, so der Titel des vorliegenden Hefts, schien in den weltweiten Dschungelgebieten allgegenwärtig zu sein. [Abb. 99] Nicht nur auf Sumatra, auch für den afrikanischen Urwald wurde es titelgebend herausgestellt. [Abb. 100] Ein Aspekt der vorliegenden Geschichte erzürnt Helmut Nickel noch heute: »Zu dieser Episode muss ich erklären, dass bei dem vorhergegangenen Faustkampf mit dem Zauberer Sedek, als Folge der üblichen Zensuridiotie zur Schonung kindlicher Gemüter und Vermeidung des Zeigens gefährlicher Waffen Gisela Gerstmayer die als ›Tigerkrallen‹ zwischen den Fingern von Sedeks Faust hervorstoßenden Klingen wegtuschiert hat, obwohl sie im Text ausdrücklich erwähnt werden, da sie tatsächlich eine indische Nahkampfwaffe sind.« Die angesprochene Gisela Gerstmayer war die Schwiegertochter des Verlegers und das »Mädchen für alles«, was die grafischen Belange des Verlags betraf.

Der Graf von Monte Christo wurde textlich beendet, dafür wurde die Comicserie *Garth* als neue Zweitserie vorgestellt [Abb. 98]. Zusätzlich erschien in Fortsetzungen der illustrierte Roman *Hans Warren's Abenteuer*.

Die Comicseiten von *Robinson* sind »zweigeteilt«: Es befinden sich je acht Seiten am Anfang und Ende des Hefts. Dies geschah augenscheinlich aus drucktechnischen Gründen. So konnten *Hans Warren's Abenteuer* und *Garth* einfacher ins Heft integriert werden.

Die zweite und dritte Umschlagseite war noch immer unbedruckt. Die vierte Umschlagseite zeigte das komplette Titelbild der Nummer 28 mit Preisaufdruck, Titel und Nummernangabe. Da konnte es schon mal passieren, dass Kioskbesitzer und Kunden die verschiedenen Ausgaben durcheinanderbrachten.

Zeitgeschehen: Mitte/Ende der 1950er Jahre habe ich ein Buch mit einer »Erzählung nach historischen Tatsachen« über *Buffalo Bill* (Neuer Jugendschriften Verlag, Hannover, 1955) erhalten [Abb. 101], welches ich noch immer besitze. Der Verfasser ist Willi Perry-Drixner, einer der Autoren, die unter dem Pseudonym Hans Warren geschrieben haben. Die Illustrationen besorgte Walter Kellermann, der später für *Robinson* und den Walter Lehning-Verlag arbeiten sollte, das Titelbild stammt von Moritz Pathé.

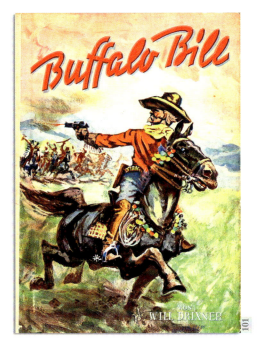

März 1956 (Nummer 28)

Inhalt: Robinson hängt über dem Wasser, bedroht von hungrigen Krokodilen. Es gelingt ihm, deren Mäulern durch pendelnde Bewegungen auszuweichen. Plötzlich sehen die Piraten Blasrohrpfeile heranschwirren. [Abb. 102] In wilder Flucht stürzen sie zu ihrem Ruderboot. Robinson wird in letzter Sekunde von den Waldzwergen gerettet. Nachdem er sich erholt hat, geht die Suche nach Xury weiter, obwohl die Zwerge behaupten, er sei in einen Orang-Utan verwandelt worden.

Der Häuptling erklärt Robinson, dass die Orang-Utans (malaiisch für »Waldmenschen«) nur so tun, als ob sie Affen wären, damit sie keine Steuern bezahlen müssten.

In einem von Menschen verlassenen Dorf, jetzt von den Menschenaffen bewohnt, finden sie Xury, der von einem Muttertier adoptiert worden war. Derweilen hat er an einem kleinen Bach das Geheimnis des Goldstaubs entdeckt, als die Piraten erscheinen. In ihrer Gier wollen sie Robinson erschießen, treffen aber einen Orang-Utan. Sie können mit ihrem Ruderboot knapp dem Toben der Herde entkommen. Robinson und Xury schwimmen ihnen nach, entern das Boot und scheuchen sie auf eine kleine Flussinsel. Dann rudert Robinson zum »Sturmvogel«, der unweit vor Anker liegt. Allerdings haben die Piratenwachen das Geschehen beobachtet. Eine

Kanonenkugel zerschmettert das kleine Ruderboot. Schwimmend gelangen beide an Bord, überwältigen die Wachen. Danach wollen sie die Piraten von der Insel holen, erhalten aber nur eine Kugel als Antwort und überlassen sie deshalb ihrem Schicksal. Spinne und Schwabbel werden an Bord geholt und weiter geht die Reise an der Küste Sumatras entlang. [Abb. 103] Als sie Trinkwasser fassen müssen, gerät Xury in die Gewalt eines Elefanten. Dieser schlingt seinen Rüssel um ihn, hebt ihn hoch und …

Kommentar: Der *Robinson*-Comic war erneut zweigeteilt, konnte aber in diesem Heft mit insgesamt 18 Seiten aufwarten. Im Verlag verwendete man die Comicseiten so, wie es der Platzbedarf gerade erforderte.

Auf der Rückseite war erneut das Titelbild der nächsten Ausgabe abgebildet, diesmal allerdings nur mit dem Titel, nicht mit dem Preis- und dem Nummernaufdruck … im Verlag hatte man dazugelernt.

Das Impressum verwies auf den Wechsel des Verlagssitzes innerhalb Hamburgs.

Zeitgeschehen: In diesem Monat kam der utopisch-phantastische Film *Tarantula* in die Kinos [Abb. 104]. Für einen B-Movie war er von außergewöhnlicher Qualität, was sicherlich auch an der Regiearbeit von Jack Arnold lag. Selbst heutzutage, in Zeiten der digitalen Erschaffung von schier lebensechten Kreaturen und fantastischen Kulissen, hat dieser Film noch seinen Charme und ich sehe ihn nach wie vor gerne. Ein gewisser Clint Eastwood hat in diesem Film einen der ersten Auftritte seiner Karriere. Für wenige Sekunden ist er als Pilot eines Düsenjägers zu sehen, der das riesige Untier schließlich vernichtet. Wobei »zu sehen« etwas geschmeichelt ist, denn seine Rolle verlangte von ihm das Tragen eines Pilotenhelmes, der nur seine Augen frei lies. Die Grafik des Plakats besorgte Klaus Dill, den ich in dieser Funktion sehr schätze.

Hilfe, denn eine Bande Elfenbeinjäger will den Elefantenfriedhof ausplündern. Die nahen Dorfbewohner befürchten deshalb die Rache der grauen Riesen.[36]

Die Tochter des alten Mannes, Lali, führt Robinson, der natürlich seine Hilfe anbietet, zum Elefantenfriedhof [Abb. 105]. Währenddessen verwundet der Anführer der Bande, Henderson, einen Elefanten, um sich von ihm zum Sterbeort der Tiere führen zu lassen. Lali kennt den Ort, weshalb Robinson vor ihnen da ist. Allerdings wird er an ihrem Lagerplatz von einem Blasrohrpfeil am Bein gelähmt, sodass Henderson sie gefangen nehmen kann. Als dieser einen Elefanten töten will, setzt Robinson seine Bewacher außer Gefecht [Abb. 106]. Da tauchen weitere Elefanten am Eingang zum Friedhof auf und veranlassen Henderson und seine Bande, in den Felsen Schutz zu suchen. Trotz seiner Beinwunde verfolgt Robinson Henderson, wird aber beinahe von diesem überwältigt. Ein Elefant reißt den Banditen an sich und wirft ihn den anderen Dickhäutern vor. Dann will die Herde das Dorf der Malaien verwüsten. Doch sie wird im letzten Moment abgedrängt. Nach einigen Tagen stechen die Freunde wieder in See und geraten in einen Taifun, der Robinson über Bord spült.

April 1956 (Nummer 29)

Inhalt: Der Elefant zerschmettert Xury nicht, sondern setzt ihn sich auf seinen Rücken und verschwindet mitsamt dem Reiter im Urwald. Robinson verfolgt seine deutliche Spur. Der Elefant führt Xury – und damit auch Robinson – zu einem verwundeten alten Mann. Dieser bittet die Freunde um

Kommentar: Das Impressum wies keinen Verlag aus, nur den üblichen Hinweis, dass *Robinson* weiterhin monatlich erscheint. Der Name Ulrich Ebger tauchte das erste Mal im Zusammenhang mit *Robinson* auf und dazu noch als Verantwortlicher für den Inhalt. Im Grunde dürfte dies eine Verwechslung mit der Serie *Testpilot Speedy* sein, denn für diese war Ebger tätig. Gerstmayer war nur noch für die Herstellung des Hefts verantwortlich, was so natürlich nicht stimmen konnte. Auf dem Titelbild sind zwei Stempel zu sehen. Einmal »Werbepreis 0,20 DM«, was nichts mit dem Sonderpreis für Berlin zu tun hatte, sondern eine Werbeaktion von wem auch immer war. Der zweite Stempel,

---

[36] Das Bild trägt den Titel der Heftserie in einer Kartusche. Warum? Helmut Nickel teilte die Story in zwei Teile auf. Die Heftmitte wurde von den Zweitgeschichten *Garth* und *Hans Warren's Abenteuer* besetzt. Folglich gestaltete Nickel *Robinson* vorsorglich zweigeteilt, vergaß aber das »Gerstmayer-Layout« einzukalkulieren. So ist mitten in der Geschichte »Robinson« als Überschrift zu lesen…

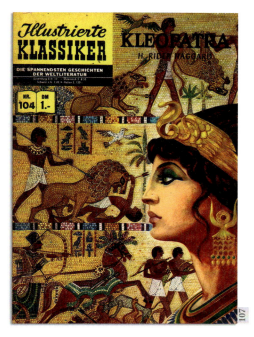

war. Diese FSS war eine Einrichtung der Verlage, die der Bundesprüfstelle für jugendgefährdende Schriften vorgeschaltet war. Nachdem in den vergangenen Jahren immer häufiger Comic- und Romanhefte der Zensur – als Einzelobjekte, oder als ganze Serien – zum Opfer gefallen waren, sahen sich die Verleger zu diesem Schritt gezwungen. Um in der Öffentlichkeit auf untadlige Inhalte ihrer Produkte hinzuweisen, gab es diesen Aufdruck. Das in der Beschreibung von *Robinson* Nr. 27 abgebildete *Akim*-Heft zeigt einen ähnlichen Aufdruck.

Der handlungstragende Elefantenfriedhof spukte seit alters her in den Köpfen der Leute herum. Stoff für Geschichten bot er allemal. Trotzdem ist bis auf den heutigen Tag keine Spur, kein einziger Hinweis auf eine solche Gemeinschaftsbegräbnisstätte der grauen Riesen gefunden worden. Leider ist er eben nur ein Spuk, eine schöne Legende, die noch nicht einmal eine solche ist.

Sehr plötzlich und in nur drei Bildern konstruierte Nickel den Beginn eines neuen Abenteuers. In einem Gespräch schilderte er einmal seine Herangehensweise für eine neue Story: »Wenn ich z. B. seit längerem keinen Sturm/Orkan mehr hatte, ließ ich diesen einfach für den Auftakt eines neuen Abenteuers wüten. Der Rest ergab sich dann oft wie von selbst.« Damit meinte er sicherlich den oben geschilderten Auftakt, was mir allerdings ein klein wenig zu einfach

der ab dem kommenden Heft aufgedruckt wurde, zeigte an, dass das Heft vorab von der »Freiwilligen Selbstkontrolle für Serienbilder« (FSS) auf einwandfreien moralischen Inhalt geprüft worden und als unbedenklich eingestuft worden

scheint, denn das folgende Abenteuer ist damit ja noch immer nicht skizziert.

Zeitgeschehen: Die *Illustrierten Klassiker* des Bildschriftenverlags (BSV), Hamburg/Aachen, erschienen mit der Nummer 1 (»Alice im Wunderland«) [Abb. 107]. Mit 205 Ausgaben in unzähligen Auflagen war diese Reihe bis 1972 sehr erfolgreich. Sie war eine Übernahme der amerikanischen *Classics Illustrated*. Zuvor gab bereits einen Versuch, diese Reihe nach Deutschland zu bringen. Der Frankfurter Rudl Verlag veröffentlichte ab September 1952 zum ersten Mal diese Serie. Nach nur acht Heften wurde sie eingestellt. Zurzeit (2015) wird die Reihe vom Bildschriftenverlag Hannover fortgesetzt.[37]

Im Mondial Verlag erschien das Comicheft *Hallo* Nr. 4 und damit die letzte Geschichte um

Pecos Bill [Abb. 108]. Der größte aller Cowboys starb und das war ein Schock für alle kindlichen Fans des beliebten Helden. Bisher konnten »wir« darauf vertrauen, dass jeglicher Held sich aus jeglicher Gefahr retten konnte – und nun sowas! Dann mussten »wir« halt selbst die nicht mehr geschriebenen Abenteuer von Pecos Bill weiterführen [Abb. 108a]. Dieser ungewöhnliche Western war und ist einer meiner Lieblingscomics und dazu gibt es einen umfassenden Onlinebeitrag in *Lorenz' Comic-Welt*. Dort stellte ich erstmals die deutsche Adaption, auch mit dem Originalabschluss dieser italienischen Serie, vor.[38]

Mai 1956 (Nummer 30)

Inhalt: Robinson wird von den Sturmwellen auf eine Insel gespült. Als der Taifun abflaut und das Wetter sich beruhigt, landet Bordpapagei Koko auf seiner Schulter. Robinson blickt aufs Meer hinaus und sieht am Horizont den »Sturmvogel«. Seine Getreuen kreuzen mit ihrem Schiff, weil sie hoffen, ihn noch lebend aufzufinden. Er versucht, rasch ein Feuer zu entfachen, bis es aber ausreichend brennt und Rauch erzeugt, ist der »Sturmvogel« entschwunden. [Abb. 109] Jemand anderes wird durch das Feuer auf ihn aufmerksam: Die Büsche teilen sich und eine junge Frau tritt ins Freie. Sie stellt sich als Donna Gracia de Selva y Perreira vor, deren Vater der Gou-

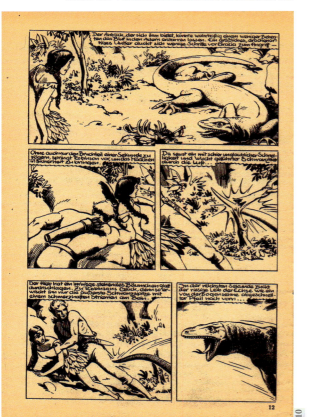

---

[37] Siehe: Horst Berner, »Illustrierte Klassiker: Türöffner zu einem Blick in die bunte Welt der Literatur«, in *Comic Report 2013*, Edition Alfons (2013). Und: Jörg Winner, »Illustrierte Klassiker: Neustart beim CCH«, «, in *Comic Report 2013*, Edition Alfons (2013). Und: Stefan Meduna, »Die Geschichte der Illustrierten Klassiker« in *Die Sprechblase* Nr. 230-231 (2014).

[38] Detlef Lorenz/Gerhard Förster, »Der Mythos Pecos Bill« in *Die Sprechblase* Nr. 224-225 (2012).

verneur der portugiesischen Gewürzinseln (heute: Molukken) ist. Seit drei Monaten ist sie als einzige Überlebende eines Schiffbruchs auf dieser Insel und versucht zu überleben. Robinson bemüht sich, ihnen beiden das Leben so bequem wie möglich zu machen. Vernünftige Wohnmöglichkeiten und die Nahrungsbeschaffung sind jetzt seine Hauptbeschäftigungen.

Eines Tages sieht Gracia Riesenschildkröten landeinwärts wandern und verfolgt diese. [Abb. 110] Plötzliche sieht sie sich einem fauchenden »Drachen« gegenüber – es ist ein Komodowaran, eine riesige Urzeitechse, die hauptsächlich auf den indonesischen Inseln Komodo, Flores und Rietja[39], auf der sich die beiden Schiffbrüchigen befinden, vorkommen. In einem mörderischen Kampf erschlägt Robinson das gefährliche Tier. Danach sieht er es als seine vordringlichste Aufgabe an, die Insel zu verlassen. Er baut ein Auslegerboot, dass nach zwei Wochen fertig ist. Sie verlassen das Eiland, aber bereits nach kurzer Zeit sehen sie am Horizont eine Rauchsäule aufsteigen. Ein unterseeischer Vulkanausbruch ist die Ursache, der einen Tsunami die Sunda-See überrollen lässt. Ihr Boot wird nach Rietja zurück gespült. Robinsons verflucht das Schicksal und Gracia ist nirgends zu sehen.

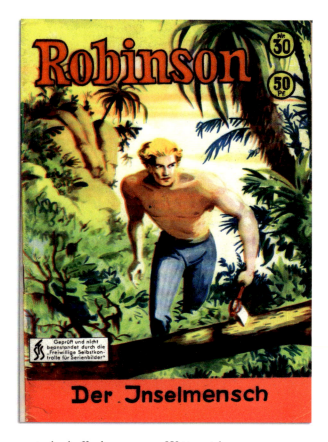

Kommentar: Robinson war erneut schiffbrüchig geworden. Diesmal bescherte ihm das Schicksal (Helmut Nickel) von Anfang an eine Begleiterin. Gracia, so hieß die ebenfalls Gestrandete, sollte bis zum Ende der Serie die Abenteuer mit Robinson teilen. Ein weiterer, diesmal tierischer Bekannter, landete auf Robinsons Schulter. Es war der Kakadu Koko. Dieses Tier sorgte nicht nur in der Serie für gelegentliche Freude, ihm ist es auch zu verdanken, dass Helmut Nickel nicht schon längst Gerstmayer gegenüber seine Mitarbeit aufgekündigt hatte. Die unregelmäßige Bezahlung und die ewigen Nörgeleien Gerstmayers über die kommerziell kaum »verwertbaren« Zeichnungen und Texte Nickels hatten seine Stimmung dem Comiczeichnen gegenüber gelegentlich auf null tendieren lassen. Während eines Zoobesuchs hörte das Ehepaar Nickel, wie ein Halbwüchsiger zu seinem Freund sagte »Dat sind sone wie Robinson eenen hat!« und dabei auf einen weißen Kakadu in einem Käfig zeigte. Den vielsagenden Blick seiner Frau deutete Helmut als Aufforderung zum Weiterzeichnen, denn anscheinend war »seine« Serie bei der Jugend doch bekannter, als Gerstmayer es ihm gegenüber immer wieder behauptete.

Das Impressum gab als Herausgeber nunmehr Rudolf Günther Berlin N65 (das war die alte Postleitzahl für den Bezirk Wedding), den bisher für den Vertrieb Verantwortlichen, an. Für die Herstellung wurde U. Gerstmayer, Berlin-Wannsee, genannt. Diese Konstellation blieb lange bestehen. Statt wie bisher H. Humbert wird Helmut Nickel als Verantwortlicher für *Robinson* aufgeführt. Er wickelte seine Geschäftsbeziehung nunmehr mit Günther ab und hat an diesen nur die besten Erinnerungen. Er attestierte ihm pünktliche Bezahlung, im Gegensatz nicht nur zu Gerstmayer, sondern natürlich auch zu Lehning. In Gerstmayers Geschäftsgebaren vermutete Nickel den Grund für die Einstellung der *Robinson Sonderhefte*. Keine Absatzprobleme, eher mangelnde Zahlungsmoral gegenüber Becker-Kasch, der ab dem sechsten, dem letzten Heft, die zeichnerische und inhaltliche Herstellung übernommen hatte.

---
[39] Helmut Nickel schrieb hier von »Rietja« , gemeint war aber »Rintja«. Zur besseren Verständlichkeit habe ich seine Schreibweise beibehalten.

gleich, ein neues Gefährt zu bauen. Um den Speiseplan zu erweitern, fischt er von einem kleinen Floß weit draußen auf dem Meer. Dabei fällt ihm sein Messer, sein einziges Eisenwerkzeug, ins Wasser. Er taucht sofort hinterher, ergreift es rechtzeitig und findet bei diesem unfreiwilligen Tauchgang Austern. Gracia beißt beim Essen auf eine Perle. Da sie sich sehr darüber freut, trotz der Zahnschmerzen, bastelt ihr Robinson, als er weitere Austern findet, eine Perlenkette. Kurz darauf wird eine Truhe angeschwemmt, in der sich Gracias Gepäck befindet. [Abb. 111] Angeregt durch den Inhalt (Geschirr, Kleidung, Tischtücher), überrascht sie ihn mit einem »Candlelight Dinner«. Die Zweisamkeit könnte beinahe schön sein, aber am nächsten

Juni 1956 (Nummer 31)

Inhalt: Koko flattert aufgeregt herbei (»War aberr doofes Spiel!«) und auch Gracia und Äffchen Bimbo finden sich auf dem verwüsteten Strand wieder ein. Natürlich plant Robinson so-

Tag wird Robinson beim Tauchen von einem Hai angegriffen, dessen Attacken er gerade so entgehen kann.

Zur selben Zeit ankert auf der anderen Seite der Insel eine holländische Fregatte. Sträflinge mitsamt ihren Bewachern werden auf Rietja abgesetzt. Dann segelt das Schiff weiter. Rasch überwältigen die Sträflinge ihre betrunkenen Wärter und geraten über das weitere Vorgehen in Streit. Da kommt Gracia am Strand entlang und wird von den üblen Burschen grob angepöbelt. Als Robinson erscheint, wird er zum Tauchen gezwungen. »Jetzt wirst du uns Perlen heranschaffen – aber plötzlich! Sonst müssen wir nämlich …« und dabei zeigt der Verbrecher auf Gracia. [Abb. 112] Robinson geht vorerst darauf ein, wird dann unter Wasser von einem Riesenkraken (!) angegriffen. Mit viel Glück gelingt es ihm, der Umklammerung zu entkommen. Das von ihm verletzte Tier taucht wütend auf, greift sich zwei der Gauner, die auf einem Baumstamm hocken und zieht sie in die Tiefe. In dem Tumult flüchtet Robinson unbemerkt. Gracia wird zur Nacht mit Fußfesseln an einer Flucht gehindert. Robinson schleicht sich heran, befreit sie, will mit ihr flüchten, als ein unglücklicher Zufall in Person eines betrunkenen Verbrechers ihren Fluchtversuch entdeckt. Aufgeweckt stürmen alle auf die beiden ein.

Kommentar: Der Titel hätte heißen können »Unter Haien, Seeräubern und Kraken«. Das Abenteuer von Robinson und Gracia als Schiffbrüchige war sehr rasant; auf wenigen Seiten bestimmten Naturkatastrophen, gefährliches Meeresgetier und brutale Menschen die Handlung. Aber es kam auch zu einer ersten romantischen Szene, als Gracia Robinson zu sich in das Baumhaus zum Essen einlädt und ihn mit dem modischen Gepränge des Barock samt Kerzenleuchter und Silbergedeck empfängt. Er selbst ist nur mit seiner Dreiviertelhose bekleidet und hat möglicherweise noch nicht einmal geduscht, weshalb er sich wie ein »Wilder« vorkommt. Koko kommentiert die Szene: »Donnerwetter! Da biste platt!«

Zeitgeschehen: In diesem Jahr fanden die *Spiele der XVI. Olympiade* statt. Zum ersten Mal wurden sie an drei Wettbewerbsorten ausgetragen. Die Winterspiele in Cortina d'Ampezzo, Italien, die Sommerspiele in Melbourne, Australien, und, wegen der dort strengen Quarantänevorschriften für Pferde, im Juni die Reiterwettbewerbe in Stockholm, Schweden. Bemerkenswert für mich war der Ritt von Hans Günter Winkler auf seinem Pferd Halla, den ich in einer Radioliveübertragung verfolgte. Trotz einer Verletzung Winklers, die ihm das Führen des Tieres kaum möglich machte, sprang die, später so genannte »Wunderstute«, zur Goldmedaille … für den Reiter.

Robinson Spotlight 3: Willi Kohlhoffs Romantitelbilder

Willi Kohlhoff war für den Gerstmayer Verlag ursprünglich als Titelbildzeichner für dessen umfangreiches Romanheftserien-Programm tätig. Er schuf ein breit gestreutes Werk, das rund vierhundert Titel umfasste. Überwiegend waren es Zeichnungen für Western- und Kriminalromane. Aber auch humoristische, Abenteuer- und Jugendreihen waren darunter. Kohlhoff hatte eine erhebliche Stilbandbreite, die er der jeweiligen Situation anpasste. Er war variabel in den Ausdrucksformen, wie es der Stoff verlangte. Natürlich war vieles unverkennbar *sein* Stil, aber das war unter den Umständen kommerzieller Verwendung eben nicht anders möglich.

Anschließend die bisher bekannten Serien, deren Titelbilder ganz oder teilweise von ihm gestaltet wurden. Sie erfolgt in alphabetischer Auflistung. Die Aufstellung stammt von Dieter Huschbeck, einem Experten auf diesem Sammelgebiet: *Black Bill, Bund der 8, Dan Berry, Goldene Jupiter Bilderbuchreihe, Hans Warren, Der Humoristische Roman, Jack Morlan 1. bis 3. Serie, Jack Morlan Bücher, John Webb, Jonny Reck, Klaus Olsen, Klaus Störtebeker, Liebesmemoiren, Der Neue Frank Allan, Orientalische Liebeserzählungen, Peter Palm, Robin Hood, Romane des Lebens 1. und 2. Serie, Der Texaner 1. bis 3. Serie, Der Texaner Bücher, Tom Brack 1. und 2. Serie*; außerdem für den Verlag »Neues Werden« die *Jupiter Jugendreihe* (1949).

Nachfolgend zwei Beispiele, die man so ohne weiteres nicht mit Willi Kohlhoff in Verbindung bringen würde: [Abb. 113, 114] Eine ausführliche bildliche Vorstellung seiner Titelbilder wäre natürlich angebracht. Man könnte dann erkennen, wie sich sein Stil und seine handwerklichen Fähigkeiten veränderten, ebenso wie seine wachsende Ausdruckskraft eine Serie zu prägen vermochte.

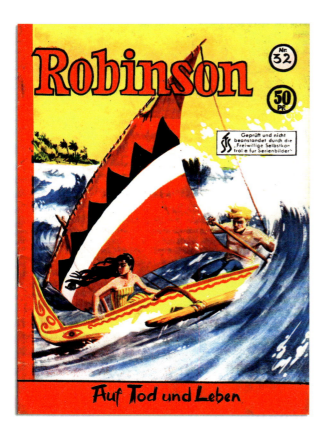

Juli 1956 (Nummer 32)

Inhalt: Sie flüchten in das Baumhaus, das rasch zur Verteidigung hergerichtet wird. Als die Verfolger heran sind, halten sich diese in respektvoller Entfernung, nachdem einer von Robinsons Pfeil getroffen niedersinkt. Während der Belagerung steuert ein Segelboot auf den Strand zu. Es sind vier malaiische Krieger von der nahegelegenen Insel Flores. Der Anführer der Gruppe, Tolong, ist auf Kopfjagd, um eine solche Trophäe seiner Braut zu Füßen zu legen. Einige der Gauner stürmen zum Ufer, um den gerade anlandenden Malaien das Boot abzunehmen. [Abb. 115] Es kommt zum Kampf, nur Tolong überlebt und flüchtet in den Wald. Währenddessen legen die zurückgelassenen Bewacher Feuer an das Baumhaus. Robinson und Gracia können gerade noch in das Geäst flüchten, sind aber nun schutzlos.

Gracia wirft ihre Perlen hinunter. Die Banditen streiten sich darüber, was Robinson ausnutzt und sie überwältigt. Rasch eilt er zum Ufer und schaltet weitere Gauner aus. Die letzten zwei wollen mit dem Boot fliehen, aber noch bevor das Gefährt Fahrt aufnimmt, ist Robinson herangeschwommen und wirft sie aus dem Boot. Da kommt Tolong aus dem Gebüsch, unterwirft sich aber und stellt sein Auslegerboot zur Verfügung.

Die drei verlassen die Insel, den Rest der Bande hinter sich lassend. Als es Nacht wird übernimmt Tolong das Steuer. Er überlegt kurz, Robinsons blondes Haupt als Trophäe und Gracia als Braut heimzuführen; jedoch bleibt es bei diesem Gedanken, denn Tolong will nicht mehr zurück. [Abb. 116] Sie segeln weiter zu den Molukken und geraten unterwegs in einen Sturm. Während des Unwetters nehmen sie zwei Schiffbrüchige auf, die sie in deren Dorf bringen. Abends findet ein Fest statt, das von der Ankunft sechs holländischer Fregatten gestört wird. Die Holländer »feiern« mit und als zwei Soldaten sich an Gracia heranmachen, schlägt Robinson

diese nieder und schon sind sie wieder auf der Flucht.

Tage später landen sie auf den Molukken, werden aber nicht sogleich zum Gouverneur vorgelassen. Erst als sich Gracia dem Wachoffizier, ihrem Vetter Emilio, der sich intensiv um sie bemüht, zu erkennen gibt, wird ihnen der Eintritt gestattet. Robinson berichtet von den holländischen Fregatten und die Stadt wird in Verteidigungsbereitschaft versetzt. In dieser Situation läuft der »Sturmvogel« in den Hafen ein. Sofort werden Xury, Spinne und Schwabbel als mögli-

che holländische Spione festgesetzt. Dem Knaben gelingt die Flucht. [Abb. 117] Nach einer turbulenten Verfolgungsjagd fallen sich Robinson und Xury in die Arme.

Kommentar: Nach einer langen, qualvollen Irrfahrt landeten sie auf der Molukkeninsel Halmahera (Djailolo), die genau zu diesem Zeitpunkt noch portugiesisch war. Gracia fand ihren Vater wieder und Robinson machte sich einen eifersüchtigen Feind. Das waren spannende Abenteuer, vortrefflich gezeichnet: perfekte Unterhaltung!

Die zweite und dritte Umschlagseite war erneut leer. Die Zählung der Seiten begann weiterhin mit der ersten Comicseite.

August 1956 (Nummer 33)

Inhalt: Robinson und Xury überraschen Emilio des Abends im Palastgarten bei einem Ständchen, das dieser für Gracia bringt. Augenblicklich fordert dieser seinen vermeintlichen Liebesrivalen zu einem Duell heraus. Vom Balkon aus versucht Gracia diese Tollheit zu unterbinden, worauf Robinson den Degen senkt. Don Emilio nutzt das aus und sticht wild drauflos. [Abb. 119] Im letzten Moment kann Robinson den unritterlichen Angriff abwehren und Emilio den Degen entreißen. Dieser ist nun blind vor Raserei und greift mit dem Dolch an. Aber auch dies geht schief: Robinson schlägt ihn zurück.

Gracias Vater bittet Robinson, seine Tochter nach Goa (Indien) zu bringen. Die Holländer sind angekommen. Emilio beobachtet von den Zinnen aus das kleine Boot, mit dem die Freunde und Gracia zum »Sturmvogel« rudern. [Abb. 118] Aus verletzter »Ehre« heraus lässt er das Feuer eröffnen. Das Schiff wird getroffen, die Insassen schwimmen zum nahen Ufer. Die Holländer glauben sich angegriffen und erwidern das Feuer, das von zwei portugiesischen Kriegsschiffen angenommen wird. Auf dem Höhepunkt des Kampfes sehen die Freunde plötzlich die weiße Fahne bei den Portugiesen. Im Palastgarten treffen sie auf Gracias Vater, der erzählt, dass Emilio mit den Holländern gemeinsame Sache macht. Da erscheinen auch schon vom Verräter Emilio angeführte holländische Soldaten. Es kommt zum Kampf, bei dem Robinson niedergeschlagen wird. Emilio triumphiert und will von Robinson das Versteck Gracias wissen. Da springt ihm Bimbo, der treue Affe, ins Gesicht und in der Verwirrung vertreiben sie die Soldaten. Sie finden Garcia in einem Morastloch, helfen ihr raus und schleichen zur Hafenbucht zurück. Robinson hat eine Idee. Schnell werden zwei Flöße gebaut, ein großes für die

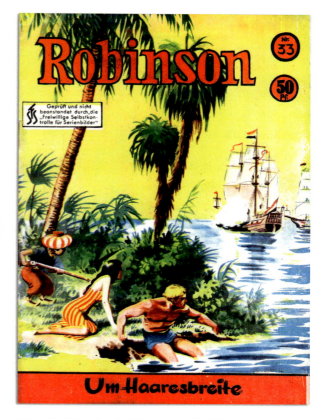

Flüchtlinge, ein kleineres als Brander. Dieser wird an einem holländischen Schiff angebracht, dann geht es zum »Sturmvogel«. Die Wache wird ausgeschaltet und als eine Explosion das Kriegsschiff in Brand setzt, ist die Aufmerksamkeit des Feindes erst einmal abgelenkt. Spinne, Schwabbel und Tolong finden sie unter Deck eingesperrt. Mit einem kühnen Segelmanöver gelingt es Robinson, den »Sturmvogel« aus der kleinen Bucht zu bringen. Die Freunde entkommen auf das offene Meer, Richtung Goa.

Kommentar: Die Holländer vertrieben im 17. Jahrhundert die Portugiesen von den Molukken, geschickt verwob Helmut Nickel Historie mit seinen *Robinson*-Geschichten.

Robinson wartete diesmal mit 20 Seiten auf. Helmut Nickel arbeitete des Öfteren auf »Zuruf« Gerstmayers, der gelegentlich Probleme mit der Beschaffung von Material hatte. Nickel musste deshalb die Seitenzahl von *Robinson* variieren, damit das Heft pünktlich an die Kioske kam. Die Fortsetzung von *Garth* ist in diesem Heft nicht erschienen. Der Verlag weist in einem Schreiben an die »Lieben Leser!« mit folgender Erklärung darauf hin: »Wir müssen an dieser Stelle leider die Mitteilung machen, dass die Garth-Zeichnungen nicht mehr rechtzeitig vor Redaktionsschluss bei uns eingetroffen sind. Wir haben aus diesem Grunde die Robinson-Zeichnungen auf 20 Seiten Umfang gebracht und die Warren-Erzählung verstärkt. Wir hoffen, dass euch diese Reglung angenehmer ist als ein verspätetes Erscheinen der Hefte. Ihr werdet ja bereits bemerkt haben, dass die Robinson-Hefte wieder pünktlich erscheinen, und dabei soll es auch bleiben. In der nächsten Nummer werdet ihr den Garth wieder an der gewohnten Stelle vorfinden. Bis dahin beste Grüße! Der Verlag.«

Zum Thema Zensur bzw. Vorzensur durch die Verlage und die Freiwillige Selbstkontrolle für Serienbilder gab Helmut Nickel ein Statement ab: »Was meine Erfahrung mit der Sexzensur anbetrifft, so war das naturgemäß eine kitzlige Sache. Ich bin nie indiziert worden; nur einmal gerügt, weil es in Heft 32 nach Ansicht der Zensoren aussah [Abb. 120], als ob Gracias sowieso behelfsmäßige Kleidung (nach dem knappen Entkommen aus dem brennenden Baumhaus) fast nicht vorhanden sei und so gerade noch an der Grenze des Zulässigen läge. Natürlich habe ich mich von da an bemüht, immer innerhalb dieser Grenzen zu bleiben. Selbst z.B. wenn Gracia in Heft 41 Rock und Bluse gegen ein Grasröckchen eintauschen muss, war das eben ethnologisch entschuldbar.« Das ist, vor allem aus heutiger Sicht, schon fast witzig. Damals haben die Zeichner ständig die (Moral-)Ansichten der Kontrolleure sozusagen im Hinterkopf haben müssen, um nicht in den Strudel der Indizierungen zu geraten.

September 1956 (Nummer 34)

Inhalt: In der Nähe von Celebes kommen chinesische Piraten in Sicht. Sie lassen sogleich ihre Kanonen sprechen, richten aber keinen sonderlichen Schaden an. Ein herunterfallendes Tau lässt Xury einen Salto rückwärts machen, dabei reißt er Schwabbels Pfeife mit sich und entzün-

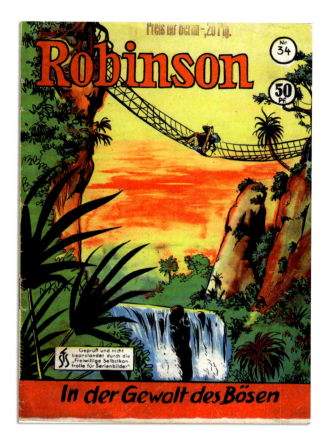

det mit der Glut die Lunte einer Kanone. Das hat unerwartete Folgen: Die Kanonenkugel legt einen Mast der Dschunke um, dieser fällt auf einen Piraten, der sich auf einen »Stinktopf« setzt. [Abb. 121] Der zerbricht und verpestet das ganze Oberdeck der Dschunke. Der »Sturmvogel« kann ohne weitere Belästigung davonsegeln.

An der Nordostküste von Borneo legt Robinson an, um Schäden zu reparieren. Ohne dass es jemand bemerkt, vertreten sich Gracia und Xury die Beine, dabei verlaufen sie sich im dichten Dschungel. Später brechen Robinson und Tolong auf, um sie zu suchen. Im Wald stoßen sie mit kopfjagenden Dajaks zusammen. Dabei fallen Pistolenschüsse, die von Gracia und Xury gehört und falsch interpretiert werden. Als sie dorthin eilen, geraten sie an die flüchtenden Dajaks. Nun ist es an den beiden zu fliehen. Bald stoßen sie auf ein Dajakdorf, in dem mit arabischen Händlern gefeiert wird. Heimlich trinkt Xury einen riesigen Schluck Reisbier, der ihn in einen rauschhaften Schlaf sinken lässt. [Abb.

122] Die Dajaks entdecken die beiden und schleppen sie vor Kapitän Chalid, der ihnen Gracia abkauft. Xury wird abseits an einen Pfahl gefesselt. Koko, der immer in seiner Nähe geblieben ist, knabbert die Fesseln durch und beide flüchten. Sie treffen mit Robinson zusammen, wollen aber erst zum »Sturmvogel« zurück, weil Xury keine Ahnung hat, wo Garcia überhaupt ist. Mit einem Araber kämpft Robinson auf einer Hängebrücke. Er entledigt sich seines Gegners, kann aber die rettende Seite nicht mehr erreichen, da Chalid, der hinzugekommen ist, die Haltetaue zerteilt.

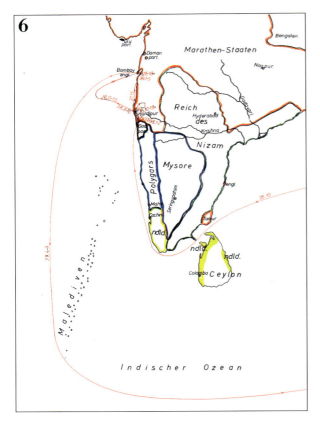

Robinsons Reise um die Welt: Karte 6
Der »Sturmvogel« hat die malaiische Inselwelt verlassen. Indien ist sein Ziel. Wie zu sehen ist, gab es Mitte des 17. Jahrhunderts noch viele unabhängige indische Fürstentümer. Die europäischen Kolonialmächte machten sich langsam breit, allen voran die Holländer. Diese hatten ganz Ceylon besetzt und waren dabei, den Süden Indiens unter ihre Kontrolle zu bringen. Die Briten hatten bereits einige Küstenstädte in ihrem Besitz, so zum Beispiel Bombay (seit 1996: Mumbai). In Goa, Diu und Daman herrschten die Portugiesen bereits seit Jahrzehnten. Als letzte der klassischen Kolonialmächte gaben sie ers: 1961, gut vierhundert Jahre später, diese Gebiete an Indien zurück – und das nicht einmal freiwillig.

Kommentar: Wieder einmal gab es eine willkürlich ins Heft eingestreute Verlagsankündigung: »Garth findet im nächsten Heft seinen Abschluss. Wieder einmal musste die Redaktion überlegen, welche Bildgeschichten jetzt am geeignetsten wären, in die *Robinson*-Serie aufgenommen zu werden, denn leider gibt es nur sehr wenige gute Streifen.«

Dass es »leider so wenig gute Streifen gibt«, muss heutzutage dem kundigen Leser schon verwundern, denn gerade damals gab es gute Comics, vor allem Zeitungsserien, in Hülle und Fülle. Viele liefen im deutschen Sprachraum in den Zeitungen als tägliche Strips und auch in den damaligen Comicheften tummelte sich qualitativ hervorragendes – allerdings waren sie nicht fast umsonst zu bekommen. *Hans Warren's Abenteuer* wurden in diesem Heft beendet.

Das Impressum wies mit dieser Ausgabe keinen Extrapreis mehr für das Saarland – und auch nicht für Österreich – aus. Für das Saarland leuchtet es mir ein, denn ab dem Oktober 1956 gehörte es formal zur Bundesrepublik Deutschland, benötigte also keinen ffrs mehr. Warum der Schilling-Preis entfernt wurde, ist nicht bekannt. Er musste in Österreich nach der Anlieferung später per Hand aufgestempelt werden.

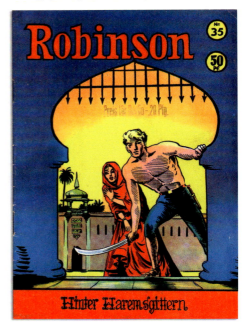

Oktober 1956 (Nummer 35)

Inhalt: Robinson springt vor dem tödlichen Aufprall am Felsen in den Fluss. Chalid hält ihn für tot und kehrt ins Dorf zurück. Robinson schleicht mit Xury und Tolong hinterher und muss von weitem hilflos ansehen, wie Gracia an Bord gebracht wird. Dann segelt die Dhau los. Robinson vermutet ihr Ziel im malaiischen Sklavenmarkt Remidemi. Kurz bevor sie dort ankern, tarnen sie den »Sturmvogel« als Piratenschiff. Auf dem Sklavenmarkt angekommen, flüstert ihm eine Sklavin zu, dass Chalid mit Gracia zum indischen Shnurdipur, nahe Goa, weitergesegelt ist. [Abb. 123] Robinson entfesselt einen Sklavenaufstand, der diesen nicht nur die Freiheit bringt, sondern auch die Stadt einäschert.

Weiter geht es nach Shnurdipur. Kurz vorher

ist Chalid dort angekommen und bietet Gracia dem regierenden Fürsten zum Geschenk an. Zuerst hat dieser keine Lust auf eine neue Sklavin, denn die Tigerjagd erscheint ihm wichtiger. Als er die unbekleidete Gracia erblickt, ist er von ihr völlig hingerissen und kauft sie. Damit zieht er sich den Zorn seines Bruders zu, der auch ein Auge auf sie geworfen hat. Während der Tigerjagd gerät der Fürst in große Gefahr, wird knapp gerettet und zieht sich zum Meditieren zurück. Eine große Kobra bedroht ihn, aber der zufällig anwesende Robinson hilft ihm.

Sie gehen zurück zum Palast, wo der Fürst Gracia sofort freilassen will. Seinem Bruder reicht es endgültig und er entfesselt sogleich einen Staatsstreich. Robinson, Xury und der Fürst werden auf den sogenannten »Turm des Schweigens« gebracht. Normalerweise werden darauf die Toten niedergelegt, um von Geiern gefressen zu werden. Die Knochen fallen dann in den

Turmschacht. [Abb. 124] Gracia wird weiterhin im Harem eingesperrt, aber es gelingt ihr, durch einen unterirdischen Wasserlauf zu entkommen. Als sie flüchtet, kommt sie an dem Turm vorbei, auf dem Robinson auf die Geier wartet.

Kommentar: In diesem Heft ließ Helmut Nickel einige Namensverballhornungen auf die Leserschaft los: der malaiische Sklavenhafen »Remidemi«, das indische Fürstentum »Shnurdipur« und deren Fürsten »Yubhaydi« und »Yuchayrasa« sind prägnante Beispiele. Wenn man den versteckten (Un-)Sinn erkennt, ist es natürlich ganz lustig zu lesen, stört aber schon den Lesefluss – jedenfalls den meinen.

Die Dhau, das arabische Segelschiff des Kapitän Chalid, trug dagegen den anscheinend unverfänglichen Namen »Ben Rih«. Jeder Karl-May-Fan kann damit etwas anfangen.

Auf der letzten Umschlagseite wurden die noch lieferbaren *Robinson*-Hefte aufgelistet: Nr. 5 bis 32. Ebenso die komplette Serie von *Testpilot Speedy*: Nr. 1 bis 27.

Im Oktober 2000 bereiste ich als Teil einer Trekking Tour Nepals Hauptstadt Katmandu. Vor der Tour besichtigten wir die Stadt. Am Bagmati Fluss fand gerade eine Beerdigung (Verbrennung) statt. Die Szenerie kam mir aber aus anderen Gründen bekannt vor: [Abb. 125, 126]

Zeitgeschehen: Wie zur Vornummer bereits erwähnt, wurde das Saarland nach einer Volksabstimmung politisch wieder Deutschland angegliedert. Seit Kriegsende stand es unter französischer Verwaltung.

Die Suezkrise brach aus. Großbritannien, Frankreich und Israel marschierten in Ägypten ein, nachdem Offizier Gamal Abdel Nasser den Suezkanal verstaatlicht hatte. Erst auf US-amerikanische Intervention hin zogen sich die Invasoren zurück. Beide Ereignisse erregten unter der deutschen Bevölkerung ziemliche Aufmerksamkeit.

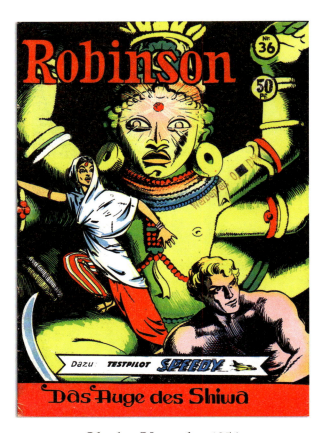

Oktober/November 1956
(Nummer 36)

Inhalt: Die Geier warten bereits, aber Robinson gelingt es, die angerosteten Gitter aus dem Mauerwerk zu brechen [Abb. 127]. Die Wachen werden überwältigt. Der Maharadscha Yubhaydi reitet sofort in eine Bergfestung, wo er seine ihm treu gebliebenen Truppen sammeln will. Robinson und Xury bleiben in Shnurdipur, um Gracia zu suchen. Diese ist jedoch geflüchtet. Robinson vermutet sie in den Bergen. Ein Weg, den sie tatsächlich eingeschlagen hat. Ihre Flucht ist sehr anstrengend, nach zwei Tagen bricht sie ohnmächtig zusammen. Robinson findet sie, doch in diesem Moment kommt ihnen eine Reiterschar entgegen. Es ist Yubhaydi mit seinen Truppen. Dieser stellt eine Eskorte bereit und zieht dann gegen die Armee seines Bruders Yuchayrasa. [Abb. 129] Eine lange blutige Schlacht folgt, die für den Usurpator schlecht ausgeht. Seine Männer werden in den Canyon eines Flusses getrieben, den ein weit entfernter Regen in einen reißenden Strom verwandelt hat. Vor demselben Unwetter sucht Robinsons kleine Schar Unterschlupf in einem Tempel, der eine Statue des vielarmigen Gottes Shiwa beherbergt. Ein riesiger Rubin glänzt verführerisch auf seiner Stirn. Dummerweise erscheint da der flüchtende Yuchayrasa mit einigen Soldaten. Sofort gibt es ein Gefecht zwischen den beiden Gruppen, das von den zahlenmäßig überlegenen Rebellen beherrscht wird. Robinson, Xury und Gracia werden zu einem Krokodilteich abgedrängt. Ein wackliger Nachen soll sie in Sicherheit bringen. Vor ihnen sind die angreifenden Echsen, hinter ihnen Yuchayrasa, der nicht minder gefährlich ist. Dieser eilt in den Tempel zurück, [Abb. 128] dort entfernt ein Vertrauter den Rubin Shiwas. Der Arm der Statue bricht ab und der Räuber stürzt zu Tode. Somit hat Yuchayrasa den Stein, der zum Verzicht des rechtmäßigen Herrschers auf den Thron dienen kann. Robinson bekommt auf der Flucht einen Pfeil in die Schulter. Als er nicht mehr kann, versteckt er sich mit Gracia in einem hohlen Baumstamm. Xury eilt zurück, um Yubhaydi um Hilfe zu bitten.

Kommentar: Ab diesem Heft befand sich auf dem Titelbild der Hinweis »Dazu: Testpilot Speedy«. Zusätzlich gab es noch den Serien- und den Hefttitel, das Preis- und das Nummernfeld, im Grunde den FSS-Hinweis, sowie zumindest für Berlin, den Sonderpreisaufdruck. Vielleicht fand (Gisela) Gerstmayer, dass die Vorderseite durch den neuen Untertitel endgültig zu unübersichtlich geworden war. Deshalb wohl war das Siegel der FSS auf die vierte Um-

berücksichtige gleichzeitig die Schlussnummer von *Testpilot Speedy*.

Die zweite und dritte Umschlagseite wurde von nun an als Seite 1 bzw. 34 gezählt. Das Heft hat also insgesamt 36 Seiten, inklusive erste und vierte Coverseite.

Das Impressum gab wieder H. Humbert, also Nickels Pseudonym, als Verantwortlichen für *Robinson* an.

<u>Zeitgeschehen:</u> In Ungarn suchte sich die Wut der Bevölkerung auf das Regime ein Ventil. Es kam zum Aufstand, der das Land kurzfristig von allen Besatzungstruppen befreite. Mit aller Macht überrollte dann sowjetisches Militär die Verteidiger und beendete die kurze Phase der Hoffnung auf Selbstbestimmung nach nur einer Woche. Der »Westen« stand hilflos daneben. Seine Einflusssphäre endete am »Eisernen Vorhang« und die völkerrechtswidrige Intervention am Suezkanal hemmte zusätzlich die Bereitschaft zum Eingreifen.

schlagseite verschoben worden. Die *Robinson*-Comicseiten wurden mit dieser Ausgabe wieder auf 18 Seiten reduziert.

Nach angeblich langem ergebnislosem Suchen seitens der Verlagsverantwortlichen nach einem Ersatz für *Garth* wurden die Erlebnisse von *Testpilot Speedy* in *Robinson* integriert [Abb. 130]. Die Nummer 27 der gleichnamigen Science-Fiction-Serie aus dem Gerstmayer Verlag war deren Schlussnummer. Dort wurde auf der letzten Seite die Zusammenlegung bekannt gegeben.

Im Zusammenhang mit der Eingliederung der Serie *Testpilot Speedy* muss ich über Zeitläufe bezüglich der Erscheinungsdaten von *Robinson* spekulieren. Laut der Zeitlinie erschien die Nummer 35 im Oktober 1956 und im selben Monat auf Grund der nunmehr vierzehntägigen Herausgabe die Ausgabe 36. Da aber die Nummer 27 von *Testpilot Speedy* wahrscheinlich im November erschienen ist, kann dem »Geständnis« des Verlages, *Robinson* wäre einige Male zeitverzögert erschienen, tatsächlich einiges an Gewicht beigemessen werden. Deshalb habe ich beschlossen, *Robinson* 36 weiterhin für Ende Oktober bzw. Anfang November 1956 und die Nummer 37 für Mitte November einzuordnen. Dadurch gehe ich mit dem Zeitstrahl in Ausgabe 99 von *Die Sprechblase* weiterhin konform und

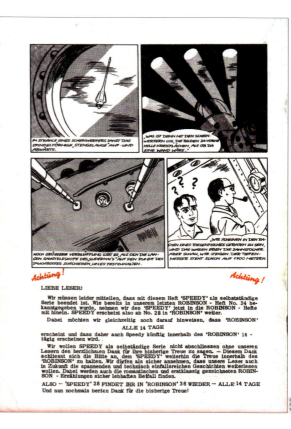

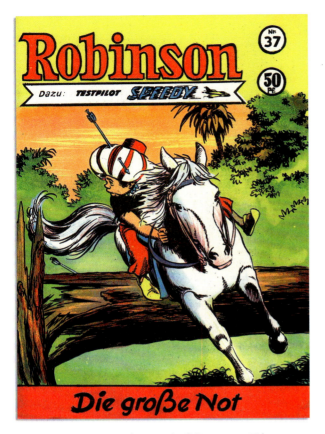

fen gerettet, dann setzen sie den Weg nach Shnurdipur fort. Dort hat der Monsunregen die Stadt überflutet und eine große Not entstehen lassen. [Abb. 132] Sofort werden Hilfsmaßnahmen eingeleitet, aber die Bevölkerung hat schon vom Verlust des Auges der Shiwa gehört. Sie gibt Yubhaydi die Schuld, aber dieser beschließt, erst die von der Flut Betroffenen zu versorgen, bevor er sich anderen Problemen widmet. Robinson bietet sich an, mit seinem »Sturmvogel« Nahrungsmittel zu besorgen. Der Maharadscha gibt ihm ausreichend Gold und Juwelen mit. Auf der Reise nach Goa treffen Robinson, Gracia und Xury auf Yuchayrasa, den unterlegenen Thronräuber. Es entwickelt sich ein heftiger Kampf, den Robinson gewinnt. Kurz vor seinem Tod erzählt Yuchayrasa hasserfüllt, dass er das Juwel versteckt hat.

In Goa angekommen, beladen sie umgehend das Schiff mit Lebensmittel und machen sich auf den Rückweg. Vorher verabschieden sie sich schweren Herzens von Gracia. Sie reist mit ihrem Vater, der in Goa ist, zurück nach Portugal. Inzwischen ist der Maharadscha zurückgetreten und als Bettelpriester in die Berge gewandert. Daraufhin machen sich Robinson und Xury auf die Suche nach dem Auge des Shiwa. Durch einen Zufall sehen sie ihn am Grund einer Höhle liegen. Robinson steigt hinab, allerdings wir der Rubin von zwei Königskobras »bewacht«.

November 1956 (Nummer 37)

Inhalt: Robinson wird von Gracia gepflegt, seine Verletzung macht ihm sehr zu schaffen. [Abb. 131] Plötzlich erscheinen auf der Lichtung Wölfe und bedrohen beide. Robinson hält sie mit einem Feuerwall auf Distanz. Als aber der einsetzende Monsunregen die Flammen löscht, nähern sich die Wölfe wieder den beiden Flüchtlingen.

Xury hat zwischenzeitlich das Heer von Yubhaydi erreicht. Er wird zum Maharadscha gebracht, der sich unverzüglich mit einer Reiterschar zum hohlen Baum begibt. Im letzten Moment werden Robinson und Gracia vor den Wöl-

Kommentar: Erneut »anstößige Szenen«: Gracia zeigte ihre langen Beine, selbst der Stoff auf ihrem rechten Bein hob die Formen eher hervor, als das er sie verhüllte – und der Nabel passierte ebenfalls anstandslos die Zensur. In amerikanischen Filmen war die Zurschaustellung dieses Körperteiles noch lange verpönt. Wer sich bis in die 1960er Jahre hinein über den überdimensionalen Lendenschurz Tarzans gewundert haben sollte, muss wissen, dass der Nabel zum sexuellen

Objekt erklärt worden war und verhüllt gehörte!

Der Spannung zuliebe bediente Helmut Nickel – leider – Klischees. Der Wolf wurde als Raubtier dargestellt, das den Menschen als Beute betrachtet. Aus damaliger Sicht heraus mag das zu verstehen sein, denn eine andere Betrachtungsweise des Wolfs hatte erst in letzter Zeit begonnen. Seit Jahrhunderten galt der Wolf als gefährlich für den Menschen, erst langsam setzte die Erkenntnis um das wahre Wesen dieses Tieres ein. Es meidet den Menschen, denn dieser war noch nie seine Beute; mag er sich auch gelegentlich menschlichen Siedlungen nähern, ist dennoch kein gezielter tödlicher Angriff auf einen Zweibeiner bekannt – und das für die letzten Jahrhunderte! Der Mensch, und hier ganz explizit die Jäger jeglicher Couleur, mögen den Wolf nicht, denn sie sehen in ihm einen Konkurrenten. Deshalb ist das Tier hierzulande ausgerottet worden und hat es nun sehr schwer, sich gegen die bestehenden Vorurteile zu behaupten. Rotkäppchen hat gelogen!

In meinem Heft ist der gedruckte Bogen falsch geschnitten worden. Die Seiten sind völlig vertauscht, so folgt nach der 10 gleich die 15, die 11 erst nach der 14, usw.

Ab dieser Ausgabe erschien *Robinson* vierzehntäglich – endlich! Darauf hatten »wir« lange gewartet.

Zeitgeschehen: Im März 1956 kommt ein Film nach Deutschland, in dem der Monsunregen, der Shnurdipur unter Wasser setzte, ebenfalls eine große Rolle spielte: »Der große Regen« (»The Rains of Ranchipur«, 1955, 20th Century Fox) [Abb. 133]. In diesem exotischen Gesellschaftsdrama, in dem Liebesgeplänkel und Eifersucht die tragenden Motive sind, findet als zusätzliches dramaturgisches Element ein Erdbeben statt und der gleichzeitig einsetzende Regen setzt die Stadt Ranchipur unter Wasser, ähnlich Shnurdipur im Comic. Lana Turner, Richard Burton, Fred McMurray und Michael Rennie sind hier die Akteure, die das Verwirrspiel um Beziehungen großartig darstellen. Absichtliche Ähnlichkeiten? Nickel vermutete höchstens einen Zufall, jedenfalls keine Absicht, das Motiv des großen Regens für *Robinson* verwendet zu haben.

November 1956 (Nummer 38)

Inhalt: Robinson steht völlig erstarrt vor den beiden Kobras, die ihre Köpfe drohend aufrichten. [Abb. 134] Da kommt ihm ein Mungo zu Hilfe. Robinson schleudert seinen Dolch gegen eines der Reptilien, das andere wird vom Mungo getötet. Als Robinson beim meditierenden Ma-

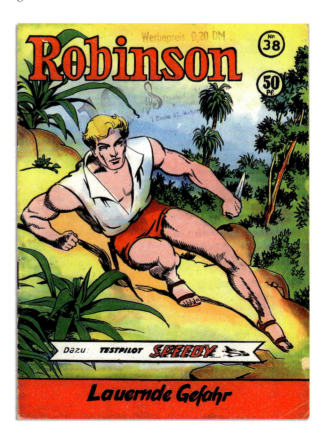

haradscha ankommt, wird dieser gerade von einem Leoparden angegriffen. Nachdem Robinson das Tier erlegt hat, ist Yubhaydi über die Tötung der Kreatur zuerst empört, zeigt sich dann erleichtert, als er das »Auge des Shiwa« erblickt.

Zurück in Shnurdipur verbringen Robinson und seine Freunde die lange Regenzeit als hochgeehrte Gäste des Maharadschas, der seinen Thron wieder bestiegen hat. Eines Tages legen sie ab, kreuzen dann ohne Ziel im Indischen Ozean.

In der Nacht begegnen sie einer portugiesischen Fregatte, die sich trotz der Rufe Robinsons nicht um den »Sturmvogel« kümmert und in der Dunkelheit verschwindet. [Abb. 135] Plötzlich hören sie Rufe vom Wasser her. Robinson klettert über die Bordwand und findet Gracia, die sich verzweifelt am Ruder festklammert. Sie erzählt, dass ein Edelmann ihren Vater wegen des Verlusts der Molukken in Portugal anklagen wolle und nur davon abzusehen bereit ist, wenn Gracia seine Frau wird. Als sie Robinson rufen hörte, ist sie einfach ins Meer gesprungen. Um Gracias Vater nicht unnötig zu beunruhigen, steuert Robinson Bombay an, um ihm eine Nachricht zu senden. Dort angekommen besorgen Robinson und Gracia den Brief, die Mannschaft vergnügt sich in einer Spelunke. Spinne, Schwabbel und Tulong geraten dabei an den »Preßgänger« eines Walfängers. [Abb. 136] Trotz Gegenwehr werden sie shanghait und an Bord geschleppt.

Kommentar: Kaum war sie weg, schon ist sie wieder da: Gracia! Helmut Nickel mochte nicht auf sie verzichten, allerdings wohl eher Frau Nickel nicht. Sie hatte ihren Mann mit weiblicher Intuition geschickt überredet, eine Frau als handlungstragende Figur in die Serie mit einzubauen. Sie glaubte, dadurch auch Mädchen stärker an die Reihe binden zu können. Ob es geklappt hat …? Vielleicht war dieser dramaturgische Kniff einer der Gründe für das doch recht lange Erscheinen *Robinsons* an den Kiosken (von Dezember 1953 bis Mai 1964).

So nebenbei erklärte Nickel auch eine Elefantentreibjagd, die für die Handlung unwichtig war, aber es vermittelte erneut Wissen.

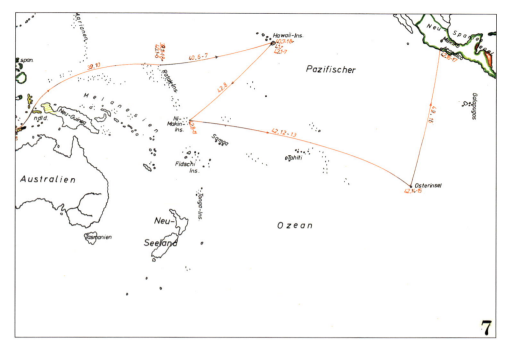

Robinsons Reise um die Welt: Karte 7
Der »Sturmvogel« verlässt den Indischen Ozean, als Robinson auf der Suche nach seinen verschleppten Gefährten ist. Der Pazifik in seiner gesamten Ost-West Ausdehnung ist nun das Handlungsgebiet der Abenteuer Robinsons.

Dezember 1956 (Nummer 39)

Inhalt: Robinson sucht im Hafengelände nach Hinweisen seiner verschwundenen Mannschaft. [Abb. 137] Beim Verlassen einer Spelunke wird er von zwei Matrosen angesprochen: dem wortkargen Norweger Lars Larson und dem quirligen Italiener Beppo Buletti (!). Sie erzählen ihm, dass Spinne, Schwabbel und Tulong Walfängern in die Hände gefallen sind. Von deren Schiff, der Mary Ann, sind Lars und Beppo gerade dessertiert. [Abb. 138] Die Offiziere der Mary Ann sind brutale Menschenschinder, die kleinste Vergehen oder Nachlässigkeiten mit Schlägen bestrafen. Eines dieser Willküropfer wird Tulong, der das Auspeitschen mit der neunschwänzigen Katze stumm über sich ergehen lässt. Nachts stürzt er sich auf seinen Peiniger, schlägt ihm den Kopf ab und springt über Bord. Spinne und Schwabbel werden zur Strafe für ihr bloßes Zuschauen in Ketten gelegt. Als es Tag wird, erkennen sie,

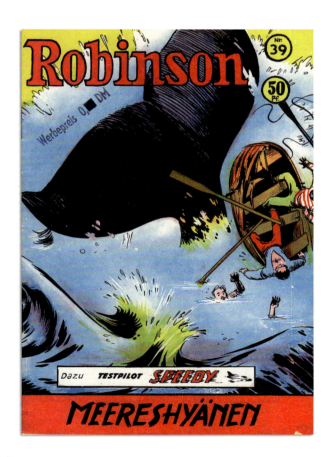

Luft, in Richtung »Sturmvogel«, geschleudert hat.

Kommentar: Helmut Nickel zeigte die brutale Wirklichkeit des Walfangs im 17. Jahrhundert, obwohl es auch in den nächsten Jahrhunderten nicht anheimelnder wurde und auch heute nicht ist – jedenfalls für die Tiere.

Lars und Beppo gehörten inzwischen zur festen Besatzung des »Sturmvogels«. Helmut Nickel hatte erkannt, dass die bisherige Mannschaftsstärke zu gering für das Schiff war. Einen Gag erlaubte er sich mit Beppo, dessen Nachnamen er mit »Buletti« angab – was wohl nicht

dass Flores in Schwimmreichweite liegt und Tulong sich wahrscheinlich dorthin gerettet hat. Nach Wochen erreichen sie in den Weiten des Stillen Ozeans ein kleines Atoll. Obwohl sie freundlich empfangen werden, fordert Kapitän Druncard Nahrungsmittel und Frischwasser, in solchen Mengen, dass die Eingeborenen darben müssten. Es kommt zum Kampf, die Kanaken unterliegen den besser bewaffneten Europäern und sollen als Sklaven verkauft werden. Da erscheint Robinson, der der Spur der Mary Ann bis hierher gefolgt war. Er hat die düsteren Wettervorzeichen am Himmel erkannt, die auf Sturm hindeuten und fährt in die Lagune ein. An Land erkennt er rasch die Lage und tritt für die Kanaken ein. Ruhig fordert er auch seine Leute zurück … da bricht der Orkan los.

Schnell holt er Gracia, Xury, Lars und Beppo vom »Sturmvogel« und schickt sie auf das Atoll mit dem Hinweis, sofort auf die Palmen zu klettern. Er weiß, dass der Orkan große Wassermassen über die Insel spülen wird. Er selbst bleibt auf dem Schiff, um es nach Möglichkeit zu schützen. Im letzten Moment ergreift er ein Kanakenmädchen, das der Orkan durch die

näher erläutert zu werden braucht. Der Name »Mary Ann« hat eine lange Tradition, sowohl historisch als auch kulturell. Mary Ann Nichols war vermutlich das erste Opfer von Jack the Ripper. Im deutschen Sprachraum übernahmen Ralf Bendix (und Freddy Quinn) den amerikanischen Song »Sixteen Tons« von Tennessee Ernie Ford und sie intonierten in ihrer Fassung im Refrain »Die Mary-Ann aber ließ ihn nicht los«, womit ein Schiff gemeint war. Kanaken ist die ursprüngliche Bezeichnung der Hawaiianer für sich selbst. Sie bedeutet schlicht »Menschen«. Sie wurde aber nach dem Kontakt mit den Europäern auf alle Polynesier ausgedehnt und schnell zum Schimpfwort – ein ähnlicher

Vorgang wie die Eigenbenennung der afrikanischen Hottentotten, was im westlichen »Kulturkreis« rasch einen negativen Beigeschmack erhielt.

Helmut Nickel schien mit der FSS – und der Bundesprüfstelle für jugendgefährdende Schriften - zu spielen: die Kanakenfrauen zeigte er zwar, aber von hinten, nur mit Bastrock bekleidet. Ein Mädchen, das sich im Sturm an Robinson klammert, ist eindeutig »oben ohne« zu sehen und der Orkan weht Gracia den langen Rock beiseite, so dass sie wieder ihre langen Beine zeigen kann [Abb. 139, 140]

<u>Zeitgeschehen:</u> »Metaluna 4 antwortet nicht« (»This Island Earth«, 1955) kam im Dezember als einer der wenigen Science-Fiction-Filme in die deutschen Kinos [Abb. 141], der eine sogenannte A-Produktion war, dazu in Farbe und tricktechnisch für damalige Zeiten überdurchschnittlich gut. Außerirdische waren beteiligt, aber nicht als Aggressoren gegen die Erde und es gab auch kein Happy End. Jack Arnold war am Film beteiligt, ohne allerdings im Vorspann genannt zu werden, was vertragliche Ursachen hatte. Dieser Film war damals und ist auch heute noch sehenswert, trotz mancher Schwächen, z.B. den überflüssigen, im Roman nicht vorkommenden Mutanten. Aber wenn ich an die

beiden »Blechbüchsen« in gewissen Krieg-der-Sterne-Filmen denke, die noch nicht einmal originell sind (man denke nur an Maria als Roboter aus »Metropolis«) besteht »Metaluna 4 antwortet nicht« noch heute. Die Romanvorlage *This Island Earth* von Raymond F. Jones, ist auf Deutsch als *Utopia Großband* Nummer 37 bei Pabel erschienen, dort unter dem Titel »Insel zwischen den Sternen« [Abb. 142]. Allerdings wurde das Romanheft von Walter Ernsting nach der deutschen Filmfassung geschrieben und mit Standfotos illustriert. Dass es sich nicht um den Originalroman handelt, wird im redaktionellen Teil sogar hervorgehoben. [Abb. 143]

Das Titelbild ist von Johnny Bruck. Die Rückseite zeigt Filmbilder.

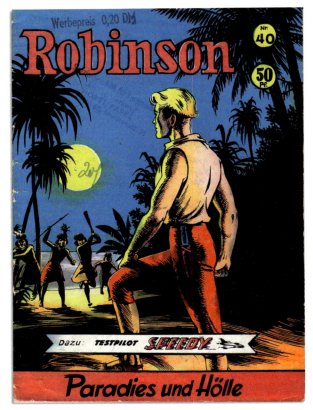

Dezember 1956 (Nummer 40)

Inhalt: Der Orkan lässt nach, die Überlebenden sammeln sich. Der »Sturmvogel« hat ihn recht ordentlich überstanden. Die »Mary Ann« dagegen, von Kapitän Druncard außerhalb der Lagune geankert, ist nur mehr ein Wrack. Robinson rudert mit Lars hinüber. Er weiß Spinne und Schwabbel an Bord. Mit den sich dort aufhaltenden Walfängern gibt es eine kurze Auseinandersetzung, dann geht es mit den Freunden zurück zum Atoll, wo sich die überlebenden Kanaken eingefunden haben. Robinson erklärt sich sofort einverstanden, sie alle auf ihre Hauptinsel zu bringen. Die Walfänger müssen allerdings zurückbleiben.

Nach mehrtägiger Fahrt kommen sie auf Hawaii an. Tage später besuchen Gracia, Xury und Beppo die Nachbarinsel. Dabei brechen sie unwissentlich ein Tabu. [Abb. 144] Sie berühren ein als heilig geltendes Walskelett und werden von den Wächtern gefangen genommen. Beppo kann gerade noch entkommen. Sofort setzt Robinson über und gerät ebenfalls in Händel mit den Wächtern, die ihn niederschlagen. Xury und Gracia ist es indessen geglückt, in den Dschungel zu entkommen.

Kommentar: Das Impressum gab für den Wechsel des Zeichners bei *Testpilot Speedy* keinen Hinweis; auch zuvor wurden die Zweitserien konsequent ignoriert.

Zeitgeschehen: [Abb. 145] *Godzilla* (1954) von Inoshiro Honda inszeniert, war einer der ersten japanischen Monsterfilme, die den Weg in die deutschen Kinos fanden. Er war an den *King-Kong*-Film von 1933 angelehnt, der seine Nachkriegsaufführung in Deutschland 1953 hatte.

Januar 1957 (Nummer 41)

Inhalt: Gracia und Xury beobachten die Gefangennahme Robinsons [Abb. 146]. Gracia hat eine Idee zu seiner Befreiung. Sie wechselt die Kleidung, ein Bastrock und ein Blumenkranz bilden den Ersatz. Dazu färbt Xury ihre Haut dunkel und macht so die Verwandlung zur Hawaiianerin perfekt. Als der Vulkan ausbricht, soll Robinson den Göttern zur Besänftigung geopfert werden. Gracia schleicht sich dazu, um seine Fesseln durchzuschneiden. Dabei verletzt sie ihn aber so heftig, dass er unwillkürlich aufschreit. Prompt soll Gracia ebenfalls in den Schlund des

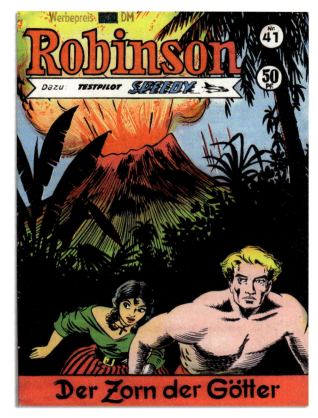

Vulkans geworfen werden. Der Oberpriester fällt unvermutet in den Krater und reißt Robinson mit sich. Gracias Bewacher fliehen, als sie einen weiteren der ihren zusammenbrechen sehen.

Xury hat die ganze Mannschaft des »Sturmvogels« zusammengerufen und besteigt mit ihr den Vulkan, wo sie den Priester mit ihren Musketen erschießen. Vulkangeräusche übertönen den Knall. [Abb. 147] Robinson wird im letzten Moment aus dem Schlund des Vulkans gerettet, dann fliehen sie eiligst den Hang hinunter. Dabei werden er und Gracia von den anderen getrennt. Auf ihrer weiteren Flucht treffen sie auf Kanaken, können aber gerade noch über eine Baumbrücke fliehen, ehe diese verbrennt. Dann treffen sie auf die ihnen freundlich gesinnten Hawaiianer, die in den Krieg ziehen wollen, wovon sie Robinson abhält. Ihre Feinde seien durch den Vulkanausbruch und der damit verbundenen Zerstörung ihres Lebensraums schon gestraft genug.

Danach folgen geruhsame, friedliche Tage am Strand. Xury ärgert die kleinen Mädchen, wird von ihnen aber lautstark in die Mangel genom-

men. Robinson surft draußen auf dem Meer und glaubt, den Kindern drohe Gefahr. [Abb. 148] Er eilt zum Ufer zurück und übersieht eine riesige Tridacna-Muschel.

Kommentar: Helmut Nickel zeigte hier sehr eindringlich die ganze Pracht sowie den Schrecken der Hawaii-Inseln, freundliche und feindliche Menschen, friedliche und höllische Natur, sanfter und wilder Ozean.

Es ist mir unverständlich, wie die abgebildete Szene [Abb. 149] den Argusaugen der FSS-Mitgliedern entgehen konnte. Gracia halbnackt und gefesselt auf dem Tragegerüst … Mitte der 1950er Jahre waren derartige Darstellungen in den verpönten Bildergeschichten (Comics) nicht gerne gesehen, freundlich ausgedrückt. Aber da alles nur im Rahmen einer kulturellen Darstellung geschah … Das unverheiratete Zusammenleben von Akim und Rita im Dschungel-Baumhaus (mit getrennten Schlafzimmern) bedeutete hingegen einen derartigen sittlichen Fauxpas, dass ihn Hansrudi Wäscher unbedingt korrigieren musste. Er schickte Rita nach einer Ermahnung seitens der FSS wegen Erbschaftsangelegenheiten nach England, um sich jegliche weitere inhaltliche Verrenkungen zu ersparen.

[Abb. 150] Das Wellenreiten, oder Surfen, gab es im pazifischen Raum schon lange vor dem Erscheinen der Europäer. Wahrscheinlich ist es mehr als 2000 Jahre alt und womöglich reichen die Anfänge 4000 Jahre zurück. Auf Hawaii wurde es am weitesten entwickelt, mit dem Surfbrett, so wie wir es heute kennen. Es wäre aber beinahe in Vergessenheit geraten, nachdem es christliche Missionare im 19. Jahrhundert als heidnisch verboten hatten.

Januar/Februar 1957 (Nummer 42)

Inhalt: Zum Glück für Robinson schließen sich die Schalen der Tridacna-Muschel kurz bevor er hinein tritt. Abends gibt es ein Fest mit Hula-Tänzen, Folkmusik von den Inseln und italienischen Schnulzen [Abb. 151]. Dann folgt ein tränenreicher Abschied, denn der »Sturmvogel« setzt die Segel fernen Küsten entgegen.

Zur Trinkwasserversorgung landen sie auf einer der Ni-Makin-Inseln. Sie werden von deren Insulanern sofort angegriffen. Diese tragen einen Schutzpanzer aus geflochtenen Kokosfasern, der bis über den Kopf hinausreicht. Unsere Seevagabunden haben Mühe, sich ihrer zu erwehren. Xury schüttet Ameisen in die oberen Öffnungen hinein [Abb. 152]. Die Insekten beißen sofort und die Eingeborenen sind im Nu völlig hilflos. Weiter geht die Fahrt, vom Äquatorstrom nach Südwesten getrieben. [Abb. 153] Bald kommen die Osterinseln in Sicht. Die raue Küste und die fremdartigen steinernen und abweisend blickenden Statuen, die Moai, raten ihnen, doch lieber weiterzusegeln. Schließlich erreichen sie Acapulco an der mexikanischen Pazifikküste. Ein ungehobelter Spanier schubst ein Indiomädchen, das Robinson gerade einen Krug mit Wasser reicht, beiseite. Augenblicklich sind Robinson und der »Caballero« im Streit.

Kommentar: Das Heft bietet recht wenig »Action«, dafür mehr Folklore, derbe Scherze, ein kleines Abenteuer auf den Ni-Makin-Inseln, das Xury auf geniale und unblutige Weise löst. Nickel gab vor, dass Beppo die Ukulele (hawaiianisch für »hüpfender Floh«) in Hawaii eingeführt hat. Irgendwie hatte ich beim Durchlesen dieses Hefts den Eindruck, Helmut Nickel löste sich sehr ungerne von Hawaii. Er schien meines Erachtens die unumgängliche Weiterfahrt so lange wie möglich hinausgezögert zu haben; wenn schon nicht in der realen Welt möglich, so wollte er doch in seiner Phantasie und mit dem Zeichenstift so lange es geht auf diesen Pazifikinseln bleiben.[40]

Vor ihrer eigentlichen sogenannten »Entdeckung« im Jahr 1722, streifte Robinson die Osterinseln, ohne sie zu betreten. Trinkwasserpro-

[40] Zu den Ni-Makin-Inseln, siehe: Reginald Rosenfeldt, »Auf den Spuren Helmut Nickels« in *Die Sprechblase* Nr. 230 (2014).

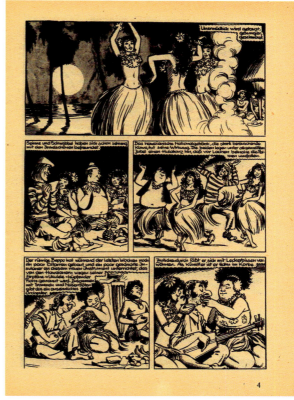

bleme überbrückte er mit Hilfe einer Destillieranlage, die Meerwasser verdampft.

Der »Sturmvogel« landete in Acapulco, heutzutage ein mondänes Seebad an der mexikanischen Westküste. [Abb. 154] Gleich geriet die Crew in den krassen Gegensatz zwischen den spanischen Eroberern und der verarmten und unterdrückten Indiobevölkerung – woran sich für die Urbevölkerung bis auf den heutigen Tag nichts geändert hat. Auf den letzten Seiten begann in diesem Heft ein besonders interessantes Abenteuer. Es zählt für mich mit zu den Highlights der ganzen Heftreihe, vereint es doch Abenteuer, Romantik, spannende Erzählung und Geschichte (sozusagen eine Fortsetzung von *Don Pedro*, nur inhaltlich rund 150 Jahre später spielend).

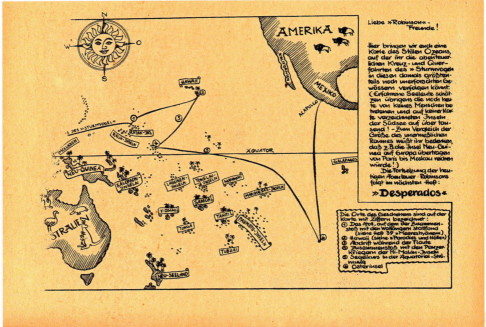

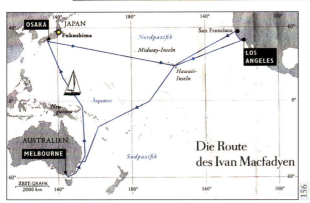

Zeitgeschehen: In diesem Jahr kam hierzulande der Film »Der Held von Brooklyn« (»The Delicate Delinquent«, 1956) [Abb. 157] des US-amerikanischen Komikers Jerry Lewis (*1926)

Eine schöne ganzseitige Karte [Abb. 155], von Helmut Nickel gezeichnet, von Gerstmayer grauselig übertragen, zeigt anschaulich den Kurs des »Sturmvogels« über den Pazifik.[41] 57 Jahre später (2014) zeigte eine ähnliche Karte [Abb. 156] dasselbe Gebiet in der Neuzeit: Eine Route, die von Australien nach Japan, von dort über Hawaii bis zu den USA und zurück nach Australien führte. Der australische Segler Ivan Macfadyen fand dort nur zugemülltes totes Meer, verendete Vögel, Plastik. Zehn Jahre zuvor durchkreuzte er einen lebendigen Ozean, angelte sich Fische zum Mittag. Nun boten ihm melanesische Fischer ihren Beifang an, den sie beim Thunfisch fangen, ansonsten als überflüssig erachtet ins Meer zurückwarfen, mehr tot als lebendig.

---

[41] Die Karte wurde nachgedruckt als Beilage für den Reprint-Schuber *Robinson-Sonderhefte Xury*, der alle sechs Sonderhefte und zwei weitere Hefte mit Comics und Sekundärmaterial umfasst (INCOS, 2011).

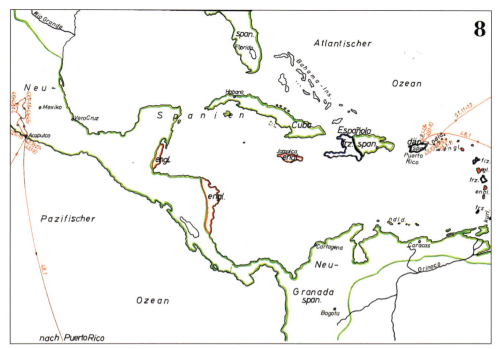

Robinsons Reise um die Welt: Karte 8

Robinson und seine Freunde befinden sich ab diesem Heft in Mexiko, das bereits seit rund 150 Jahren spanische Kolonie war. Nachdem Cortez das Aztekenreich zerstörte (siehe dazu *Don Pedro*), war es für die spanischen Eroberer ein leichtes, auch den Rest des Landes, bis hoch nach Kalifornien, zu erobern. Auf diese Ereignisse bezieht sich ein Kapitel des folgenden Abenteuers, das noch einmal die für die Azteken tragisch endende Begegnung mit der damals mächtigsten Nation Europas zeigt.

in die Kinos. Nach der Trennung von seinem Filmpartner Dean Martin war dies sein erster Soloauftritt. Sie hatten sich schon früh kennengelernt und traten zuerst in Bars als singendes und blödelndes Duo auf (wer welche Rolle spielte, ist nicht schwer zu erraten). Ihre Karriere ging stetig nach oben, bald drehten sie ihre ersten Hollywood-Filme. 1956 trennten sie sich im Zorn. Der zuvor genannte Film hatte mich schwer beeindruckt. Darin spielte Jerry Lewis einen angehenden New Yorker Cop, der in den Verdacht geriet, einen Menschen verletzt zu haben.[42] Lewis gehört in die Topliga der Komödianten, ähnlich wie Jim Carrey, genauso beweglich und Grimassen schneidend, aber er lieferte auch überzeugend ernste und besinnliche Momente ab. Ich kann mich noch gut daran erinnern, als ich von der Trennung des Duos hörte. Für mich brach eine – cineastische – Welt zusammen. Aber als Solodarsteller, Drehbuchschreiber, Regisseur und Produzent, versöhnte Lewis mich recht bald. Und auch Dean Martins Karriere hat mich Jahre später beeindruckt, spätestens als er Mitglied des »Ratpacks« wurde.[43]

Nanu, hat Carl Barks den oben genannten Film auch gesehen? In *Walt Disney's Comics & Stories* No. 263 vom August 1962 wurde die Donald-Geschichte »The Candy Kid«[44] veröffentlicht. Der sogenannte Dulle-Test erinnert mich doch sehr an den Aufnahmetest von Sidney Pythias (Jerry Lewis) für die Polizeiakademie von New York [Abb. 158, 159].

---

[42] Weitere Filme, auch solche mit Dean Martin, die mir spontan einfallen, sind »Wo Männer noch Männer sind« (»Pardners«) und »Alles um Anita« (»Hollywood or Bust«). Auch der »Verrückte Professor« (»The Nutty Professor«), »Seemann, pass auf« (»Sailor Beware«) oder »Aschenblödel« (»Cinderfella«) sind mir noch gut im Gedächtnis.
[43] Von Jerry Lewis' Sohn Garry (»Garry Lewis & the Playboys«) habe ich übrigens drei Langspielplatten und höre sie gelegentlich ganz gerne.
[44] Deutsche Erstveröffentlichung als »Donald der Pfiffikus« in *Micky Maus* Nr. 30/1963.

reitgestellten Pferden zur Tante Gracias. Dabei werden sie von Don Eugenio, dem gedemütigten Gegner Robinsons, gesehen. Dieser verfügt ebenfalls über Einfluss, weshalb der Alkalde vorsichtshalber ein doppeltes Spiel treibt. [Abb. 161] Don Eugenio schickt ihnen Ramiro und seine Desperados hinterher. In einer gebirgigen Gegend überfallen sie die flüchtigen Freunde. Mit knapper Mühe entkommen sie und treffen am nächsten Tag auf Donna Amalia, die sich als resolute, aber herzliche Dame zeigt. [Abb. 162] Auf dem Weg zur Hazienda sehen sie von weitem eine Rauchwolke, die genau über diesem Ort aufsteigt.

Februar 1957 (Nummer 43)

<u>Inhalt</u>: Robinson macht den arroganten Caballero lächerlich [Abb. 160]. Er zerschneidet im Duell den Hosenbund seines Gegners und stößt ihn in den Brunnen. Natürlich werden er und seine Freunde sofort verhaftet. Kurz darauf wird Robinson wieder freigelassen. Der Alkalde (oberster Beamter der Stadt) führt ihn zu Xury und Gracia, die den Vorgang erklärt. Als dann noch der Alkalde hört, dass Gracia eine Verwandte der Großgrundbesitzerin Donna Amalia ist, verhilft er ihnen zur Flucht aus Acapulco. Nachts fliehen sie mit zwei vom Alkalden be-

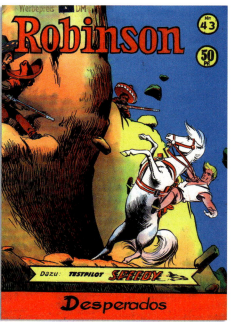

Originalzeichnung von Helmut Nickel für das Titelbild von *Robinson* Heft 43; vermutlich hat der Zeichner sie später handkoloriert. Sammlung Günther Polland

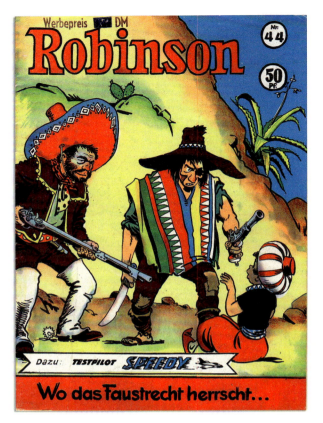

Februar/März 1957 (Nummer 44)

Inhalt: Dank dem rechtzeitigen Eingreifen von Robinson, Donna Amalia und ihrer Leute wird die Bande von Ramiro zurückgeschlagen. [Abb. 163] Allerdings gelingt es einem flüchtenden Desperado, Gracia zu fangen und hinter sich her zu schleifen. Sie wird von Robinson gerettet und Donna Amalia ist von ihm höchst entzückt. Nach ein paar Tagen kommt Don Eugenio zu Besuch; verdutzt sieht er Robinson an der Seite von Donna Amalia. Er will ihr in betrügerischer Weise eine Silbermine verkaufen, von der er zu wissen glaubt, diese wäre erschöpft. Donna Amalia, Robinson, Gracia und Xury reiten über die Berge, um sich das Bergwerk anzuschauen. [Abb. 164] Gracia geht in die Stollen der Mine hinein, da sie noch nie ein Bergwerk von innen gesehen hat. Sie ist entsetzt über die unmenschlichen Bedingungen, unter denen Männer, Frauen und Kinder tief im Erdinneren schuften müssen. Gerade als sie wieder ans Tageslicht kommt, verschüttet ein Beben die Stollen. Robinson fährt sofort ein und rettet unter Einsatz seines Lebens die Eingeschlossenen.

Don Eugenio stachelt Ramiro unterdessen auf, den nächsten Silbertransport von Donna Amalia zu überfallen. Den Transport begleiten auch Robinson, Gracia und Xury. In einer Schlucht schlagen die Desperados zu. Bei den folgenden Kämpfen werden Robinson und Xury gefangenen genommen, während Gracia flüchtet. [Abb. 165] Dabei stürzt sie in einen reißenden Bach und wird von einer geheimnisvollen Gestalt beobachtet.

Kommentar: Helmut Nickel zeigte die grausamen Bedingungen eines Bergwerks, die damals in Europa und anderswo auch nicht besser waren. Geschickt führte er einen neuen Akteur in die Handlung ein: den »Geheimnisvollen«.

März 1957 (Nummer 45)

Inhalt: Robinson nutzt eine Unaufmerksamkeit seiner Bewacher und überwältigt sie. Inzwischen wird Gracia von dem »Geheimnisvollen« beobachtet, beschlichen und überwältigt. Als er sie töten will, bemerkt er zu seinem Erstaunen, dass es eine Frau ist; daraufhin nimmt er sie als seine »Zukünftige« mit sich. Robinson und Xury verfolgen die Spur und gelangen an einen Wasserfall. Sie finden an der Seite eine Grotte und gelangen durch einen Tunnel in ein Tal, in dem sie zu ihrem Erstaunen eine Siedlung im aztekischen Stil vorfinden. Nezahualcoyotl (Hungriger Wolf), so heißt der Entführer Gracias, stellt sie unterdessen seinen Landsleuten als seine zukünftige Frau vor. Obwohl er ein Prinz ist, findet dieses Ansinnen keine Zustimmung [Abb. 166]. Da taucht Robinson auf, stellt sich Nezahualcoyotl zum Zweikampf, gewinnt und rettet diesem anschließend das Leben [Abb. 167]. Er bietet Robinson die Freundschaft an und will sie in Frieden ziehen lassen. Da wird Gracia krank, woraufhin sie ein paar Tage im Tal der Azteken bleiben dürfen.

Kommentar: Da es für dieses Heft keine inhaltlichen Bemerkungen meinerseits gibt, möchte ich an dieser Stelle ein weiteres Statement von Helmut Nickel zur Titelbildgestaltung von *Robinson* wiedergeben: »Die Titelbilder in *Robinson* sind oft – nicht immer – zur Vorausschau des nächsten Heftes mit der eben fertiggestellten Nummer abgeliefert worden, und mussten daher irgendwie erfunden werden, manchmal ehe die kommende Geschichte konzipiert war.« Das bedeutete, wenn ein Abenteuer dem Ende zuging, überlegte sich Nickel eine neue Story, musste aber schon vorher ein Titelbild zeichnen, ohne den genauen Ablauf zu kennen.

Zeitgeschehen: Am 25. März des Jahres 1957 wurden von den sechs Staaten Belgien, Frankreich, Italien, Luxemburg, Niederlande und der Bundesrepublik Deutschland die »Römischen Verträge« unterzeichnet. Ihr Ziel war die Schaffung einer Europäischen Wirtschaftsgemein-

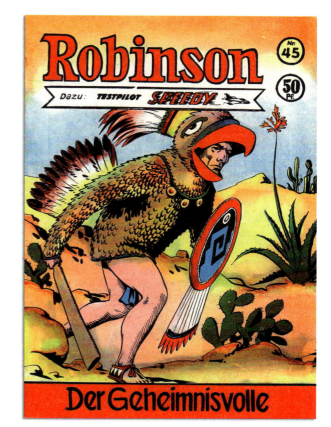

schaft (EWG). Inzwischen ist die EWG in Europäische Union (EU) umbenannt und die Mitgliederzahl ist auf – schwer unter einen Hut zu bekommende – 28 Staaten angewachsen. Als Positivum sehe ich noch immer an, dass in dem seit über eintausend Jahren von Kriegen zerrütteten Kontinent, der unvorstellbares Leid, Elend, Hungersnöte, Vertreibungen, Massenmorde erlebt hat, zumindest unter den Mitgliedsstaaten Kriege aufgehört haben. Weshalb sollten auch die einfachen Menschen von den herrschenden Politikern und Wirtschaftsbossen aufeinander gehetzt werden, wenn deren Ziele nun auch anders erreicht werden können (Globalisierung)?

Eine durch den Finanzsektor verursachte Krise – selbstverschuldet, oder gar gewollt – hat in der Gegenwart allerdings zwischenstaatliche Proble-

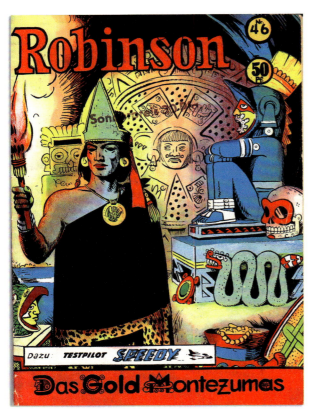

März/April 1957 (Nummer 46)

Inhalt: Nezahualcoyotl kommt zurück und übergibt Robinson die zuvor geraubte Silberladung, die er allein zurückerobert hat. Inzwischen treffen sich Ramiro und Don Eugenio. Ramiro führt Eugenio zum erbeuteten Silber, aber sie finden nur Tote und keine Ladung vor.

Xury ist auf dem Rückweg von Donna Amalia, wird aber von Banditen gesehen. Heimlich verfolgen sie Xury und gelangen ebenfalls ins Tal der Azteken. Nezahualcoyotl erzählt Robinson die Geschichte seines Volkes und wie sie in dieses

Tal gelangt sind. Bei einem anschließenden Test (der Azteke zeigt ihm sowohl Tonfigürchen als auch Goldklumpen und Robinson betrachtet als erstes die kleinen Kunstwerke) erweist sich Robinson als einer der wenigen nicht nach Gold gierenden Weißen. Als er auch noch die Schwester von Nezahualcoyotl vor dem Ertrinken rettet, führt er ihn in eine Grotte. [Abb. 168] Der Oberpriester beobachtet dies argwöhnisch und verfolgt die beiden. Doch er wird seinerseits von den Desperados beschlichen. In der Höhle befinden sich die verschollenen Goldschätze Montezumas, die Cortés und seine »Conquistadores« vergeblich gesucht hatten. Sie waren als Lösegeld für den Aztekenherrscher gedacht, gingen aber beim Aufstand der Bevölkerung verloren und

me aufgerissen, die in früheren Jahren unweigerlich zu Kriegen geführt hätten. Zu dem Positiven zähle ich auch, dass es erstmals über den langen Zeitraum von über 55 Jahren keine Hungersnöte in EU-Europa gibt. Deshalb hat sich in vielen Teilen der Welt natürlich nichts geändert, aber es ist im größten Teil Europas friedlicher und die Menschen sind seitdem täglich satt geworden (in den letzten Jahren hat sich die Zahl der »Tafel« genannten kostenlosen Lebensmittelausgaben an Bedürftige leider stark vermehrt).

gelten seitdem als verschollen. Der Oberpriester verschließt voller Zorn die Höhle, wird aber von Don Eugenio erschossen. Nezahualcoyotl wird von einem Schuss Ramiros getroffen. In seiner Gier erschießt Ramiro auch noch Don Eugenio, sprengt die Felsentür und fällt selbst einem Steinrutsch zum Opfer, der den Gang verschließt. Robinson sitzt allein in der Höhle: ohne Fluchtmöglichkeiten, ohne Nahrung und Wasser und die Fackeln werden auch nicht ewig leuchten.

Kommentar: Helmut Nickel schilderte die Ereignisse der Vorfahren Nezahualcoyotls, ihre Kämpfe untereinander und die unheilvolle Begegnung mit den Spaniern unter Hernando Cortés im Stil aztekischer »Comics« [Abb. 169]. Zusätzlich erklärte Nickel an Bildbeispielen einige Besonderheiten der Bilderschrift [Abb. 170].

Bei der Reproduktion der Originalseiten musste es in diesem Heft wiederholt Probleme gegeben haben. Einige Bilder, wie dargestellt, sehen seltsam nachgezeichnet aus [Abb. 171]. Helmut Nickel meinte mir gegenüber dazu: »Bei dem Druckverfahren (…) hast Du ja wiederholt bemerkt, dass da etwas nicht geklappt hat und Figuren unbeholfen nachgezeichnet worden sind. Es wäre dabei kein Problem gewesen, mich anzurufen, damit ich das hätte selber korrigieren können – aber wozu, da ja auf zeichnerische Qualität ohnehin kein Wert gelegt wurde.« So ganz stimmte diese pessimistische Aussage natürlich nicht, schließlich hatte der Verlag im Erscheinungszeitraum der Hefte 20 und 21 dem Drängen der Leserschaft nach einem Zeichnerwechsel durchaus stattgegeben und zwar recht schnell.

Der »Preis für Berlin« hatte sich erhöht. »Wir« mussten nun 30 Pfennig (ca. 15 Cent) für ein Heft bezahlen. Unerhört!

Erstmals gab das Impressum für die Herausgabe in Österreich einen verantwortlichen an: Ludwig Gratz, Salzburg, Maxglaner Hauptstr. 3.

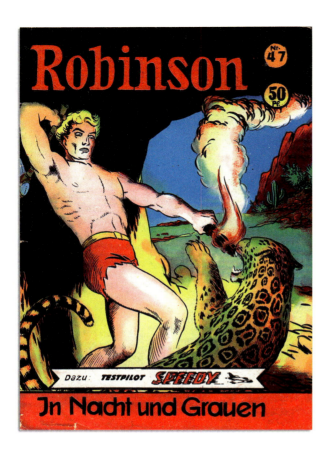

März/April 1957 (Nummer 47)

Inhalt: Nezahualcoyotl ist tödlich verletzt. Im Tal hat man die Explosion gehört. Die Bewohner laufen rasch zur Höhle. Nur Xury und der Indianer Quauhtemoc (der »Herabstoßende Adler«) trauen sich, in die verbotene Grotte einzudringen. Sie gelangen an die Stelle des eingestürzten Gangs und vermuten, dass Robinson und Nezahualcoyotl unter den Trümmern begraben liegen. Robinson hat währenddessen die Beobachtung gemacht, dass der Rauch der Fackel nach oben abzieht. Dem Rauch folgend entdeckt er einen Spalt. [Abb. 172] Dahinter befindet sich eine weitere riesige Höhle. Darin liegen die Knochen eines Sauriers, die ihm einen gehörigen Schreck einjagen. Xochitlinene, die Schwester von Nezahualcoyotl, hört von dem Geschehen und fasst den Entschluss, sich selbst dem Berggott von der Gestalt eines Jaguars zu opfern. Durch einen weiteren engen Gang gelangt Robinson in die Höhle eines Jaguars, den er nach hartem Kampf tötet. Dies hat Xochitlinene beobachtet und hält Robinson für den Sonnengott Tonatiuh, der dem Berggott überlegen ist. Gemeinsam gehen sie in die Schatzhöhle zurück. Dort verabschieden sie sich vom tödlich verwundeten Prinzen. Durch die Jaguarhöhle gelangen sie zu den Freunden zurück. Robinson, Gracia und Xury verabschieden sich und lange noch blicken ihnen Quauhtemoc und Xochitlinene nach.

Bei Donna Amalia angekommen, wird folgender Plan gefasst: Der Silberschatz soll von Robinson nach Portugal gebracht werden. Er segelt dazu um Kap Hoorn und holt Gracia auf Puerto Rico ab, weil sie für die weite Reise noch zu schwach ist. Allerdings haben Spione vom Transport gehört und und deshalb lauern drei Schiffe vor dem Hafen von Acapulco. Robinson überführt den Alkalden einer versuchten Unterschlagung von Teilen des Silbers, das dieser zähneknirschend rausrückt. [Abb. 173] Als der »Sturmvogel« bei günstigem Wind ausläuft, steuert Robinson das Schiff zwischen die Piratenschiffe. Die hohe Geschwindigkeit der Brigg und die nur dümpelnden Korsarenschiffe sorgen dafür, dass sich die Piraten selbst beschießen und die Freunde in der beginnenden Dunkelheit entkommen können.

Lesen Sie bitte weiter auf Seite 108 ->

Robinson Spotlight 4: Tajo Tagori

Wie bereits geschildert, sollte der Comic *Tajo Tagori Robinson* als Hauptserie ablösen. Beim Verlag glaubte man, mit den Schilderungen auf der Robinson-Insel sei der Stoff für eine Fortsetzung erschöpft.

Willi Kohlhoff gab seine Tätigkeit für den Gerstmayer Verlag auf, eine Festanstellung beim Berliner Senat schien ihm für seine Zukunft sicherer. Jahre später holte ihn seine (Comic-) Vergangenheit wieder ein. Er las in Zeitungen von den alten Bildergeschichten, von der ernsthaften Auseinandersetzung mit ihnen und natürlich von den horrenden Sammlerpreisen, die bestimmte Ausgaben erzielten. Das machte ihn neugierig. Als wahrscheinlich einziger der ehemaligen – gesuchten – Zeichner stellte er sich den »Fans«. Das Sammlerinteresse für die Arbeiten Kohlhoffs ging so weit, dass die Serie *Tajo* nachgedruckt wurde. Im Norbert Dargatz Verlag, Mülheim, erschienen 1985 drei Sonderausgaben von *Tajo Tagori*. Kohlhoff beendete für diese Reihe die Geschichte um den Tigerprinzen so, wie er es sich damals vorgestellt hatte. Man sieht den Zeichnungen an, dass einige Jahrzehnte dazwischen liegen, aber ansehnlicher als die seines damaligen Nachfolgers sind sie allemal.

Nachfolgend drei Titelbilder, von denen Willi Kohlhoff das letzte für diese Reihe neu gezeichnet hat [Abb. 176]. Von der Nummer 2 gibt es eine Schwarzweißfassung, die allerdings den Zeichnungen nicht schadet, eher im Gegenteil. Die Titelbilder der ersten beiden Nummern sind schon bekannt. Das erste Heft war das Titelmotiv für *Robinson* Band 12 [Abb. 174]. Das Motiv des zweiten Hefts [Abb. 175] sollte die Titelseite für *Robinson* Nummer 13 werden, es wurde aber *nur* das Splash-Panel für die Tajo-Geschichte in der vierzehnten Ausgabe des *Robinson*.

Diese Abbildung [Abb. 177] zeigt die erste Seite für den Abschluss, den Willi Kohlhoff um 1984/85 gezeichnet hat.

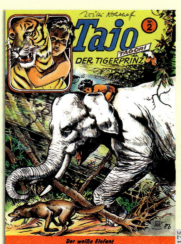
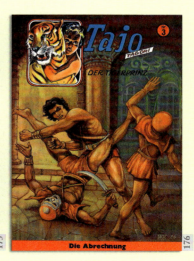

Kommentar: Quauhtemoc (oder Cuauhtemoc), 1525 von den Spaniern hingerichtet, war der Name des tatsächlich letzten aztekischen Herrschers. Montezuma, auch Moctezuma genannt, wurde in Tenochtitlán von seinen Landsleuten umgebracht, als er auf die (Gold-)Bedingungen der Spanier einzugehen bereit war. Quauhtemoc wurde sein Nachfolger.

Achtzehn Seiten prallvoll mit Abenteuern: Nickel hat hier aus dem Vollen geschöpft und eine Geschichte, die für zwei Hefte reichen würde, erzählt.

April 1957 (Nummer 48)

Inhalt: Während der »Sturmvogel« rund um Kap Hoorn segeln muss, wählen die Piraten die kürzere Variante, sie überqueren zu Fuß die Landenge von Panama. Vor Portorico (der italienischen Bezeichnung für Puerto Rico) nehmen die Schiffe »La Casserole« (!) und »Catchascatchcan« (!) den »Sturmvogel« in die Zange. Es gelingt der Mannschaft der »La Casserole«, die Brigg zu entern und es entspinnt sich ein heftiger Kampf auf Deck. Dank Xurys Erfindungsreichtum, der zuerst das Piratenschiff in Brand setzt und dann mit Hilfe von Seifenlauge das Räubergesindel regelrecht über Bord spült, wird die Gefahr beseitigt. Anschließend setzt sich der »Sturmvogel« erfolgreich ab. [Abb. 178] Mit dem Gouverneur Portoricos hat der Piratenkapitän de la Carotte (!) inzwischen ein Abkommen getroffen, welches den Silberschatz der Donna Amalia betrifft. Wie üblich arbeiten die beiden Halunken zusammen und beabsichtigen auch diesmal, die Beute für sich selbst zu sichern. Gracia ist derweil auf Portorico angekommen. Sie wird als Gast vom Gouverneur empfangen und … festgesetzt. Als Robinson eintrifft, beschuldigt ihn de la Carotte der Piraterie. Kurzerhand wird er festgenommen. Die Besatzung des »Sturmvogels« wird überwältigt, das Schiff in eine abgelegene Bucht gebracht, die von einem verfallenen Kastell beherrscht wird. Nur Xury ist noch frei und sucht im Palast nach Gracia, die von all dem nichts mitbekommen hat. Als er sie gefunden hat, erscheint der Gouverneur in ihrem Zimmer. Gracia macht ihn betrunken, dann steigt sie mit Xury auf einen schmalen Sims des Palastes, um aus dem Gebäude zu flüchten.

<u>Kommentar:</u> Wem der Piratenkapitän bekannt vorkommt, der liegt völlig richtig; in einem anderen Comic nennt er sich Käpt'n Hook …

Grafisch interessant finde ich die Seite mit dem nächtlichen Schauplatz in der abgelegenen Bucht [Abb. 179]. Nickel legte die Szenerie vor einem grauen Hintergrund komplett in Schwarz an – wie Lotte Reiniger in ihrem Scherenschnittfilm »Achmed« von 1926 [Abb. 180].

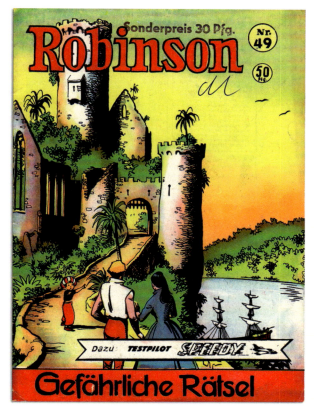

April/Mai 1957 (Nummer 49)

<u>Inhalt</u>: Gracia und Xury entgehen nur knapp einem aufmerksamen und schießwütigen Wachposten. Sie verbarrikadieren sich in einem Zimmer, das der Maurenjunge als dasjenige wiedererkennt, in dem Robinson in einer Falltür verschwunden ist. Sie finden und öffnen die Tür. Xury seilt sich an seinem Turban ab und findet sich in dem Kerker wieder, in welchem die Freunde gefangen sind. Schnell befreit er sie mit dem Schlüssel, den Gracia dem betrunkenen Gouverneur abgenommen hat. Dann flüchten alle in die Stadt. Zufällig werden sie dabei von de la Carotte und seinen Kumpanen beobachtet, von denen sie

sogleich verfolgt werden. [Abb. 181, 182] Mit einer genialen Idee bringt Xury sie zu Fall und weiter geht es zum Hafen; dort liegt allerdings der »Sturmvogel« nicht mehr vor Anker.

Mit zwei Piratenruderbooten fliehen sie weiter. Auf einer vorgelagerten Insel vermutet Robinson den »Sturmvogel«. Bei der Suche an Land treffen sie auf Papagei Koko und schließen daraus, dass sie richtig sind. Als sie aus dem Dschungel treten, liegt vor ihnen ein Kastell und in der Bucht unten der »Sturmvogel«. Xury will auf dem Turm ein Signalfeuer vorbereiten. Gracia begleitet ihn und Robinson legt sich müde in die Koje. Als er aufwacht, vermisst er die beiden. Er geht in das verfallene Kastell, gerät aber in einen Hinterhalt. Gracia und Xury durchsuchen derweil die Räumlichkeiten nach brennbarem Material. Eine Holztruhe bewegt sich plötzlich wie von alleine. Rasch gehen beide in Deckung. Von dort sehen sie aus einem dunklen Gang heraus kopflose Gestalten hervortreten …

Mai 1957 (Nummer 50)

Gracia und Xury beobachten ungewollt eine Voodoo-Zeremonie entlaufener Sklaven, bei der ein Hahn geopfert werden soll. [Abb. 183] Dem Tier gelingt die Flucht, allerdings genau in den Raum hinein, in dem sich die beiden verstecken. Sie werden entdeckt und sollen die Stelle des Hahns einnehmen. Währenddessen versucht Robinson zu entkommen. [Abb. 184] Durch eine Pechnase gleitet er in den Hof und muss sich dort mit drei Schwarzen auseinandersetzen. Dann hört er die Trommeln, die die Opferzeremonie begleiten. Der Lärm auf dem Hof lässt den Zauberer innehalten, was Xury ausnutzt und sich aus dem Griff des »herkulischen Negers« windet. Rasch gelingt ihm auch die Befreiung Gracias. Sie springen die Außenmauer hinab, ein Sonnenschirm dient dabei als Fallschirm, dann verschwinden sie im Dickicht des Waldes. Robinson irrt im Gemäuer umher, gerät ein ums andere Mal mit den ehemaligen Sklaven zusammen, die ihrerseits die Weißen (und Xury) suchen. Er überwältigt den Zauberer und erfährt von der Flucht Gracias und Xurys, woraufhin er sich im Wald auf die Suche macht, da sie sich nur dort versteckt haben können. Da Xury seinerseits nicht weiß, wo Robinson sich aufhält, entledigt er sich seiner Kleidung, bis auf eine Unterhose, um als Farbiger unerkannt die Lage auszuforschen. Einen seiner Verfolger täuscht er zwar nicht, kann diesem aber entkommen. Inzwischen sind auch Spinne, Schwabbel, Lars und Beppo an Land und werden von Xury instruiert. Gracia hält das untätige Warten nicht aus, klettert hinab und gerät ins Blickfeld der Verfolger.

Sie kann sich im Sumpf verstecken, rettet ein kleines dunkelhäutiges Mädchen vor dem Ertrinken, das sie zu ihrer Mutter bringt. Dankbar hilft sie Gracia, indem sie diese schwarz »einfärbt«, gibt ihr einen Wickelrock, ein knappes Brusttuch und stellt sie als Nichte vor; aber ihre Verfolger fallen auf diesen Trick nicht rein.

Kommentar: In diesem und dem folgenden Heft spielte Helmut Nickel ein wenig mit der FSS [Abb. 185, 186]. »Gracias Garderobennöte waren einfach zu verlockend …«, so später seine amüsierten Anmerkungen dazu. Anscheinend durchschauten sie sein Spiel nicht, oder hielten die gefärbte Gracia für ein schwarzes Naturmädchen, das schon ruhig einmal sehr knapp bekleidet sein durfte. »Kulturfilme« aus der sogenannten Dritten Welt boten zu dieser Zeit nämlich durchaus »nackte« Tatsachen.

Das letzte Heft endete mit dem Vorschautitel »Negeraufstand ist in Kuba«. Man sollte berücksichtigen, dass zu jener Zeit und bis in die 1960er Jahre hinein der Ausdruck »Neger« durchaus nicht negativ belegt war. Er war (und ist eigentlich) ein ethnographischer Begriff für die negroide Rasse. Trotzdem kamen Nickel Zweifel und er nannte die folgende Ausgabe 50 »Aufstand auf den Inseln« und er begründetes dies folgendermaßen: »Dazu gibt es eine einfache Erklärung. Ich hatte mich verleiten lassen, den Anfang eines einst in Sommerlagern beliebten Lagerfeuerliedes als Anreißer zu nehmen:

Negeraufstand ist in Kuba, Schüsse hallen durch die Nacht;
in den kohlpechdunkeln Straßen stehen Neger auf der Wacht.
Umba umbarassa, umba umbarassa Aoaaoaee -
In den Straßen liegen Leichen mit aufgeschlitzten Bäuchen,
darin stecken noch die Messer - es fehlen nur die
Menschenfresser.
Umba umbarassa,
usw.

Als es an das Titelbild ging, kamen mir doch Bedenken. Nicht wegen des damals als völkerkundliche Bezeichnung völlig unanstößigen ›Neger‹, sondern wegen des Textes der zweiten Strophe. Ich habe mich dann eben für ›Aufstand auf den Inseln‹ entschieden, in der Hoffnung, dass die Voranzeige übersehen und vergessen würde«. Zumindest der Rezensent dieser Berichte tat dies nicht und freute sich über diese simple, aber doch sehr einleuchtende Erklärung.

Auf mehreren Heftseiten wurde in der Fußzeile für ein neues Verlagsprojekt geworben so-

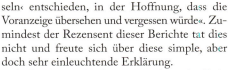

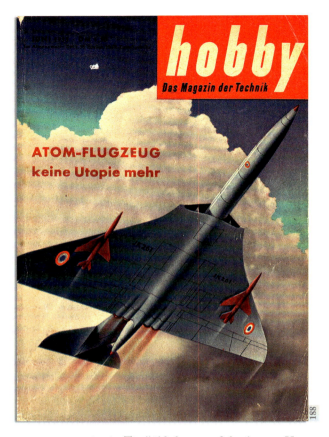

Leserschaft. Allerdings ging das wohl nicht auf, denn es erschienen nur neun Ausgaben (laut *Roman-Preiskatalog* Band 10).

Zeitgeschehen: In den 1950er Jahren hatte »das Atom« einen hohen positiven Stellenwert in der öffentlichen Meinung inne. Alles Mögliche sollte mit Atomenergie gemeistert werden: Hunger, Krankheiten, ewiger Friede auf Erden. [Abb. 188] Selbst Flugzeuge mit Atomantrieb schienen in den Bereich des Machbaren gerückt zu sein. In den Unterhaltungsmedien spielten die Auswirkungen atomarer Strahlung auf die Umwelt und die Lebewesen bald eine gewichtige Rolle. Ich erinnere nur an Comics wie *Die Spinne*, *Doktor Solar* oder *Hulk*. Nichts schien unmöglich.

1955/56 schrieb der US-amerikanische Schriftsteller Richard Matheson (1926-2013) den Science-Fiction-Roman *The Shrinking Man*. Der Titelheld Scott Carey und sein Bruder Marty unternehmen mit ihrem Motorboot einen Ausflug auf dem Meer. Als Marty gerade unter Deck ist, streicht ein Sprühregen[45] über das Schiff und hüllt es mitsamt Scott ein, der zwar noch versucht, das Oberdeck zu verlassen, aber es nicht mehr rechtzeitig schafft. Wie die Geschichte dann weitergeht, dürfte hinlänglich bekannt sein. Scott Carey wird von diesem Tag an immer kleiner. Er schrumpft buchstäblich zu einem Nichts. Noch während er am Roman schrieb, bot Matheson den Stoff verschiedenen Filmstudios an. Auf Grund seines zuvor schon erfolgreichen Romans *I am Legend* griff die Universal zu, trotz Mathesons Bedingung, das Drehbuch selbst zu schreiben. Seinen Roman schrieb er weitgehend in Rückblenden, das Drehbuch dagegen in kontinuierlicher Abfolge und gerafft. Matheson »entfernte« die Tochter der Carey-Familie. Auch die sexuellen Nöte, die Scott neben seinen Schrumpfungsproblemen zu schaffen machten, ließ er für den Filmstoff aus. Ebenso kürzte er die Schlusssequenz, die im Buch ein weiteres Kapitel enthält.

wie ein Titelbild davon auf der letzten Umschlagseite gezeigt. Das Magazin *Der Jugend-Film Club* sollte illustrierte Nacherzählungen aktueller Filme, Starberichte und ähnliche Themen beinhalten [Abb. 187], von denen die Redaktion glaubte, sie interessierten die anvisierte

Der Regisseur des Films »The Incredible Shrinking Man« (dt. »Die unglaubliche Geschichte des Mister C.«) [Abb. 189] war Jack Arnold, den ich bereits einige Male erwähnt habe. Arnold nahm den geänderten Schluss, der in einem religiösen Monolog Careys mündet, als er bereits so klein ist, dass er durch das Fliegengitter des Kellerfensters klettern kann, für sich in Anspruch. In Mathesons Roman stürzt Carey in ein subatomares Universum und damit in eine fremde Welt. Ob der Schrumpfungsprozess dort ein Ende hat oder ob es weiter geht, ließ er dagegen offen. Im Mai 1957 erfolgte die deutsche Uraufführung, nur drei Monate nach der in den USA. Als Roman kam das Buch erst 1960 bei Heyne als Taschenbuch mit der Nummer 58 in der Allgemeinen Reihe heraus [Abb. 190].

Der Film hatte auf mich einen ungeheuren Eindruck gemacht. Nur den Schluss fand ich unbefriedigend. Allerdings trifft dies auch auf das Buch zu. Die Tricktechnik ist selbst für heutige Standards akzeptabel bis hervorragend. Grant Williams leistete als Scott Carey Außergewöhnliches. Er agierte in der zweiten Hälfte des Films fast nur nach dem Diktat eines Metronoms. Die Szenen mit der Katze – als Carey bereits in einem Puppenhaus lebt – wurden mit einer echten Katze gedreht. Mit Futter wurde sie in bestimmte Richtungen gelockt. Anschließend wurden die Aktionen des Tiers mit Hilfe des Bildzählers mit dem Taktgeber des Metronoms synchronisiert

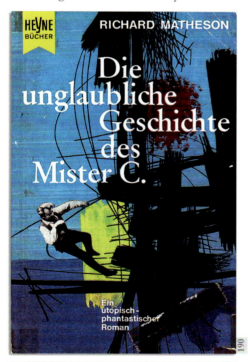

und Williams bewegte sich nach dem Rhythmus des Takts allein in den Kulissen. Auf ähnliche Weise wurde die Szene mit der besonders großen panamaischen Tarantel gedreht. Ein überzeugender und spannender Film!

Im diesem Mai des Jahres 1957 wurde ich zehn Jahre alt. Für mich ist dieses kleine Jubiläum Grund genug, um es hier zu erwähnen. Woran ich mich für diesen Tag erinnere, war ein bemerkenswertes Geburtstagsgeschenk. [Abb. 191] Es war das populärwissenschaftliche Buch *Die Welt, in der wir leben*.[46] Dieses Werk behandelt den damaligen Wissensstand der Erdgeschichte: von der Entstehung aus einem Gasnebel, über deren Erkaltung, der Bildung einer Kruste, das Werden des Lebens in seinen vielfältigen Formen über die Jahrmilliarden hinweg. Es enthält fantastische Zeichnungen, Gemälde, Fotos und sachkundige Abbildungen über die verschiedensten Erdepochen und die Entstehung und Entwicklung des Lebens bis unmittelbar vor dem Entstehen des Menschen, die mein Bild von der Erde, dem Sonnensystem und dem Weltall prägten.

---

[45] In der Verfilmung ist es ein Nebel, der über das Deck streicht, Carey einhüllt und auf seinem Oberkörper einen silbrigen Glanz hinterlässt. Dort ist auch die Ehefrau anstatt des Bruders an Bord.
[46] Knaur (1956) (Originaltitel: *The World We Live In*, Time, 1952).

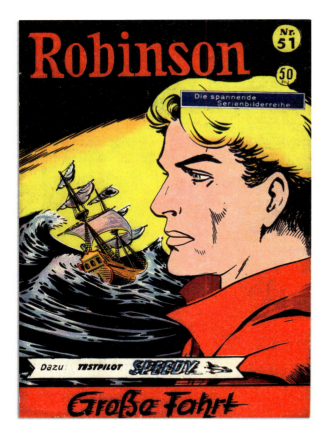

Deck. [Abb. 193] Xury hat sich eine Komödie ausgedacht, mit der es gelingt, das Enterkommando auszuschalten, noch ehe Robinson und Gracia auf der Bildfläche erscheinen. Der Gouverneur wird seinen Kumpanen hinterher ins Meer geworfen.

Anschließend sticht der »Sturmvogel« Richtung Portugal in See. Einen Sturm kann das Schiff abreiten, wird dadurch aber weit nach Süden abgetrieben. Xury entdeckt einen Schiffbrüchigen, der sich als Kapitän Irmak-Bey herausstellt. Diesem ist Robinson schon einmal begegnet, und zwar in Heft 1. Damals geriet Robinson in die Sklaverei, wo er Xury kennenlernte und gemeinsam mit ihm floh.

Bald erreichen sie die Küste Portugals. Irmak ist vorher einem marokkanischen Segler übergeben worden. Die Trennung von Gracia rückt immer näher. Alle sind traurig, zumal die Situation für Gracia und ihre Familie recht heikel ist. Noch immer besteht die Gefahr, dass Gracia den Grafen Pincel de Sencillez heiraten muss. [Abb. 194] Sie landen in Lissabon. Robinson und Xury begleiten Garcia auf ihrem Weg zum Vater und ins heimatliche Schloss.

Kommentar: Das Titelbild des abgebildeten Hefts zeigte einen blauen Streifen mit der Aufschrift »Die spannende Serienbilderreihe«. Dieser Hinweis war von nun an gelegentlich zu sehen, immer an verschiedenen Stellen. Er wurde von Hand aufgeklebt, höchstwahrscheinlich vom Vertrieb. Dafür spricht folgende – kuriose – Er-

Mai/Juni 1957 (Nummer 51)

Inhalt: Gracia wird an ihrer schwarzen Handfläche als Weiße erkannt, denn Farbige haben helle Handteller. Gerade als es für Gracia und die hilfsbereite »Negerin« bedrohlich wird, erscheint Robinson und es entsteht ein wüstes Handgemenge. Erst Gracias energisches Eingreifen entscheidet die Lage zu ihren Gunsten. Dann eilen beide zu der Bucht zurück, wo der »Sturmvogel« ankert. Sie schwimmen hinüber, wollen an Deck gehen, sehen aber im letzten Moment einen Segler neben dem Schiff anlegen. Es ist der Gouverneur, der sich »seinen« Schatz holen will. Mit einigen Matrosen steigt er über und sie erblicken eine grausige Szene. Als unterhalb der Bordwand ein Geräusch ertönt, eilt das Enterkommando zur Steuerbordseite und schaut ins Wasser. Der Gouverneur schleicht sich indessen unter

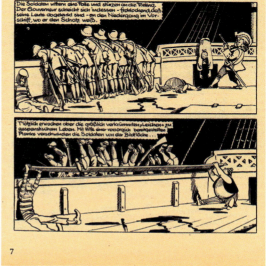

kenntnis: Hält man die Titelbildseite gegen eine Lichtquelle, ist der »Sonderpreis-für-Berlin«-Aufdruck unter dem Aufkleber zu erkennen. So ganz falsch dürfte daher die Vermutung nicht sein, dass der Nachbestellservice vergriffene Ausgaben mit Berlinstempel für den westdeutschen Raum verwendete. Um Irritationen vorzubeugen, wurde der verbilligte Preis kurzerhand mit »Die spannende Serienbilderreihe« überklebt. Ein aufmerksamer Leser meiner Internet-Robinsonberichte ist darauf gestoßen. Interessant ist auch, dass im Juni 1957 Comics noch immer nicht so genannt wurden.

Mit diesen Heft ist es dann passiert: Auf der ersten Comicseite, also der zweiten Umschlagseite, hat die Vorzensur doch einmal gegriffen. Es war allerdings nicht Gracias knappe Bekleidung in den Fokus gerückt, sondern die angedrohte brutale Gewalt. [Abb. 195] Auf dem Bild packt einer der Rohlinge Gracia am Hals und hebt drohend die Faust – die Faust? Nein, Gisela Gerstmayer retuschierte eine Machete aus seiner Hand (von Helmut Nickel bestätigt), wie am weißen Streifen rechts neben dem Kopf klar zu erkennen ist. Ob das nun im vorauseilenden, kommerziellen Gehorsam geschah oder auf Druck der FSS, ist nicht mehr bekannt.

Erneut machte sich Helmut Nickel wieder einmal über die Zensurbestimmungen lustig, bildlich und verbal [Abb. 196].

Die zweite und dritte Umschlagseite waren in einer weiteren Hinsicht interessant. Es gab sie in zwei verschiedenen Ausführungen. Mir liegt sie in einer bräunlichen stumpfen und in einer weißen glänzenden Form vor. Die erste und vierte Seite hingegen ist identisch, im üblichen Glanzdruck. Eine Seite war der Erstdruck, die andere ein Nachdruck (?), oder war während des Druckprozesses das Papier ausgewechselt worden?

Mit dieser Abbildung [Abb. 197] schaffte es Helmut Nickel in die *The World Encyclopedia of Comics* (Avon Books, 1976, Hrsg. Maurice

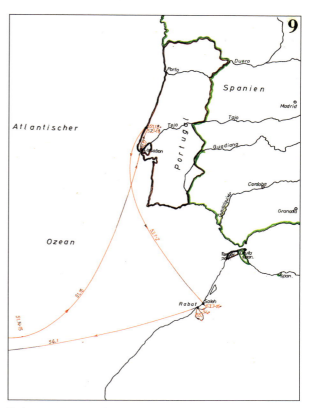

Robinsons Reise um die Welt: Karte 9

Robinson und seine Freunde verlassen erneut den Bereich einer Karte; eigentlich schon in der Nummer 51, aber das geschah mitten im Heft. Nach Jahren der Abwesenheit betritt Robinson wieder den europäischen Kontinent, zwar nur an seiner südwestlichen Ecke, aber er ist damit seiner Heimat (England) sehr nahe. Eine Weiterreise dorthin ist ihm jedoch nicht vergönnt. Intrigen und schnöder Verrat führen ihn bald darauf nach Nordafrika. Da hatte er sich zwangsweise schon einmal aufgehalten (siehe Heft 1) und auch diesmal wird er, zusammen mit Gracia und Xury, als Gefangener von maurischen Korsaren dorthin verschleppt.

Horn). Den deutschen Teil hatten Wolfgang Reitberger und Wolfgang J. Fuchs bearbeitet und dort zu Recht *Robinson* als Beispiel für bemerkenswerte deutsche Comickunst vorgestellt.

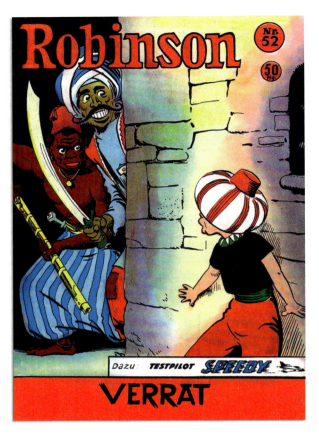

schon, aufgeblasen und arrogant, und gerät deshalb mit Robinson sofort in einen Zwist. [Abb. 198] Über mehrere Seiten zieht sich ein Zweikampf zwischen Robinson und Dom Alonso hin. Immer absurder werden die Demütigungen, die der »Edelmann« dabei ertragen muss. Schließlich landet er im Brunnen der Küche und flieht entsetzt. Robinson, Gracia und Xury ziehen sich daraufhin in ein Jagdschlösschen zurück und hoffen, dass Gras über die Sache wachsen wird. Dom Alonso sucht die beiden, natürlich voller Rachegedanken. Dabei wird er von maurischen Korsaren gefangen genommen, die an der Küste gelandet sind, um ein bisschen zu plündern. In seiner Feigheit erzählt er von Gracia, deren Vater sehr reich sein und für die es ein gutes Lösegeld geben soll. Er führt die Piraten zum Jagdschloss. Robinson wird überwältigt, mit Gracia und Xury gefangen genommen und auf das Korsarenschiff verschleppt. Alonso gelingt die Flucht. Er stachelt den Vater Gracias zum Kampf auf. Einige Kanonenkugeln werden den Piraten hinterher-

Juni 1957 (Nummer 52)

<u>Inhalt</u>: Gracias Vater befürchtet zu Recht, dass Dom Alonso, dem Garcia »versprochen« wurde, ihre Hand fordern wird. Da erscheint er auch

geschickt. Diese feuern zurück und der Dom wird dabei getötet. [Abb. 199] Als die Piraten abziehen, blickt ihnen der Graf mit dem Fernrohr nach und sieht entsetzt seine Tochter mit Robinson und Xury gefangen auf dem Vorderkastell.

Kommentar: Ab diesem Heft schrumpfte der Comicanteil auf nur noch 32 nummerierte Comicseiten. Da die zweite und dritte Umschlagseite Werbung enthielten, wurden sie nicht mehr mitgezählt. *Robinson* umfasste 16 Seiten.

Laut der Nachbestellliste auf der letzten Umschlagseite waren von der Serie *Robinson* noch immer die Hefte ab der Nummer 5 nachzubestellen. Von *Testpilot Speedy* waren alle 27 erschienenen Hefte vorrätig.

Juni/Juli 1957 (Nummer 53)

Inhalt: Der Piratenkapitän Muley findet unter Robinsons mitgeführten Gegenständen den Schutzbrief von Irmak-Bey. Gerade weil Irmak sein Befehlshaber ist, zerreißt er ihn schnell. Robinson kommt auf die Ruderbank. Gracia und Xury werden eingesperrt.

In Saleh, an der marokkanischen Küste, legen die Schiffe an. In der Nacht löst Robinson seine Ketten, befreit die anderen Rudersklaven, zettelt eine erfolgreiche Rebellion an und will seine Freunde aus der Stadt holen. [Abb. 200] Er schleicht über die Dächer der Stadt bis zum Haus des Kapitäns. Dort landet er im Zimmer der Hauptfrau des Kapitäns. Diese führt ihn zu Gracia, um eine vermeintliche Konkurrentin loszuwerden. Gerade als Robinson seine Freunde befreit hat, wird ein von ihm gefesselter Wächter entdeckt. Nun geht die Jagd auf sie los. Sie gelangen glücklich zum Hafen, sehen aber nur noch das Heck des Schiffs, da die befreiten Sklaven aus Angst vor Entdeckung vorzeitig fliehen mussten. [Abb. 201] Etwas außerhalb der Stadt verstecken sie sich, um am nächsten Morgen nach Rabat zu reisen, weil sich Irmak dort aufhalten soll. [Abb. 202] Dort angekommen,

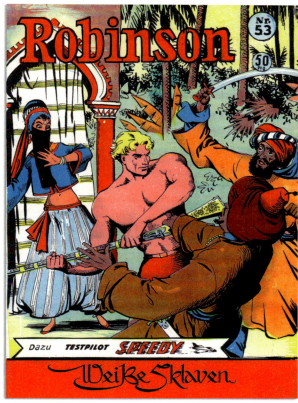

erfahren sie zu ihrem Schrecken, dass er für zwei Wochen zur Löwenjagd aufgebrochen ist.

Kommentar: An dieser Stelle möchte ich auf die häufig individuelle Gestaltung der Titelschrift aufmerksam machen. Nickel bemühte sich, den Schriftzug dem Inhalt entsprechend variabel zu gestalten, Besonderheiten einzuarbeiten, ihn auf jeden Fall für viele Hefte passend zu entwerfen. Für die Nummer 53 und die kommenden Hefte entwarf er eine arabisch wirkende Schreibweise, da das Abenteuer im muslimischen Afrika spielt.

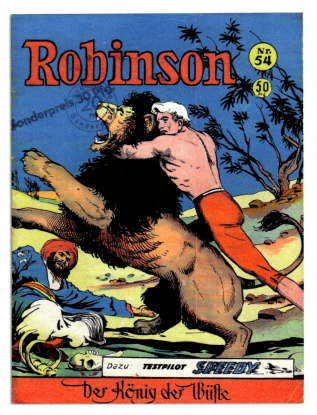

nigen Tier auf den Rücken, wäre aber wahrscheinlich unterlegen, wenn nicht Xury das Tier erschossen hätte. Als Irmak hört, dass Muley seinen Schutzbrief zerrissen hat, wird er sehr zornig. Die kommende Nacht verbringen sie in einer Oase. Dort entgeht Irmak nur knapp einem Attentat. Neben sich findet er einen Dolch, der ein sternförmiges Zeichen trägt. Irmak weiß nun, dass er auf der Todesliste der »Hand der Rache« steht. [Abb. 203]

Er erzählt Robinson diese Geschichte: Sein Sultan heiratete einst die »sündhaft schöne, blutjunge« Berberprinzessin Fatme. Vor etwa drei Jahren ging der Sultan mit seinem Schwiegervater Abu Hamid auf die Jagd nach Gazellen. Dabei gerieten sie in einen Streit, weil die Jagd-Geparde des Sultans zwei Gazellen schlugen, Abu Hamid aber leer ausging. Er eskalierte soweit, dass der Sultan Fatme mitsamt ihrem Sohn zum Vater zurückschickte. Bei einem anschließenden Feldzug wurde Abu Hamid getötet, [Abb. 204] woraufhin die schwarze »Hand der Rache« anfing zu morden. Nun sei Irmak das nächste Ziel dieser Geheimorganisation. Robinson vermutet zu Recht, dass Fatme dahinter steckt und deshalb auch Helfer in Rabat haben muss.

Juli 1957 (Nummer 54)

Inhalt: In der Gasse vor Irmaks Haus beratschlagen die Freunde, wie sie weiter vorgehen wollen. Da tritt ein schmächtiges Männchen an sie heran, ein Kreuz in der Hand … es ist das von Gracia, das sie zuvor verloren hat. Sie glauben sich jetzt als Christen entdeckt, aber der Mann hilft ihnen, weil er eine christliche Frau hat. Gracia findet bei ihnen Unterschlupf, während die »Männer« (O-Ton Xury) auf die Suche nach Irmak gehen. In einer Schlucht finden sie ihn, von einem Löwen heftig bedrängt. Robinson springt dem schwarzmäh-

Am nächsten Tag wird Gracia in Irmaks Haus geholt. Dieser selbst ist beim Wesir des Sultans Faruk, um ihm Bericht zu erstatten. Abends kommen Gäste in Irmaks Haus: der Sultan, Faruk, drei Korsarenkapitäne und der »Verlarvte«. Letzterer soll so hässlich sein, dass er stets sein Gesicht verdeckt hält. [Abb. 205] Bald treten Tänzerinnen auf. Die Gäste betrachten sie mit funkelnden Augen. Da saust aus dem Dunkeln ein Dolch auf den Sultan, verfehlt ihn aber um Haaresbreite. Irmak will dem Attentäter nach, wird aber von Faruk der Beihilfe beschuldigt. Als der Sultan hört, dass

Irmak Christen in seinem Haus versteckt, glaubt er seinem Wesir. Robinson ist zwar mit Gracia und Xury rechtzeitig geflüchtet, sie werden aber von den Häschern des Sultans gesucht. Faruk überredet inzwischen den unsicher gewordenen Sultan, unerkannt in einer Bettlerverkleidung die Stimmung im Volke über sich zu erkunden – wie einst Harun al Raschid aus *1001 Nacht*. Gleich darauf wird er als »Schwindler« von Leuten des Wesirs festgesetzt und in einen Kerker gesperrt.

Hier sehen wir eine Teilenttrümmerung, dahinter noch nicht abgerissene Häuser. Ganz im Hintergrund ist ein Satteldach zu sehen, flankiert von zwei Türmen. Dies ist das Kriminalgericht Moabit, und ein paar Schritte dahinter habe ich gewohnt.

Zeitgeschehen: Im Juli wurde im Westberliner Bezirk Tiergarten das neue Hansaviertel mit einer Ausstellung, der »Interbau 1957«, eingeweiht. Für mich war das etwas Besonderes, wohnte ich doch in der Nähe, nördlich der Spree in Moabit. So hielt ich mich mit Freunden schon während der Bauarbeiten oft dort auf.

Der »Tiergarten« ist *der* zentrale Park inmitten von Berlin. Er wird im Osten vom Brandenburger Tor begrenzt, im Westen vom Charlottenburger Tor. Die nördliche Einfassung bildet der Spree-, bzw. der S-Bahn-Bogen und im Süden endet er am Landwehrkanal und der Tiergartenstraße. In der Mitte steht die Siegessäule und von oben (kein Fahrstuhl!) hat man einen fantastischen Überblick auf den Park und die angrenzenden Wohngebiete. Trotz seines Namens ist er kein Zoo oder Tierpark. Das war er zu Zeiten der Kurfürsten und Könige von Preußen. Diese hatten ihn als Jagdgebiet einzäunen lassen, so dass die Tiere vor der Jäger-Halali nicht einmal flüchten konnten. Vor allem in der Gründerzeit, Mitte/Ende des 19. Jahrhunderts, wurde er zu einer öffentlichen Parkanlage ausgebaut.

So schnell, wie hier dargestellt, ging es natürlich nicht, aber so sah das fertige Hansaviertel aus. Die Blickrichtung ist dieselbe.

Am Rande entstanden gutbürgerliche Wohnanlagen, im Nordwesten das »Hansaviertel«.

Im letzten Krieg wurde es weitgehend zerstört. Von 161 Gebäuden waren noch 21 mehr oder weniger bewohnbare Häuser übrig. Da sich eine Neubebauung selbst schon in der Planungsphase mit privaten Mitteln als schwierig erwies, nahm der (West-)Berliner Senat dies in seine Hände. Zur selben Zeit wurde in (Ost-)Berlin die Frankfurter Alle, bzw. nun Stalinallee, mit enormem Aufwand wiederhergestellt. Im Westen wollte man sich vom sozialistischen »Zuckerbäckerstil«[47] (mit Erkern, Mauervorsprüngen, Ornamenten, Absätzen an Hausfassaden, usw.) abgrenzen und rief einen internationalen Architekturwettbewerb aus. Wegen des Mottos »Der Tiergarten soll wieder ein Bestandteil der Wohngebiete werden, Licht und Luft soll den öffentlichen Raum durchfluten« wurden u.a. mehrere Hochhäuser errichtet. Damit brachte man dieselbe Anzahl von Menschen wie vor dem Krieg auf nur noch 40% der ehemals hochverdichtet bebauten Grundfläche unter. Eine neue U-Bahn-Linie mit Haltestelle durchquerte das Hansaviertel, eine Schule, ein Kindergarten, zwei Kirchen, ein Kino[48], diverse Einkaufsmöglichkeiten und mehr wurden ebenfalls berücksichtigt.

Vor dem Einzug der Mieter sollte das Projekt mit der oben erwähnten Bauausstellung der Öf-

Das ist die horizontale Seilbahn, und dahinter das höchste Haus im Hansaviertel.

fentlichkeit präsentiert werden. Das kostete allerdings 1,50 DM Eintritt, was zu dieser Zeit eine ordentliche Summe war. Trotzdem kamen vom 6. Juli bis 29. September 1957 eine halbe Million Besucher. Eingerichtete Musterwohnungen zeigten moderne Möbel und Wohnarchitektur, die zwar staunen ließen, aber nur für wenige erschwinglich waren. Ein großer Publikumsmagnet war eine Seilbahn, die vom Zoo (Bahnhof Zoologischer Garten) bis zum S-Bahnhof Bellevue (der mit dem Schloss gleichen Namens) reichte. Sie war weit über die Dauer der »Interbau« hinaus in Betrieb, bis zum September 1958, und wurde von rund 670.000 Fahrgästen benutzt. Einer davon war ich. Vor der Inbetriebnahme der U-Bahn-Linie fuhren auf der noch gleislosen Strecke zwei gummibereifte Züge vom Bahnhof Zoo zum Bahnhof Hansaplatz. Die beiden letztgenannten Attraktivitäten brachten mir natürlich mehr Spaß, als Wohnhäuser und Musterwohnungen zu besichtigen. Zugegebenermaßen fand ich Mietwohnungen über zwei Ebenen schon interessant, so etwas hatte ich vorher noch nie gesehen.

Dasselbe Gebäude, freigestellt und in seiner Bauphase. Interessant wird für mich dieses Bild dadurch, dass hier der Baukran zu sehen ist. Wenn der Fotograf sein Augenmerk mehr auf ihn gelenkt hätte, würde man vielleicht den Kranführer erkennen können, und der war mein Vater. Der »Turmdrehkran«, so seine offizielle Bezeichnung, war nämlich »seiner« und ich durfte einmal nach Feierabend dieses Ungetüm bewegen, natürlich mit dem allergrößten Respekt und Behutsamkeit und nur nach seiner Anleitung.

---

[47] Dieser Stil sorgte in diesem Fall, mehr als die zahlreichen konturenlosen Plattenbauten in West und Ost, für eine passendere Eingliederung der Neubauten in die Stadtlandschaft.

[48] An zwei Filme kann ich mich erinnern sie dort gesehen zu haben: »Die Brücke« von Bernhard Wicki und »Der große Diktator« von und mit Charlie Chaplin.

Juli/August 1957 (Nummer 55)

Inhalt: Robinson, Gracia und Xury verstecken sich in den Gassen der Stadt. Zwei Häscher bleiben, ohne sie zu bemerken, vor ihrem Versteck stehen. Dabei belauschen die Freunde das Gespräch. Es geht um den Scharfrichter, der den Sultan und Irmak hinrichten soll, der allerdings dessen treuer Diener ist. Mit einer Lüge wird er überzeugt. Xury spricht Nisch el Ab (!), den Scharfrichter, an und enthüllt ihm die Schurkerei. Daraufhin entwickelt Robinson einen Plan. Er verkleidet sich als Gehilfe des Scharfrichters. Die beiden Delinquenten werden ebenfalls eingeweiht. [Abb. 210] Im Hof des Palastes warten auf dem Richtplatz schon die Zuschauer, Faruk der Wesir, der Verlarvte und die drei Korsarenkapitäne, auf das Schauspiel. In einem überraschenden Coup, bei dem sich Robinson als Gehilfe des Scharfrichters verkleidet hat, übertölpeln sie die Wachen und entkommen aus dem Palast. Treue Soldaten und weitere loyale Anhänger des Sultans stürmen das Gebäude, um dort die Verwirrung über ihre Flucht auszunutzen. [Abb. 211] Rasch wird der Widerstand gebrochen, Robinson gerät in einen Zweikampf mit dem Verlarvten, der sich als Fatme entpuppt. [Abb. 212] Der Sultan lässt sich von ihren Reizen bezirzen und nimmt sie und ihren gemeinsamen Sohn wieder in Gnaden auf. Enttäuscht über seinen willensschwachen Sultan, verschwindet Irmak-Bey aus Rabat und segelt nach Süden. Die Freunde kehren auf den »Sturmvogel« zurück. Durch die Erlebnisse kehren in Robinson die Gedanken an seine Vergangenheit zurück und er beschließt, »seine« Insel aufzusuchen.

Kommentar: Die laszive »Bewegung«, mit der Fatme sich ihres Umhangs entledigt, hätte eigentlich bei allen Moralhütern die Alarmglocken schrillen lassen müssen!

Als ich einmal Helmut Nickel nach seiner Lieblingsgeschichte innerhalb der Robinson-

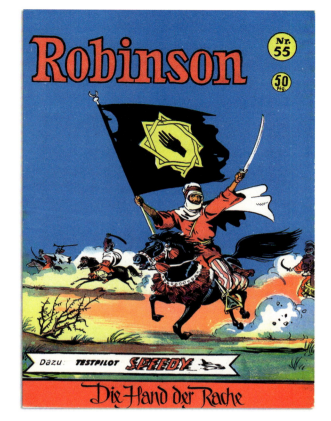

Erzählungen fragte, erzählte er mir, dass es die Story von der »Hand der Rache«, mit Irmak-Bey, der verruchten und schönen Fatme, Intrigen und Verrat im muselmanischen Nordwesten Afrikas ist.

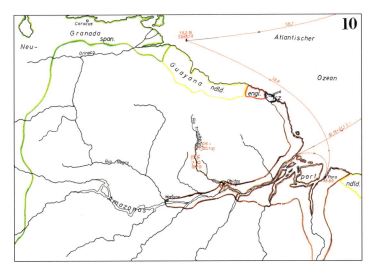

Robinsons Reise um die Welt: Karte 10
Robinson besucht seine Insel und begibt sich später erneut ins Innere Brasiliens. Dort hat er es diesmal nicht mit menschlichen Monstern zu tun, wie in den Heften 6 bis 8, sondern eher mit dem Gegenteil.

August 1957 (Nummer 56)

<u>Inhalt</u>: Die Insel kommt in Sicht. Der »Sturmvogel« geht vor Anker und die Besatzung von Bord. Gracia freut sich, die »berühmte« Robinson-Insel kennen zu lernen, weshalb sie ihn bittet, das Eiland allein erkunden zu dürfen. [Abb. 213] Dieser wundert sich allerdings etwas über das Fernbleiben von Freitag, der sie schon längst hätte erblicken müssen. Gracia fällt während ihres Ausflugs in einen Sumpf, befreit sich selbst und nimmt ein Bad in einem Teich. Plötzlich kommt aus dem Wald eine »schwarze Bestie« hervor. Diese verschleppt ihre Habseligkeiten und kehrt mit einem Indio wieder zurück. Er bedroht Gracia und fordert sie auf, aus dem See zu kommen, was sie natürlich nicht machen kann. Als die »schwarze Bestie« in den See stürzt, ertönt ein Pfiff und die »Bestie«, Lupus natürlich, kehrt sofort um, denn sie hat ihren früheren Herrn, Robinson, wiedererkannt. [Abb. 214] Der Indianer ist Freitag und alle freuen sich auf das Wiedersehen. Freitag hat inzwischen eine Familie: seine Frau Domenica (Sonntag) und die Kinder Montag und Dienstag. Robinson zeigt Gracia persönlich seine Insel, die Felsenburg, das Landhaus, sein Hausboot auf dem Flamingo-See und die anderen Naturwunder. Gracia wird melancholisch. Sie möchte hier einige Wochen verbringen. Da Robinson zum Festland nach Brasilien hinüber möchte, bleibt Gracia mit Xury zurück. Sie machen es sich auf dem Hausboot gemütlich. Xury unternimmt einen Jagdausflug, bei dem er es allerdings nicht fertig bringt, Ziegen zu töten.

Da erblickt er drei Männer, die eine schwere Truhe schleppen. Diese heben eine Grube aus und als sie fertig sind, erschießt der Anführer die Männer und wirft sie in ein weiteres Loch. Die Truhe kommt in die ursprüngliche Grube, dann verscharrt der Anführer alles und geht zum Strand zurück, wo ein Segler ankert. Rasch eilt Xury zu Gracia zurück. Sie graben die Kiste aus, die sich als Schatztruhe entpuppt. Den Fund nehmen sie mit, da Xury damit rechnet, dass die Piraten so bald nicht wiederkommen werden. Aber nur drei Tage später sind sie wieder da, wol-

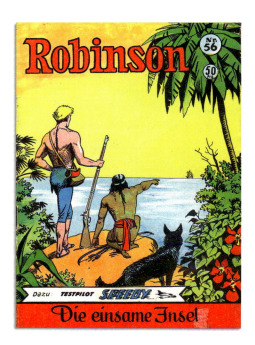

len eine weitere Truhe vergraben und finden ihre alte aufgebrochen und leer vor.

Kommentar: Unglaublich, dass die FSS dieses Bild unbeanstandet passieren ließ [Abb. 215, links]! Wir erinnern: Es war das Jahr 1957. Comics, pardon, Bildergeschichten, wurden noch immer als der Jugend Verderben bringende Subkultur angesehen. Scheinbar unnötige Gewalt und offen zur Schau gestellte erotische Szenen – und auch nur deren Andeutungen – wurden bekämpft, verboten und die Hefte sogar öffentlich verbrannt. Hatte Nickel einen Freibrief? Ich denke eher, dass seine ethnologisch durchsetzten Bilder die FSS-Mitglieder verunsicherten: Waren es nun simple, den Bildergeschichten nahestehende Zeichnungen, oder steckte da mehr dahinter? Wissensvermittlung gar? Womöglich auch kulturell höher stehende Erzählungen? Wir wissen es nicht, jedenfalls konnte er sich deutlich mehr leisten als viele seiner damaligen Kollegen.

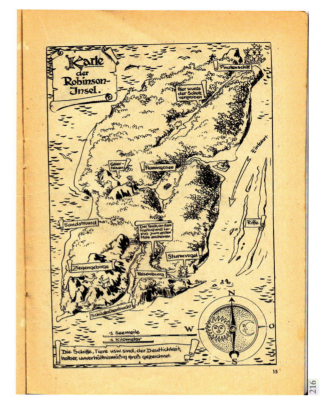

Und: Wen schaut Koko da mit schiefgestelltem Köpfchen an, Lupus oder Gracia?

Der Druck des Heftes war wieder äußerst bescheiden. Vor allem das Schwarz ist häufig aufgebrochen und zeigt keine satten Gründe, eher schwärzliche Flächen mit weißen Pickeln versehen. Am »Durchblickbild« des Hausbootes ist dies besonders markant.

Zum Vergleich dasselbe Bild aus dem Nachdruck im Heft 164: [Abb. 215, rechts] Auf den ersten Blick ist die schwarze Farbe kräftiger, deckender – wie bei vielen der Wiederholungen. Allerdings war es von Redaktionsseite bearbeitet worden – ebenfalls wie viele Panels der Wiederholungen. Aus den beiden Flamingos auf dem linken Bild ist jetzt einer geworden, der zweite wurde in das Gebüsch »integriert«. Die vier hervorstehenden Enden der Bambusstangen sind verschwunden, der linke Rand des Aufbaus ist nun wellenförmig. Also optimal ist der Nachdruck ebenfalls nicht.

Nickel bot eine ganzseitige Karte der Robinson-Insel an [Abb. 216], auf der man die unterschiedlichen Schauplätze verfolgen konnte. Diese wurde zuletzt von Kohlhoff in Heft 9 gezeigt, allerdings wesentlich kleiner und ohne topografische Hinweise. Nickel hat deren Umrisse als Vorlage verwendet.

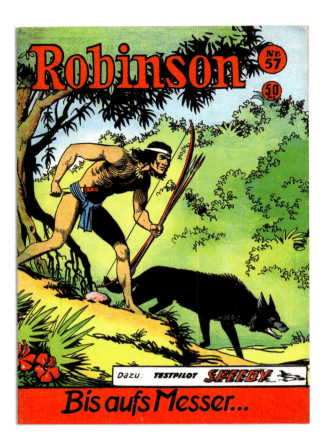

August/September 1957 (Nummer 57)

Inhalt: Die Mannschaft stand den Erklärungen des Kapitäns zum Verschwinden seiner Männer zuvor schon skeptisch gegenüber, nun bricht eine Meuterei wegen des ebenfalls verschwundenen Schatzes aus. Es gibt eine Schießerei. Der Anführer stirbt und sein Henker wird zur Strafe ebenfalls erschossen, weil sie nun die ganze Insel mühsam nach dem Schatz absuchen müssen.

Gracia und Xury befinden sich auf dem Hausboot, als der Schusswechsel zu hören ist. Rasch gehen sie an Land, um nach dem Rechten zu sehen. [Abb. 217]

Trotz aller Vorsicht treffen sie auf die Piraten. Noch bevor aber jemand reagieren kann, ist Lupus schon dem ersten an die Kehle gegangen. Das verschafft den beiden Zeit zum Fliehen. Im Schilf des Sees wollen sie sich verstecken, werden aber entdeckt und beschossen. Da die Piraten nicht an sie herankönnen, stecken sie das Schilf in Brand. So treiben sie Gracia und Xury aus dem Wasser, die sich ergeben wollen. Gerade bevor es richtig kritisch wird, werden die Piraten einer nach dem anderen von Pfeilen getroffen. In die beginnende Panik greift auch Lupus ein, worauf es für die Ganoven kein Halten mehr gibt. Sie fliehen zum Strand, werden aber einer nach dem anderen von Freitag ausgeschaltet. Nur einem gelingt die Flucht aufs Schiff, das in einer Bucht vor Anker liegt. Gracia, Xury und Freitag mit seiner Familie ziehen sich auf die Felsenburg zurück, da sie wissen, gegen die ganze Mannschaft nicht bestehen zu können. [Abb. 218] Ein direkter Angriff der Piraten kann noch abgewehrt werden, dann beginnen diese eine Kanonade auf die Felsenburg. Das richtet beträchtlichen Schaden an, denn u.a. werden die Wasservorräte zerstört. Bald darauf kehrt Robinson mit seinem »Sturmvogel« zurück. Er sieht schon von weitem Rauchwolken über der Felsenburg aufsteigen. Aber noch bevor er weitere Gedanken fassen kann, rauscht der Piratensegler aus der Bucht heraus auf ihn zu.

Zeitgeschehen: Am 21. September 1957 versank das Segelschulschiff »Pamir« während eines Sturms im nördlichen Atlantik. Es befand sich auf einer Fahrt von Buenos Aires nach Hamburg. Das war damals ein Ereignis, das die Menschen bewegte. Vor allem die siebentägige Suche nach Überlebenden hielt die Welt in Atem, und das ist nicht übertrieben. Auch ich als Zehnjähriger konnte durchaus die Sorgen der Erwachsenen verstehen. Von den 86 Besatzungsmitgliedern überlebten nur sechs die Katastrophe.

September 1957 (Nummer 58)

Inhalt: Dank der Schnelligkeit und Wendigkeit des »Sturmvogels« entgeht Robinson den Piraten und lockt sie in eine Falle. Nun sind sie aufgelaufen und Robinson bietet ihnen die ehrenvolle Übergabe an. In der Nacht wollen diese auf einem Floß entfliehen, werden gesichtet und einer spanischen Fregatte übergeben, die gerade am Schauplatz erscheint. Deren Kapitän macht kurzen Prozess mit ihnen. Die Großrah wird ihre letzte Heimstatt.

Anschließend segelt Robinson nach Para in Brasilien. Dort bittet ihn der Hafenmeister zum Gouverneur. Der »Sturmvogel« wird dringend gebraucht, da im Landesinnern eine Seuche ausgebrochen ist. Robinson soll einen Arzt ins weit entfernte Obido bringen.

Der »Sturmvogel« segelt den Amazonas hinauf. Der düstere Bericht bestätigt sich vor Ort. Plötzlich erscheint ein Kanu, an Bord befindet sich ein völlig erschöpfter Weißer, der von der

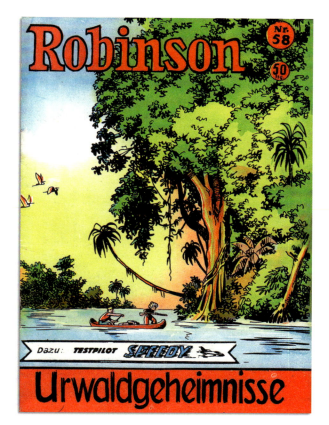

Gefangennahme seiner Freunde durch Amazonen, sogenannten »Wilden Frauen«, berichtet. Unverzüglich machen sich Robinson, Xury und der Indio Magu auf den Weg. Magu nimmt an der Suchexpedition nur teil, weil Robinson blonde Haare hat. Mehr will er dazu nicht sagen. [Abb. 219] Bald tauchen sie in die domartige grüne Landschaft der durch die Regenzeit überfluteten Landstriche ein. Als Magu anmerkt, dass sie nun das Reich der »Wilden Frauen« erreicht haben, beschleicht Robinson auf einmal das Gefühl, beobachtet zu werden.

Kommentar: Robinson kam erneut in das Amazonasgebiet. Mit einer schönen Karte [Abb. 220] illustrierte Nickel die Handlungsorte der gegenwärtigen Geschichte. Von Süden her strömt der Rio Tapajoz dem Amazonas entgegen. Dieser Nebenfluss spielte bereits in den Heften 6 bis 8 der Serie eine Rolle. Mit dem Frauenvolk der Amazonen griff Helmut Nickel uralte Legenden auf, die schon die alten Griechen verbreiteten. Als 1542 die spanischen Konquistadoren (Lope de Aguirre und Pedro de Ursúa) den Verlauf des Amazonas' erforschten, glaubten sie, ein kriegerisches Frauenvolk entdeckt zu haben. Der Fluss wurde danach benannt. Auch in der Neuzeit

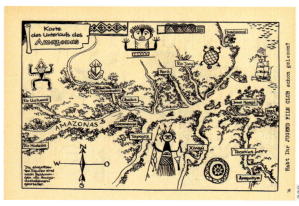

Club«. [Abb. 221] Auf dem Titelbild ist der britische Schauspieler Peter Finch als Kapitän Hans Langsdorf des Panzerschiffs Graf Spee zu sehen. Im Zweiten Weltkrieg erlangte dieses deutsche Kriegsschiff einige »Berühmtheit«. Nach sogenannter erfolgreicher Kaperfahrt wurde es vor Montevideo von britischen Flotteneinheiten gestellt und versenkt.

Der Comiczeichner Franz Richter-Johnsen zeichnete 1954 zu diesen Geschehnissen in der *BILD-Zeitung* einen täglichen Comic. Ebenfalls in der *BILD* wurde ab 1954 sein *Detektiv Schmidtchen* veröffentlicht, sowie ab 1959 im *Sternchen*, der Kinderbeilage der Illustrierten *Stern*, die Abenteuer des Indianeragenten *Taro*. Außerdem war Richter-Johnsen als Illustrator tätig. So gestaltete er ab 1952 Zeichnungen für die damals populären Sammelbilderalben »Afrika«[49], »Mittel- und Südamerika«, »Australien, Neu Seeland« und »China, Tibet Japan« für die Margarinemarke Sanella. [Abb. 222]

»Robinson soll nicht sterben« (1957), der Film mit Romy Schneider und Horst Buchholz [Abb. 223], ist ebenfalls ein Thema im »«Jugend-Film Club«.

spielen, zumindest in den Comics, Amazonen eine Rolle, wie z.B. die Superheldin *Wonder Woman* der US-Comics.

Der Verlag warb auf der zweiten Umschlagseite für die neuste Ausgabe seines »Jugend-Film

---

[49] Das ist mein absoluter Favorit aller Sammelbilderalben.

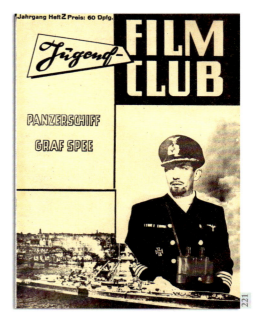

September/Oktober 1957 (Nummer 59)

Inhalt: Robinson, Xury und Magu paddeln auf der Suche nach den verschollenen Weißen immer tiefer in die Überschwemmungsgebiete des Amazonas entlang dem Rio Trombetas, da werden sie angegriffen. Es sind die »Wilden Frauen«, wie von Magu befürchtet. Widerstand ist zwecklos, also ergeben sich die Freunde. [Abb. 224] Sie werden zum Dorf der Amazonen geleitet, das in den Baumkronen der Urwaldriesen liegt, unerreichbar durch feindliche Angriffe und Überschwemmungen. Auf einer Plattform angelangt, tritt ihnen La Oncaya entgegen, die Anführerin des weiblichen Volks. La Oncaya bewirtet Robinson zuvorkommend, aber trotz seines Aussehens (blonde Haare) bleiben sie Gefangene.

Es gelingt ihm, den Aufenthaltsort der Weißen auszukundschaften, wird dabei aber gesehen. La Oncaya ist darüber verärgert, denn die Gefangenen sind für das Opferfest der Großen Wassermutter bestimmt. [Abb. 225] Am nächsten Tag rudern die Kriegerinnen, die Gefangenen, Robinson und seine Freunde zum Opferplatz. Robinson fällt auf, dass es unter den Amazonen sowohl freie Kriegerinnen, als auch Sklavinnen gibt. Einer von diesen passiert ein Missgeschick und soll deshalb als erste geopfert werden. [Abb. 360] Danach leitet eine Zeremonie einen wilden Tanz der Kriegerinnen ein. Währenddessen schleichen sich Robinson, Xury und Magu zu den Weißen und befreien sie. Als Robinson La Oncaya hoch oben auf einem Ast über dem Wasser stehen sieht und sie einen langgezogenen schrillen Schrei ausstößt, bleibt er fasziniert stehen. Er sieht, wie die Sklavin ins Wasser gebracht wird. Dort wartet sie ergeben auf die »Große Wassermutter«, eine riesige Anakonda. Obwohl er fliehen müsste, springt Robinson ins Wasser und es gelingt ihm wenigstens, die Würgeschlange zu betäuben. Vom Kampf erschöpft, ist er wehrlos. Die Zeremonienmeisterin der Amazonen fordert zornig Robinsons sofortigen »Pfeiltod«.

Kommentar: Es muss für Helmut Nickel schon anstrengend gewesen sein, bloß nicht zu vergessen, die langen schwarzen Haare der Amazonen so zu positionieren, dass sie immer deren Busen verdeckten. Zu dieser Thematik äußerte er die Vermutung, »dass in der FSS jemand besondere Freude am Robinson hatte und schon mal ein Auge zugedrückt habe«.

In diesem Heft fand ein Wechsel der Zeichner von *Testpilot Speedy* statt. Das Impressum erwähnt diese Änderung nicht.

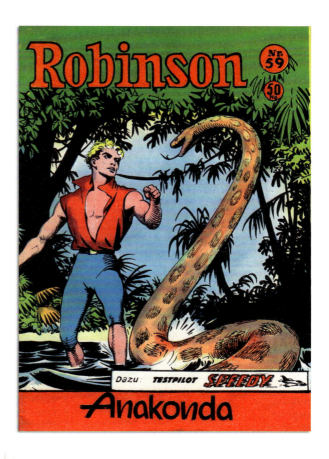

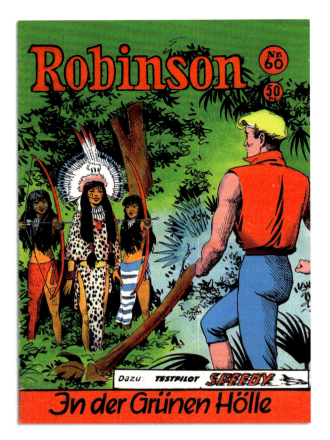

Oktober 1957 (Nummer 60)

Inhalt: Die greise Zeremonienmeisterin der Amazonen möchte Robinson noch immer sofort umbringen lassen, aber La Oncaya widerspricht. Er hat schließlich die »Große Wassermutter« besiegt und muss mächtig sein. Allerdings darf er ihr Gebiet nicht verlassen. [Abb. 226] La Oncaya spricht gerade von Curupira, dem Herrn des Waldes, als ein pochendes Geräusch durch den nächtlichen Urwald dringt. Sie vermutet in diesem den Taktschlag des Gottes, der für den nächsten Tag einen Sturm ankündigt. Dies gedenkt Robinson zur Flucht auszunutzen. Als religiöse Beschwörung getarnt, gelingt ihm eine Kontaktaufnahme mit Xury, der sich in der Nähe aufhält. Am nächsten Morgen sieht er La Oncaya. Reaktionsschnell durchtrennt Robinson die Halteschnüre ihrer Hängematte. Daraufhin stürzt sie ins Wasser. Ihre Kriegerinnen sehen darin den Auftakt zum morgendlichen Bad und springen hinterher. Da sie nun waffenlos sind, nutzt Robinson die Situation aus und flieht mit Xury. Unterwegs nimmt er das von ihm gerettete Sklavenmädchen mit. Bald darauf sind sie bei Magu und den befreiten Weißen angelangt. Der angekündigt Sturm zieht tatsächlich auf, aber Magu hat indessen den Weg zum Fluss verloren. Er beschwört Curupira, den er als Zyklop mit einem Menschen- und einem Jaguarfuß schildert. Die Beschwörung gelingt. Magu findet das Ufer, die Kanus und die Befreiten. Bald haben die Amazonen aufgeschlossen. Xury kann die ersten Pfeile mit dem Paddel abwehren. Robinson lässt alle in ein Kanu umsteigen, womit sich ihre Paddelkraft verdoppelt. Ein gewaltiger Urwaldbaum stürzt durch den Sturm um und beschädigt das Kanu der Flüchtlinge. Sie verstecken sich in der halb unter Wasser liegenden Baumkrone. Die Amazonen sehen das beschädigte Kanu, denken, die Insassen wären im Sturm ertrunken und kehren um. Bald erreichen die Freunde Obidos, begeben sich auf den »Sturmvogel« und segeln ziellos auf den Atlantischen Ozean hinaus.

Kommentar: Dieses Heft von *Robinson* endete ohne echten Cliffhanger, was gelegentlich vorkam. Nickel deutete nur die Sehnsucht Robinsons nach »neuen Abenteuern, die verdämmernde Ferne, den Zauber der verheißungsvoll hinter dem Horizont auftauchenden fremden Länder« an. Ob da wohl eigene Träume dahinter standen?

Eine Studentin mit Namen »Uli« (Zorr?) zeichnete *Testpilot Speedy*. Sie gehörte schon einige Zeit zu den freien Mitarbeitern des Gerstmayer Verlags. Beim Lesen der Manuskripte für dieses Buch erinnerte sich Helmut Nickel wieder an Begebenheiten und Vorgänge, die ihn vor rund 60 Jahren etwas verwirrten und für die er damals keine Erklärung gefunden hatte. Die Studentin war damals verärgert, dass Nickel die Hefte 8 und 18 für Willi Kohlhoff getuscht hatte, ohne dass sie davon wusste und finanziell auch nicht daran partizipierte. Dazu muss man wissen, dass durch ihre Vermittlung Helmut Nickel überhaupt erst mit dem Gerstmayer Verlag in Kontakt gekommen war, denn sie hatten sich auf dem Campus der Freien Universität Berlin kennen gelernt. Als sie an den Honoraren für *Hot Jerry/Don Pedro* und den *3 Musketieren* beteiligt werden wollte, zeigte sich Helmut Nickel diesem Wunsch gegenüber aufgeschlossen. Bei *Robinson*

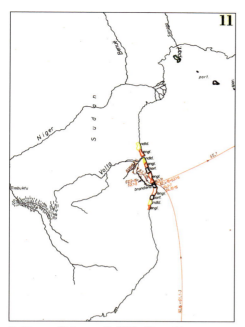

Robinsons Reise um die Welt: Karte 11
Robinson und seine Freunde treibt es nach Westafrika. Dort geraten sie in den Sklavenhandel. Die farbigen Markierungen an der Küste entsprechen den Handelsniederlassungen der europäischen Seemächte. Sie sind noch keine Kolonien im eigentlichen Sinne, im Grunde nur befestigte Plätze, von denen aus man Geschäfte mit den einheimischen Königen betrieb.

dagegen, egal, ob für die Assistenz oder seine spätere Alleintätigkeit, blieb sie natürlich außen vor. Darüber ärgerte sie sich sehr und als sie die Chance bekam, innerhalb der *Robinson*-Reihe die Zweitserie *Testpilot Speedy* zu zeichnen, wollte sie zeigen (vor allem Helmut Nickel gegenüber), dass sie sehr wohl in der Lage war, Comics allein zu gestalten. Mit ihrem Bruder als Texter und technischem Berater, so Nickel, lieferte sie dann die in diesen Heften abgedruckten Comics ab.

Auf der zweiten Umschlagseite wurde erneut für den »Jugend-Film Club« geworben. Das Titelbild der neuen Nummer [Abb. 227] zeigte Burt Lancaster in der Rolle des Indianers »Massai« im gleichnamigen Film (1954). Dies war einer der ersten Filme, der Indianer nicht als Täter, sondern in der historischen Rolle des Opfers von Rassismus und weißer Raffgier zeigte.

Die dritte Umschlagseite stellte zwei neue Projekte des Gerstmayer Verlags vor. [Abb. 228] An der beginnenden »Aufarbeitung« (oder eher Geschäftemacherei?) der militärischen Aktionen des Zweiten Weltkrieges (siehe *Landser*, u.ä. Druckwerke) wollte man auch bei Gerstmayer partizipieren. *Blaue Jungs* nannte sich die Romanserie, die vom »aufopferungsvollen Kampf der U-Boot–Fahrer« erzählen sollte. Auf dem Titelbild sieht man Ronald Reagan im Film »Höllenhunde im Pazifik« (»Hellcats of the Navy«, 1957).

Die Reihe *Wolkenstürmer* sollte »spannende Fliegergeschichten nach wahren Begebenheiten« erzählen. Die abgebildete erste Ausgabe zeigt eine Szene aus der deutsch-spanischen Produktion »Der Stern von Afrika« (1957). Dagegen handelt die Geschichte vom einen Stuka-Piloten und spielt irgendwo an einem europäischen Kriegsschauplatz.

Zeitgeschehen: Am 3. Oktober 1957 wurde Willi Brandt als von Nachfolger Otto Suhr Regierender Bürgermeister von Berlin (West). Nach einer zweiten Amtsperiode gelang es ihm, sich als Bundeskanzler (1969-74) wählen zu lassen.

Der 4. Oktober dieses Jahres wurde zu einem Schock für die (westliche) Welt, für den sogenannten Ostblock hingegen ein Jubeltag: Sputnik I (dt. für Weggefährte, Begleiter) hieß das erste künstliche Objekt, das die Erde außerhalb der Atmosphäre umkreiste, mit Pieptönen seinen Triumph verkündete und die eigentliche Weltraumfahrt einleitete. Das war gleichzeitig der Start des Wettlaufs um die erste Mondlandung, den nach vielen ersten Erfolgen für die sowjetische Raumfahrt (Juri Gagarin) die US-Amerikaner mit Apollo XI am 20. Juli 1969 schließlich für sich entschieden. Der Sputnik förderte nicht nur die Beschleunigung der Weltraumfahrt, auch auf die Medien hatte er seinen Einfluss. So kam vier Monate später die Weltraumserie *Nick* auf den deutschsprachigen Comicmarkt.

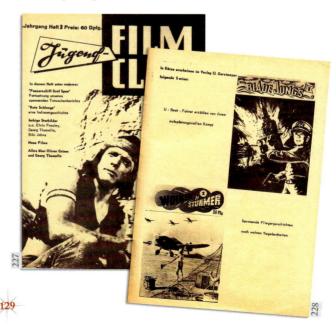

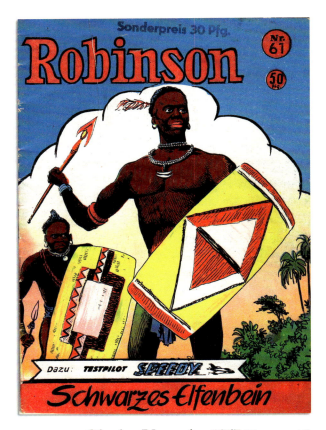

Oktober/November 1957 (Nummer 61)

Inhalt: Die Reise des »Sturmvogels« geht über den Atlantik nach Westafrika. Robinson und Gracia putzen sich festlich heraus, um den König Quiboku zu beeindrucken [Abb. 229]. Sie werden überschwänglich empfangen. Robinson und Xury werden großzügig bewirtet, Gracia muss in eine für Frauen reservierte Hütte gehen. Xury sieht Masten von zwei Seglern in der Bucht ankern. Kurz darauf kommen die beiden Kapitäne ins Dorf. Sie sind verärgert über Quiboku, dem sie unterstellen, sie bei ihrem »Geschäft« übergehen zu wollen. Es gibt Streit. Robinson erwehrt sich der Halunken und erfährt, dass es Sklavenhändler sind. Quiboku will lieber mit Robinson Geschäfte machen, da er glaubt, Gracia sei sein Gastgeschenk. [Abb. 230] Nun hat sich Robinson auch die Einheimischen zum Gegner gemacht und flüchtet mit Xury aus dem Dorf. Dabei lässt er Gracia zurück. Ihr sind inzwischen schwere Fußfesseln angelegt worden, um sie an der Flucht zu hindern. Sie entkommen knapp den Verfolgern, flüchten zum Ufer, müssen aber mit ansehen wie der »Sturmvogel« von den Sklavenhändlern geentert wird. Jetzt geht die Flucht mit einem Kanu flussaufwärts. Dort retten sie ein Mädchen vor ihren Häschern. [Abb. 231] Diese führt sie zu einem kastellartigen Dorf weit im Landesinneren, wohin sich Gegner des Königs Quiboku geflüchtet haben. Robinson schmiedet einen Plan, um Gracia und die Freunde zu befreien und Quiboku zu stürzen.

Kommentar: Sklavenhandel! Helmut Nickel machte das abscheuliche »Geschäft« mit Menschen in diesem und den nächsten Heften zum Thema. Es war für die europäische (Kolonial-)Welt ein äußerst lukratives Geschäft. Glasperlen, Stoffe und andere, billig in Europa hergestellte Waren wurden nach Westafrika geschifft. Die dortigen küstennahen schwarzen Könige hatten derweil aus dem Hinterland Eingeborene gefan-

gen. Diese wurden gegen die Güter der Europäer eingetauscht, nach Westindien transportiert und dort in den Zuckerrohr- und später Baumwollplantagen der Südstaaten eingesetzt. Die Plantagenerzeugnisse wurden nach Europa gebracht und mit einem Bruchteil des Gewinns Tand eingekauft, und das Ganze begann von vorne.

Der von den Arabern betriebene Sklavenhandel in Ostafrika funktionierte anders: Die muslimischen Sklavenjäger blieben nicht an der Küste und errichteten nicht wie die Europäer Handelsstützpunkte, sondern zogen direkt ins Hinterland, um dort die armen Teufel selbst einzu-

fangen. Da sie den »Zwischenhandel« aussparten, war ihr »Profit« möglicherweise größer.

Der »Sturmvogel« ankerte in einer Flussmündung an der »Goldküste«, die unmittelbar an die »Sklavenküste« (!) angrenzte. Das waren in etwa die Gebiete der heutigen Staaten Ghana, Togo, Benin (Dahomey) und Nigeria.

»Ebony« und »Ivory«, die Namen der Sklavenhändlerschiffe, ertönten Jahrhunderte später in einem Duett von Michael Jackson und Paul McCartney – da bezog es sich allerdings auf die schwarzen und weißen Tasten eines Klaviers, mit Anspielungen auf ein friedliches Nebeneinander.

Die Titelbilder der beiden »*Landser*-Reihen« in den Vorschauen der *Robinson*-Hefte waren verlagsseitig etwas »schwach auf der Brust« und zudem in Schwarzweiß. Deshalb zeigen wir Abbildungen der Originalhefte [Abb. 232 bis 234]

November 1957 (Nummer 62)

Inhalt: Robinson drängt auf sofortige Befreiung der Gefangenen und Sklaven. Bobodou, der Häuptling der Rebellen, stimmt ihm zu, würde es aber gerne sehen, wenn es während dieser Aktion regnen würde. Robinson stimmt aus taktischen Gründen zu, kann sich aber die Gleichzeitigkeit dieses Naturereignisses und ihres Angriffs kaum vorstellen. Bobodou führt ihn zum Schamanen, der sofort einen Regenzauber ausübt. Als es kurz darauf tatsächlich zu regnen beginnt, ist der stets rational denkende Robinson entgeistert, nimmt die Gunst des Moments aber sofort an.

Mit 20 Männern erreichen sie unbemerkt das Dorf König Quibokus. Dort erfährt Robinson von den Leopardenmännern, die den König unterstützen. [Abb. 235] Er ignoriert diese War-

nung und sie übersteigen die Mauer. Bald ist Gracias Aufenthaltsort erreicht, aber sie kann wegen der schweren Messingringe an den Beinen nicht selbst gehen. Robinson trägt sie und sucht die anderen Gefangenen. Da ertönt ein Krachen, die Mauer birst und ein schwarzer Krieger fliegt hindurch. [Abb. 236] Lars steigt durch die Lücke, auch die anderen Freunde vom »Sturmvogel« kommen hinterher. Sie hatten sich selbst befreit und gerieten mit den Sklavenhändlern und den Kriegern in Händel. In höchster

gehen, weil der immer gute Waffen bereithält. Der Angriff auf den Königspalast ist in vollem Gange. Der Krieger, der zum Schmied gehen wollte, kommt nicht zurück. Bobodou gesteht, dass der Schmied zu den Leopardenmenschen gehört und Robinson eilt voller Besorgnis dort hin. Kaum angekommen, sieht er den Krieger ohnmächtig und verletzt am Waldrand liegen. Er beugt sich zu ihm runter, erhält hinterrücks einen Schlag und erkennt gerade noch »gespenstische Wesen – Leopardenmenschen!«, bevor er ohnmächtig wird. [Abb. 237]

Kommentar: Der Geheimbund der Leopardenmenschen war in früherer Zeit vor allem in Westafrika verbreitet. Die Mitglieder des Bundes glaubten, sich in Leoparden verwandeln zu können, ähnlich wie in der Mär von den Werwölfen. Ihre Waffen waren hölzerne oder eiserne Leopardenklauen, mit denen sie die Krallen der Raubtiere imitierten. Noch, oder gerade, in kolonialer Zeit machten sie den Europäern viel zu schaffen. In vielen Dschungelerzählungen, sind sie ein Thema, wie die bereits erwähnten Elefantenfriedhöfe … nur diese gehören tatsächlich in das Reich der Fabel.

Not wirft Lars einen von ihnen durch die Mauer und steht nun vor Robinson. Von allen Seiten kommen Sklavenhändler und Krieger Quibokus. Bobodou ruft in höchster Bedrängnis das Volk zum Aufstand gegen den König auf. Die restlichen Anhänger Quibokos und die Sklavenhändler ziehen sich in den gut befestigten Königshof zurück.

Bevor es zum Sturm auf die Feste geht, will Robinson den »Sturmvogel« wieder unter seine Kontrolle bringen. Dies gelingt recht problemlos; ein Krieger rät Robinson, zum Schmied zu

Zeitgeschehen: Die sowjetische Raumfahrt legte in diesem Monat noch einen drauf: Sie brachte Sputnik II in den Orbit. Als Besonderheit war ein Lebewesen an Bord: die Hündin Laika. Zur technischen Sensation kam aber rasch Mitleid in der Öffentlichkeit auf. Laika starb nur wenige Stunden nach dem Start, was so nicht beabsichtigt war. Ursprünglich sollte sie einige Tage leben, damit Messdaten von ihr zur Erde gesendet werden konnten. Eine Rückkehr zur Erde war allerdings von vorn herein nicht vorgesehen.

Währenddessen probierten die Amerikaner noch immer, einen Satelliten mit einer funktionsfähigen Rakete in eine Umlaufbahn zu bringen …

Akim Neue Abenteuer 84, Titelbild von Hansrudi Wäscher (Juli 1957) [Abb. 238].
Micky Maus Nr. 48/1968, Seite 36, Bild 6 »Der Schatz von Umba Lumba« von Paul Murry (»The Treasure of Oomba Loomba«, *Walt Disney's Comics & Stories* #313 bis #316, September bis Dezember 1966) [Abb. 239].

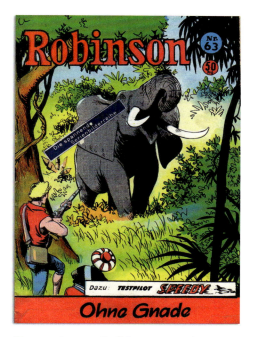

Dezember 1957 (Nummer 63)

Inhalt: »Als Robinson wieder zu sich kommt, findet er sich auf einer Urwaldlichtung an den Boden gefesselt wieder [Abb. 240]. Im Kreise ringsum starren spukhafte Wesen auf ihn nieder – die Leopardenmenschen!« Sie beginnen eine gespenstische Tanzzeremonie und bedrohen Robinson und den neben ihm liegenden Ngambo mit ihren Metallkrallen. Als aber aus dem Dickicht das Grollen eines echten Leoparden erklingt, ergreift die Bande die Flucht. Dies ausnutzend befreit sich Robinson. Allerdings fällt der Leopard nun die beiden in Ermangelung anderer Opfer an.

Nachdem Robinson mit Hilfe Ngambos die Bestie getötet hat, gehen sie rasch zum Königsplatz zurück, dessen brennende Gebäude schon von weitem durch die Nacht leuchten. Die Sklavenhändler, der König und sein Gefolge sind alle tot. Bobodou ist der neue Herrscher. Am nächsten Tag machen sie sich auf, die Leopardenmänner zu suchen und endgültig auszuschalten. Es kommt im Urwald zu heftigen Kämpfen. Die Leopardenmänner fliehen immer weiter. Plötzlich kreuzen sie den Weg eines Elefanten, der Robinson und seine Freunde annimmt, aber auf einmal seitlich abbiegt und versteckte Leopardenmänner aufscheucht. Langsam beginnt die Steppe. Die Spur der Bande führt in Richtung ferner Sümpfe. Während einer Rast hört Robinson von Mokele-Mbembe, dem sagenhaften Tier im Herzen Afrikas. Als der Trupp an den Rand der Sümpfe gelangt, tobt ein Flusspferd in höchster Angst und Not an ihnen vorbei, Mokele-Mbembe hinter ihm her.

Kommentar: Die innerbetriebliche Zensur hat erneut eingegriffen. »Die weitgespreizte Klaue ist zum zerfetzenden Hieb erhoben«, allerdings sieht man nicht mehr als etwas längere Fingernägel. Nickel hatte durchaus lange Krallen an den Händen der Leopardenmänner gezeichnet, aber so dicht am Gesicht Robinsons erschien es den Verlegern doch etwas zu gewalttätig. [Abb. 241]

Zeitgeschehen: Als deutsche Erstaufführung kam im Dezember »Tarzan und die verschollene Safari« (»Tarzan and the Lost Safari«, 1957) in die Kinos. Hauptdarsteller war Gordon Scott, und es war sein zweiter Film als Tarzan. Eine Jane gab es nicht, dafür war dies der erste *Tarzan*-Film in Farbe und Cinemascope. Es geht um einen Flugzeugabsturz im Urwald und wie Tarzan die Besatzungsmitglieder wieder in die Zivilisation bringt. Wenn mich meine Erinnerungen nicht täuschen, hatte er mir sehr gut gefallen – aber das haben sie damals eigentlich alle. [Abb. 242]

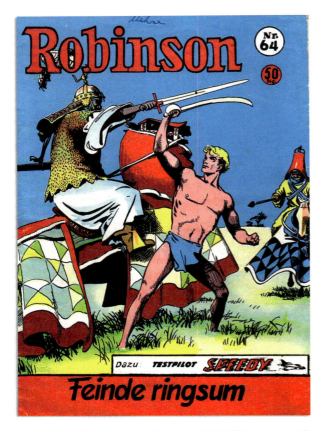

Dezember/Januar 1957 (Nummer 64)

Inhalt: Gracia und die Besatzung des »Sturmvogels« sind zurückgeblieben und wollen den Eingeborenen eine Freude bereiten. Sie suchen in den beiden Sklavenhändlerschiffen nach Handelsware. Spinne und Schwabbel können nicht verstehen, dass der angebotene Rum abgelehnt wird und stattdessen Fässer mit Salz hochwillkommen sind. Tief unter Deck, noch unter den Sklavenpferchen, finden die beiden schließlich einen gefangenen Chinesen, der sie bittet, nach Kanton gebracht zu werden.

Währenddessen taucht unbemerkt am Horizont ein Kriegsschiff auf. Es ist die brandenburgische Fregatte »Roland von Berlin«, deren Kapitän nach einer Möglichkeit sucht, an dieser Küste eine Handelsstation zu gründen. [Abb. 243] Plötzlich fliegt eines der Sklavenschiffe durch eine Unachtsamkeit in die Luft und richtet auch an Bord des »Sturmvogels« große Unordnung an. Mokele-Mbembe lässt sich währenddessen kurz sehen, rammt das Schilfboot, auf dem sich Robinson, Xury und Bobodou befinden und verschwindet auf der Jagd nach dem Flusspferd im Dickicht. Etwas ratlos und erleichtert blicken sie dem Ungeheuer nach, als plötzlich aus der Ferne eine heftige Detonation zu hören ist. Da Robinson Schlimmstes befürchtet, paddeln sie rasch zurück. Am Ufer sehen sie einen Krieger, der von berittenen Fulbe bedrängt wird. [Abb. 244] Es entspinnt sich ein Gefecht zwischen den Parteien, das die entnervten Fulbe bald

aufgeben. Auf dem weiteren Rückweg beobachten die Freunde Krieger der Dahomey, die offensichtlich auf den Weg zum Dorf sind (und ihrer Bewaffnung nach zu urteilen, nicht zum Handeln). Der brandenburgische Kapitän richtet auf Robinsons Bitte hin den Ort zur Verteidigung her. [Abb. 245] Als die Dahomey angreifen, entscheidet ein einziger Kanonenschuss den Kampf. Brandenburg hat seinen Handelsstützpunkt, Robinson ein neues Ziel für seine »Reisen um die Welt«: Kanton, denn in China war er noch nie.

Kommentar: Das sagenhafte Tier Mokele-Mbembe (auch Mokélé M'Bembé) sollte sich in den einst riesenhaften Sümpfen rund um den Tschadsee und in unzugänglichen Gegenden der tiefen Kongo-Dschungellandschaft aufhalten. Es sollte einem Dinosaurier ähneln, nur hat es bis heute noch niemand wirklich gesehen, vergleichbar mit dem Ungeheuer vom Loch Ness. Deshalb eignete es sich zu allerlei Spekulationen und spukt auch heute noch in Film (»Baby – Das Geheimnis der verlorenen Legende«, 1985) und Literatur (»Reptilia«, 2005) herum.

Während der Verfolgung der geflüchteten Leopardenmenschen geriet Robinson an die berittenen Fulbe-Krieger. Diese waren von fern mit europäischen Rittern durchaus zu verwechseln. Ihre Art der Kleidung und Bewaffnung ging möglicherweise auf versprengte Kreuzritter zurück. Wem das zu unwahrscheinlich erscheint, möge bedenken, dass Kreuzzüge nicht nur ins sogenannte »Heilige Land« unternommen wurden, auch Ägypten und das heutige Tunesien waren Ziele dieser Unternehmungen.

Zur rechten Zeit erschien ein brandenburgisches Kriegsschiff. Dieses war von Friedrich Wilhelm (1640-1688), später der »Große Kurfürst« genannt, nach Westafrika ausgesandt worden, um am lukrativen Dreieckshandel teilzunehmen. Es wurden bewehrte Stützpunkte an der Küste errichtet und es wurde den dort ansässigen Eingeborenen »Schutz« gewährt. Was für sie bedeutete, dass sie nicht als Sklaven verschachert wurden. Als Ausgleich sollten die schwarzen Könige Gefangene aus dem Hinterland einfangen. Obwohl es sich durchaus profitabel anließ, mussten die Brandenburger bald erkennen, dass dieser Handel ihre Ressourcen und Möglichkeiten überstieg. Sie verkauften 1716 ihre Stützpunkte an die Holländer. Erst 1884 kehrten Deutsche nach Afrika zurück und »erwarben« von den ahnungslosen Einheimischen Hoheitsrechte, erneut als »Schutzgebiete« bezeichnet, über Länder und Völker, nach deren Meinung niemand wirklich gefragt hatte.

»Liebe Leser! Nachdem wir bisher immer versucht haben, die zahlreichen Kostensteigerungen der letzten Zeit selbst abzufangen, müssen auch wir jetzt der neuen Lage Rechnung tragen. Ab dieser Nummer erscheint daher *Robinson* nur

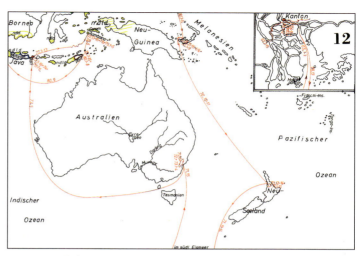

Robinsons Reise um die Welt: Karte 12
Der »Sturmvogel« landet in Kanton, China. Von mir wurde das Ziel der Reise in einem kleinen Ausschnitt festgehalten. Die Route von Westafrika um das Kap herum, über den Indischen Ozean, durch die Malakka-Straße, das Südchinesische Meer entlang bis nach Kanton habe ich ausgespart. Die Reise verläuft ereignislos, auch im Heft ist die Tour nur eine Textpassage. Dafür sind die nächsten Ziele, Melanesien, »Neu Seeland«, das Südliche Eismeer (nur angedeutet) und einige Malaiische Inseln (Java, Amboina), in der Hauptkarte benannt.

noch mit 28 Seiten Umfang. Wir halten diese Lösung für besser als eine Erhöhung des Preises, zumal am Umfang der Robinson-Serie nichts geändert wird. Wir hoffen, dass unsere Leser Verständnis für eine Maßnahme haben, die uns nicht leicht gefallen ist. Der Verlag.«

So die hier wörtlich wiedergegebene Ankündigung auf der Seite 24. Gerstmayer / Günther hatten auf eine Preiserhöhung verzichtet – immerhin war der Verkaufspreis seit Dezember 1953 unverändert geblieben, während in dieser Zeit des Wiederaufbaus gerade die Löhne stark angestiegen sind. Etwas bitter dürfte diese Verlagspolitik »Roxy Royal« aufgestoßen sein, ihr *Speedy* wurde nun auch offiziell als nicht so wichtig für die Heftreihe apostrophiert!

Noch immer »erscheinen in Kürze« die angekündigten Heftreihen mit kriegerischen Themen. Von der ersten Vorstellung bis zur Auslieferung der beiden Serien brauchte es wohl doch länger, als ursprünglich vom Verlag gehofft. Im *Allgemeiner Deutscher Roman Preiskatalog* ist für *Wolkenstürmer* und *Blaue Jungs* das Jahr 1957 als Herausgabedatum angegeben; aber – um einmal vorzugreifen – erst in *Robinson* Nummer 67 (Februar 1958) wurden die Serien als »jetzt erschienen« beworben.

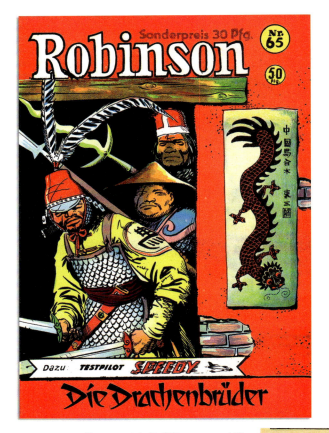

Januar 1958 (Nummer 65)

Inhalt: Kaum kommt die chinesische Küste bei Kanton in Sicht, deuten sich Schwierigkeiten an. Robinsons Passagier, der Kaufmann Wu, versteckt sich vor einer Dschunke mit schwarzen Segeln. Diese gehört den Drachenbrüdern, den Feinden Wus. Kaum in seinem »bescheidenen Heim«, einem äußerst imposanten Wohnpalast, angekommen, benachrichtigt Wu den Stadthauptmann. Dieser schickt drei Kriegsdschunken aus, die aber ziemlich lädiert und unverrichteter Dinge heimkehren.

Während des abendlichen Mahls fliegt ein Pfeil mit einer Drohbotschaft der Drachenbrüder ins Speisezimmer [Abb. 246]. Trotz umfangreicher Wachmaßnahmen entführen sie Wus Sohn, den kleinen Ping.

Die Entführer fordern 10.000 Silberstücke als Lösegeld. Wu bringt die Summe am nächsten Tag zu einem abgelegenen Tempel, wo der Austausch stattfinden soll. Heimlich schickt der Stadthauptmann eine kleine Streitmacht hinterher, um die Bande zu zerschlagen. Es gibt aber einen Verräter, denn am Tor des Tempels hängt eine Botschaft. Nun fordern sie zusätzlich das Siegel des Stadthauptmanns. Wus Ehefrau und Tochter sollen das Lösegeld überbringen. Währenddessen sind Robinson und Xury beim Stadthauptmann, um ihre Aussage über die Entführung zu machen. Xury entdeckt auf dem Tisch das Siegel, dessen Griff aus einem geschnitzten Löwenkörper besteht. Als er danach greift, hält er ob der strafenden Blicke des Hauptmanns inne. Wu erscheint im Büro und es gelingt ihm, das Siegel zu entwenden. Nachdem der Verlust bemerkt wird, lässt der Hauptmann Robinson und Xury verhaften und einkerkern, da das Interesse des vorwitzigen Knaben für das Stück als Beweis angesehen wird. Ein Zellengenosse stellt sich als der Soldat Yü vor, der das Pech hatte, seinem Zahlmeister die Unterschlagung des Solds vorzuhalten, ohne daran zu denken, dass dieser der Neffe eines Mandarins, eines hohen Beamten, ist. Xury ersinnt eine List. Er lässt sich von Yü chinesische Schimpfworte beibringen und lockt so den Wächter in ihre Zelle. Blitzschnell überwältigen sie diesen. Zurück bei Wu angelangt, ist dieser völlig verzweifelt, als er hört, dass Robinson und Xury durch seinen Diebstahl eingesperrt wurden. Robinson entwickelt einen Plan. Kurz darauf verlässt eine von zwei Männern getragene Sänfte die Stadt, die von einem Knaben begleitet wird. Es handelt sich natürlich um Robinson, Xury und Yü. Kurz vor dem Tempel, der wieder als Übergabepunkt ausgemacht wurde, versperren ihnen drei finstere Gestalten den Weg: Abgesandte der Drachenbrüder.

Kommentar: Robinson war zum ersten Mal in China. Dort geriet er in die Machenschaften des Opiumschmuggels. Xury war von den Sitten hin- und hergerissen. Zum einen war alles interessant, zum anderen hatte er mit den Lebensmitteln und den dortigen Essgewohnheiten so seine Probleme. Chinesische Eier, die sogenannten »Verfaulten«, behagten ihm gar nicht und die Handhabung von Essstäbchen bereitete ihm heftigen Kummer.

Die chinesischen Schriftzeichen auf dem Titelbild neben dem Drachen bedeuten sinngemäß: »Chinesische Drachenhöhle im Wald«. Wörtlich gelesen heißen sie: »Mitte Land Drache Behausung Wald«. Wobei Mitte und Land für China stehen, das sich seit ehedem als das »Land der Mitte« betrachtet. Die unteren Zeichen bedeuten »Hausnummer 3«.

In seiner Zeit der Kriegsgefangenschaft in Belgien hatte ein Kamerad Helmut Nickel zum Zeitvertreib Unterricht in Chinesisch erteilt. Zehn Jahre später konnte er sich noch an diese Zeichen erinnern und hat sie ins Titelbild eingebaut. Die weiteren Zeichen im Heft »sind Schneegestöber«, wie Nickel sich einmal ausdrückte, also rein erfunden.

Als Helmut Nickel sein Belegexemplar vom Verlag erhalten hatte, stellte er zu seinem Entsetzen »einen fürchterlichen grafischen Schnitzer« fest. Auf dem Titelbild hat bei einer der Drachenbrüder eine lange Narbe auf der rechten Gesichtshälfte. Im Heftinneren, auf Seite 16, dagegen, auf der linken … [Abb. 247] Hat es jemand gemerkt? Wahrscheinlich nicht, aber den Künstler ärgerte es sehr!

Das Foto zeigt lesende Jugendliche in den 1950er Jahren im Schwimmbad Prinzenbad in Berlin. Mit einer Lupe habe ich eines der Hefte als *Robinson* Nummer 65 erkennen können. Die Kinder waren Freunde und Verwandte von mir. Ich bin darauf nicht zu sehen, weil ich hinter der Kamera stand.

Zeitgeschehen: Drei Filme, die ich in jenem Jahr alle im Kino gesehen hatte, haben mir besonders gefallen. »Der Flug zur Hölle« (»The Land Unknown«, 1957) [Abb. 249] mit Jock Mahoney, einem späteren Tarzan-Darsteller. »Die Fliege« (»The Fly«, 1957) [Abb. 250] u.a. mit Vincent Price und Herbert Marshall. »Fliegende Untertassen greifen an« (»Earth vs. the Flying Saucers«, 1956) [Abb. 251] mit den Spezialeffekten des legendären Ray Harryhausen.

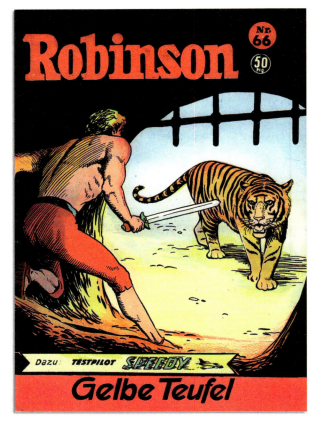

Januar 1958 (Nummer 66)

Inhalt: Die drei Drachenbrüder versuchen der Tochter von Wu, Li Lo, das Siegel abzunehmen, ohne Ping freizugeben und sie selbst noch mitzuschleppen. [Abb. 252] Es entwickelt sich ein Kampf zwischen Robinson und den drei Schergen, der schnell zu seinen Gunsten entschieden ist. Mit ein wenig Überredungskunst gelingt es Yü, auch den Aufenthaltsort Pings zu erfahren. Nach einer Weile gelangen sie in eine Schlucht und von dort in ein Höhlensystem, das als Lager der Bande dient. Robinson und Yü dringen ein. Es kommt zum Kampf mit dem herkulischen Huan Fu, der aber an seiner Überheblichkeit scheitert. Zuvor hat er Ping in einen Tigerkäfig gestoßen, aber die Tigerin, die selbst zwei Junge hat, nimmt sich des Kindes liebevoll an. Robinson holt ihn heraus. Huan Fu setzt im Sterben eine gewaltige Pulverladung in Brand, und bevor diese explodiert, sind Robinson, Yü und Ping gerade aus dem Höhlensystem heraus. Danach müssen sie »nur« noch das Siegel möglichst unauffällig zum Stadthauptmann zurückbringen. Xury hat eine grandiose Idee: Er macht die Geister für das Verschwinden verantwortlich.

Kommentar: Eine Eigenheit vieler Abenteuerhelden sind ihre ausgedehnten Reisen ohne erkennbaren finanziellen Hintergrund. Für Robinson traf dies nicht zu: Wie in Heft 13 erwähnt, warf seine Plantage in Brasilien genügend Gewinn ab, sodass er sich die Brigg »Sturmvogel« bauen lassen konnte. Auch das Finanzwesen im 17. Jahrhundert machte Geldtransfers über Länder- und Kontinentgrenzen hinaus durchaus möglich.

Zeitgeschehen: Im Januar 1958 erschien im Alfons Semrau Verlag die Kleinbandserie *Texas* für 40 Pfennig [Abb. 253]. Sie war eine Zweitauflage der gleichnamigen Serie von 1953 (!). Bis auf drei Hefte der ersten Serie (Nr. 8-10) waren es Nachdrucke. Sie gehörte mit zu meinen Westernfavoriten. Die Zeichnungen, vor allem die Geschichten um »Kit Carson«, waren exzellent gezeichnet und sogar interessant zu lesen.[50]

---

[50] Siehe: Helmut Kottke, »Texas«, in *Die Sprechblase* Nr. 133 (1993).

Februar 1958 (Nummer 67)

Inhalt: Bei der Befragung eines gefangenen Drachenbruders erfahren der Stadthauptmann La Meng (!) und Robinson, dass die Mitglieder nur die Stimme ihres Anführers kennen. Sie gibt ihnen stets Anweisungen im Turm Yo-Twe-Dee (!) an der Küste. Mit Yü und 20 Soldaten als Verstärkung segelt der »Sturmvogel« dort hin. Robinson und Xury gehen hinein, Yü verteilt die Soldaten im Umkreis. Kurz vor dem Abend erscheinen drei schwarze Dschunken und eine verdunkelte, stark eskortierte Sänfte. Es sind die Drachenbrüder, die Robinson zur Übergabe auffordern. [Abb. 254] Im Glauben an die Tüchtigkeit der Soldaten lehnt er ab und es entwickelt sich ein heftiger Kampf. Die Banditen dringen in den Turm ein. Yü stürmt auf sie zu ... allerdings ohne die Soldaten, denn diese sind angesichts der Übermacht entflohen. Den Freunden bleibt nur der Rückzug zum »Sturmvogel«, der aber gleich darauf von den Dschunken angegriffen wird. Eine Dschunke wird manövrierunfähig geschossen, eine weitere schießt einen Brandpfeil ab, der aber glücklicherweise im Wasserfass des »Sturmvogels« landet. Robinson und Xury schwimmen noch immer auf ihr Schiff zu, geraten aber an das Heck des »Glücksdrachen«. [Abb. 255] Robinson schwingt sich an Bord, überwältigt den Rudergänger und steuert die Dschunke in die »Perlschimmernde Abendwolke«, die daraufhin in Brand gerät. Die überlebenden Piraten werden aufgefischt und man tritt den Rückweg an.

Inzwischen ist der Abgesandte des Kaisers beim Stadthauptmann eingetroffen. Dieser versucht, sich ins beste Licht zu setzen, als aber Robinson, Xury und Yü den geheimnisvollen Anführer der Drachenbrüder präsentieren, der ein Freund La Mengs ist, wird er in die Provinz versetzt und Yü wird der neue Stadthauptmann.

Kommentar: »La Meng« als Bezeichnung für den Stadthauptmann und »Yo-Twe-Dee« als Hinweis für einen alten, weit außerhalb der Stadt stehenden Turm waren natürlich Verballhornungen und weitere Beispiele für Nickels durchaus witzige Sprachakrobatik. Es sind Begriffe u.a. aus dem Französischen, das durch die hugenottischen Religionsflüchtlinge Eingang in die Berliner Umgangssprache gefunden hat. »Lamäng« für »routiniert«, »aus dem Stegreif« und »jottwehdeh« für »ganz weit draußen«. So ganz beiläufig erklärte Nickel die Bedeutung der Augen an den Seiten der Dschunken.

Zeitgeschehen: »Heureka«, sagte Archimedes – angeblich – in der Badewanne, als er das hydrostatische Gesetz entdeckte. Und ähnlich dürften sich die US-Amerikaner gefühlt haben, als sie nach den Sowjets endlich ihren ersten Satelliten (Explorer I) auf eine Erdumlaufbahn brachten.

Ein tragischer Unfall ereignete sich in diesem Monat in München. Bei einem Flugzeugabsturz über der Innenstadt starben viele Menschen, da-

runter acht Fußballspieler der englischen Mannschaft Manchester United. Dieses Unglück hat aus meiner Erinnerung heraus die Menschen mehr aufgewühlt, als das davor genannte Ereignis.

In diesem Monat beendete Helmut Nickel am 28. Februar 1958 seine Studienzeit und promovierte mit der Note »summa cum laude«. Seine Dissertation trug den Titel »Das mittelalterliche Reiterschild des Abendlandes«. Damit war der Grund, sein Studium durch das Erschaffen von Comics zu finanzieren, entfallen. Zum Glück war er ihnen »verfallen« und außer weiteren Geschichten von Robinson gab es noch *Peters seltsame Reisen*, *Francis Drake* und *Winnetou*. Erst im verflixten siebten Jahr nach seiner Prüfung löste er sich von ihnen.

Februar 1958 (Nummer 68)

Inhalt: Robinson und seine Freunde müssen sich endlose Lobeshymnen der dankbaren Chinesen anhören. Bald wird es Xury zu langweilig. Er verschwindet in der Stadt, wird allerdings überall erkannt. [Abb. 256] [51]

In diesem Moment wird ein langer Papierdrachen durch die Straßen getragen, durch dessen Eingeweide Xury im Straßengewirr verschwindet. Am Hafen freundet er sich mit einigen gleichaltrigen Kindern an. Bei ihrem Spiel schafft es Xury, einen Vorrat an Feuerwerkskörpern in die Luft zu jagen. Robinson sieht das Spektakel von weitem und vermutet nicht ganz zu Unrecht Xury als den Übeltäter. Zum Höhepunkt der Feierlichkeiten zur Zerschlagung der Bande der Drachenbrüder findet abends ein Umzug statt. Dabei kommen sie an den Hafen, wo Robinson einen leckgeschlagenen europäischen Segler erblickt. Es ist ein britisches Schiff, das den Professor Hiatus Hickup, Mitglied der Königlich Britischen Akademie, von einer der Inseln des melanesischen Archipels abholen soll. Robinson erklärt sich bereit, dies zu tun. Gracia soll zurückbleiben, weil Robinson der Meinung ist, die bald beginnende Regenzeit in den Tropen sei zu ungesund für sie. [Abb. 257] Vor dem Ablegen beschafft Robinson allerlei »nützliche« Dinge zum Tauschen mit den Südseeinsulanern. Nach der Abfahrt geht Xury missmutig in die Kombüse, da er nie Lust zum Kochen hat. Außerdem sind auch seine Kameraden von dieser Situation nicht begeistert, denn sie kennen seine »Kochkünste«. Erstaunt sind sie allerdings, als es aus der Kombüse verführerisch duftet. Dies ist Gracia zu verdanken, denn sie hat sich an Bord geschmuggelt. Robinson macht ihr anstandshalber Vorwürfe, aber diese wehrt sie augenaufschlagend mit dem

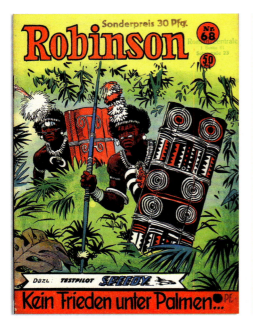

[51] Auch in dieser Szene spielt Nickel mal wieder mit einer seiner »beliebten« Namensgestaltungen.

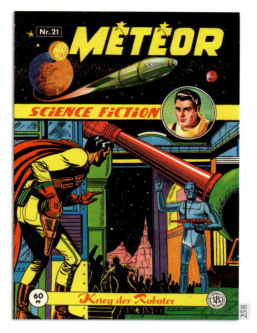

Möglichkeit, sein Sortiment in Richtung Science Fiction zu erweitern. Er »bestellte« bei seinem Hauszeichner eine utopische Serie. Dieser suchte nach einem Titel, der in irgendeiner Form zu Sputnik passen könnte, denn dieser Name war in aller Munde. Nach kurzer Zeit kam er dann auf das Kürzel »Nick« und eine deutsche Science-Fiction-Erfolgsgeschichte nahm ihren Lauf.[52]

Zusätzlich nahm ab Dezember/Januar 1957/58 Lehning die französische Serie *Meteor* in sein Comicangebot auf [Abb. 258]. Diese dümpelte jedoch verkaufszahlenmäßig stets vor sich hin und wurde bereits im August 1958 nach nur 22 Ausgaben eingestellt, obwohl es noch weit über einhundert Hefte in Frankreich gab.[53]

März 1958 (Nummer 69)

Inhalt: Robinson verteilt die Gastgeschenke, die er auf Geheiß des englischen Kapitäns in Kanton eingekauft hatte. Abends gibt es ein großes Fest, aber nicht als Auszeichnung für die Weißen. Es findet zu Ehren der »Geister« statt. Der Profes-

Hinweis »auf all die Abenteuer, die wir gemeinsam erlebt haben« als übertriebene Rücksichtnahme ab.

Nach einigen Wochen kommt die gesuchte Insel in Sicht. Bald darauf erscheinen auch Einwohner eines Dorfs und laden Robinson zu sich ein. Dieser lehnt allerdings ab, da er sicher ist, dass sie hier nicht richtig sind. In der nächsten Bucht finden sie den Professor. Die Krieger des zuvor besuchten Dorfes schleichen sich an, da sie Tauschwaren auf dem Schiff vermuten, die ihnen ihrer Meinung nach vorenthalten wurden.

Zeitgeschehen: Im Februar 1958 erschien von Hansrudi Wäscher das erste Piccoloheft der Serie *Nick der Weltraumfahrer*. Der Titelheld hieß nicht zufällig »Nick«, sondern verdankt seinen Namen den Erfolgen der sowjetischen Weltraumfahrt. Als im November 1957 der erste Sputnik seine Piepsignale aus dem All ertönen ließ, erfasste der Verleger Walter Lehning nicht nur die politisch-wissenschaftliche Bedeutung dieser Töne. Er sah darin auch eine publizistische

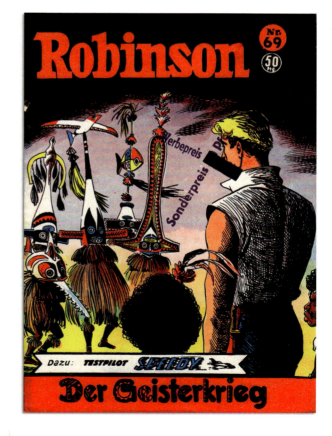

---

[52] Siehe: Klaus Spillmann, »Nick«, in *Die Sprechblase* Nr.12 (1978). Und: Detlef Lorenz, »Nick«, in *Die Sprechblase* Nr. 28 (1980). Und: Diverse Autoren, »Themenheft Nick« in *Die Sprechblase* Nr. 160 (1998). Und: Diverse Autoren: *Jahrbuch 1994*, Hansrudi Wäscher Fanclub Bayern (1994).
[53] Der Comic Club Hannover (CCH) veröffentlichte die fehlenden Hefte dieser Serie inzwischen auf Deutsch.

sor wird bald vermisst, denn er wollte eigentlich »nur« einen nahen Berg besteigen. Während des Fests greifen plötzlich die Krieger des Nachbardorfs an. Durch Robinsons sofortiges und energisches Handeln finden die einheimischen Männer Zeit, sich zu bewaffnen und die Angreifer zu vertreiben [Abb. 259].

Robinson möchte am nächsten Morgen den Professor suchen, aber erst soll eine Vergeltung für den heimtückischen Überfall erfolgen. Am nächsten Tag startet die Vergeltungsaktion. Währenddessen besteigen Robinson, Xury und ein einheimischer Führer namens Tui, den Berg, um Professor Hickup zu suchen. Je höher sie kommen, desto spärlicher wird der Baumbestand. Vor ihnen liegt eine mit mannshohem Alanggras bewachsene Ebene. [Abb. 260] Hier geraten sie in den Hinterhalt eines Binnenlandstammes, der vom nächtlichen Feuerschein (vor ihrer Flucht zündeten die Angreifer noch einige Hütten an) angelockt worden war. Unter Einsatz der hier noch unbekannten Feuerwaffen werden sie vertrieben. Xury findet den Regenschirm des Professors, und bald finden sie denselben, seelenruhig einheimische Pflanzen begutachten.

Als sie alle umkehren wollen, versperren die Angreifer, verstärkt durch Stammesgenossen, den Rückweg.

Kommentar: Auf der Seite 3 zeigte Helmut Nickel, wie sich melanesische Männer und Frauen über Gastgeschenke wie Beile, Tücher oder Glasperlen freuen. Die Frauen waren barbusig, unbedeckte angedeutete Rundungen identifizierten sie eindeutig (ebenfalls auf Seite 6 unten links). Im Grunde eigentlich verwunderlich, aber eben nur »eigentlich«. Schwarze Brüste galten damals als unbedenklich. In Kulturfilmen und so auch hier, durften sie gezeigt werden. [Abb. 261] Und das seit der Vorkriegszeit, eine perfekte Doppelmoral!

Das »Geister-Fest« fand zu Ehren der Verstorbenen statt [Abb. 262]. Mit Masken wurden sie symbolisiert. Die Träger der Masken identifizierten sich so stark mit den dargestellten Geistern, Verstorbene ebenso wie Naturgeister, dass sie während der Tänze regelrecht geistig mit ihnen verschmolzen. All das wurde von Helmut Nickel gut erklärt und nach Ausstellungsstücken aus dem »Ethnologischen Museum« in Berlin-Dahlem gezeichnet. Dort volontierte er und nahm die Objekte gerne in seine Comics mit auf.[54]

---

[54] Siehe: Reginald Rosenfeldt, »Auf den Spuren Helmut Nickels«, in *Die Sprechblase* Nr. 230 (2014).

Zeitgeschehen: Elvis Presley in Deutschland! Allerdings nicht, um Musik zu machen, sondern er selbst bekam den Marsch geblasen. Der große Rock'n'Roll-Musiker war seinem Einberufungsbefehl nachgekommen und in Deutschland stationiert worden. Er wurde in Bremerhaven von seinen deutschen Fans, vor allem den Mädels, enthusiastisch empfangen. Den allgemeinen Befürchtungen zum Trotz bedeutete seine Armee-Pause keinen Bruch oder gar das Ende seiner Karriere. Sie ging danach ungebremst weiter. Ist schon kurios, was es für Zufälle gibt. Während ich genau diese Zeilen geschrieben habe, brachte der Postbote einen überseeischen Urlaubsgruß aus … Graceland, Memphis.

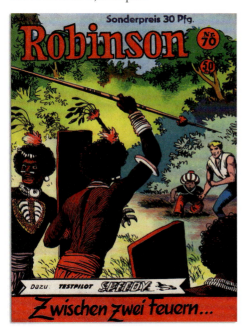

März 1958 (Nummer 70)

Inhalt: Die Angreifer aus dem Hochland halten sich aus Respekt vor den Schusswaffen im Steppengras verborgen. Um ihre Feinde vor sich her zu treiben, stecken sie das Gras in Brand, was der Professor aus kulturhistorischem Forschungseifer gerne beobachtet hätte. Robinson entzündet ein Gegenfeuer, das vor ihnen eine verkohlte Fläche freilegt. Der Bodenhitze entgehen sie mit Lederstreifen an den Füßen, die sie aus Xurys Bandeliers formten. [Abb. 263] Die Flucht geht weiter ins Landesinnere, wo sie ihre Verfolger an einer Schlucht endgültig abschütteln können. Wieder zurück an der Küste bauen sie ein Floß, das der Professor mit mechanischen Paddel ausstattet. Im Dorf werden sie freudig begrüßt, aber der »Sturmvogel« muss bald die Anker lichten, da die Regenzeit beginnt.

Nach mehrwöchiger Fahrt gen Süden erblicken sie eine Küste, die einen wildromantischen Eindruck macht. Den Dampf eines Geysirs halten sie für ein Dorffeuer und gehen an Land. Xury entdeckt einen Kiwi, denn sie sind auf »Neu Seeland«. Allerdings macht er gleich darauf unangenehme Bekanntschaft mit einem Moa und anschließend mit den Maori, die ihn gefangen nehmen.

Kommentar: In der Nachbestellliste wurden bis zum vorigen Heft aus Platzgründen für *Robinson* nur die Hefte bis zur Nr. 63 angeführt. Ab dieser Ausgabe wurde die Liste radikal verändert. Es waren nur noch Hefte ab der Nummer 25 bis zum jeweils aktuellen lieferbar. Waren die Hefte 5 bis 24 ausverkauft? Möglich wäre es, denn irgendwann mussten sie ja vergriffen sein. *Testpilot Speedy* dagegen konnte noch immer komplett nachbestellt werden.

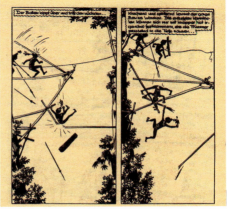

264

Der »Sturmvogel« ankerte in einer Bucht von Neuseeland. Für den europäischen Kulturkreis hatte es bereits 1642/43 der Holländer Abel Tasman entdeckt. Wie es damals üblich war, wurden derartige Forschungsreisen so lange wie möglich vor den Konkurrenten, den anderen seefahrenden Nationen Europas, geheim gehalten. Deshalb kam von Professor Hickup die durchaus richtige Bemerkung, dass dieses Land entweder noch nicht auf seiner Seekarte, einer britischen, vermerkt, oder bislang völlig unbekannt sei. Eine ihrer ersten Entdeckungen beim Landgang war ein Geysir, geologisch in seiner Funktion von Nickel erklärt, und der Riesenlaufvogel Moa. Dieser erreichte in seiner größten bekannten Art bis zu 3,5 Meter Höhe. Er war demnach etwa einen Meter größer als der afrikanische Strauß, besaß allerdings auch einen entsprechend massigeren Körper. Er war mit seinen Verwandten, zu denen u.a. die hühnergroßen Kiwis zählen, nur auf den neuseeländischen Inseln seit einigen Millionen Jahren heimisch. Da ihm auf diesen Inseln keine natürlichen Feinde nachstellten, bis auf eine Adlerart, die seinen Küken nachjagte, fühlte er sich von den Ende des 13. Jahrhunderts dort ankommenden Maori nicht bedroht. [Abb. 264] Kaum hundert Jahre später war der Moa ausgerottet. Dazu mussten die nur wenige hundert Menschen zählenden ersten Maori-Siedler nicht alle Tiere töten. Es reichte, nur Weibchen oder nur Männchen zu erlegen, bzw. geschlechtsreife Tiere voneinander zu trennen – auch wenn dies zufällig geschah. Europäer dürften die Moas nicht mehr gesehen haben.

Beim Schreiben dieser Zeilen musste ich unwillkürlich an den sogenannten »Overkill« in Nordamerika denken. Vor rund 20.000 Jahren, als die letzte Eiszeit ihren Höhepunkt erreicht und ihre Gletscher bis vor die Tore Hamburgs und Berlins geschoben hatte, war durch das Absinken des Meeresspiegels zwischen Sibirien und Alaska eine eisfreie Landmasse entstanden: Beringia. Darüber wanderten nach bisherigen Kenntnissen die ersten Menschen nach Nordamerika. Der Kontinent war noch menschenleer. Die einheimische Tierwelt hatte sich seit Millionen von Jahren völlig unbehelligt von Menschen entwickelt. Es bildeten sich einige gigantische Formen heraus, so das Riesenfaultier Megatherium, das Elefantengröße erreichte und auf dem Boden lebte, der Riesenbiber von fast Menschengröße [Abb. 265] oder auch Riesenbisons, die deutlich größer als die heutigen waren, Mammute, Pferde und noch einige andere Tierarten. Sie alle verschwanden spurlos bis vor rund 8000 Jahren.

Sicherlich hat der Klimawandel, der eine bis heute andauernde Erderwärmung mit sich brachte, diesen Tieren sehr zugesetzt. Aber es gilt auch als nicht unwahrscheinlich, dass der Mensch ihnen den »Todesstoß« versetzt hat. Skeptiker des »Overkills« verweisen auf Afrika, wo seit zwei bis drei Millionen Jahren Menschen und Tiere miteinander leben, ohne dass es dort ein ähnliches Phänomen gegeben hat (bis auf die letzten einhundert Jahre). Dort erschien der Mensch aber nicht »fertig« entwickelt auf der Bildfläche, sondern erlangte technischen Fähigkeiten erst im Laufe von hunderttausenden von Jahren. So hatte die afrikanische Fauna Zeit, sich auf den Jäger einzustellen, der, anders als Raubtiere, nun auch aus der Ferne töten konnte.

Die Einwanderer in Nordamerika brachten dagegen eine entwickelte Waffentechnik mit, die es ihnen ermöglichte, sehr große Tiere zu töten. Und sie taten dies bevorzugt, denn von einem Mammut hatte der Stamm wesentlich mehr Nutzen, als von einem Truthahn. Dies gelang ihnen nicht mit Pfeil und Bogen, auch nicht mit dem Speer, sondern mit dem »Atlatl«. Das ist ein zweiteiliges Waffengerät. Das *Atlatl* diente als Aufleger, der den menschlichen Arm als Hebel deutlich verlängerte. Ein Speer wurde in eine Rille eingelegt und losgeschleudert. Dabei erreichte er eine enorme Wucht, die ausreichte, um die dicken Haar- und Hautschichten der Eiszeittiere zu durchdringen.

265

April 1958 (Nummer 71)

Inhalt: Robinson und der Professor suchen Xury. Dabei entdecken sie Fußspuren, die Robinson richtig deutet. Xury ist ins Maoridorf gebracht und dort mit mageren Schweinen in einen Pferch gesperrt worden. Der Knabe soll mit den Schweinen gemästet werden. Als er den »Eulenruf« seines Herrn hört, macht er sich augenblicklich an seine Befreiung. Er bringt die Schweine dazu, aus dem Pferch auszubrechen. Flugs folgt er ihnen und rennt aus dem Dorf in den Wald. Dort trifft er Robinson. Dieser ist inzwischen auf die Maori gestoßen. Einer der Krieger fordert Robinson zum Zweikampf auf, der allerdings nur kurz dauert. Dann liegt der Maori auf dem Boden. Robinson und Xury fliehen zum »Sturmvogel«, der rasch startklar gemacht wird, sehr zum Unwillen des Professors, der diese interessante Insel weiterhin erforschen würde. [Abb. 266]

Eine Kanuflotte der Maori sperrt den Ausgang der Bucht, aber ein Kanonenschuss von Beppo schafft eine Lücke, die der heranrauschende »Sturmvogel« noch vergrößert. Es geht entlang der Küste weiter südwärts. Der Professor

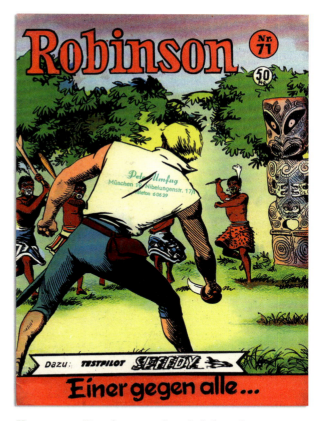

drängt dazu, immer weiter gen Süden zu segeln, denn er hofft, den von der Wissenschaft vermuteten Südkontinent Terra Australis finden. [Abb. 267] Als sie auf einer Eisscholle Pinguine entdecken, sind sie über diese Tiere sehr erstaunt. Aber sie finden nur Kälte und immer häufiger auftauchende Eisberge, weshalb sie die historische Suche beenden. Es geht wieder nordwärts. Bald entdecken sie eine Küste, in der Robinson das von Abel Tasman 1642 entdeckte Neuholland (Australien) vermutet. Als sie an Land gehen, entdeckt Hickup ein Schnabeltier, das er unbedingt fangen will, aber er stürzt dabei ins Wasser.

Kommentar: Der »Sturmvogel« verließ die auf den ersten Eindruck ungastliche Insel, sehr zum Leidwesen des Professors. Er hätte gerne einen Moa mitgenommen, aber so wurde dessen Existenz erst einige Jahrhunderte später wiederentdeckt. Robinson und seine Freunde gingen mit Professor Hickup auf Forschungsreise. Sie suchten den vermuteten südlichen Kontinent »Terra Australis«. Dieser sollte nach Auffassung der

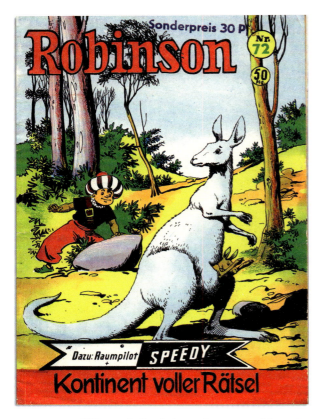

April 1958 (Nummer 72)

Inhalt: Robinson, Xury und Professor Hickup gehen an Land, dabei machen sie überraschende Entdeckungen. Xury sieht auf einen Baum Wellensittiche, ein »Laughing Jack« »lacht« ihn aus und ein Känguru erregt erst recht seine Aufmerksamkeit. Eine erste Begegnung mit Aborigines verläuft friedlich. Mit Glasperlen können sie nichts anfangen, aber ein Eisenmesser gefällt ihnen schon besser. Der Bumerang ist für die Europäer höchst interessant. Xury macht allerdings bei einem Probewurf unangenehme Erfahrungen. Eine Auseinandersetzung mit einem anderen Stamm wird durch die Feuerwaffen schnell zugunsten der Schar um Robinson beigelegt. Gracia, Spinne und Schwabbel gehen an Land, um Trinkwasser zu suchen. Sie trennen sich. Gracia wird von den abziehenden Aborigines gefangen genommen, gefesselt und geknebelt. Nachts flieht sie, kann aber ihre Handfesseln und den Knebel nicht entfernen. Sie stürzt eine kleine Geröllhalde hinunter und verknackst sich den Knöchel. Unter einem Überhang versteckt sie sich. Robinson trifft auf der Suche nach Gracia auf ihre Entführer, die sie ebenfalls suchen und gerät rasch in einen Kampf mit ihnen. Gracia hat ihn zwar kurz gesehen, kann sich aber nicht bemerkbar machen.

Wissenschaft existieren, denn nur so könne das Gleichgewicht der Erde gehalten werden. Den großen nördlichen Landmassen müsste ein Pendant auf der Südhalbkugel gegenüberliegen. Robinson war verblüfft, dass es für ein noch nicht entdecktes und nachgewiesenes Land bereits einen Namen gibt. Erst James Cook (1728-1779) gelang der Beweis, dass es »den« Südkontinent nicht gibt.

Kommentar: [Abb. 268] Dieses Panel, überhaupt die ganze Szene, erinnert mich an den botswanisch-südafrikanischen Film »Die Götter müssen verrückt sein« (»The Gods Must Be Crazy«, 1980). Auch dort betrachten sogenannte Buschmänner skeptisch und staunend eine (Coca-Cola-)Flasche.

Recht anschaulich schilderte Helmut Nickel auf einer ganzen Seite die Wirkungsweise eines Bumerangs [Abb. 269].

»Kä-nguruh« (»Ich verstehe dich nicht!«) soll der Dialog zwischen den Aborigines und den ersten Europäern zur Frage nach dem Namen für die Kängurus gewesen sein. Selbst wenn diese Anekdote erfunden ist, verdeutlicht sie anschaulich das Dilemma zwischenmenschlicher Beziehungen, wenn man sich allein schon sprachlich nicht versteht.

Ab diesem Heft wurde die Zweitserie *Testpilot Speedy* in *Raumpilot Speedy* umbenannt. Das machte Sinn, denn ein Testpilot im eigentlichen Sinn war Speedy schon lange nicht mehr.

Mai 1958 (Nummer 73)

Inhalt: Obwohl die unglückliche Gracia ihre Freunde in der Ferne sieht, kann sie sich wegen des Knebels und des verletzten Fußes nicht bemerkbar machen. Später am Tag fängt es an zu regnen. Das Wasser löst ihren Knebel. Dadurch

kann sie wenigstens etwas trinken. Aber bald wird aus dem Bach ein reißender Strom, der immer höher steigt, womit sie zu ertrinken droht. Robinson und Xury folgen den Spuren zum Fluss. Da hört Xury Gracias verzweifelte Hilferufe. [Abb. 270] Kurz vor dem Ertrinken wird sie errettet. Später, als alle wieder an Bord sind, sticht der »Sturmvogel« in See. Die Sunda-Insel Bali ist das Ziel.

Robinson und Xury unternehmen eine Wanderung ins Inselinnere. Ein schwarzer Panther treibt sein Unwesen und greift einen Zug von Bewaffneten an, die eine Sänfte beschützen sollen. Die Begleiter fliehen. Das Raubtier geht auf die junge Malaiin Ytata los. [Abb. 271] Im letzten Augenblick wirf sich Robinson dazwischen und tötet das Tier. Als Xury, Spinne und Schwabbel ankommen, brauchen sie nur noch den Panther ins Dorf tragen. Dort freut man sich über den Tod des menschenfressenden Raubtiers. Die Bewaffneten erscheinen und der Vater von Ytatas Bräutigam, Prinz Sawat, will sie streng bestrafen. Auf Ytatas

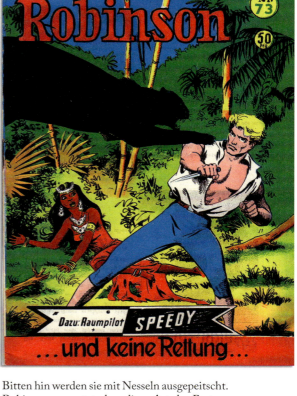

Bitten hin werden sie mit Nesseln ausgepeitscht. Robinson vermutet, dass diese Art der Bestrafung Probleme bringen wird. Abends gibt es ein Fest, zu dem auch Raja Sudru erscheint. Dieser hat die Schwester Ytatas, Bialua, zur Frau, möchte aber beide haben. Die ausgepeitschten Wächter flößten Ytata einen Betäubungstrank ein und entführen sie. Spät in der Nacht wird sie überall vergeblich gesucht.

Kommentar: Die zweite und dritte Seite enthält, auf dem Kopf und vertauscht, Werbung für die *Landser*-Nachahmungen des Gerstmayer Verlags und *Jugend-Film Club* Nummer 7 mit Bibi Johns auf dem Cover [Abb. 272]. Johns ist eine schwedische Sängerin, die im deutschen Sprachraum sehr bekannt war.

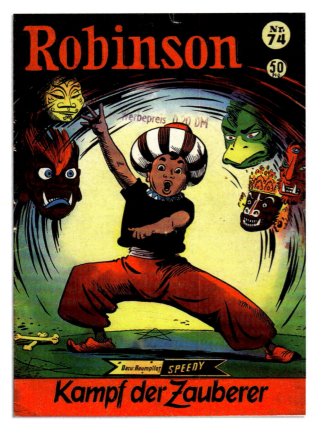

Mai 1958 (Nummer 74)

Inhalt: Ytata wird von zwei Freunden des Prinzen Sawat aufgesucht. Sie finden nur die apathisch dasitzende Kammerfrau vor und sehen, dass sie mit einer Droge willenlos gemacht wurde. [Abb. 273] Sie schlagen Alarm und schon ist Streit im Gange, der vom Raja Sudru, der Ytata entführen ließ, geschürt wurde. Robinson verhindert den unehrenhaften Mord an Prinz Djebat, der auf die Provokation Sudrus reingefallen ist. Allerdings wird Djebat verstoßen. Am nächsten Morgen beteiligen sich Robinson und seine Freunde an der Suche nach Ytata. Bald finden sie die richtige Spur. Unterwegs treffen sie Djebat, der sich ihnen anschließt. Er erkennt, dass der Weg nach Palembang führt, der Residenz Sudrus. [Abb. 274] Sie erklettern die steilen Mauern der Burg und finden Ytatas Gefängnis. Die Betäubung hat ihre Wirkung verloren. Als die Freunde die Tür öffnen wollen, kommen ihnen Sudru und sein Ratgeber in die Quere. Xury geht auf sie zu und stellt sich als »größtes Zauberer von Europa, Afrika, Kötzchenbroda und umliegende Ortschäfte!« vor. Sein Kompass zeigt dabei auf den sogenannten »Zauberkris« Sudrus, auf den dieser sehr stolz ist. Eine Weile ist er gebannt, als plötzlich Ytata um die Ecke biegt. Leider lässt sie sich nicht mitnehmen, denn sie entpuppt sich als die Zwillingsschwester Bialua. Damit ist die Befreiung gescheitert. Sie werden kämpfend an die Mauer abgedrängt. Djebat wird gefangen. Xury stürzt in die Tiefe und Robinson sieht sich in höchster Gefahr. [Abb. 275] Bialua bewundert den goldhaarigen Fremden, der »das Herz eines Tigers hat«…

Kommentar: Helmut Nickel ließ Xury wieder mit Wortspielereien brillieren und dabei seine sächsische Heimat in die Geschichte einfließen. Nicht nur, dass der Knabe nach eigener Einschätzung der größte Zauberer von Europa und Afrika war, nein, er war es auch von »Kötzschenbroda«, eine reale Stadt, die heutzutage nach Radebeul eingemeindet ist. Der Büchsenmeister Max Fuchs aus Kötzschenbroda fertigte für Karl May ein Modell der Silberbüchse Winnetous an.

Kötzschenbroda wurde von Schlagersänger Bully Buhlan mit »Verzeih'n Sie, mein Herr, fährt dieser Zug nach Kötzschenbroda?« ein

Denkmal gesetzt, frei interpretiert nach dem Glenn-Miller-Song »Chattanooga Choo-Choo«. Auf die Melodie von »Chattanooga Choo-Choo« gab es damals, Ende der 1940er Jahre, auch den Text »Stell dir vor, wir hätten was zu essen«. Dass so etwas mal ein ernsthaftes Thema war, kann sich heutzutage in Mitteleuropa niemand mehr vorstellen. Und für die, die weder das Original noch Bully Buhlan kennen, gibt es noch eine Fassung von Udo Lindenberg, diesmal allerdings über einen Berliner Stadtteil, mit dem Titel »Sonderzug nach Pankow«.

Das Impressum nannte seit Heft 46 Ludwig Gratz als die für die Herausgabe in Österreich verantwortliche Person. Auf der vierten Umschlagseite meines Hefts ist ein Stempel zu sehen, der die Firma Farago & Co. für die österreichische Auslieferung benennt. Hier wird auch ein Preis von drei Schilling genannt. Dieser Wechsel schlug sich im Impressum erst ab der Nummer 90 nieder. Die Firma Farago war auch für den Lehning Verlag tätig.

Juni 1958 (Nummer 75)

<u>Inhalt</u>: Robinson wird überwältigt und zusammen mit Djebat in den Kerker gesperrt. Sudru triumphiert, Bialua blickt ganz versonnen, Ytata schluchzt in ihrem Kerker. Xury hat großes Glück: Das Seilende verfängt sich in einem Strauch und bremst den Sturz. Rasch klettert er den Rest der Felswand hinunter. Im Dorf angekommen, alarmiert er die Bewohner und die Freunde. Sofort wird eine kleine Streitmacht aufgestellt, die zur Burg Sudrus zieht. Xury geht als Parlamentär zum Tor, wird aber von Sudru hohnlachend abgewiesen. Etwas mutlos wollen die Befreier abziehen, aber Professor Hickup hat einen Plan. [Abb. 276] Von den Frauen des Dorfes lässt er diverse Utensilien besorgen und sie Nähen und Kleben.[55]

Sudru und seine Berater schmieden derweilen auch Pläne, u.a. dass Robinson und Djebat geblendet werden sollen. Als Bialua dies belauscht, will sie den bösen Vorsatz verhindern. Sie schleicht sich zum Kerker, überwältigt eine Wache, nimmt dessen Schlüssel und huscht ins Verlies. Dort sieht sie die beiden Gefangenen bereits an deren eigener Befreiung arbeiten. Von Bialua erfährt Robinson von der Verwechslung

der beiden Schwestern. Im Freien angelangt, werden sie von Wachen angegriffen. Bialua kennt einen Geheimgang, aber Robinson will vorher Ytata befreien. Da inzwischen noch mehr Wachen herbei geeilt sind, müssen sie sich kämpfend in den Hauptturm zurückziehen. Von oben sieht Robinson in der Ebene seine Freunde und nimmt mit ihnen Kontakt auf. Da erscheint am Himmel ein Heißluftballon, den der Professor anfertigen ließ. Der Wind steht günstig und wie an einer Drachenschnur befestigt, schwebt das Gebilde genau auf den

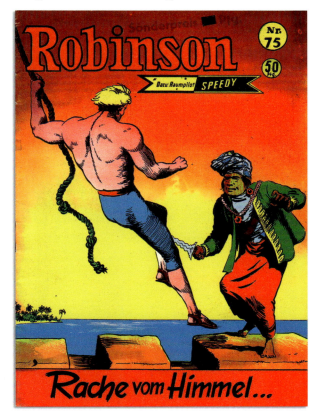

---

[55] Helmut Nickel traute sich: Wer sich die Abbildung genauer anschaut, entdeckt dort barbusige Frauen – so wie die Malaiinnen damals gekleidet waren. Welcher Affront gegen die Moralhüter, aber diese hatten es wohl übersehen.

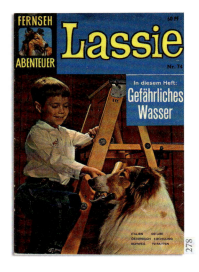

Turm zu. [Abb. 277] Alle steigen in die Gondel. Robinson nimmt als letzter das Halteseil und stößt dabei, wie an einem Pendel schwingend, Sudru von der Mauer in die Tiefe. Um das Burgtor zu öffnen, schickt Xury noch eine Bombe hinterher. Allerdings schleudert die Wucht der Explosion ein Trümmerteil durch die Ballonhülle und Xury fliegt aus der Gondel.

<u>Kommentar:</u> Die Gebrüder Montgolfier ließen 1784 vor dem französischen König Ludwig XVI. einen später nach ihnen benannten Heißluftballon aufsteigen. Die »Besatzung« bestand aus einem Hammel, einem Hahn und einer Ente.

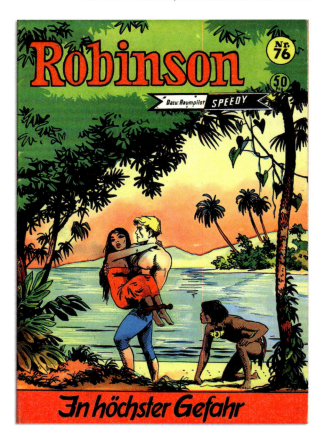

Diese überlebten unverletzt den zwölfminütigen Flug. So jedenfalls die offizielle Geschichtsschreibung. Wann »tatsächlich« der erste Flug war, ist in diesem Heft zu lesen …

<u>Zeitgeschehen:</u> Am 21. Juni 1958 brachte das deutsche Fernsehen die erste Folge der US-Serie *Lassie*. Meine Güte, was haben »wir« gefiebert, ob die kluge Hündin den kleinen Jeff auch diesmal retten wird. Natürlich ging alles gut, wie bei allen rund 590 Episoden. *Lassie* war ein Hit. Man traf sich bei den wenigen Glücklichen, bei denen schon ein Fernsehgerät im Hause stand.

Die Abbildung [Abb. 278] zeigt Lassie und Timmy, einen weiteren Spielgefährten der Hündin, auf dem Cover der Comicserie *Fernseh Abenteuer* (190 Hefte, 1958-1964, Neuer Tessloff Verlag). Die späteren Folgen, als es Lassie u.a. bis nach Alaska und sogar Afrika trieb, habe ich dann nicht mehr gesehen, auch nicht die mit Timmy … oder doch? Die Erinnerung verwischt.

Juni 1958 (Nummer 76)

<u>Inhalt</u>: Im Fallen öffnet Xury den Regenschirm des Professors und schwebt relativ sanft in den Hof der Burg, mitten zwischen Sudrus Krieger. Der beschädigte Ballon landet im See. Die Besatzungsmitglieder retten sich vorerst auf der noch nicht völlig luftleeren Hülle. [Abb. 279] Xury liefert sich mit den Wachen eine haarsträubende Verfolgungsjagd, in deren Verlauf der Ratgeber Sudrus im See landet. Xury nutzt diesen Umstand, um zu flüchten. Er springt hinterher, landet auf dem Kopf des Ratgebers und dirigiert

seine Gefangenen zum Ufer, wo er schon von Robinson und den Freunden begeistert empfangen wird. Die Krieger von Subatja dringen durch das gesprengte Tor in die Burg. Die Verteidiger ergeben sich rasch, da sie ohne Anführer keinen Sinn in weiteren Kämpfen sehen. [Abb. 280] Bialua macht Robinson Avancen, als Gracia aber angelaufen kommt und ihm um den Hals fällt, zieht sie beleidigt von dannen. Später am Tag kommt Prinz Sawat in Palembang an, um Ytata heimzuführen. Erst verwechselt er Bialua mit deren Schwester Ytata, dann zeigt ihm diese, rein zufällig, wie Ytata und Djebat turteln. Es kommt anders, als Suwat dachte. Ytata beschimpft ihn als »jämmerlichen Sumpfmolch« und schleudert ihm ihre eiserne Fußfessel vor die Füße. Dann verschwinden sie spurlos, woraufhin Bialua mit Suwat anbandelt. Ihre Wut gilt nach wie vor Gracia, die sie für die Ablehnung Robinsons verantwortlich macht. Sie schmuggelt ein Kästchen in Gracias Zimmer, das diese neugierig öffnet. Eine große Wolfsspinne fällt heraus und krabbelt langsam an ihr hoch. Robinson kommt wegen des Schreis sofort ins Zimmer. [Abb. 281] Er fängt die Spinne mit dem Kästchen und will sie nach draußen bringen, als Bialua »zufällig« vorbeischaut. Erschrocken rät sie Robinson von der Öffnung des Kästchens ab, womit dieser ihre Intrige durchschaut. Nur weil sie ihn kurz vorher vor einer Blendung bewahrt hatte, verzichtet er auf Vergeltung, aber sie reisen unverzüglich ab. An Bord befinden sich auch Ytata und Djebat, die hierher geflüchtet sind und eine neue Heimat suchen. Natürlich dürfen sie an Bord des »Sturmvogels« bleiben.

Kommentar: Auf der zweiten Umschlagseite wird für die neunte Ausgabe des *Jugend-Film Club* geworben. Das Titelbild des Magazins zeigt die dänische Schauspielerin Ann Smyrner [Abb. 282]. Zu sehen ist sie in der Rolle der »Lilli, ein Mädchen aus der Großstadt« (1958). Der *Film Club* war also ziemlich dicht am Geschehen. [Abb. 283] Vor ihrem Gesicht schaukelt die Puppe Lilli von Reinhard Beuthien, nach der gleichnamigen Cartoonfigur aus der *BILD*-Zeitung.

Die Geschichte dieser Puppe ist bemerkenswert: Auf einer Europareise entdeckte Ruth Handler, Mitinhaberin der Firma Mattel, in Luzern eine Puppe in einem Schaufenster und kaufte sie. Sie war etwa 30 Zentimeter groß und hatte eine blonde Pferdeschwanz-Frisur. Es war die »BILD-Lilli«. Seit 1952 zeichnete Beuthien *Lilli* für die *BILD*, und diese war seit 1955 als Puppe auf dem Markt. Modelliert hatte sie Max Weißbrodt von der Firma Hausser in Neustadt bei Coburg. Zurück in den USA, gingen die Handlers daran, ihr Puppenprojekt umzusetzen. Über die genauen Umstände gibt es zwei Versionen, von der Firma Hausser (Elastolin) und

von Mattel. Im März 1959 wurde die erste Mattel-Puppe als »Barbie« auf der American Toy Fair in New York präsentiert, benannt nach der Tochter der Handlers. Die Vermarktungsrechte an der BILD-Lilli kaufte Mattel jedoch erst 1964, so dass deren Produktion hier eingestellt wurde. Damit konnte die Barbie-Puppe, sehr zum Leidwesen aller Eltern, auch in Deutschland verkauft werden.

Zeitgeschehen: Im Juni fand die, aus westdeutscher Sicht, Skandal-Fußball-Weltmeisterschaft in Schweden statt [Abb. 284]. Die Bundesrepublik Deutschland setzte sich in ihrer Gruppe durch. Österreich überstand die erste Runde nicht. Im Viertelfinale besiegte die deutsche Auswahl Jugoslawien mit 1:0. Dann folgte das Halbfinale gegen Schweden: Einpeitscher, mit Megafonen bewaffnet, standen vor den Zuschauerrängen und skandierten ziemlich nationalistische Töne. Deutschland verlor 1:3. Die sportlichen Beziehungen zwischen beiden Ländern waren daraufhin für Jahre ernsthaft gestört. Es soll in anderen Weltregionen wegen ähnlicher Vorfälle schon Kriege gegeben haben. Im Fernsehen wurde dieses Ereignis auch übertragen. Ich kann mich aber beim besten Willen nicht mehr daran erinnern, ob wir zu diesem Zeitpunkt schon ein Gerät bei uns zu Hause hatten. Im Kino gab es eine Zusammenfassung als Hauptfilm, wie am Filmprogramm zu sehen ist. Ach ja, Brasilien wurde im Endspiel gegen Schweden mit 5:2 Toren Weltmeister. Der damals siebzehnjährige Pelé hatte daran einen nicht unerheblichen Anteil. Gegen Frankreich verlor Deutschland im Spiel um den dritten Platz mit 3:6.

Juli 1958 (Nummer 77)

Inhalt: Auf hoher See gerät der »Sturmvogel« in einen Taifun. [Abb. 285] Mit Mühe und Not, unter dem Verlust eines Großteils seiner Segel, kann die Besatzung das Schiff über Wasser halten. Allerdings sind die Frischwassertonnen leck geschlagen. Mit Behelfssegeln versehen, versucht Robinson irgendwo Land zu finden. Gracia und Ytata werden krank und auch die Männer können sich kaum aufrecht halten. Da erblickt Robinson ein Segel am Horizont. Es ist die »Juliaantje« von Kapitän Vuilaard. Der Bitte um Trinkwasser ist der Kapitän bereit nachzukommen, sogar mit neuen Masten und Segeln will er den »Sturmvogel« versehen lassen. Dafür muss Robinson die Ernte der holländischen Pflanzer von den Gewürzinseln erbeuten. Einige Spießgesellen von Kapitän Vuilaard de Smeerse bleiben zur »Unterstützung« des Vorhabens an Bord, dem Robinson zähneknirschend zustimmt. Nach der Reparatur des Schiffs segelt man nach Amboina, was damals die Sammelstelle für den Zimthandel war. An Land muss Robinson den Piraten spielen, versucht aber, einen passenden Moment zu finden, um einen Befreiungsversuch zu unternehmen. [Abb. 286] Diesen will Beppo mit der Bordkanone unterstützen, aber einer der Piraten nimmt Gracia als Schutzschild.

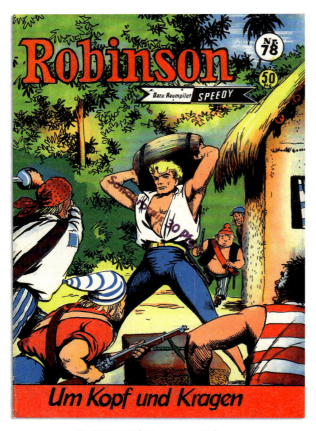

Der Rest der Bande wird schnell gefangen genommen. [Abb. 287] Im Dorf entwickelt sich ein Gefecht, das von der taktischen Finesse Robinsons beherrscht wird. Als die Piraten mit einem Kanu flüchten wollen, bedroht sie Beppo mit der Bordkanone. Damit sind die Ganoven besiegt. Robinson erklärt den holländischen Pflanzern und den Einheimischen die Lage. Dann bereiten sie sich auf die Ankunft Kapitän Vuillards vor. Der »Sturmvogel« wird in eine andere Bucht gebracht. Gracia, Ytata und Djebat bleiben an Bord. Im Dorf werden Kanonen in Stellung gebracht. In der Zwischenzeit bereitet der Professor eine Geheimwaffe vor. Die Überrumpelung der Juliaantje-Besatzung misslingt, da einer der Kanoniere zu früh feuert. Vuillard antwortet daraufhin mit einer Breitseite ins Dorf, die erhebliche Schaden anrichtet. Dann schleudert Professor Hickup mit einem Katapult eine Pfefferladung an Deck der »Juliaantje«. [Abb. 288] Die »gepfefferte« Mannschaft wird gefangen genommen. Anschließend gehen die Freunde zum »Sturmvogel«, aber sie finden keine »Seele« an Bord.

Juli 1958 (Nummer 78)

<u>Inhalt</u>: Robinson und seine Mannschaft befreien sich aus der Gewalt der Piraten, diese flüchten zum Strand. An Bord des »Sturmvogels« greift Djebat ein. Er überwältigt die Geiselnehmer.

August 1958 (Nummer 79)

<u>Inhalt</u>: Gracia, Ytata und Djebat gehen an Land, um die Vorräte des »Sturmvogels« aufzufüllen. Dabei haben sie eine unangenehme Begegnung mit einem Hirscheber, die aber dank der Tatkraft Djebats glimpflich ausgeht. Wieder an Bord geht es weiter, um eine Insel zu suchen, auf der Ytata und Djebat leben könnten. Professor Hickup bittet Robinson, nach einer Insel Ausschau zu halten, von der er gehört hat, dass sie seltsame Tiere beherbergen soll. Einige Tage später erblickt Xury sie. Auf Grund seines Entdeckerrechtes möchte er sie allein erforschen. Xury entdeckt ungewöhnliche Tiere, wird aber selbst beobachtet. Er wird von Affenmenschen gefangen genommen, um als »Mahlzeit« zu dienen. Er flüchtet, wird aber wieder eingefangen und soll der Seeschlange geopfert werden, die im See des Vulkankraters haust [Abb. 292].

Kommentar: Der Hirscheber [Abb. 290], mit den die Schnauze durchbrechenden Hauern, war nicht eine Erfindung Nickels, dieses Tier lebt tatsächlich auf einigen Inseln der malaiischen See. Dagegen etablierte Helmut Nickel auf einer nicht kartierten Insel »jenseits der Molukkensee« nicht nur Affenmenschen, sondern auch allerlei Urzeittier, u.a. ein lebendes Exemplar des Archaeopteryx [Abb. 289]. Dieses vogelähnliche, wohl flugunfähige Tier, wurde von Hermann von Meyer 1860 im Steinbruch von Solnhofen entdeckt. Er beschrieb das Tier und gab ihm den noch heute gültigen Namen. Schade, wäre Professor Hickup der Vogel nicht entfleucht, wäre er schon früher bekannt geworden …

Zeitgeschehen: [Abb. 291] Am 3. August erreichte das amerikanische Atom-U-Boot »Nautilus« nach einer mehrtägigen Fahrt unter dem Packeis den geografischen Nordpol. Einen Bericht dazu lieferte die *Micky Maus* Nr. 38 vom 27. September 1958.

August 1958 (Nummer 80)

Inhalt: Der Professor ist über die vielen Anzeichen bisher unbekannten Lebens höchst erfreut. [Abb. 292] Als ein Affenmensch ihn angreift, ist er nicht verängstigt, sondern fängt sofort an, den Halbmenschen zu vermessen. Erschreckt flüchtet dieser. Xury befindet sich in einer unerquicklichen Situation. Er soll der Seeschlange zum Opfer gebracht werden, damit diese das Beben beendet. Mit einem Fußtritt befördert er seine Wächter in den See. Dann erklettert er den Kraterrand. Ein erneutes Beben öffnet der Seeschlange einen Weg in den Ozean, den sie sofort

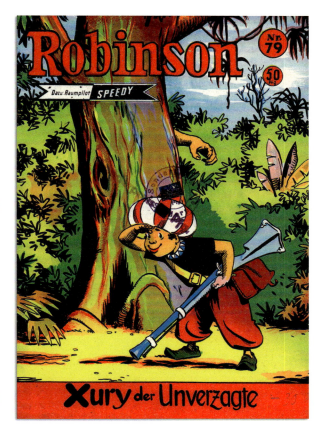

zu nutzen weiß. Auch Robinson und seine Freunde werden vom Beben überrascht.

Sie wollen die Insel sofort verlassen, aber wo ist Xury? Da kommt er am Ufer angerannt, von Affenmenschen verfolgt. Im letzten Moment

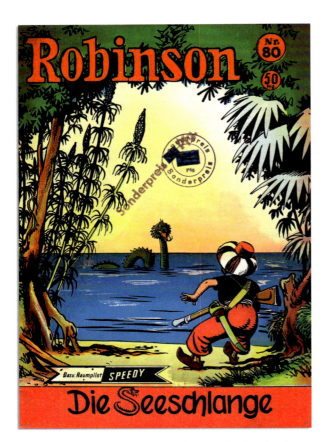

verlassen sie die Insel, setzen die Segel und entgehen dem letzten Beben, das einen Vulkanausbruch auslöst. Sie sind mit dem »Sturmvogel« weit genug von der Insel entfernt, als der Ausbruch die Insel im Meer versinken lässt. Ytata und Djebat werden Tage später wie gewünscht auf einer einsamen Insel abgesetzt, ausgerüstet mit Geräten und Werkzeugen sowie Nahrungsmitteln für die erste.

Weiter geht es nach Bangkok, wo die »Lady Marilyn« auf den Professor warten soll, um ihn nach London zurückzubringen. Dort ist sie nicht mehr, sondern sie war drei Tage zuvor nach Ceylon weitergesegelt. Hickup heilt unterdessen den Hafenmeister vom Fieber und dieser bittet ihn, seinen Herrn, den König von Siam, ebenfalls zu heilen. Der König wird von Bauchschmerzen geplagt, was der Professor auf dessen ungehemmten Süßigkeitengenuss zurückführt. Der König bestreitet das vehement. Der Professor gibt ihm Pfefferminztee zu trinken, woraufhin die Bauchschmerzen verschwinden. Nun darf aber Hickup den Palast nicht mehr verlassen. Er ist sozusagen zwangsweise zum Leibarzt geworden.

Xury wird einfach aus dem Palast entfernt. Er rennt zum »Sturmvogel« und erzählt Robinson von den neuen Umständen. [Abb. 293] In der Nacht schleichen sie zum Palast. Ein Elefant mit großem Umhang erleichtert ihnen den Einlass.

Kommentar: »Herzallerliebst« war die kleine Seeschlange, die das »S« im Titel bildet.

Schade, dies war innerhalb der Reihe *Robinson* schon die zweite Insel, auf der Urzeittiere wie z.B. Saurier lebten und die durch einen Vulkanausbruch spurlos verschwunden ist (siehe Heft 20 und 21).

September 1958 (Nummer 81)

Inhalt: Den König von Siam plagen erneut Bauchschmerzen. Zudem bringt ein Bote die Unglücksnachricht, dass der vor vier Tagen im Urwald gefangene weiße Elefant krank sei. Sofort wird Professor Hickup geholt, der schnell feststellt, dass der Elefant Hunger und Durst hat. Vor dem Dickhäuter stehen Gold, Edelsteine und Rosenwasser, was das Tier aber verschmäht. Hickup holt Zweige, die der Elefant gierig verschlingt. Der König befürchtet den Tod des heiligen Tieres und will den Professor köpfen lassen. Da erscheinen Robinson und Xury und greifen im letzten Moment ein. Es entsteht ein Tumult, den Xury zur Befreiung des armen Tieres ausnutzt. Dieses durchbricht das Tor zum Frauenpalast, da es auf der anderen Seite Wasser wittert. [Abb. 294] Nur die »Porzellanpagode« mit ihren chinesischen Vasen muss er dazu noch durchqueren. Dort baden zwei Prinzessinnen in einem Pool, in den sich der Elefant stürzt. Dieses

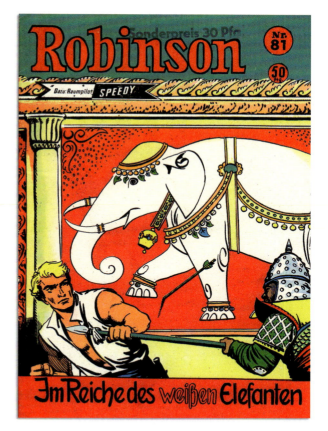

Tohuwabohu nutzen Robinson, Xury und der Professor aus und fliehen zum Hafen. Die Wachen vor dem »Sturmvogel« werden überwältigt, während das Schiff klar gemacht wird. Zwei Kriegsschiffe der Siamesen versperren mit einer langen Kette den Flusslauf des Menam. Mit einer Bombe sprengt Xury das Hindernis, aber eine weitere Gefahr ist der »Geflügelte Wasserdrache«, das Staatsschiff des Königs. [Abb. 295] Mit über zwanzig Ruderern bemannt, nähert es sich dem »Sturmvogel«. Der König möchte unbedingt den Professor als Leibarzt zurück. Gerade als sich der »Geflügelte Wasserdrache« dem »Sturmvogel« gefährlich nähert, ist das Schiff aus dem Windschatten der Urwaldbäume heraus und enteilt dem wütenden und angstvollen König. Zuerst möchte er den Professor köpfen lassen, dann bettelt er um seine »Medizin«. Professor Hickup wirft eine Flasche mit Pfefferminzblättern über die Reling und verspricht, dem König jedes Jahr ein Päckchen zu schicken.

Kommentar: Helmut Nickel ließ in dieser Episode nichts aus, auch nicht den Elefanten im Porzellanladen ... köstlich!

Der König von Siam heißt »Su Phkö Pcher«. Das braucht man nur einmal im Ganzen zu lesen. Und auch zu den Namen der Prinzessinnen »Dha Lee Xmi« und »Na Denh« eine deutsche Entsprechung zu finden, ist einfach.

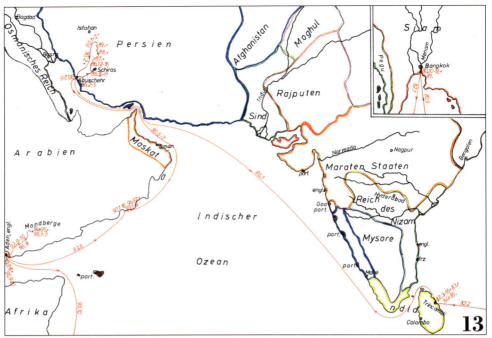

Robinsons Reise um die Welt: Karte 13
Wer diese Karte mit der sechsten vergleicht, wird feststellen, dass sich die Europäer mehr und mehr auf dem indischen Festland breitmachen. Die Niederländer haben nach Ceylon die ganze Südspitze unter ihre Kontrolle gebracht, die Portugiesen und die Engländer weitere Stützpunkte an der Küste besetzt, und auch die Franzosen mischen im lukrativen Indienhandel mit.

Zeitgeschehen: Nach genau sechs Jahren wurde die Heftreihe *Tarzan* des Mondial und Pabel Verlags mit der Nummer 169 eingestellt. Sie führte »uns« damals in die fantastische Welt der *Tarzan*-Comics ein. Die Zeichnungen von Burne Hogarth und Bob Lubbers, Sonntagsseiten und Tagesstreifen, wurden in fantastischen Farben in einzigartiger Weise präsentiert. Natürlich war alles neu zusammengestellt, denn man versuchte, die Zeitungscomics dem Heftformat anzupassen, aber das war »uns« egal. »Wir« kannten den Ursprung schließlich nicht. Mit *Tarzan*, aber auch der *Micky Maus*, den Lehning-Piccolos, den Aller-Serien, Kaukas *Till Eulenspiegel* und vielen anderen Reihen bin ich aufgewachsen und habe sie alle genossen. Natürlich mag ich ebenso die aktuelle Komplettausgabe vom Bocola Verlag, aber echte Gänsehaut verursachen bei mir noch immer die Hefte der 1950er Jahre. Das ist das erste Heft der Mondial-Reihe [Abb. 296], allerdings in der zweiten Auflage. Erkennbar ist es am geänderten Titel gegenüber der ersten Ausgabe. Dort hieß es unsinnigerweise »Der Kampf im Dschungel«, obwohl das Abenteuer in der Wüste spielte. Der neue Titel trägt dem Rechnung. Er heißt sinngemäß »Der Held der Wüste«.

Die »Tarzan-lose« Zeit währte nicht lange, denn der Lehning Verlag brachte genau ein Jahr später ebenfalls *Tarzan*-Comics, sowohl Großbände als auch Piccolos, heraus. Und die Titelbilder der ersten 30 Hefte (außer den Nummern 1, 2 und 4) zeichnete Helmut Nickel. Da war er

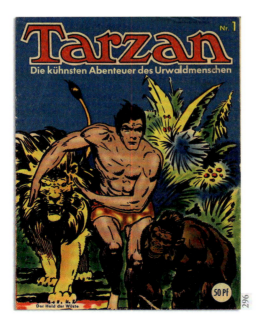

nicht mehr für *Robinson* zuständig. Im 15. Heft der *Tarzan*-Lehning-Reihe erleben wir eine Robinsonade und der Titel »Die Insel im Ozean« hätte auch zu *Robinson* gepasst [Abb. 297]. Darin ist Tarzan mit weiteren Schiffbrüchigen auf eine Insel verschlagen worden. Die Gruppe ist sich kurz darauf uneins und es entsteht eine Situation, deren Ursprünge sicherlich im Roman »Tarzan and the Castaways« von 1941 (»Tarzan und die Schiffbrüchigen«, Walde & Graf, 2013) zu finden sind.[56]

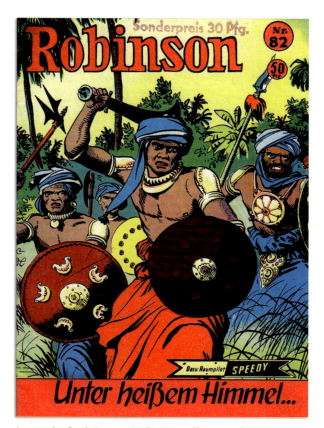

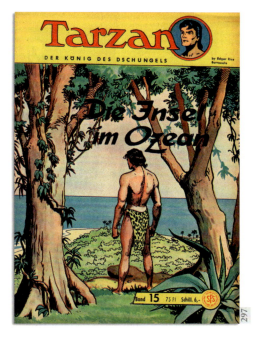

September 1958 (Nummer 82)

<u>Inhalt</u>: Als der »Sturmvogel« bereits einige Zeit in einem ceylonesischen Hafen vor Anker liegt, erscheint die langsamere »Lady Marilyn«. Nun heißt es Abschied nehmen, aber der Professor vergisst seinen Regenschirm. Xury soll mit Spinne, Schwabbel und dem Regenschirm der »Lady Marilyn« nach rudern. Robinson und Gracia gehen in die Stadt bummeln. Dabei treffen sie auf Sayadhana, der sie abends als Gäste einlädt. Einer der Höhepunkte des Abends ist die Darbietung einer Tänzerin, die allein durch ihr Aussehen die Söhne Sayadhanas, Kayana und Shikara, endgültig entzweit. Kayana sinniert schon lange darüber, seinen Bruder zu beseitigen. Er lässt ihn durch einen Diener in einen Pavillon locken, um ihn zu ermorden. Shikara kann den Anschlag abwehren, dabei gerät der Pavillon in Brand. Robinson eilt hinzu, hebt einen blutigen Dolch auf, mit dem er von Kayana gesehen wird. Sofort wird Robinson als Täter gefangen genommen und eingekerkert. [Abb. 298] Xury kann entkommen und mobilisiert die Besatzung des »Sturmvogels« zu einer Befreiungsaktion.

---

[56] Zu *Tarzan* siehe u.a. Jürgen Maier, in *Comic-Börse* Nr. 9 (1977). Und: Detlef Lorenz, »Tarzan«, in *Die Sprechblase* Nr. 10 (1978), Martin Surmann, »Burne Hogarth«, in *Die Sprechblase* Nr. 158/159 (1997), Joachim Schiele, »Der Comic-Tarzan«, in *Comixene* Nr. 39 (1981), Robert Fass, »Von Hal Foster bis Russ Manning«, in *ComicSpiegel* Nr. 1-5 (1980), Stefan Meduna, »Die Tarzan-Romane«, in *Hansrudi Wäscher Fanclub Magazin* Nr. 34ff. (2011) sowie *ERB-Fan das Magazin* (1985–1997) von Roland Schwegler (Herausgeber), *ERB-Notizen* (1994 – heute) von Kurt S. Denkena (Herausgeber) und Detlef Lorenz, *Alles über Tarzan* (Edition Corsar, 1979).

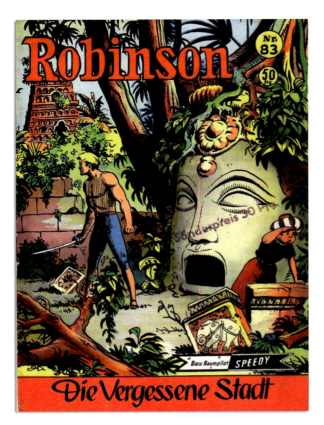

Oktober 1958 (Nummer 83)

Inhalt: Die gesamte Besatzung des »Sturmvogels« (Xury, Spinne, Schwabbel, Lars, Beppo, Koko und Bimbo) klettert über die Gartenmauer des Palastes. [Abb. 299] Die beiden Wachen vor dem Kerker werden überwältigt. Robinson wird befreit. Auf der Suche nach Gracia finden sie den Fürsten, der schweren Herzens an die Schurkerei seines Sohnes Kayana glaubt. Der Fürst führt die Gruppe in die Frauengemächer, in denen sie Gracia finden. Da kommt die Tänzerin Sulima angestürzt und berichtet von Kämpfen der treuen Palastwache mit den Verrätern. Der Fürst eilt zu seinen Getreuen und wird dabei von einem Speer getötet. Daraufhin flieht die Grup-

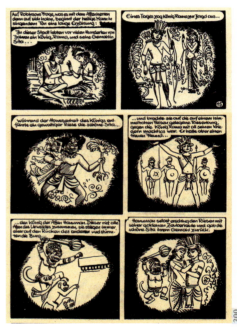

pe um Robinson ins Inselinnere. Als sich alle den Trümmern eines verfallenen Palastes nähern, bleiben die Verfolger zurück.

Am nächsten Morgen balgt sich Bimbo mit dem Anführer der dortigen Affen herum. Durch den Lärm wird ein »heiliger« Mann angelockt, der im blonden Robinson eine Wiedergeburt des Gottes Hanuman, des Herrn der Affen, sieht. Sulima übersetzt die Worte des Alten, der die Saga von Hanuman erzählt: Die Gemahlin von König Rama, Sita, wird eines Tages von einem Riesen entführt. Er verschleppt sie auf einen hohen Berg, von dort befreit sie Hanuman, der

Kommentar: Zum zweiten Mal betraten Robinson und seine Freunde indischen Boden. Die Europäer erlangten darüber immer mehr Kontrolle, vor allem die Holländer großflächig im Süden. Helmut Nickel ignorierte in seiner Geschichte allerdings deren Vorhandensein auf Ceylon. Er konzentrierte sich im Wesentlichen auf die Hanuman-Saga. Zu diesem frühen Zeitpunkt der Kolonisierung des indischen Subkontinentes war die Anwesenheit, die Oberhoheit der Europäer, noch nicht mit der enormen personellen Präsenz verbunden, wie es später das lückenlose Kolonialsystem ermöglichte.

Freund des Königs. Dabei spielt dessen Keule, die seitdem verschollen ist, eine wichtige Rolle. Als der Alte seine Geschichte zu Ende erzählt, schreit Sulima auf, weil sie einen Geist im Gebüsch zu sehen glaubt.

Kommentar: Helmut Nickel präsentierte einen Ausschnitt des indischen Pantheons [Abb. 300]. Er ließ durch einen Einsiedler die Geschichte von Rama und Hanuman erzählen. Dabei verwendete er wie in der Azteken-Geschichte eine einheimische Bildersprache. Geschickt verwob er die alte Saga mit der Gegenwart der *Robinson*-Erzählung. Beide trafen im nächsten Heft aufeinander.

Erneut erregte der blondhaarige Robinson Aufsehen. Es klingt abgedroschen, aber schon eineinhalbtausend Jahre zuvor ließen sich die Römer(rinnen) das blonde Haar germanischer Frauen einen gehörigen Batzen Sesterzen kosten.

Im Walter Lehning Verlag setzte man sich mit Helmut Nickel in Verbindung. Man suchte für das neue Projekt *Harry, Die bunte Jugendzeitung* einen zuverlässigen Zeichner. Nickel sagte zu und es entstanden in der Folge die Comicserien *Francis Drake, Der Korsar der Königin* (ab Oktober 1958, Abb. 301) und *Peters seltsame Reisen* (ab November 1958, Abb. 302). Lehning suchte auch Titelbildzeichner für die Großbandserie *Tarzan* (ab Januar 1960) [Abb. 303]. Nachdem Nickel *Robinson* endgültig ad acta gelegt hatte, übernahm er für Lehning eine weitere Serie und sorgte für die Umsetzung der *Winnetou*-Geschichten von Karl May [Abb. 304]. Dies tat er, nachdem er schon nach New York umgesie-

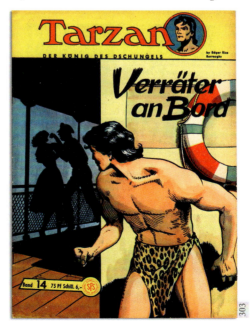

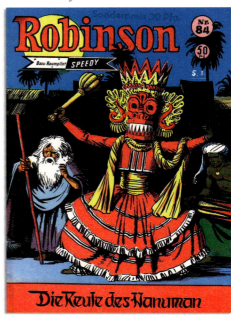

Pete Wilkey von William Fawcett. So ein bisschen hatte ich damals schon von einem Pferd wie Fury geträumt. Aber wohin mit dem Gaul in der Großstadt? Der Neue Tessloff Verlag brachte in seiner Comicreihe *Fernseh Abenteuer* ebenfalls gezeichnete *Fury*-Geschichten.

delt war. Wie es dazu kam, wie die Zusammenarbeit mit Lehning über den Atlantik verlief, über die Umsetzung des Romanstoffs, weshalb er mit seinem Lieblingsprojekt aufhörte, ist von Horst-Joachim Kalbe und mir sehr ausführlich in Band 1 und 3 der Comicbücher *Winnetou* 1 und 3 des Verlags comicplus+ dargestellt. Dort sind seine Geschichten aus der Lehning-Zeit komplett nachgedruckt, einheitlich koloriert und in der gediegenen Ausstattung der Romane des Karl May Verlages Bamberg publiziert worden.

Zeitgeschehen: In diesem Monat kam die erste Folge der Fernsehserie *Fury* ins Nachmittagsprogramm der ARD. In den USA wurde diese Serie mit insgesamt 114 Folgen seit 1955 produziert. Von 1958 bis 1997 strahlte das deutsche Fernsehen, bis auf einen, alle Teile aus. Die Grundidee stammt vom gleichnamigen Jugendbuch des Autors Albert G. Miller. Der jugendliche Joe wurde von Bobby Diamond gespielt, sein Adoptivvater Jim Newton von Peter Graves und der knurrige, kauzige

Oktober 1958 (Nummer 84)

Inhalt: Der »Geist« aus dem Gebüsch ist Shikara. Er erzählt, dass er dem Tod durch Verbrennen in der Gartenlaube durch einen unterirdischen Gang entronnen ist. Nach einigen Tagen der Ruhe und des Sinnierens über das weitere Vorgehen, sehen sie bemannte Elefanten. Es ist Kayana, der eine Treibjagd veranstaltet. Robinson will ihm den »Spaß« verderben und treibt eine Herde Büffel in die Jagdgesellschaft. Die wütenden Tiere verjagen die Jäger, nur Kayana auf seinem Elefanten entgeht dem Getümmel.

Plötzlich sieht dieser Shikara, greift zum Bogen, wird aber von Robinson durch einen Pistolenschuss behindert. Kayana hetzt nun seine Leute auf die beiden, aber die »heiligen« Affen greifen ein. Es ist Bimbo, der seine Herde auf die Jäger hetzt. Diese verlassen vor Angst schlotternd den Ort des Grauens, denn sie glauben, dass Hanuman gegen sie sei.

Der neugierige Xury ist indes in den offenen Mund einer riesigen Steinstatue gestiegen, in einen abwärtsführenden Gang. [Abb. 305] Am Ende sieht er ein affenähnliches Skelett, vor dem eine Keule liegt. Er eilt hinaus, erzählt von seinem Fund und Shikara geht hinein. Kurz darauf kommt er wieder hervor und präsentiert die Keule des Hanuman. Begeistert bejubeln ihn die Dörfler als den wahren König von Ceylon. Unterdessen lässt Kayana den Weisen rufen, damit er ihn vom Wundfieber befreit. Am Abend erscheint der Weise, begleitet von einem Dämonentänzer und einem Trommler. Plötzlich reißt der Tänzer die Maske runter. Es ist Shikara, die Keule des Hanuman schwingend.

<u>Kommentar:</u> Zum ersten Mal druckte man einen Schilling-Preis (S 3,00) auf das Titelbild. Bisher vermerkte nur das Impressum außerdeutsche Verkaufspreise. Bei meinen Heften tauchen sie ab diesem Heft sporadisch unter dem Pfennig-Preis auf, stets ein bisschen ungelenk und unprofessionell dazugefügt.

Man beachte den Titelschriftzug: Da die Geschichte auf Ceylon spielte, das kulturell Indien verbunden war, hatte Nickel ihn in einer dem Sanskrit ähnlichen Schreibweise gestaltet.

<u>Zeitgeschehen:</u> Mitte 1958 brachte die US-amerikanische Firma Wham-O Corp. den Hula-Hoop-Reifen auf den Markt. In weniger als vier Monaten soll sie 25 Millionen Stück davon abgesetzt haben. Noch im selben Jahr schwappte die Hula-Hoop-Welle nach Deutschland. Mir gelang es immerhin, den Reifen durch die Zentrifugalkräfte der Schleuderbewegungen von der Hüfte zu den Knien, wieder zurück und bis zum Hals und dann erneut abwärts rotieren zu lassen.

Ein »gesellschaftliches« Ereignis war das Konzert von Bill Haley im Berliner Sportpalast. Ein indiskutables Management, das das Orchester Kurt Edelhagen (!) und Bill Ramsey[57] im Vorprogramm präsentierte, ärgerte die Jugendlichen, bis es in Hamburg und Essen zu Ausschreitungen kam. Beratungsresistent wurde am musikalischen Ablauf der Konzerte nichts geändert. Also kam es, wie es kommen musste: Der Sportpalast und sein Mobiliar wurden zerlegt. Ich war nicht dabei, weil ich deutlich zu jung für derartige Veranstaltungen war …

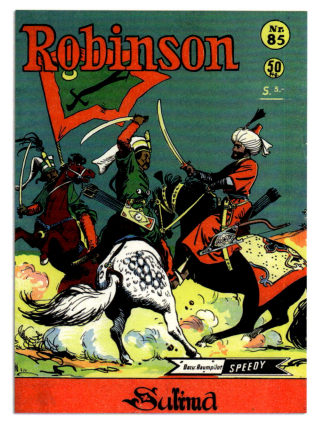

November 1958 (Nummer 85)

<u>Inhalt</u>: Shikara kämpft mit der Keule des Hanuman. Als die Schergen des Kayana voller Schreck ihre Wirkung sehen, Getroffene werden geistig in Affen verwandelt, ist die Schlacht gewonnen. Allerdings bekommt Xury unabsichtlich einen Hieb ab und benimmt sich ebenfalls wie ein Affe. Der Weise vollführt einen magischen Ritus, der alle Betroffenen wieder normal werden lässt. Sulima bittet Robinson, ein gutes Wort für ihre Freilassung beim zum Herrscher ernannten Shikara einzulegen.

Sie erzählt ihre Geschichte: Als Kind hatte sie in Samarkand Gazul, den Sohn eines befreundeten Emirs, kennengelernt. Kurz vor ih-

---

[57] Bill Ramsey trat am liebsten als Blues- und Jazz-Sänger auf, errang aber beim deutschen Publikum Popularität als Schlagersänger, was ihm seine Passion ermöglichte. Heute ist er zu seinen Wurzeln zurückgekehrt.

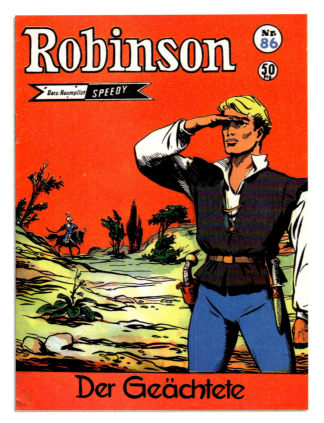

Kommentar: Helmut Nickel spielte in der »Hanuman-Geschichte« ein wenig mit magischen Kräften. Die Keule des Hanuman verwandelt den von ihr Getroffenen geistig in Affen, dargestellt mit übertriebenen, sogenannten äffischen Gesten der Unglücklichen. Das war sonst nicht sein Metier. Es wirkte aber für die damaligen jugendlichen Leser recht lustig, wie ich bestätigen kann. Am Schluss der Geschichte erklärte Nickel in einem Informationskästchen die Bedeutung der Janitscharen [Abb. 307]. Diese, wie beiläufig eingestreuten Beiträge machten seine Comics für mich nicht nur unterhaltsam, sondern äußerst lehrreich.

November 1958 (Nummer 86)

Inhalt: Der »Sturmvogel« läuft den persischen Hafen Abuschehr an. In einer Karawanserei werden Reittiere für die Reise nach Schiras besorgt. [Abb. 308] Kurz vor dem Ziel treffen sie auf einen Fremden, den sie nach Gazul, dem Bräutigam Sulimas, fragen. Erschrocken erzählt dieser, dass Gazul beim Statthalter in Ungnade gefallen sei, weil er räuberische Janitscharen verfolgt hatte. Er stellt sich als Gazuls Diener heraus und ist hocherfreut, die verschollene Sulima vor sich zu sehen. Robinson bringt sie in die Stadt, wo sie auf Sulimas Bruder Rustem treffen, der gerade Gazul zu Hilfe eilen will. Für Robinson ist die Angelegenheit damit erledigt und sie kehren um nach Abuschehr.

Nur wenige Meilen später werden sie von zwei Reitern eingeholt. Es sind der Diener Amenullah Abdulilla Churumtschi Ben Nasruf Ali Mustafa Ben Chodscha Nurredin El-Chumdschi und Sulima, als Jüngling verkleidet. Soldaten des Statthalters hatten das Haus nach den Fremden (Robinson, Xury und Sulima) durchsucht. Sulima konnte im letzten Moment entkommen. Der Diener ließ sie sich verkleiden, und sie befindet sich auf der Suche nach Gazul. Robinson schließt sich ihnen an. In der Nacht finden sie das Lager, werden aber von den Wachen aufgehalten und niedergeworfen. Gazul und Sulima fallen sich in die Arme. Rustem kommt in die-

rem 20. Geburtstag wurden sie verlobt. Ihr Bruder Rustem geleitete sie nach Schiras, um dort die Hochzeit zu feiern. [Abb. 306] Die kleine Karawane wurde von plündernden Janitscharen überfallen. Sulima wurde gefangen und Rustem niedergeschlagen. Die Janitscharen stritten sich um die »Beute«, aber am Schicksal Sulimas änderte sich nichts, sie wurde als Sklavin nach Ceylon verkauft.

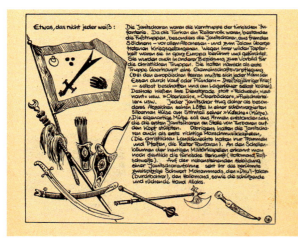

sem Moment ebenfalls dazu. Am nächsten Tag bereiten sie den Häschern, die wieder Sklaven eingefangen haben, in einer Schlucht einen Hinterhalt. Gazul gibt den Gefangenen die Freiheit wieder und erzählt von einem großen Schlag, den er und seine Getreuen noch ausführen wollen.

<u>Kommentar:</u> Der Diener Amenullah Abdulilla Churumtschi Ben Nasruf Ali Mustafa Ben Chodscha Nurredin El-Chumdschi hat schon einen ungeheuren Bandwurm von Namen. Erinnert natürlich an Hadschi Halef Omar Ben Hadschi Abul Abbas Ibn Hadschi Dawuhd al Gossarah … und wer kennt den nicht.

Dezember 1958 (Nummer 87)

<u>Inhalt</u>: Die Gruppe von Gazul und Robinson reitet zum Dorf Kisilbegh, um den verzweifelten Eltern Hoffnung zu machen [Abb. 309]. Sulima erzählt von Kasim, der die Kinder in ihrem Beisein gekauft hatte. Die Dorfältesten kennen ihn und »noch am gleichen Tage brechen die Rächer auf«. Auf dem Landsitz Kasims treffen Janitscharen ein, von welchen er Sklaven kaufen möchte. Abends greifen Gazuls Leute an. Es entspinnt sich ein heftiges Gefecht, das durch die Anwesenheit des Janitscharen zuungunsten der Dörfler auszugehen droht. Die Kinder können zwar befreit und das Anwesen Kasims im Handstreich besetzt werden, aber die Janitscharen vertreiben bald die Angreifer. Mit knapper Mühe entkommen Gazul, Sulima, Robinson und Xury über einen See [Abb. 310]. Am nächsten Tag treffen sie Sulimas Bruder Rustem. Dieser berichtet von Tataren, die erneut das Land überfallen. Mit den Kindern versuchen sie, sich in den Bergen in Sicherheit zu bringen, während die Tataren bereits die Nachbartäler durchstreifen.

<u>Kommentar:</u> Robinson traf im neuen Abenteuer auf Tataren, die damals aus dem Raum der heutigen mittelasiatischen Länder, wie Kasachstan, Afghanistan, Tadschikistan usw. in persisches Gebiet einfielen. Sie waren die Überbleibsel des einstigen mongolischen Weltreiches, des größten zusammenhängenden Imperiums, das die Welt je erlebt hatte und erdulden musste.

<u>Zeitgeschehen:</u> Im Dezember erschien im Alfred Semrau Verlag das Comicmagazin *Der Heitere Fridolin*. Bis zum Januar 1961 kamen 54 Hefte heraus. Semrau brachte ausschließlich frankobelgisches Comicmaterial: *Fridolin und Ferdinand* (d.i. *Spirou und Fantasio*), *Lucky Luke*, *Buck Danny*, *Baden Powell* und *Sechs auf großer Fahrt* (d.i. *Die Blauen Panther* bzw. im Original *La Patrouille des Castors*). Erstmals wurden diese Serien nicht als Zusatzmaterial verwendet wie z.B. in *Horrido*. *Der Heitere Fridolin* führte »uns« in die frankobelgische Comicwelt ein. Ich liebte

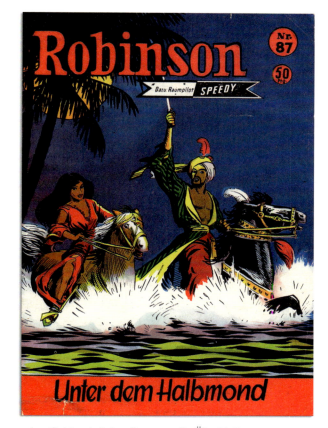

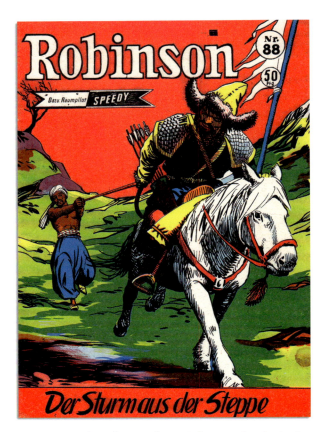

diese Serie und war tief enttäuscht, als sie eingestellt wurde [Abb. 311].[58]

Dezember 1958 (Nummer 88)

Inhalt: Die Lage der Flüchtlinge wird dramatisch. Es gibt kein Wasser und die Pferde weigern sich weiterzugehen. Robinson rät Gazul, die Tiere ziehen zu lassen. Prompt trotten sie zu einer Wasserstelle in einem Seitental. Gazul sieht einen Steinbock und erlegt ihn, da kommen Tataren angaloppiert. Sie nehmen ihn gefangen, während Robinson sich über sein Ausbleiben wundert. Er findet den Ort der Gefangennahme und verfolgt die Spuren. Mit der Unterstützung Gazuls überwältigen sie die Tataren, aber es

kommen weitere angestürmt. [Abb. 312] Glücklich können sie entkommen und stoßen auf ihre kurdischen Kameraden aus Kisilbegh. In der Festung von Reza-Mustafa suchen alle Schutz. Im Lager der Mongolen wird das weitere Vorgehen besprochen, wobei sie die Festung von Reza-Mustafa [Abb. 313] ignorieren wollen, denn das reiche Schiras ist das Ziel. Deren Kanonen lehren sie aber, erst die Feste zu nehmen. Als die Verteidiger eine Sturmleiter umstoßen, wird Xury hinuntergerissen.

---

[58] Siehe: Peter Müller, »Der Heitere Fridolin«, in *Die Sprechblase* Nr. 12, 13, 15, 18, 20 (1978-1979). Siegmar Wansel: *Illustrierte Deutsche Comicgeschichte Band 18: Der Alfons Semrau Verlag*, ComicZeit Verlag 2001. Diverse Autoren: *Reddition* Nr. 58 (2013).

Kommentar: Tataren, Mongolen, die Goldene Horde – sie kamen alle aus der Mongolei und hatten im 12. und 13. Jahrhundert fast ganz Asien und Osteuropa erobert. Nur der Tod von Dschingis Khan stoppte ihren Siegeszug. Vereinzelte Khanate (Teilreiche) versuchten in späteren Jahren immer mal wieder, ihren Machtbereich zu vergrößern, so die Mogul-Kaiser in Indien und die Krim-Tataren.

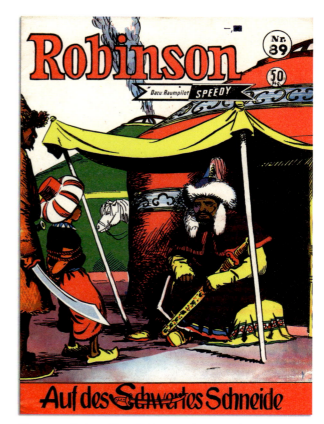

Januar 1959 (Nummer 89)

Inhalt: Die Mongolen werden zurückgeschlagen [Abb. 314]. Der Fürst Reza-Mustafa ist begeistert: »Wir haben sie abgeschlagen! Und Ihr hattet den Löwenanteil daran!« Darauf die betrübte Antwort Robinsons: »…und ich verlor dabei meinen treusten Gefährten – meinen besten Freund!« Denn Xury versuchte, von unten wieder hinaufzugelangen, landete aber letztlich vor dem Tataren-Häuptling Tsabtserab. Um Informationen über eine schwache Stelle der Burg zu verraten, wird Xury der »Tropfenfolter« unterzogen. Da er diese nicht lange aushält, lenkt er zum Schein ein und führt in der Nacht eine Gruppe Mongolen zur Burg. Robinson ist unterdessen aufgebrochen, um den Knaben zu befreien. Im Mongolenlager findet er eine große Kiste mit Pulver. Eine Pulverspur hinter sich herziehend, sucht er Xury, findet aber nur leere Zelte vor. Xury hat unterdessen die Mongolen zu einem kleinen Gehölz geführt, in dessen Mitte ein großer Felsbrocken liegt. Diesen bezeichnet er als unterirdischen Eingang zur Festung. Während sich die Soldaten mit dem Gestein abmühen, flieht Xury zurück ins Lager. [Abb. 315] Dort trifft er Robinson, der sofort die Pulverspur entzündet. Die folgende Explosion verursacht eine große Verwirrung, welche die beiden ausnutzen, um zur Festung zurückzugelangen. Robinson überredet die Kurden, die Mongolen sofort anzugreifen, da deren

Pferde zum größten Teil entflohen sind. Die Überraschung gelingt. Die Mongolen werden geschlagen, aber Tsabteserab entkommt zum Großen Khan. Gazul legt sich mit seinen Leuten in einer Schlucht auf die Lauer. Es kommt zum Kampf, der für die Kurden trotz allen Mutes nicht gut zu enden scheint, als Gazul dem Großen Khan gegenüber steht …

60 Pfennig (für *Micky Maus* sogar 75 Pfennig) berappt werden mussten. Es wurde zum Lesen getauscht: Großbände gegeneinander 1:1 und Großbände gegen Piccolos 1:3. So kam man meist an alle Serien heran, zumal es auch nette Freunde und Verwandte gab, die einem den »dringend« benötigten Abenteuerstoff sozusagen kostenlos gaben.

Kommentar: Zu »Tsabtserab« erklärte Helmut Nickel Folgendes »Der Name Tsabtserab des Mongolenfeldherrn ist entlehnt von »zappzerapp«, eine Bezeichnung für unrechtmäßige Aneignung fremden Eigentums in der berlinisch-jiddischen Gaunersprache, mit einem von mir eingefügtem sächsischen weichen B zur Verfremdung.«

Zeitgeschehen: Parallel zu der laufenden Piccolo-Serie *Nick der Weltraumfahrer* kam in diesem Monat die Großband-Serie *Nick Pionier des Weltalls* hinzu [Abb. 316]. Nick durchgehend in Farbe! »Wir« waren begeistert.

Damit keine Missverständnisse aufkommen, selbstredend konnte sich nicht jeder jede (Comic-)Serie leisten, auch wenn die Piccolos nur 20 Pfennig kosteten und für Großbände 50 oder

Januar 1959 (Nummer 90)

Inhalt: Die Mongolen werden endgültig besiegt. Sie flüchten zurück in die Weiten der innerasiatischen Steppen. Gazul, Rustem und Sulima ziehen triumphierend in Schiras ein. Der Statthalter verschwindet unauffindbar.

Die Freunde kehren auf den »Sturmvogel« zurück und bereiten sich auf die Abfahrt vor [Abb. 317]. Auf dem Markt treffen sie die abgerissene Gestalt Jeremy Atkins, die eine abenteuerliche Geschichte von einem im Sturm gesunkenen Schiff, der »Sophia«, erzählt. Sie hatte einen großen Schatz an Bord, und man verdächtigte und verurteilte Atkins der Unterschlagung. Zehn Jahre schmachtete er im Kerker. Er bittet nun Robinson um Hilfe, damit sein Name wieder reingewaschen werden kann. Die »Sophia« ist an einer Stelle der Küste von Aden gesunken, die markante Berge aufweist. Der »Sturmvogel« kreuzt und Xury erblickt vom Mast aus den markanten Felsen. Er hat sich zuvor auf den Mast geflüchtet, weil er der Mannschaft mit der »Musik« einer selbstgebastelten Gitarre auf die Nerven gegangen ist. Das Meer ist an dieser Stelle voller Riffe, die Robinson zwingen, in einer Bucht vor Anker zu gehen. [Abb. 318] Mit einem Beiboot wird der Meeresboden abgesucht, aber erst der Einsatz einer Kiste mit einem Glasboden, der die Lichtbrechung unter Wasser minimiert, wird die »Sophia« gefunden. Robinson taucht mit

Hilfe einer Taucherglocke zum Wrack hinunter und findet die Schatzkiste. Als er erneut tauchen will, ertönt ein Kanonenschuss vom »Sturmvogel« herüber. [Abb. 319] Sie rudern sofort zurück, wobei Gewehrschüsse sie gefährden. Sie gelangen unverletzt an Bord und erfahren dort, dass Beduinen vom Strand her das Schiff unter Feuer genommen haben. Diese sehen am Horizont erfreut das Schiff ihres Verbündeten Chalid auftauchen.

Kommentar: Das zeichnerisch und farblich wunderschöne Titelbild gab einen anschaulichen Blick in die Unterwasserwelt eines küstennahen tropischen Meeres. Im Heftinneren setzte Nickel die Beschreibung der Meeresflora fort. Ein Rotfeuerfisch, eine Muräne, Quallen und Kraken sehen sehr schön, grazil aus, sind aber für einen unaufmerksamen Taucher sehr gefährlich.

Ab diesem Heft war auf der Rückseite die Titelliste für *Testpilot Speedy* entfernt worden. Es war nicht mehr genug Platz für beide Serien. Nach wie vor konnten aber *Testpilot Speedy* (komplett) und *Robinson* (ab der Nummer 25) bestellt werden.

Es gab eine Änderung des Impressums: Statt Ludwig Grantz, der bisherigen österreichischen Vertriebsfirma, listete man »Dr. Farago u. Co, Baden bei Wien« auf. Der Wechsel war zwar mindestens bereits seit der Ausgabe 74 geschehen, aber bei Gerstmayer benötigten derartige schriftliche Hinweise immer etwas länger als nur der übliche produktionstechnische Vorlauf. Man beachte auch den feinen Unterschied in der Ausdrucksweise, denn bei Lehning, der in Österreich dieselbe Vertriebsschiene nutzte, hieß es nur »Farago & Co.«

Zeitgeschehen: Ein ernsteres Thema als im Vormonat (*Nick Pionier des Weltalls*) war im Januar die Revolution auf Kuba. Am 1. Januar 1959 flüchtete der Diktator Batistas aus Havanna, der Hauptstadt der Inselrepublik. Mehrere Jahre lang hatten Fidel Castro und seine Freunde (Che Guevara) die korrupte Schreckensherrschaft des Alleinherrschers mit Guerillataktik bekämpft. Castro führte danach tatsächlich Sozialreformen durch, unterdrückte allerdings jegliche Opposition. Die Meinung dazu war in meinem Umfeld, vor allem der Erwachsenen, zuerst durchaus Castro-freundlich,

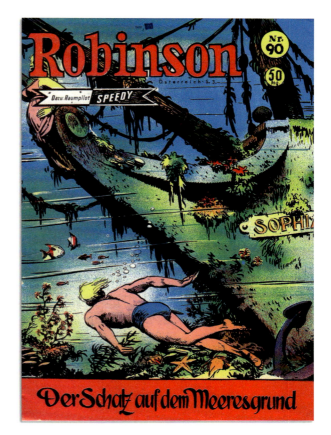

schlug allerdings spätestens mit der sogenannten »Kuba-Krise« (1962), die die Welt an den Rand der atomaren Katastrophe führte, ins Gegenteil um.

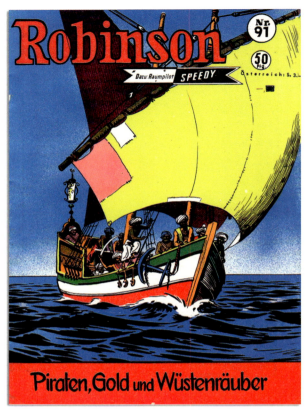

Stelle geht die Mannschaft, bis auf Xury und Gracia, von Bord. [Abb. 321] Im Landesinnern finden sie nahe einer Ortschaft eine Oase. Die ungeduldige Gracia geht nach einigen Stunden auf einen Hügel, um nach den Freunden Ausschau zu halten. Prompt wird sie gefangen. Xury muss untätig zusehen, feuert aber eine Kanone ab, um Robinson aufmerksam zu machen. Von einem Boten werden sie zum Lager der Banditen geführt. [Abb. 322] Die beiden Anführer bieten ein Geschäft an. Für die Freilassung Gracias verlangen sie von Robinson die Hebung und Überlassung des Schatzes. Zähneknirschend geht er auf den Handel ein.

Kommentar: Das muselmanische Piratenschiff heißt »Ben Rih« … wieder einmal hatte Helmut Nickel das Gedankengut Karl Mays in *Robinson* einfließen lassen. (Assil) Ben Rih war in einigen Orientromanen der Name des Pferdes von Kara Ben Nemsi, so z.B. in »Im Reich des silbernen Löwen«.

Februar 1959 (Nummer 91)

Inhalt: Die Crew des »Sturmvogels« liegt zwischen zwei Gegnern, den Wüstenräubern und den Piraten. Auf dem Meeresgrund unter den beiden Parteien befindet sich das Gold. Die Banditen verständigen sich. Die Seeräuber greifen mit ihrem Schiff »Ben Rih« an. [Abb. 320] Erst versuchen sie, das Schiff zu entern, werden aber mit einem Trick abgewehrt, woraufhin beide Seiten das Feuer eröffnen. Die Piraten werden so stark beschädigt, dass sie auf Grund laufen. Der »Sturmvogel« kann in der Nacht entkommen, muss aber unbedingt Wasser fassen, denn die Trinkwasserbehälter sind beim Gefecht leckgeschlagen. An einer von Mr. Atkins empfohlenen

Februar 1959 (Nummer 92)

Inhalt: Mit einem Ruderboot geht es zu der Stelle, wo Robinson das Wrack gefunden hat. Zwei Araber tauchen mit ihm. Als sie das Wrack sehen und Robinson ihnen die Schatztruhe zeigt, soll er hinterrücks erstochen werden. Einer der Angreifer verletzt sich dabei. Ein Hai wittert das Blut und bringt ihn um. Die panischen Schwimmbewegungen des zweiten ziehen den Raubfisch an. Robinson schwimmt brüllend auf den Hai los. Karibische Perlentaucher haben ihm diesen Trick verraten. [Abb. 323] Tatsächlich wendet sich der Hai ab. Zurück an Land schäumt Chalid über diesen misslungenen Tauchversuch. Er lässt den überlebenden Taucher auspeitschen und droht Gracia dieselbe Tortur an. Robinson baut eine Taucherglocke. Diesmal macht ihnen eine Riesenkrabbe das Leben schwer. Erneut ist Robinson der Retter in letzter Not, als eine der gigantischen Scheren den zweiten Taucher schon in den Fängen hat.

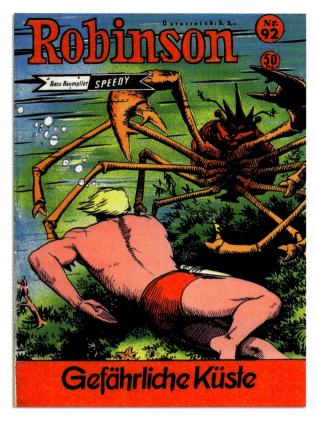

Danach schaffen sie die Truhe an Land, aber Chalid ist noch immer unzufrieden. Erst will er Robinson umbringen, dann die Truhe und Garcia für sich allein haben. Damit ist er zu weit gegangen. Die Beduinen greifen seine Piraten an. Robinson und Gracia fliehen im Tumult. Der »Sturmvogel« erscheint in diesem Augenblick und Robinson beschließt, dem Schiff entgegen zu schwimmen. Erneut greift der Hai an, der nicht mehr auf den alten Trick reinfällt. Robinson verletzt ihn so sehr, dass Artgenossen über ihn herfallen. Robinson und Garcia werden an Bord geholt. Da sich die Räuber noch immer bekämpfen, schwimmt er unter Wasser zum Strand, ein Seil hinter sich herziehend. [Abb. 324] Daran will er die Truhe festbinden und sich mit ihr zurück zum »Sturmvogel« ziehen lassen.

Kommentar: Die Seespinne im Heft ist eine Japanische Riesenkrabbe (Macrocheira kaempferi), die größte lebende Krebsart, deren Beinpaare eine durchschnittliche Spanne von drei Metern haben.

»Schwimme ruhig weiter, Gracia – ich halte es dir vom Leibe – keine Angst...« Auf Seite 13 durften wir die einzige Szene erleben, in der Gracia von Robinson geduzt wird. Ansonsten blieb es für die beiden beim historisch korrekten »Ihr«. Helmut Nickel war wohl beim Texten dieser Szene abgelenkt ...

Zeitgeschehen: In diesem Jahr wurde die Romanserie *Pete* vom Uta Verlag (*Tom Prox*, *Billy Jenkins*) eingestellt – sowohl die Heftreihe als auch die Bücher. Ich habe sie zwar nicht alle gelesen, aber sie hatten mir immer viel Spaß bereitet. Oft hatte ich mir vorgestellt, auf der Salem Ranch in Arizona Mitglied des Bundes der Gerechten zu sein. [Abb. 325] Das Titelbild des Hefts zeigt das Rathaus, die City Hall, von Tucson. Die Lausbuben von Somerset rächten sich für den Streich einiger Bürger aus der großen Stadt. Diese hatten nachts den Klöppel der neuen Glocke von Somerset gestohlen. Pete Simmers und sein Freund Sam »Sommerspros-

se« Dodd stehlen nun ihrerseits am helllichten Tag die Zeiger der Rathausuhr. Nun war Tucson blamiert und jetzt lachte ganz Amerika mit Somerset. Als ich 1998 das erste Mal in dieser Stadt war, suchte ich natürlich das Rathaus auf und fand an Stelle des Holzgebäudes eine moderne Innenstadt vor [Abb. 326]. Was auch sonst? Das heutige Rathaus liegt zwischen dem Laternenpfahl und dem grauen Hochhaus. Eine von vielen »Enttäuschungen«, die ich in den USA erleiden musste, wie z.B. die US-Army-Western-Fort-Legende. Im Übrigen hatte auch die Aussage, dass Somerset zwischen Phoenix und Tucson liegen müsste, nicht gestimmt.[59]

März 1959 (Nummer 93)

<u>Inhalt</u>: Robinson schwimmt zum Ufer zurück, bindet das mitgeführte Seil am Beiboot der »Ben Rih« an, die darauf mitsamt der Schatztruhe Richtung »Sturmvogel« gezogen wird. Die kämpfenden Piraten bemerken es und eilen zu ihrem Schiff, um das Boot zurückzuholen. Robinson hatte zuvor die Wanten des Seglers angeschnitten, und als der Wind in die Segel bläst, brechen die Masten. [Abb. 327] Nun treibt es zwar Richtung »Sturmvogel«, aber ein Meisterschuss (siehe Kommentar) Beppos mit der Kanone lässt es sinken. Der »Sturmvogel« kann nun mit seiner kostbaren Fracht nach Aden segeln. Im Kontor wird man unfreundlich empfangen, aber ein Goldstück entspannt die Situation. In diesem Augenblick

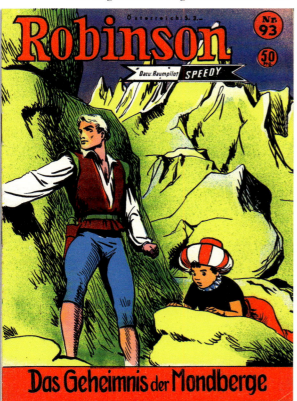

kommen zwei Araber und berichten von zwei verschollenen Forschern, die sie in die Mondberge geführt hatten. Robinson vermutet in einem von beiden Professor Hickup, weshalb er sich sofort anbietet, auf die Suche zu gehen. Die beiden Be-

---

[59] Zu den »Enttäuschungen«: Siehe: Detlef Lorenz, »Mythen vom Wilden Westen«, in *Sheriff Klassiker Chronik* Band 3 (Edition Comicographie, 2014).

duinen begleiten ihn und Xury bis zu der Stelle, an welcher der Professor und sein Begleiter, Sir Lackwit, verschwunden sind. Weiter wollen sie nicht gehen, da es in den Mondbergen spuken soll. [Abb. 328] Robinson und Xury entdecken in einer Schlucht einen steinernen Löwen, gehen dann auf einer Felsengalerie weiter, die sie zu einer Stelle führt, von der sie unten im Tal Wächter sehen können. Da werden sie von archaisch anmutenden Gestalten bedroht.

Kommentar: Helmut Nickel fügte wieder etwas sächsisches Lokalkolorit in die Geschichte ein. Beppo erklärte stolz seinen »Meisterschuss«, dessen Technik er erlernt hat, als er mit seinem Vater in Sachsen war. Dort hat er Jungs beobachtet, die flache Steine über die Wasseroberfläche warfen. Diese hießen, laut Beppo, »Butterbemmchen«.

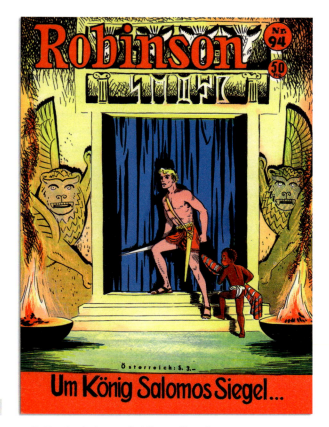

März 1959 (Nummer 94)
Inhalt: Robinson kann die beiden Wächter ausschalten, auf der Galerie geht es weiter. [Abb. 329] Unten im Tal sehen sie inmitten von Palmenhainen eine Stadt. Als Alarmhörner ertönen, klettern sie rasch hinunter. In einem Teich verstecken sie sich, wobei sie durch hohle Schilfstängel atmen. Als sie den See verlassen wollen, sieht Robinson einen betrunkenen Posten und nimmt ihm die Kleidung ab. Xury entledigt sich seiner Kleidung bis auf einen Lendenschurz, dann gehen sie wie selbstverständlich in die Stadt. Plötzlich hören sie einen Knall, der auf eine Explosion hindeutet. Rasch gehen sie zum Ort und spähen durch ein Fenster ins Innere. Dort versperrt ihnen zuerst der Qualm die Sicht, als der sich aber etwas gelegt hat, sehen sie eine königliche Gestalt den Innenraum betreten. Es ist die Königin der Stadt, die mit den Gesuchten spricht. Als sie geht, macht sich Robinson in englischer Sprache bemerkbar. Er geht in die Hütte und stellt als erstes fest, dass Professor Hickup nicht hier ist. Es sind Lord Lackwit und Professor Cheesehad (!), die gehofft hatten, in den Mondbergen König Salomos Siegel zu finden. Auf diesem vermuten sie eine geheimnisvolle Inschrift, die zur Goldherstellung benötigt wird. Das Siegel soll sich im Besitz der Königin von Saba befinden. Sie wurden gefangen und sollen nun künstlichen Weihrauch herstellen. Als sie Robinson bitten, das Siegel zu stehlen, fragt er verwundert, ob es denn nicht ausreiche, die Inschrift abzuschreiben. Am Abend schleichen sie in den Tempel und erblicken im dortigen Dämmerlicht Göttergestalten und eine Truhe, die nur das Siegel beherbergen kann. [Abb. 330] Bevor sie nachsehen können, erscheint die Königin mit Gefolge im Tempel, um den Göttern zu opfern. Xury verrät sich durch eine Ungeschicklichkeit, aber Robinson nutzt die Verwirrung und springt aus seinem Versteck. Die Königin hält ihn ob seiner blonden Haare (!) für eine Verkörperung des Gottes Athtar, als aber die Wachen den

Professor und den Lord entdecken, scheint die Lage hoffnungslos …

Kommentar: Der sich seit der Ausgabe 36 auf dem Titelbild befindliche Zusatz »Dazu: Testpilot Speedy«, bzw. »Dazu: Raumpilot Speedy« war weggefallen.

Robinson befand sich in Saba, deren antike Königin zu Salomon nach Jerusalem gereist sein soll. Dieses Land wurde meist in Südarabien, im heutigen Jemen vermutet, aber auch Äthiopien wurde genannt. Die Sabäer hatten sich, der Legende nach, vor den Kriegern Mohameds in die Mondberge geflüchtet, um dort weiterhin ihrer eigenen Religion nachgehen zu können. In unserer Geschichte rief die Königin von Saba zwei Gottheiten an, Athtar, Sohn der Athirat, der Königin der See, und Bruder der jungen Prinzen Šahar und Salim, Söhne des El, der der ugaritische Gott des Morgens oder des Morgensterns (Venus) ist. Jlumquih, Herrin des Mondes, auch Wadd, (arabisch für »Liebe, Freundschaft«), war ein bedeutender Mondgott (oder Göttin) im vorislamischen Arabien. Auch bekannt als Illumguq, Amm, Sin und Il Mukah. Helmut Nickel hat es simpler ausgedrückt: »Die Gottheiten in Robinson sind der Göttin Astarte und dem Mondgott Sin nachempfunden.«

Die seit längerem »verwaisten« zweiten und dritten Umschlagseiten waren wieder mit verlagseigener Werbung gefüllt [Abb. 331]. *AHOI* wurde als Zusammenlegung mit der eingestellten Serie *Blaue Jungs* (Nr. 1-8) vorgestellt. Deshalb war die erste Ausgabe gleich die Nummer 9. Inhaltlich war *AHOI* eine reine Comicserie, mit dem Funny *Mico* und der Piratenserie *Kapitän Alvaro*.

Nach der ebenfalls eingestellten Serie *Wolkenstürmer* (mit Nummer 8) erhielt auch der Nachfolger *Fruggy* die Nummer 9 [Abb. 332]. Diese war ebenfalls keine Fortsetzung der Kriegsromanreihe, sondern überwiegend ein (Funny-) Comic mit den Serien *Fruggy* und *Professor Düsenknall*. Zusätzlich wurde der Comic *Testpilot Speedy* mit Auslassungen nachgedruckt. Beide Reihen erreichten nur je sechs Ausgaben, dann wurden sie eingestellt. Unter dem Titel *AHOI* erschien noch im selben Jahr eine Piccolo-Reihe mit 20 Ausgaben (wobei die Nummer 18 drei verschiedene Titelbilder und Inhalte aufwies). Sie enthielt Nachdrucke der Serien *AHOI* und *Fruggy*.

April 1959 (Nummer 95)

Inhalt: Robinsons Parteinahme für die Wissenschaftler führt zu seiner Gefangennahme. Er wird in einen trocknen Tiefbrunnen hinabgelassen, wo er bis zu seiner Verurteilung schmachten soll. Xury hatte sich im Dunkeln des Tempels versteckt gehalten. Die beiden Forscher »dürfen« derweil eine schmerzstillende Salbe für die Königin bereiten, da sich diese bei der Explosion verbrannt hat [Abb. 333]. Später stellt die Königin zu ihrem Schrecken ein Fältchen in ihren Augenlidern fest. Sofort sucht sie die beiden Gelehrten auf, bei denen sich gerade Xury aufhält und sich rasch versteckt. Sie befiehlt ihnen die Herstellung einer Antifaltencreme »für eine Hofdame«. Schlauerweise fällt den Gelehrten ein, dass sie dafür »dringend« das Siegel König Salomos benötigen, was die Königin in diesem speziellen Fall genehmigt. Rasch werden auf Xurys Initiative hin einige Pfund Pulver hergestellt, dann geht es an die Mischung der Cremeingredienzien. [Abb. 334] Beim Kochen fliegt der Tiegel in die Luft, die Königin ist völlig verrußt und sperrt die beiden zu Robinson ins Loch. Bald darauf werden alle heraufgeholt und in eine Arena gebracht. Xury folgt ihnen. Robinson soll gegen einen Stier bestehen. [Abb. 335] Bevor der Kampf richtig los geht, hat er sich schon vom Stier auf die Umrandung der Arena schleudern lassen. Der Stier stürmt durch die noch offene Pforte. Die Zuschauer rennen voller Panik weg. Diese Verwirrung nutzen die Gefangenen zu einer Flucht mit einem Pferdewagen.

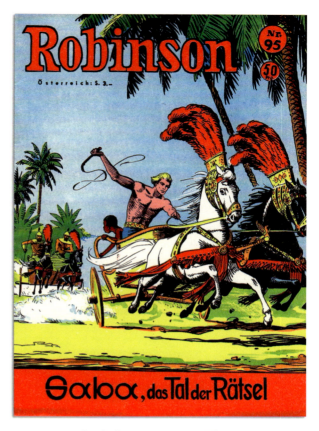

Kommentar: Für die Hinrichtung Robinsons in der Arena hat sich Nickel eine Todesart ausgedacht, deren Vorbild auf Kreta zu finden ist: das »Stierspringen« [Abb. 336]. Ob es sich allerdings um Kämpfe, sportliche soldatische Übungen, oder um Opferhandlungen handelt, ist bis heute nicht eindeutig geklärt, auf jeden Fall war die Interpretation in *Robinson* gelungen.

Lesen Sie bitte weiter auf Seite 179 ->

Robinson Spotlight 5: Frauen in *Robinson*

Frauen spielen in *Robinson* sehr differente Rollen. Willi Kohlhoff fügte in seinen 22 *Robinson*-Heften nur drei Frauen ein, die handlungstragende Rollen spielten.

Da war zuerst in Heft 2 die Afrikanerin Odiko [Abb. 337]. Sie trat in die laufende Geschichte als Gefangene der Pygmäen ein. Robinson befreite sie mehrmals, zuerst vom Marterpfahl der Dschungelzwerge, dann aus den Händen seines Feindes Wawira. Kohlhoff ließ Odiko nicht als schutzbedürftiges Häschen handeln, aber gegen die Angriffe starker und brutaler Männer war sie auf Hilfe angewiesen.

Während der Überfahrt nach Brasilien lernte Robinson Donna Carena [Abb. 338] kennen. Sie pflegte ihn gesund und zog sich damit die Eifersucht des spanischen Edelmanns Don Perado zu. Nachdem Robinson den Edelmann in einem Duell lächerlich gemacht hatte, wollte dieser sie als Geisel nehmen, aber erneut bekam er es mit Robinson zu tun. Donna Carenas Auftritt war kurz, sie handelte fürsorglich, trotzig aber hilflos dem hochmütigen Edelmann gegenüber. Erst Robinson befreite sie vom Anblick ihres großsprecherischen und herrischen »Verehrers«.

In Brasilien angelangt, traf Robinson auf Inkas, die sich im Dschungel vor den weißen Eroberern versteckt hielten. Dort züchteten sie abscheuliche Lebewesen, Knochen- und Tiermenschen (Nr. 8). Das Inka-Mädchen Mayta [Abb. 339] war der Grund für einen der härtesten Kämpfe, den Robinson je zu bestehen hatte. In den Gängen des Tempels suchte er Mayta, die sich vor einem der Tiermenschen in eine Mauernische gezwängt hatte. Maytas Rolle war zwangsläufig die einer schutzbedürftigen Frau, denn wer sonst als Robinson könnte sie gegen

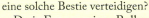

eine solche Bestie verteidigen?

Drei Frauen, eine Rolle; allen musste Robinson zur Seite stehen. Sie waren stets in brenzlige Situationen geraten, nie aus eigenem Antrieb. Auffällig war auch ihre geringe optische Präsenz, lediglich auf wenigen Bildern sind sie zu sehen.

Anders dagegen Helmut Nickel. Er schuf eine Reihe von interessanten Frauengestalten, die mutig und selbstbewusst eigene Interessen vertraten.

Die wichtigste weibliche Rolle spielte Donna Gracia de Selva y Pereiras [Abb. 340], eine portugiesische Adlige. Robinson und Gracia lernten sich als Schiffbrüchige auf einer Insel in der »Straße von Makassar« kennen (Nr. 30). Bis zu Heft Nr. 125, dem Ende der Originalgeschichte, war sie Robinsons Begleiterin auf seinen Reisen um die Welt. Es kam zu keiner engeren Ver-

trautheit zwischen beiden, es gab nie eine intime zärtliche Szene. Nickel begründete dies mit dem drohenden Zeigefinger der FSS (Freiwillige Selbstkontrolle für Serienbilder) und dem Damoklesschwert der BPjS (Bundesprüfstelle für jugendgefährdende Schriften). Die Etablierung Gracias in die Serie geschah nicht zufällig, nicht aus einer dramaturgischen Laune heraus. Hilde Nickel, die Ehefrau des Zeichners, überredete ihn, dauerhaft eine weibliche Rolle in die Geschichte einzufügen. Sie glaubte, damit Mädchen ansprechen und für die Reihe interessieren zu können. Helmut Nickel bereute dies nie, gab Gracia ihm doch die Möglichkeit, die Storys breiter zu streuen, vom reinen actionlastigen bis hin zum romantischen Sujet. Obwohl er damit gelegentlich in Klischees abrutschte, spielte Gracia doch nicht nur den Part einer »hilflosen« Person. Interessant ist in diesem Zusammenhang, was Helmut Nickel selbst zu der Rolle Gracias

in *Robinson* sagt[60]: »Gracia hatte in dieser abenteuerlichen Männerwelt das Gegengewicht der keuschen Reinheit, eine Kombination von Schneewittchen und Nscho-tschi, zu bilden. (…) Dass sie ab und zu ihre attraktiven Beine aufblitzen ließ, tat sie nur, um mir eine kleine Freude zu machen.«[61]

Leider haben wir nie erlebt, dass Gracia und Robinson ein Paar wurden, aber vielleicht war es gut so, schon Will Eisner vermied es (nur) knapp, seinen Detektiv *The Spirit* mit Ellen Dolan zu verheiraten. Er erkannte, dass einem (Comic-)Helden mit der Ehe Fesseln angelegt werden. Zum einen muss und will er neue Abenteuer erleben, zum anderen darf er als Gentleman seine Gattin natürlich nicht schutzlos zu Hause lassen. Den »Bösewichten« wird zudem ein Instrument in die Hand gegeben, das den Held angreifbar macht und in seinem Aktionsradius einschränkt. Hal Fosters ursprüngliche Intention für seinen *Prinz Eisenherz* war ein unruhiges, rastloses Leben, das es dem Prinzen nie gestattet hätte, einen Ruhepol wie eine Familie zu gründen. Die Hexe Horrit prophezeite es Eisenherz recht früh auf der Sonntagsseite 10: »Du wirst viele Abenteuer erleben, aber von Glück und Zufriedenheit kann ich nichts erkennen.« Wohl wahr, selbst als er zehn Jahre später seine Aleta geheiratet hatte, musste er kurz darauf bis nach Nordamerika segeln, um sie aus den Klauen des Nebenbuhlers Ulfrun zu befreien. Das war 1947, mein Geburtsjahr, in dem auch Arn, ihr gemeinsamer Sohn, geboren wurde. Danach verwarf Foster sein Konzept und die Abenteuer des Prinzen wurden bodenständig. Er konnte nicht mehr beliebig, von Unstetigkeit und Unrast getrieben, um die Welt reisen. Helmut Nickel erkannte dies auch. Robinson und Gracia verband eine innige Zuneigung, die stets kurz davor war, mehr als eine tiefe Freundschaft zu werden. Zu einem überraschenden Happy End kam es Jahrzehnte später.

Es gab in Nickels *Robinson* auch die »Femme fatale«, die ihre Reize gezielt einsetzte, um ihre Ziele zu erreichen. Bialua, eine malaiische Prinzessin [Abb. 341], gehörte in diese Kategorie. Zwar war sie mit dem Fürsten Sudru verheiratet, bewunderte und begehrte aber den »goldhaarigen Fremden« augenblicklich. Als er sie abwies und sie in Gracia ihre Konkurrentin begriff, wollte sie diese augenblicklich umbringen. Eine giftige Wolfsspinne sollte die schmutzige Arbeit verrichten, und nur weil sie kurz zuvor Robinson vor der Blendung bewahrt hatte, verzichtete die-

ser auf ihre Bestrafung. Als sie ihre Felle davonschwimmen sah, Fürst Sudru ihr erster Mann war gestorben, angelte sie sich den Bräutigam ihrer Schwester Ytata, den diese sowieso nicht mochte, weil sie in Djebat ihren Helden sah.

Von wesentlich anderem Kaliber war Bloody Belly [Abb. 342]. Sie war eine durchaus attraktive, blonde Schönheit, aber von grausamem, hinterhältigem Charakter. Als Anführerin einer Piratenbande schreckte sie nicht davor zurück, ihrem Lebensretter Robinson sogleich ans Leben zu gehen, als er ihr nicht gefügig wurde und ihren Wünschen nicht entsprach.

Die Königin der Amazonen, La Oncaya [Abb. 343], war sehr ambivalent. Einerseits war sie vom blonden (!) Robinson und seiner Stärke beeindruckt, als er die »Große Wassermutter«, eine riesige Anakonda, besiegte. Sie schützte ihn auch wegen dieser Tat vor dem Zorn der

---

[60] Siehe: Gerhard Förster, »Interview mit Helmut Nickel«, in *Die Sprechblase* Nr. 99 (1989).
[61] Kurioserweise ignorierte später Willi Kohlhoff Gracia in den Heften 103-105 völlig, bis auf ein Gesichtsprofil, eine Hinterkopfansicht und ihren rechten Fuß. Nach dem Wechsel zum Zeichner Fritz Tasche (ab Heft 106) verlor sie ihren Charme.

Schamanin des Stammes. Andererseits vermutete sie seine wahren Absichten, die Befreiung von Gefangenen, weshalb sie ihm kaum Bewegungsfreiheit ließ. Als Robinson letztlich aus dem Amazonenreich flüchtete, sah man sie sich auch nicht an der Verfolgung beteiligen. Sie konnte nicht selbst Hand an ihn legen.

Am abgefeimtesten kam wohl die marokkanische Fürstin Fatme daher [Abb. 344]. Von verführerischer Gestalt und rücksichtslosen Gefühlen, nur ihren eigenen Interessen verpflichtet, verriet sie ihren Gemahl, den Sultan, der sie allerdings zuvor ziemlich entehrend behandelt hatte. Sie wollte ihn deshalb vernichten und als dies nicht gelang (durch Robinsons Einschreiten), umgarnte sie ihn so offensichtlich mit ihren körperlichen Vorzügen, dass es ein Wunder war, dass diese Szene unzensiert bestaunt werden konnte.

Ebenfalls gnadenlos, aber aus anderem Grund, war die Königin von Saba [Abb. 345]. Sie war die Herrscherin eines kleinen abgeschiedenen Landes im Süden Arabiens. Ihr ganzes Sinnen und Trachten richtete sich auf den Erhalt ihrer Jugend und Schönheit. Dafür setzte sie alle Mittel ihrer Macht ein. Obwohl sie kurz von seiner Person gefesselt schien (nur eine Seite lang), geriet auch Robinson in den Strudel ihrer Obsessionen.

Eine weitere Königin von Saba, die aus dem Alten Testament [Abb. 346], verführte Salomo. Als er volltrunken seinen Rausch ausschlief, stahl sie ihm die Bundeslade. Ihr gemeinsamer Sohn, Menelik, eroberte Abessinien und führte die Bundeslade mit sich. Es gibt einige höchst erotische Szenen der Königin, die schon staunen lassen.

Eher rustikal kam Donna Amalia [Abb. 347] daher: eine Tante Gracias, die in Mexiko mit eiserner Hand über ein größeres Anwesen, eine Hazienda, herrschte. Sie war von burschikosem Charme, kräftig gebaut, rauchte Zigarren, konnte aber auch sehr liebenswürdig sein. Besonders als sie erkannte, dass Robinson wohl ihren Idealvorstellungen von einem Mann entspricht – und das nicht nur vom Äußeren.

Eine der ersten Frauengestalten in Nickels *Robinson* ist die Javanische Prinzessin Tuanila [Abb. 348]. Über ihr Erscheinungsbild habe ich im Kommentar zu Heft 22 ausführlich berichtet, sodass hier nur der Vollständigkeit halber auf sie hingewiesen wird.

Eine etwas größere Rolle spielte Sulima [Abb. 349], die auf Ceylon versklavt und von Robinson in ihre Heimat Persien zurückgebracht wurde. Nickel zeigte sie von einem herben faszinierenden Äußeren. Sie war in der Geschichte eher passiv, aber nicht als »Heimchen vom Herd«. Bei der Rehabilitierung Gazuls, ihrem Bräutigam schon aus jugendlichen glücklichen Tagen, war sie ihren Möglichkeiten nach aktiv dabei.

Helmut Nickel hat sehr differenzierte Frauengestalten in Szene gesetzt, ähnlich den männlichen »Helden«. Ihr Facettenreichtum umfasst das Spektrum menschlicher Eigenheiten, figürlicher als auch charakterlicher Handlungsweisen. Sie sind schön, mutig, ängstlich, hinterhältig, süß, dick, zierlich, machtbesessen, matronenhaft, anmutig, hinzu kommt arm und reich, frei und versklavt. Nickel spielte das Spektrum menschlicher Verhaltensmuster und Äußerlichkeiten gekonnt durch. Die weiblichen Protagonistinnen, allen voran Gracia, verdienten eigentlich mehr als nur dieses kleine Kapitel.

April 1959 (Nummer 96)

Inhalt: Mit dem zweispännigen Streitwagen preschen die Freunde aus der Stadt dem Talausgang entgegen. Ihre Flucht wird entdeckt und die Verfolger sind ihnen auf den Fersen. Als diese immer näher kommen, entzündet Xury das von den Wissenschaftlern hergestellte Pulver. [Abb. 350] Einer Feuerwerksrakete gleich zischt das Geschoss zwischen die Gespanne. Diese verkeilen sich ineinander und der Weg zur Wüste steht ihnen offen. Dort warten allerdings die permanenten Wachen, die den Ausgang versperren.

Ein treffsicherer Pistolenschuss scheint den Weg frei zu machen, da bricht die Achse des Streitwagens. Zu Fuß flüchten sie weiter. Robinson will die Verfolger zurückhalten, diese lassen ihn aber unbehelligt ziehen. Denn sie sehen für die Flüchtlinge keine Möglichkeit, in der glühend heißen Wüste zu überleben. Das erkennen auch die Freunde, aber die beiden Beduinen haben tatsächlich auf sie gewartet.

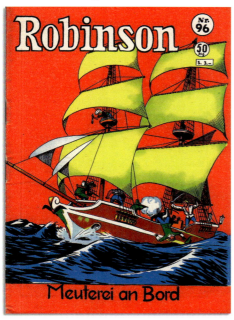

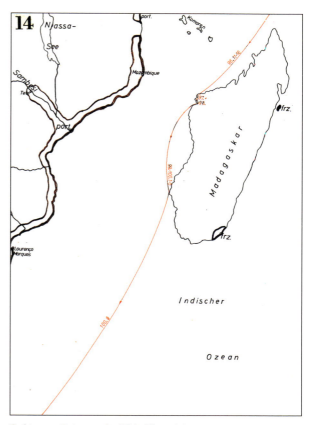

Robinsons Reise um die Welt: Karte 14
Von Aden aus geht es nun südwärts Richtung Kap der guten Hoffnung. Auf dieser Karte ist die größte Insel Afrikas zu sehen. Die beiden lila Markierungen deuten auf eine erste, dann stetige Inbesitznahme der ganzen Insel durch die Franzosen hin. An der gegenüberliegenden afrikanischen Ostküste ist zu erkennen, dass die Portugiesen ganz Mosambik unter ihre Kontrolle gebracht haben – und sich erst 1975 wieder davon trennten.

Bald sind sie in Aden beim Zahlmeister, dem sie mit dem geretteten Schatz die Unschuld von Mr. Atkins beweisen können. Der Schatz soll nach London gebracht werden. Der Sekretär und zehn Soldaten werden zum Schutz mitgegeben. [Abb. 351] Widerstrebend willigt Robinson ein, denn er weiß nur zu gut, wozu Gold zwielichtige Gestalten verleitet, was der Sekretär, Mr. Gobbling, auch prompt plant. [Abb. 352] Erst geht er Gracia in der Kombüse an die Wäsche, was diese

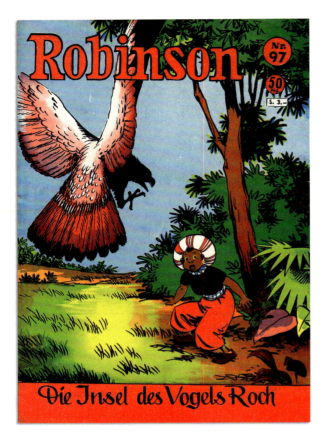

Mai 1959 (Nummer 97)

Inhalt: Die Meuterei verläuft erfolgreich, Robinson wird einfach über Bord geworfen, Gracia in seine Kajüte eingesperrt. [Abb. 353] Sie springt durch das Fenster ins Meer. Xury ist in die Wanten geflüchtet und liefert sich mit den Meuterern ein Katz-und-Maus-Spiel, bis er ebenfalls ins Wasser springt. Robinson findet Gracia an der Küste. Kurz darauf werden sie von Eingeborenen angegriffen, die jedoch abgewehrt werden können. Xury, in der Nähe an Land, sieht durch ein Fernrohr einen Adler, den er versehentlich für den Vogel Roch hält. Kurz darauf begegnet er diesem tatsächlich. Dabei gerät auch er an die Eingeborenen, flieht, fällt in einen Sumpf und [Abb. 354] wird von Robinson und Gracia, die seine Rufe hören, herausgezogen.

Kommentar: Der »Sturmvogel« befand sich nahe der Insel Madagaskar. Robinson, Gracia und Xury verschlug es auf die Insel, wobei der »Kleine« mit dem legendären Vogel Roch, auch »Rock« genannt, in Kontakt gerät. Dieser laufunfähige Vogel schien noch vor ein paar Jahrhunderten auf Madagaskar gelebt zu haben, ähnlich dem Moa auf Neuseeland. Frühe Kontakte mit Arabern haben sicherlich zu der Legendenbildung um dieses Tier geführt. Bekannt geworden ist er im abendländischen Kulturkreis durch die Erzählungen von *Sindbad dem Seefahrer* aus dem Erzählzyklus *Tausendundeine Nacht* von der Prinzessin Scheherazade.

empört zurückweist, dann verbündet er sich mit den Soldaten. Als ein Piratenschiff aufkreuzt und der »Sturmvogel« es auf Grund seiner Geschwindigkeit spielend hinter sich lässt, ist der Zeitpunkt für die Machtübernahme durch Mr. Gobbling klar. Nachts erscheinen die Meuterer in Robinsons Kajüte und erklären das Schiff zu ihrem Eigentum, samt dem Schatz natürlich.

Kommentar: Xury zog wieder Vergleiche heran, dass einem die Haare zu Berge standen. Genervt von den immer bedrohlicher näherkommenden Streitwagen, sagte er: »Jetzt wird das aber zu dumm mit dieses alberne Zirkusrennen! Sind hier Zustände wie in altes Rom! Habt ihr woll gelesen zu ville Ben Hur?!«

Auch wenn der Roman *Ben Hur* erst 1880 veröffentlicht wurde, kann man diese Anspielung augenzwinkernd genießen. Lew Wallace (1827-1905) war der Autor dieses Werks und es war gleichzeitig sein bekanntestes. Es wurde so berühmt, dass es zum Prototyp des modernen historischen Romans wurde. Darüber gerieten seine anderen Werke bald in Vergessenheit.

Zeitgeschehen: Der Erich Pabel Verlag startete 1953 die Science-Fiction-Reihe *Utopia Zukunftsroman* [Abb. 355], die auf Anhieb ein Erfolg wurde. Ein Jahr später legte man mit *Utopia Großband* [Abb. 356] nach, und 1956 brachte man zwei weitere Reihen heraus: *Utopia Kriminal* [Abb. 357] und *Utopia Sonderband* [Abb. 358], ab Band 3 umbenannt in *Utopia Magazin*. Diese Serien waren die ersten utopischen Heftreihen, die mir die Welt der Science Fiction er-

öffneten. Nach einigen englischen Autoren war es später durchweg die Creme der vor allem US-amerikanischen Autoren, die den Erfolg der vier Reihen begründeten. Walter Ernsting (Clark Darlton) übersetzte, betreute die Leserkontaktseite und wurde sowohl Redakteur als auch Herausgeber bei Pabel. Die Auswahl der Storys, Novellen und Kurzgeschichten zeugten von seiner Sachkenntnis. Der damalige Markt war sicherlich zu klein, um derartig ambitionierte Projekte zu tragen, die utopische Literatur führte noch ein Nischendasein. Das *Utopia Magazin* wurde 1959 nach nur 26 Ausgaben leider eingestellt. Nicht viel anders erging es *Utopia Kriminal*, auch diese Reihe erreichte nur 27 Nummern. Der *Utopia Zukunftsroman* hielt sich dagegen bis 1968 mit Nummer 596 und der *Utopia Großband* bis 1963 (204 Romane). Der Erich Pabel Verlag machte aus einer Außenseiterliteratur mehr als eine tolerierte Gattung … und brachte mich dazu, es selbst zu versuchen.

Mai 1959 (Nummer 98)

Inhalt: Robinson und Gracia hören Kampfeslärm. Sie eilen dorthin und sehen einige Weiße mit Eingeborenen kämpfen. Als sie in den Kampf eingreifen, fliehen die Einheimischen. Robinson hat dem Piraten Sharkey von der »Seawolf« geholfen, weshalb dieser sich nun zu revanchieren versucht. Gracia strebt indessen danach, als junger Mann zu gelten. Sie marschieren zu einem kleinen verruchten Dorf, das als Piratennest herhält. [Abb. 359] In der Spelunke »Black Whale« wird gerastet. Xury verursacht in seiner Naivität eine Schlägerei, aus der Black Jack als Sieger hervorgeht. Er will Xury an den Kragen, da dieser die Kartenmogelei des Piraten versehentlich aufgedeckt hat, wird aber von Robinson und Sharkey gestoppt. [Abb. 360] Bald ziehen sich die drei Gefährten in eine Unterkunft zurück. In der Nacht schleicht sich Black Jack ins Zimmer, um alle zu ermorden. [Abb. 361] Aber Xury übertölpelt ihn erneut und schlägt ihn in die Flucht. Am nächsten Tag mel-

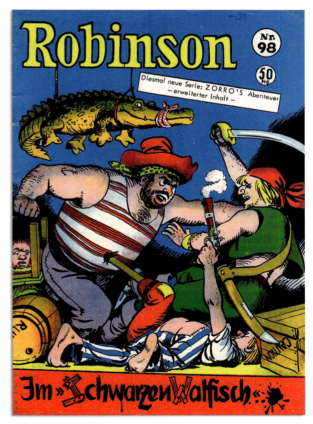

den sich Robinson, Gracia und Xury auf der »Seawolf«. Sharkey eröffnet ihnen, dass er Gracias Maskerade schon längst durchschaut hat.

Kommentar: Nickel »kopierte« sich selbst: Für den Musikverlag Benny de Weille, der mit dem Junior Verlag verbandelt war, in dem *Hot Jerry* herauskam, hatte er Titelbilder gestaltet, u.a. mit der rassigen Tänzerin, der wir im »Black Whale« erneut begegnen [Abb. 362].

Auf der ersten Umschlagseite stand in einer Kartusche der Hinweis für eine weitere Comicserie. »Diesmal neue Serie: Zorro's Abenteuer«, und zusätzlich der Hinweis auf »erweiterter Inhalt«. So ganz falsch war diese Ankündigung nicht. Die Anzahl der Comicseiten hat sich tatsächlich erhöht, von bisher 24 auf nunmehr 26. Dafür hat man im Verlag die zweite und dritte Umschlagseite, die bisher meist für hauseigene Werbung verwendet wurde, den Comicseiten zugeordnet, ohne die tatsächliche Seitenzahl zu erhöhen. *Raumfahrer Speedy* standen acht Seiten zur Verfügung, der neuen Serie *Zorro* ebenfalls und für *Robinson* blieben somit nur zehn Seiten übrig.

Weshalb diese drastische Kürzung des titelgebenden Comics? Helmut Nickel hatte nach bestandener Doktorarbeit eine Anstellung bei der »Stiftung Preußischer Kulturbesitz« angenommen. Bevor er die Stelle antrat, wollte er das laufende Abenteuer beenden. Nebentätigkeiten waren verboten. Dank des produktionstechnischen Vorlaufs beendete er sein Engagement mit reduziertem Seitenausstoß bis zur Nummer 102. Gerstmayer musste Ersatz beschaffen. Dies gelang ihm mit der Westernserie *Zorro*. Der Ursprung dieses maskierten Helden mit Doppelidentität liegt im Jahr 1919. [Abb. 363] Im Magazin *All-Story Weekly* erschienen dort über fünf

Ausgaben seine ersten Abenteuer. Der Autor war Johnston McCulley und der Titel »The Curse of Capistrano« (»Der Fluch von Capistrano«). Bereits 1920 wurde es unter dem Titel »The Mark of Zorro« (»Das Zeichen des Zorro«) verfilmt. Seitdem ist *Zorro* aus der Populärkultur nicht mehr wegzudenken. Auch die Comics übernahmen den maskierten Helden, einer der bekanntesten Zeichner war Alex Toth. Von ihm sind sehr viele Geschichten in der Serie *Mickyvision* erschienen.

Schaut man sich das Titelbild genauer an, glaubt man seinen Augen nicht zu trauen, hat da Nickel etwa einen blanken Hintern in Szene gesetzt?! Bei einem ausführlicheren Blick wird aber erkennbar, dass der »Kolorateur«, wie Kohlhoff sich gelegentlich despektierlich ausdrückte, bei Gerstmayer sich einen Scherz erlaubt hatte und die FSS das Corpus Delicti übersah? Die Flicknähte am Hosenboden des liegenden Matrosen gehen scheinbar in die blanke Haut über, was natürlich Nonsens ist. Das Hinterteil hätte ebenfalls blau-weiß eingefärbt werden müssen.

Juni 1959 (Nummer 99)

Inhalt: Käpt'n Sharkey will sich an Gracia vergreifen, aber noch bevor Robinson dazwischen gehen kann, dringen Piraten unter der Führung von Black Jack in die Kajüte ein. Auf dem Deck wartet die ganze Mannschaft, um über ihren Kapitän und die Freunde Gericht zu halten. Ehe es zu einem Urteilsspruch kommt, erscheint ein arabischer Segler am Horizont, eine leichte Beute. Black Jack wird vorläufiger Kapitän. Sharkey dient nun als Matrose. Robinson, Gracia und Xury werden in die Bilge gesperrt. Da die Mannschaft sich auf den Kampf vorbereitet, kann Robinson unbemerkt eine Falltür aufstemmen. Sie schleichen ins Pulvermagazin, binden unter Deck Pulversäcke mit glimmender Lunte um den Hauptmast und eilen auf Deck. Robinson hält einige Piraten in Schach. Xury kappt die Luvwanten des Besanmastes, der daraufhin ins Meer stürzt. Rasch springen sie auf den treibenden Mast. Xury ruft den Arabern zu, dass sie selbst Gefangene sind. [Abb. 364] Als Black Jack den Feuerbefehl gibt, explodiert die Pulverladung und das Schiff fliegt regelrecht in die Luft. Die Kaufleute hieven die Freunde an Bord und wollen abdrehen, als Robinson ein englisches Kriegsschiff sieht. Er lässt sich an Bord nehmen und erzählt dem Kapitän Rodgers das Geschehene. Dieser stellt fest, dass nur ein gewisser Robinson so etwas zuwege haben gebracht kann. Der Kapitän will Robinson gerne bei der Suche nach dem »Sturmvogel« behilflich sein. Einige Stunden später bricht ein Tropensturm los, der den Schiffen arg zusetzt.

Kommentar: In der klassischen Piratenzeit hatte der Anführer durchaus keine uneingeschränkte Befehlsgewalt. War die Mannschaft mit ihm unzufrieden, sei es wegen zu wenig Beute oder seiner Führungsqualität, wurde über ihn Gericht gehalten. Sprach man ihn schuldig, war der Gang über die Planke eine Option.

Robinsons Erlebnisse haben ihn in seiner Welt langsam bekannt gemacht. Der Kapitän des englischen Kriegsschiffs erwähnte den Namen Robinson, noch bevor dieser sich vorgestellt hatte.

Zeitgeschehen: Das US-amerikanische Testflugzeug X-15 absolvierte am 8. Juni 1959 seinen ersten antriebslosen Testflug. Von diesem Typ wurden insgesamt nur drei Stück gebaut. Sie dienten für Hochgeschwindigkeitstestflüge und somit als Vorbereitung auf die bemannte Raumfahrt. Die mit ihnen 1960 aufgestellte Höchstgeschwindigkeit betrug 7.472 km/h. Höhere Geschwindigkeiten erreichten erst wieder die Space Shuttles. Diese Fast-Rakete hat mich schon damals von einer nahen Zukunft der bemannten Raumfahrt träumen lassen …

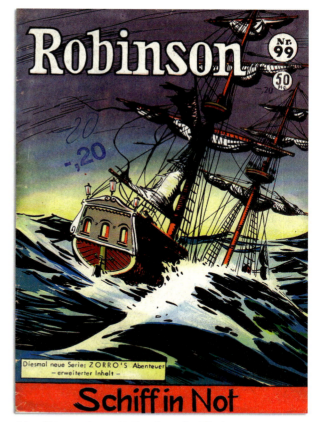

Robinsons Reise um die Welt: Karte 15

Nach vielen Jahren ist Robinson wieder zurück in England, das er in Heft 1 verließ. Einhundert Ausgaben später sieht er seine Heimat wieder. Streng genommen hat er jetzt eine komplette Weltumseglung vollendet. Zwar war der »Sturmvogel« bereits davor (Karte 9, Heft 51) mit seiner Besatzung in Europa, aber nur im südwestlichsten Zipfel, in Portugal. Leider ist die Heimkehr keine große Freude für ihn, denn in diesem Moment bricht in London der große historische Brand von 1666 aus, der die halbe Stadt in Schutt und Asche legen sollte.

Juni 1959 (Nummer 100)

<u>Inhalt</u>: Mr. Gobbling zwingt die inhaftierte Besatzung des »Sturmvogels«, bei der Überwindung des Orkans zu helfen. Beppo steuert das Schiff heimlich auf eine Sandbank. [Abb. 365] Der Regen macht die Feuerwaffen unbrauchbar und es entsteht ein heftiger Kampf auf Deck. Als der Sturm abflaut erscheint das Kriegsschiff, auf dem sich Robinson befindet. Beppo signalisiert ihre selbsttätige Befreiung und bittet um Verstärkung. Rasch sind die Meuterer überwältigt, dann geht es weiter nach London. [Abb. 366]

Endlich ist Robinson wieder in der Heimat, die er lange Jahre zuvor verlassen hat. Robinson und Mr. Atkins bringen den Schatz zur Company. Dort ist man über die ungebetenen Gäste zuerst ungehalten, dann laufen ihnen im Angesicht des Schatzes die Augen über. An Bord zurück, sieht Robinson Rauch über den Häusern. Besorgt fragt er nach Gracia und Xury. Diese sind in der Stadt, um einzukaufen und geraten urplötzlich in eine flüchtende Menschenmenge. Robinson eilt in die brennende Stadt, um die beiden zu finden. In letzter Minute gelingt es ihm, er trägt die ohnmächtige Gracia zum Schiff und legt rasch ab, mit unzähligen Flüchtlingen an Bord.

<u>Kommentar</u>: *Robinson* Nummer 100! Wer hätte beim Start der Serie gut fünfeinhalb Jahre zuvor damit gerechnet? Der Verlag spendierte zum Jubiläum ein Heft mit erweitertem Umfang, statt wie bisher 28 Seiten hatte diese Ausgabe 36 Seiten zum selben Preis, worauf auf dem Umschlag stolz hingewiesen wurde. Das wirkte sich leider nicht auf den Umfang von *Robinson* aus.

Zorro pausierte in dieser Ausgabe, dafür erschien unvermutet eine *Xury*-Geschichte, gezeichnet von Roxy Royal.

Der Verlag veröffentlichte eine Umfrage, in der nach Vorschlägen und Änderungswünschen seitens der Leserschaft gefragt wurde. Es ging um die Zukunft der Zweitserien.

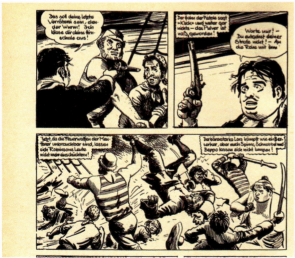

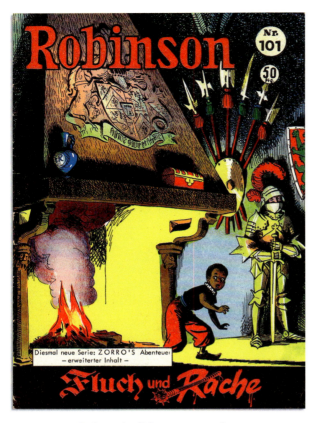

Juli 1959 (Nummer 101)

Inhalt: Robinson weilt mit seinen Gefährten auf Porridge (!) Castle als Gast von Lord Worcester (!). Sie wollen sich dort ein wenig von den Strapazen der letzten Wochen erholen. Abends am Kamin entsteht eine heimelige, aber zugleich auch unheimliche Atmosphäre. Dadurch wird der Lord angeregt, eine Gespenster-Geschichte aus der Vergangenheit des Schlosses zu erzählen: Ritter Awkward begehrte die Prinzessin Ilseda, die Tochter König Broderics und dessen Thron obendrein. [Abb. 367] Dazu verbündete er sich mit dem Wikinger Tharmgrim. Als der König und Ilseda zu Besuch beim Ritter waren, ritt die Prinzessin aus, um mit ihrem Falken zu jagen. Die Wikinger verschleppten sie und feierten ihren Erfolg. Darüber war Awkward erzürnt und erschlug Tharmgrim und mit ihm viele seiner Leute. Im Sterben verfluchte der Seekönig den Ritter. Der Jäger Astolf hatte die Gefangennahme mit angesehen und erstattete dem König Bericht. [Abb. 368] Dieser suchte beim Ritter Unterstützung, die dieser ihm nicht nur verweigerte, sondern auch mit der gefangenen Ilseda prahlte. Astolf kannte einen Geheimgang in die Burg, der Kampf war kurz, Awkward wurde gefangen. Der Jäger wurde zum Ritter geschlagen und er und Ilseda wurden die Ahnherren des Geschlechts derer von Worcester. Awkward wurde für seinen Verrat geköpft und spukt seitdem als kopfloser Geist durch das Schloss. Nachts lässt Xury eine Kerze brennen und bemerkt scharfsinnig: »Is eigentlich komisch, dass es heißt Wachslicht, wo's brennt immer kürzer, statt zu wachsen länger!«

Kommentar: Helmut Nickels sehnlichster Comicwunsch, neben der Adaption von Karl May, war eine Rittererzählung aus seiner Feder. Das war auch kein Wunder, hat er doch aus dieser Epoche ein Thema für seine Doktorarbeit gewählt. In diesem Heft erfüllte er sich seinen Wunsch selbst. Die brennenden Holzscheite im Kamin, das Wappen am Rauchabzug mit der Inschrift »Home Sweet Home«, die kleine Truhe und die Vase, der Schild mit den Hellebarden und die Ritterrüstung. Das Titelbild strahlt eine heimelige Atmosphäre aus … beinahe. Wenn da nicht der ängstliche blickende Xury und die aus dem geöffneten Visier starrenden Augen wären!

»Porridge Castle« als Wohnsitz des Lord Worcester muss wohl nicht näher erläutert werden …

Die Namen der in diesem Heft agierenden Personen lesen sich auf den ersten Blick völlig normal, jedenfalls für das Mittelalter. Allerdings hat sich Helmut Nickel schon einige Gedanken dazu gemacht. Aber lassen wir ihn seine Namensfindungen selbst erläutern: »Der böse Ritter Awkward ist auch so eine Bildung (awkward – engl. für »ungeschickt«) klingt hoffentlich mit-

---

[62] Helmut Nickel meint an dieser Stelle Detlef Lorenz.

telalterlich genug, Prinzessin Ilseda ist eine Kreuzung von Isolde und Griselda (ich konnte nie verstehen, wie Eltern ihre Töchter Isolde taufen konnten. Die ursprüngliche Isolde war ja die klassische Ehebrecherin und Betrügerin. Griselda war die klassische demütige Ehefrau, die sich alles gefallen ließ).

Das Schwert »Blutrinne« ist hoffentlich ein glaubhaft erfundener Wikingerschwertname; die Hohlschliffe der Schwertklingen wurden in der Romantik *Blutrinnen* getauft. Der Seekönig Darmgrimm und sein Ratgeber Hundsföttli Schlangenzunge sind durchsichtige Eigenschöpfungen. Astolfo war ein verzauberter Ritter aus England in Ariostos »Orlando Furioso«, dem Rasenden Roland; mir gefiel der Name. Klingt er nicht kernig?

Wie Du[62] weißt, hatte ich davon geträumt eine Ritterserie zu zeichnen und Astolf sollte der Name des Titelhelden werden. Aber dann habe ich eben die Geschichte von Ritter Awkward eingeschmuggelt und konnte dabei Astolf verwerten.«

Juli 1959 (Nummer 102)

Inhalt: Während Xury und Gracia zur Bettruhe in ihre Räume gegangen sind und Robinson mit der Müdigkeit kämpft, erzählt Lord Worcester unverdrossen weitere Geschichten über seine Vorfahren. [Abb. 369] Er schildert das Entstehen einer Fehde mit dem schottischen Klan der Currey, dessen Männer zufällig in diesem Moment ins Gemäuer eindringen. [Abb. 370] Ebenfalls zufällig versuchen sie es durch Xurys Schlafgemach. Gracia schleicht sich dort hin, da sie Geräusche an der Außenmauer hört. Xury bemüht sich vergeblich, die Eindringlinge aufzuhalten. Die Curreys dringen in die Halle ein. Es entwickelt sich ein heftiger Kampf, bei dem Robinson und Gracia kräftig mitmischen. Als das Gesinde eingreift, wollen die Curreys durch das Fenster in Xurys Schlafgemach flüchten, aber ein kopfloser sprechender Geist stoppt

sie. Es ist Xury, der sich in eine Ritterrüstung gezwängt hat, was dem Lord zu einer erneuten Erzählung inspiriert.

Kommentar: Zu Porridge und Worcester gesellte sich auch noch Currey... etwas zu viel des kulinarisch Guten, obwohl sich die auch bei uns beliebten englisch-schottischen Lebensmittel zur Verballhornung geradezu anboten.

Die vorliegende Geschichte sollte Helmut Nickels letzte *Robinson*-Episode sein. Das später noch eine (bisher unvollendete) folgte, wird an passender Stelle erläutert.

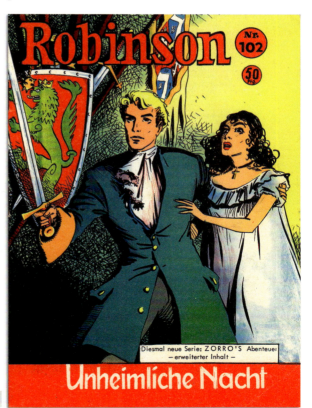

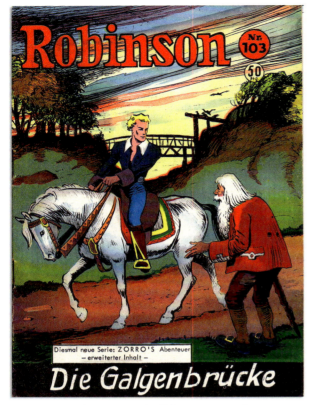

August 1959 (Nummer 103)

Inhalt: Lord Worcester setzt gerade zur Erzählung an, als ein Bote hereinkommt. Der Vertraute des Lords ist verletzt eingetroffen und konnte seine Aufgabe, einen Beutel voll mit Edelsteinen der Lady Rich zu überbringen, nicht ausführen. [Abb. 371] Robinson erklärt sich dazu bereit. Auf dem Weg nach Downing stoppt er vor einem alten Mann, dessen Pferd zusammengebrochen scheint. Der Alte sitzt hinten bei ihm auf, dann geht es weiter. [Abb. 372] Im Wald wird Robinson überfallen, und bevor er sich noch zur Wehr setzen kann, hat ihm der Alte die Pistole aus dem Holster gezogen und bedroht ihn damit. Im Wirtshaus, dem Treffpunkt der Bande, will der grobschlächtige Wirt seinen Spaß mit Robinson haben. Eine gebrochene Nase und ein angeschlagenes Kinn lehren ihn, dass auch ein gefesselter Robinson nicht zu unterschätzen ist. Robinson schneidet sich die Fesseln durch, kommt aber gegen die Bande nicht an. Sie sperren ihn ein und am nächsten Abend soll er gehängt

werden. Tags darauf ist Xury, der einem verräterischen Diener heimlich gefolgt war, am Wirtshaus. Trotz aller Vorsicht wird er entdeckt, kann aber den Diener ausschalten. [Abb. 373] Da nähert sich ihm von hinten der Wirt.

Kommentar: Diese Folge wurde wieder vom ursprünglichen *Robinson*-Zeichner Willi Kohlhoff gezeichnet. Obwohl die Zeichnungen Kohlhoffs nach wie vor zu gefallen wussten, merkte man dem Ergebnis die Comicpause des Künstlers durchaus an. Die Kampfszenen waren deftig-heftig, wie immer. Xury war pfiffig, so wie Kohlhoff ihn schon vor einhundert Heften geschildert hatte. Es fehlte den Bildern aber eine gewisse »Ernsthaftigkeit«, denn das Slapstickhafte wurde überbetont. In Farbe, so wie Kohlhoffs *Robinson* begann, würden sicher auch die neuen Geschichten besser zur Geltung gekommen sein. Es war schade, dass sein zweites Engagement letztlich nur

ein kurzes Intermezzo in der *Robinson*-Comichistorie war. Die Alternative, die auf ihn folgen sollte, senkte das Niveau der Serie deutlich ab.

Auf der dritten Umschlagseite, direkt am Schluss der *Raumpilot-Speedy*-Geschichte, erschien ein kleiner Hinweis des Verlags: »Liebe Leser! Aufgrund unserer Leserumfrage in *Robinson* Nr. 100 haben wir überraschend viele Zuschriften erhalten. Noch überraschender war aber die fast einhellige Übereinstimmung aller Leser dahingehend, dass der Robinson-Teil wieder erweitert werden soll. Zorro wird allgemein als angenehme Bereicherung begrüßt und wird auch in größerem Umfang gewünscht. Einmütig war auch die Ablehnung des Speedy. Diese Leserwünsche werden wir selbstverständlich erfüllen. Speedy wird ab der Nr. 109 herausgenommen und dafür Robinson und Zorro erweitert.« Das hatte mich nicht überrascht. Was glaubte man bei Gerstmayer, weshalb *Robinson* überhaupt gekauft wurde? Und das 100 Hefte lang? Wegen der Zusatzserien und ganz speziell dem *Speedy* der letzten 40 Ausgaben ganz bestimmt nicht. *Robinson* wurde von Kohlhoff und danach von Nickel am Leben gehalten. Jetzt ging die Serie allerdings in andere Hände über. Helmut Nickel musste sein Engagement für *Robinson* (beinahe) endgültig aufgeben. Seine Tätigkeiten bei der Stiftung Preußischer Kulturbesitz erlaubten ihm keine regelmäßigen Arbeiten für die Comics mehr. Da dem Verlag nicht sofort ein neuer Zeichner zur Verfügung stand, griff man auf bewährte Kräfte zurück. Willi Kohlhoff wurde kontaktiert und er sagte für eine Übergangszeit zu. Um sich in die laufende Geschichte einzulesen, schickte ihm Gerstmayer die Originale von Heft 102 zu. Sie wurden nie zurückgefordert. Sie waren dem Verlag nichts wert! Weshalb die Originale? Nun, das entsprechende Heft war wegen des verlegerischen Vorlaufs natürlich noch nicht gedruckt.

Nebenbei, ein klein wenig taktlos war es von Verlagsseite schon, das Aus für *Speedy* unmittelbar an dessen Episode anzuhängen…

Das Impressum gab H. Humbert (d. i. Helmut Nickel) bis einschließlich der Nummer 105 als Verantwortlichen für *Robinson* an. Vielleicht war das von Kohlhoff wegen nicht erwünschter Nebentätigkeiten gewollt, vielleicht hatte der Setzer aber auch keine entsprechende Order erhalten.

Zeitgeschehen: Die Berliner »Automobil- Verkehrs- und Übungs-Straße«, weniger sperrig bekannt als AVUS, verläuft ziemlich schnurgrade durch das Berliner Naherholungsgebiet Grunewald. Sie war 1921 bei ihrer Eröffnung die erste reine Autostraße Europas und diente Jahrzehnte ausschließlich als Renn- und Teststrecke. Ab 1940 war sie ein integrierter Teil des allgemeinen deutschen Autobahnnetzes. 1998 fanden die letzten offiziellen Motorsportveranstaltungen statt. [Abb. 374] Die AVUS war von ihrem Charakter her eine Hochgeschwindigkeitsanlage. Zur Steigerung des Tempos wurde 1937 am nördlichen Wendepunkt die überhöhte, aus Ziegeln erbaute »Nordkurve« errichtet. Beim Mai-Rennen 1937 erreichte Hermann Langs Mercedes-Silberpfeil auf der Graden eine Spitzengeschwindigkeit von knapp 400 km/h und Bernd Rosemeyer auf dem Auto-Union Rennwagen einen Schnitt von 276 km/h. Das wurde erst Jahrzehnte später auf der Rennstrecke von Indianapolis in den USA übertroffen.

Nach dem Zweiten Weltkrieg fanden sehr rasch wieder Autorennen statt, die sich eines regen Zuspruchs erfreuten. Anfang August 1959 geschahen an einem Wochenende zwei Unfälle, die das gesamte Sportgeschehen auf der AVUS beeinflussten. Der Rennfahrer Hans Herrmann überschlug sich am Samstag mit seinem B.R.M. in der Südkurve, wobei ihm so gut wie nichts passierte. Während der Franzose Jean Behra am nächsten Tag über die Nordkurvenwand hinaus raste, mit dem Sockel einer ehemaligen Flakstellung kollidierte, dabei aus seinem Wagen direkt gegen einen Fahnenmast geschleudert wurde und zu Tode kam.

Weshalb ich das so genau erzähle? Beide Unfälle habe ich gesehen. Mein Vater ging öfter zu Automobilrennen und nahm mich mit. Zufällig saßen wir an beiden Tagen an den entsprechenden Abschnitten. Hans Herrmanns Unfall geschah nur wenige Meter von mir entfernt. Es sah für vielleicht eine halbe Sekunde so aus, als ob er auf seinem Kopf (Sturzhelm) die Rennstrecke entlang schlidderte. Nach dem Stillstand des Wagens stand Herrmann, zwar wacklig auf den Beinen, aber weitestgehend unverletzt auf. Jean Behra sah ich durch die Luft fliegen und mit dem Fahnenmast kollidieren … zu meinem Glück nur aus weiter Entfernung. Gute einhundert Meter dürften es gewesen sein. Diese beiden Unglücke haben sich mir ziemlich fest ins Gedächtnis eingeprägt, weshalb ich sie hier auch als historisches Erlebnis im Zusammenhang mit den *Robinson*-Heften geschildert habe. Übrigens, die überhöhte Nordkurve wurde 1967 abgetragen.

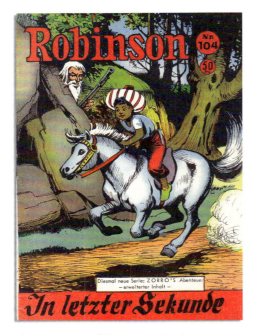

August 1959 (Nummer 104)

Inhalt: Xury gerät mit Messer-Jim, dem Wirt, aneinander. [Abb. 375] Es gelingt ihm, diesen abzuwehren und mit einem Pferd zu flüchten. Er holt die Banditen, die Robinson zur Galgenbrücke bringen, bald ein. Aber ein Gauner ist als Wache zurückgeblieben. Dieser glaubt, mit Xury leichtes Spiel zu haben, aber auch er hat sich getäuscht, wie so viele vor ihm. Xury klemmt den Banditen in einem Baumstamm ein und schleicht zur Brücke. Als Robinson schon den Strick um den Hals hat, schneidet der Knabe den Strick durch, sodass Robinson flüchten kann.

Kommentar: Kohlhoff zeichnete die Auseinandersetzung von Xury mit Messer-Jim in seinem typischen burlesken Stil, den er in solchen Situationen stets verwendete: gerade noch realistisch, aber possenhaft komisch. Dazu passt, wie der Bandit auf dem Titelbild diabolisch hinter Xury her lacht.

September 1959 (Nummer 105)

Inhalt: [Abb. 376] Robinson flüchtet in den Wald. Ein Köhler befreit ihn von seinen Fesseln. Xury hält sich versteckt, spielt den Räubern manchen Streich. Dabei erbeutet er den Schmuck der Lady Rich. Messer-Jim erscheint mit einem riesigen Bluthund, der Xury aufspüren soll. Als er die Spur hat, erscheint Robinson und fängt die Banditen mit einer Bola. Xury hat derweil mit dem Bluthund Freundschaft geschlossen. Ein Braten lässt diesen seinen Vorbesitzer rasch vergessen. Einige Wochen später kehren die Freunde, reich beschenkt, zum »Sturmvogel« zurück.

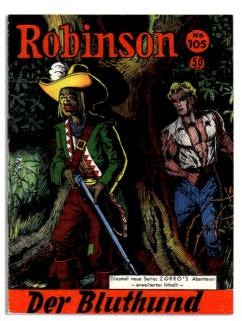

Kommentar: Das Zwischenspiel Willi Kohlhoffs war mit diesem Heft schon wieder beendet. Es sollte seine letzte Geschichte für *Robinson* werden. Er hatte seine Stärken, deftige Situationskomik und aktionsgeladene Szenen, wieder furios in Szene gesetzt. Für *Tajo* hat er Jahrzehnte später noch einmal zum Zeichenstift gegriffen. Er hat ihn so beendet, wie er es ursprünglich geplant hatte (siehe »Robinson Spotlight 3: Tajo Tagori«). In seiner Freizeit malte Kohlhoff Ölgemälde, teils riesigen Ausmaßes, wie das abgebildete »Fels im Meer« [Abb. 378] im Format

Robinsons Reise um die Welt: Karte 16
Diese Karte zeigt die iberische Halbinsel um 1660, mit bis auf den heutigen Tag unveränderten Grenzen – wenn man vom britisch gewordenen Gibraltar absieht.

nicht mehr halten konnte, band er ihn an seinen Fingern fest. Solange es so ging, war für ihn die Welt in Ordnung bzw. ertragbar.

Nach Willi Kohlhoffs Abstecher in die Welt der Comics, widmete er sich wieder der realen Welt des Verbrechens. Er war Tatortzeichner bei der Berliner Kriminalpolizei und als solcher weiterhin mit dem Zeichenstift tätig. Eine seiner Karikaturen zeigt seine Bürowelt bei der Kripo [Abb. 377], ohne seine Phantasie groß anzustrengen, erkennt man ihn als Mann am Mikroskop.

September 1959 (Nummer 106)

Inhalt: Der »Sturmvogel« ist wieder unterwegs. [Abb. 379] Auf einer Insel soll Trinkwasser aufgenommen werden. Dort befinden sich Banditen, die Robinson gefangen nehmen. Er wird von den Freunden befreit, die ihm folgten. Pluto, der Hund, findet in einer Höhle ein Baby. Es ist das Kind des Grafen Ildefonso. Der Bruder des Grafen hat es von den Banditen dorthin bringen lassen. Er will seinen Bruder beerben, der im Maurenkrieg verschollen ging.

von ca. zwei mal einem Meter. Als ich gerade dieses Bild bewunderte, gab er mir das hier gezeigte Foto. Von allen seinen Werken hatte er derartige Sicherungskopien angefertigt. Nebenbei: Frau Nickel hat es immer bedauert, dass ihr Gatte in seiner Freizeit und in seinem späteren Rentnerdasein nie mit dem Malen angefangen hat. Als Kohlhoff den Mal- und Zeichenstift

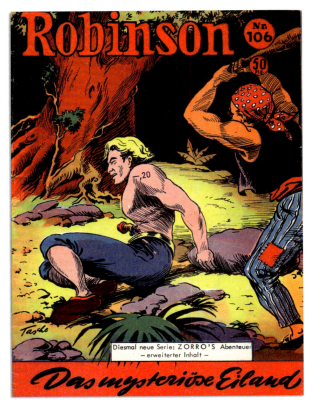

Kommentar: Nachdem Helmut Nickel und Willi Kohlhoff aus beruflichen Gründen ihre Arbeit an *Robinson* einstellen mussten, erfolgte erneut ein Wechsel des Zeichners. Das erinnert ein wenig an die Querelen des Nummernbereichs 19 bis 22. Fritz Tasche hieß der neue Zeichner, der wahrscheinlich auch Texter war.

Über Fritz Tasche (geb. 1939) ist (mir) wenig bekannt. Er hat als Veduten-Maler Stadt- und Teilansichten von Berlin gemalt, die als Bücher publiziert worden sind. Außerdem war er seit 1991 Ehrenmitglied der Arbeitsgruppe Berliner Architekturmaler.

Als Zwanzigjähriger musste er mit dem Gerstmayer Verlag in Kontakt gekommen sein, denn da zeichnete er für *Robinson* die Hefte 106 bis 123. Seine Stadtansichten wussten durchaus zu gefallen, im Gegensatz zu den Personendarstellungen. Diese sind nicht gelungen, jedenfalls nicht für einen realistischen Comic mit dem Vorgänger Helmut Nickel. Tasches Stil, seine gra- phischen Fähigkeiten, waren brauchbar, da hatte es gerade für *Robinson* schon schlechtere Alternativen gegeben. Er beherrschte recht ordentlich Anatomie, Perspektiven, Flora und Fauna. Details wie einen Faltenwurf bekam er auch erkennbar hin. Zumindest erkennt man seine Fähigkeiten auf den Titelbildern, die für die Serie nicht so einen gravierenden Stilbruch bedeuteten wie seine Arbeiten für die Storys. Diese holperten sich mühsam, teils unlogisch, durch die Seiten. Am Bild- und Seitenaufbau der Zeichnungen mangelte es auch. Die Gesamtkomposition einer Seite war sehr statisch. Tasche schaffte es zwar, eine Szene darzustellen, die Bilder wirkten jedoch eher wie Momentaufnahmen, als wie ein lebendiger Comic. Auffällig war auch die Vorliebe Tasches für die Nebenfigur des Schwabbel. Sehr häufig war dieser mit Robinson unterwegs. Xury spielte schon fast eine Nebenrolle. Zudem holte er sich Anleihen bei seinen Vorgängern, vor allem bei Helmut Nickel. Dazu folgen exemplarische Bildbeispiele.

Außer seinen Tätigkeiten für Gerstmayer war er anscheinend nicht weiter für den Comicbereich aktiv, jedenfalls ist nichts bekannt.

Xury wurde bisher mit »y« geschrieben, nunmehr mit »i«!? Das Handlettering für *Robinson* wurde ab diesem Heft durch Maschinensatz ersetzt, was nicht unbedingt besser aussah.

So schnell war im Impressum noch nie auf einen Zeichnerwechsel reagiert worden. Fritz Tasche wurde direkt erwähnt.

Fritz Tasche schilderte gleich in seiner ersten Geschichte eine Familienidylle [Abb. 380]. Robinson hielt ein Kleinkind im Arm. Gracia stand daneben und lächelte verzückt. Es war natürlich nur der Sohn des Grafen.

Oktober 1959 (Nummer 107)

Inhalt: Robinson will das Kleinkind Alonso zu seinem Vater bringen [Abb. 381]. Mit Schwabbel geht er in einer kleinen spanischen Küstenstadt an Land. Dort kauft er für einen Wucherpreis ein Pferd und ein Maultier bei einem zwielichtigen Händler und prompt werden sie am Tor des Kastells als Pferdediebe verhaftet. Robinson kann den Irrtum aufklären. Der Graf freut sich auf seinen Sohn, doch der ist von Banditen vom »Sturmvogel« verschleppt worden.

Kommentar: Schon im zweiten Tasche-Heft offenbarten sich Mängel inhaltlicher Art, wie am Bildbeispiel zu sehen ist. Robinson »denkt«

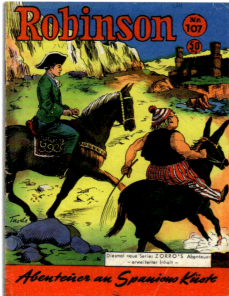

Oktober 1959 (Nummer 108)

Inhalt: Robinson erfährt den Aufenthaltsort des kleinen Alonso. [Abb. 384] Zusammen mit seinen Leuten beschleicht er die Banditen und befreit den Erbgrafen. Der Anführer der Bande, Graf Augustin, stürzt bei einer Verfolgungsjagd von einer Klippe ins Meer. Zur Belohnung dürfen sich die Freunde im Kastell von Graf Alfonso erholen. Xury spielt Gracia einen Streich, der sie laut aufkreischen lässt. Schwabbel eilt hinzu und stürzt im Flur durch eine verborgene Falltür.

anscheinend laut, denn Gracia antwortet ihm. Denkblasen wie hier, waren kein Versehen, sondern erschienen aus undefinierbaren Gründen ziemlich häufig. Ein Qualitätsabfall der Zeichnungen, von der Story ganz zu schweigen, machte sich ebenfalls bereits im zweiten Heft bemerkbar. Entweder aus Zeitgründen oder wegen zeichnerischer Unselbständigkeit nahm sich Tasche sehr häufig Anleihen bei Helmut Nickel. [Abb. 382, 383] Der kleine Alonso scheint mir recht schnell gewachsen zu sein, jedenfalls bei einem Vergleich von der Abbildung, auf der ihn Robinson im Arm trägt, mit der, auf welcher Alonso mit Xury Ball spielt. Hintergründe wurden spärlicher und verschwanden später des Öfteren ganz.

Kurioserweise hieß der Graf in der vorigen Ausgabe und auf der Seite 1 noch »Ildefonso«, einige Seiten weiter hinten im Heft nun »Alfonso«.

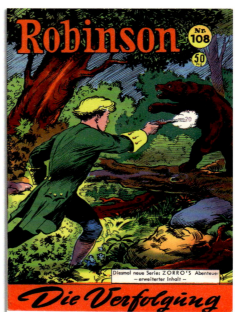

Kommentar: Bezugnehmend auf die vorliegende *Robinson*-Geschichte möchte ich Bildbeispiele für unterschiedliche Gestaltungsarten und -möglichkeiten dreier Zeichner für überraschte Posen zeigen. [Abb. 385, 386, 387]

In diesem Heft fand *Raumpilot Speedy* seinen Abschluss.

November 1959 (Nummer 109)

Inhalt: Schwabbels Sturz durch die Falltür war nicht tief und endete vor einem aufrechtstehenden Skelett. Der bald herbeigekommene Graf identifiziert es als das seines Vaters. An einer Hand fehlen drei Fingerglieder. Alfonso vermutet Graf Augustin als den Mörder und bittet Robinson um Hilfe. Es kommt zu einem See- und Bordgefecht mit den Piraten. [Abb. 388] Sie werden überwältigt, nur Graf Augustin, der sich im vorherigen Heft aus dem Meer retten konnte, flieht in einem Ruderboot. Robinson verfolgt ihn. Augustin springt ins Wasser und ein Hai nähert sich begehrlich.

Kommentar: Hier eine weitere Gegenüberstellung aus diesem Heft, bei der Tasche ziemlich ungeniert von Nickel abgekupfert hatte, aller-

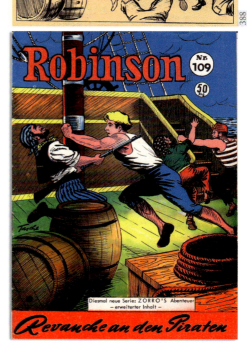

dings mit deutlich weniger Details als das Original. [Abb. 389, 390] Tasche schien die gesamte Serie von Gerstmayer zur Verfügung gestellt bekommen zu haben. Er hat häufig darin geblättert und passende Einzelbilder übernommen.[62]

Zeitgeschehen: Im November wurde die Großbandserie *Tarzan* vom Lehning Verlag gestartet. Ich hatte auf *Tarzan* schon einmal hingewiesen, als im September 1958 die Vorgängerserie des Mondial-Verlags eingestellt wurde. Die Lehning-Hefte zeigten u.a. Erstveröffentlichungen von Tagesstrips aus der Feder von Rex Maxon und Sonntagsseiten von Ruben Moreira (alias Rubimor). Als ab der Nummer 34 eine Umstellung von Farbe auf Schwarzweiß erfolgte, gewann der etwas spröde Stil von Maxon erheblich [Abb. 391]. Seine Zeichnungen waren ohnehin auf Schwarzweiß angelegt, wie alle Tagesstreifen.

Die ursprünglich farbigen Sonntagsseiten von Rubimor dagegen verloren durch den Schwarzweißdruck. Er konnte sich mit seinem Vorgänger Burne Hogarth in der grafischen Ausdrucksform ohnehin nicht messen. Für Hogarth, der ebenfalls in dieser Reihe veröffentlicht wurde, traten die vorgenannten Probleme nicht in Erscheinung. Seine Zeichenkünste überstanden das kleinere Heftformat und die fehlende Farbe relativ mühelos, wenn auch die Qualität der Vorgängerreihe von Mondial unerreicht blieb. Dennoch hatten »wir« wieder ein Stück *Tarzan*-Comichistorie erlebt, ohne dies damals bewusst wahrzunehmen.

[63] Siehe: Dietmar Kanzer, »Plagiate« in *Die Sprechblase* Nr. 18 (1979).

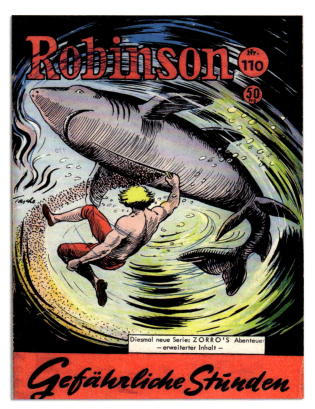

November 1959 (Nummer 110)

Graf Augustin entkommt. Robinson soll wertvolle Gemälde nach Italien bringen. Unterwegs lauert ihnen eine Bande auf, die von Augustin angeführt wird. [Abb. 392] Die Banditen werden überlistet und verfolgen daraufhin wütend Robinson, Xury und Schwabbel bis zum Ufer, wo allerdings schon der »Sturmvogel« wartet. Beppo eröffnet ein »infernalisches (Kanonen-)Feuer auf die Banditen am Strand«.

Kommentar: Die Beschreibung des Inhalts dieser Geschichten fällt zunehmend schwer. Ihr Gehalt war sehr mäßig. Die Zeichnungen wurden ebenso zunehmend simpler. Sie glichen die schwachen Geschichten bei Weitem nicht aus. Ein starker qualitativer Verlust der Reihe ist hiermit zu konstatieren.

Dezember 1959 (Nummer 111)

Inhalt: Auf ihrer Fahrt nach Italien helfen Robinson und seine Gefährten einer Stadt vor dem Angriff einer Banditenbande. [Abb. 393, 394] Anschließend gerät Xury in die Gewalt des Grafen Augustin.

Kommentar: Traurig, aber wahr: Seit der Übernahme von Fritz Tasche beschränken sich für mich Besonderheiten auf »Mängelberichte«. Es eröffnen sich zudem keine Aufhänger zu geschichtlichen, kulturellen, politischen oder zoologischen Themen. Seine Storys verliefen regelrecht in einem Vakuum. Sie waren nicht mehr an das 17. Jahrhundert gebunden. Die Handlung war banal und austauschbar geworden. Es befriedigt beileibe nicht, auf Fehler in der Geschichte hinzuweisen, seien sie zeichnerischer Art, wie fehlerhafte Darstellungen von Gebrauchsgegenständen, unlogische Abläufe oder Anleihen Tasches bei Nickel oder Kohlhoff.

Zeitgeschehen: [Abb. 395, 396] Um den *Micky-Maus*-Heften ein wenig mehr Pep zu verleihen, brachte der Ehapa Verlag ab diesem Dezember die »losen Beilagen« heraus. Es waren zwei Bildstreifen, die, in der Mitte gefaltet, einen Teil eines querformatigen kleinen Hefts ergaben. Viele Charaktere des Disney-Universums wurden präsentiert, vor allem natürlich die Micky Maus, mit der gestartet wurde, aber auch Donald Duck, Spin und Marty sowie Zorro bildeten den Hauptanteil dieser Beilagen, deren letzte 1966 erschien. Ich hatte diese begeistert gesammelt und … mit einem Bürohefter zusammengetackert!

Dezember 1959 (Nummer 112)

Inhalt: Robinson lässt heimlich (unbemerkt von den Banditen!?) ein Sprungtuch unterhalb der Klippe aufspannen. Xury springt hinein. Der Beschuss und die Eroberung des Unterschlupfs beginnen. Graf Augustin entkommt abermals. Weiter geht die Fahrt mit den Gemälden nach Florenz. Kurz vor der Stadt bittet ein Bettler, der sich später als Augustin entpuppt, um Mitnahme. Bei einem Kampf mit Robinson stürzt er eine Klippe hinunter. Beim Weiterreiten sehen sie in einem Tal eine Schlacht. Eine der streitenden Parteien ist die des Marchese Romano, zu dem sie das Gemälde bringen sollen.

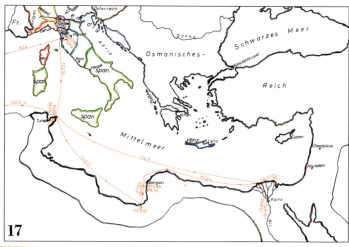

Robinsons Reise um die Welt: Karte 17
Schauplatz der neuen Abenteuer ist das Mittelmeer. Es wird politisch dominiert vom Osmanischen Reich, dass zu diesem Zeitpunkt kurz vor dem Höhepunkt seiner Macht stand. Kreta, hier noch venezianischer Besitz, wird in Kürze zur »Hohen Pforte« gehören. Italien ist von Kleinstaaterei zerrissen. Die Spanier haben den gesamten Süden Italiens, einschließlich der großen Inseln Sardinien und Sizilien, besetzt.

---

diese in Schwarzweiß ausgestrahlte Serie. [Abb. 397] Fast parallel dazu brachte der Neue Tessloff Verlag in seiner Reihe *Fernseh Abenteuer* 22 Geschichten unter dem Titel *Mike Nelson* in Comicfassung heraus. Die meisten waren von Russ Manning gezeichnet.

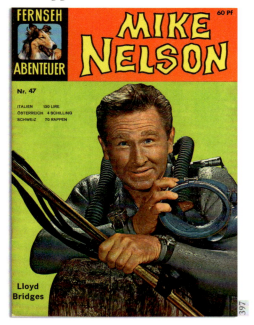

Kommentar: Die Rückschau der *Robinson*-Comics von Tasche erweist sich als mühsam, kein Vergleich zu den Reminiszenzen an die Abenteuer aus der Feder von Kohlhoff und Nickel, deren Aufarbeitung ein wahrer Genuss war.

Zeitgeschehen: Ab dem Jahr 1959 konnten »wir« bis 1964 im Deutschen Fernsehen die Abenteuer von Mike Nelson erleben. In der Serie *Abenteuer unter Wasser* (*Sea Hunt*, 1958-1961) spielte Lloyd Bridges einen professionellen Taucher, dessen Beruf es mit sich brachte, »Abenteuer unter Wasser« zu erleben. »Wir« liebten

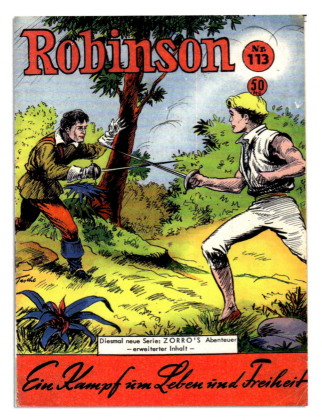

Januar 1960 (Nummer 113)

Inhalt: Durch Robinsons List kann der Marchese aus der Umzingelung fliehen. Sie werden aber vom Conte Gabetti eingeholt, der Robinson zum Degenduell herausfordert. Robinson gewinnt. Sie können abziehen, Xury und Gracia werden aber vermisst. Xury wird gefunden und er erzählt, dass Gracia von überlebenden Banditen verschleppt wurde. [Abb. 398] Diese hinterlässt, wie Hänsel und Gretel in Grimms Märchen, Spuren. Robinson kommt aber zu spät. Er sieht gerade noch, wie ein Schiff am Horizont verschwindet, das nach Tunesien segelt, denn sie wollen Garcia dort als Sklavin verkaufen. Rasch ist der »Sturmvogel« klar gemacht und holt das Schiff soweit ein, dass sie gleichzeitig anlanden. Da erscheint ein Löwe am Strand und brüllt die Freunde mächtig an.

Zeitgeschehen: Ab Januar 1960 übernahm das Deutsche Fernsehen die US-amerikanische Fernsehserie *77 Sunset Strip* (1958-1964) unter dem Originalserientitel. Die beiden Detektive Stuart Baily und Jeff Spencer betreiben in Los Angeles unter der gleichnamigen Postadresse eine Agentur. Zu ihren Mitarbeitern gehörte u. a. der Parkplatzwächter Kookie, der durch die »kieksende« Synchronstimme von Hans Clarin hierzulande mehr Berühmtheit erlangte, als ihm durch seine schauspielerische Leistung zustand. »Uns« hat er beeindruckt, für »uns« war er der eigentliche Held der Serie.

In der kleinformatigen Comicreihe *Taschenstrip* (1963-1965, 39 Hefte) [Abb. 399] veröffentlichte der Neue Tessloff Verlag fünf[64] Hefte, deren Geschichten überwiegend von Russ Manning gezeichnet wurden. Leider litt dieser und die anderen Comics der Serie unter dem kleinen Format (12 cm x 18 cm). Eine Präsentation in der Reihe *Fernseh Abenteuer* wäre erfreulicher gewesen.

Januar 1960 (Nummer 114)

Inhalt: Der Löwe entpuppt sich als Haustier eines freundlichen Scheichs, der Robinson, Gracia und Xury seine Gastfreundschaft anbietet. Später finden sie Spuren, die auf eine Sklavenhändlerbande hindeuten. Selbstverständlich hilft der Scheich bei der Befreiung der Sklaven, die durch

---

[64] Der fünfte Band ist ein kompletter Nachdruck.

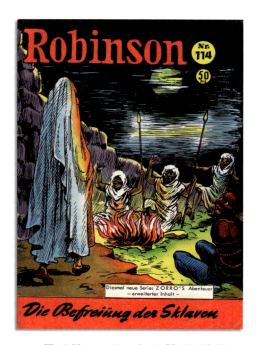

im rechten Auge der Sphinx befinden. Sie machen sich auf den Weg, gelangen zur Sphinx und finden tatsächlich den Plan.

<u>Zeitgeschehen:</u> 1959/60 fertigte Helmut Nickel für den Walter Lehning Verlag einige Titelbilder für dessen Romanreihen an. So für *atr* (*Adventure Taschen Reihe*) und für die *Panther*-Taschenbuchserien. Ein Titelbild der letzteren verdient besondere Aufmerksamkeit: »Die Insel der Wilden« von John Vail [Abb. 400]. Endlich scheinen sich Robinson und Gracia entscheidend näher gekommen zu sein … Dem ist natürlich nicht so, denn die Figuren ähneln ihnen nur.[65]

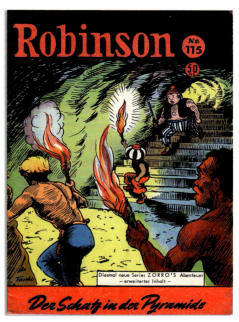

einen Trick Xurys gelingt (siehe Titelbild). Einer der Befreiten verrät Robinson das Versteck eines Plans für einen großen Goldschatz. Er soll sich

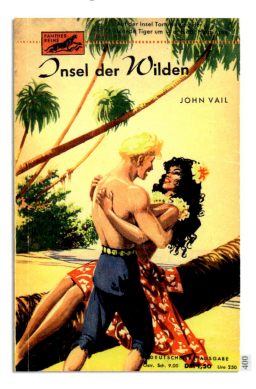

Februar 1960 (Nummer 115)

<u>Inhalt</u>: Bevor sie den Schatz bergen, befreien sie weitere schwarzafrikanische Sklaven. Diese helfen ihnen. Ein unterirdischer Gang führt in eine der Pyramiden. Dort finden sie eine Schatztruhe. Wieder draußen angekommen, wird Schwabbel losgeschickt, um »Proviant und andere nützliche Dinge einzukaufen.«

Bald darauf werden Robinson und Xury von Arabern angegriffen. Zwischendurch befreit Schwabbel noch eine Farbige aus einer Falle. Xury rollt ein Pulverfässchen zu den Arabern und droht, es explodieren zu lassen.

---

[65] Siehe: Erwin Berlin, »Im Schatten des Panthers«, in *Die Sprechblase* Nr. 137 (1994).

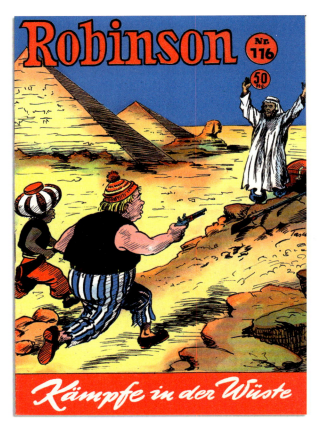

spontan befreien sie ihn. Dies gelingt nachts, aber die Beduinen verfolgen sie bis zur Küste. Dort kommt es zum Kampf, auch auf dem Schiff.

Kommentar: Auf dem Titelbild fehlte ab dieser Ausgabe, bis einschließlich der Nr. 125, der Hinweis auf *Zorro*.

Die Nachbestellliste auf der vierten Umschlagseite schrumpft weiter. Nun sind die Robinson-Hefte nur noch ab der Nummer 50 vorrätig. Die Speedy-Ausgaben scheinen dagegen noch immer komplett auf Lager zu sein.

Zeitgeschehen: Ende 1958 war man im Lehning-Verlag der Auffassung, dass aus der Piccolo-Serie *Sigurd* etwas die Luft heraus war. Die Absatzzahlen bestätigten diese Ansicht. Hansrudi Wäscher, der Zeichner der Serie, wurde gebeten, diese mit etwas neuem, frischem zu ersetzen. So entstand die Ritterserie *Falk* [Abb. 402], denn dieses Genre wollte man im Verlag weiterhin besetzen. Wäscher konzipierte die neue Reihe anders als *Sigurd*. Falk wurde nie der bekannte große Held in seiner Zeit, anders als sein Vorgänger, der weithin berühmt war. »Uns« hatten die neuen Rittergeschichten gut gefallen.

Kommentar und **Zeitgeschehen:** Ob es Zufall war? In der Einleitung zu Zorro hieß es »Ein Wagen des Postamtes (…) fährt in Richtung Squawille«. Gleichzeitig fanden im kalifornischen Squaw Valley die Winterspiele der 8. Olympiade statt. Falls eine Absicht seitens der Redaktion dahintersteckte, war es ein netter Gag, wenn nicht, so war es eines dieser merkwürdigen und seltsamen parallelen Ereignisse, die immer wieder ungläubiges Staunen verursachen.

Februar 1960 (Nummer 116)

Inhalt: Der letzte Beduine ergibt sich. Die Rückkehr zum »Sturmvogel« beginnt. [Abb. 401] Unterwegs sehen sie einen gefangenen Europäer und

März 1960 (Nummer 117)

Inhalt: Die Freunde setzen über zum Schiff. Beppo vertreibt die Beduinen mit Kanonensalven. Eine Küstenstadt der Cyrenaika bietet sich zum Landgang an. In einer Spelunke prahlt einer der betrunkenen Schwarzen von einem Goldschatz. Xury entlarvt unterdessen einen Falschspieler. Es kommt zur Schlägerei. Robinson, seine Crew und ihr neuer Bekannter, der englische Kapitän, verlassen flott die Taverne. Als sie am »Sturmvogel« ankommen, sehen sie fremde Gestalten das Schiff entern.

Kommentar: Das von der Spelunkendecke hängende Krokodil war etliche Hefte zuvor auf dem Titelbild von Heft Nr. 98 zu sehen gewesen. Das folgende Bildbeispiel, bei dem sich Fritz Tasche Anleihen von Helmut Nickel geholt hat, ist so deutlich und peinlich, dass es schon wieder amüsant ist: Hier hat sich Tasche nicht nur ein Bild,

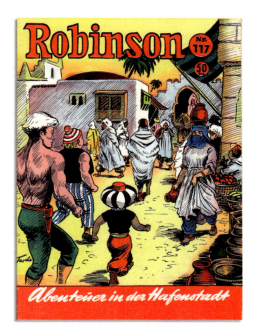

März 1960 (Nummer 118)

Inhalt: Die Trinkkumpane des Farbigen sind mit ihm auf den »Sturmvogel« gegangen. Dort »füllen« sie auch die restliche Mannschaft ab. Als die Räuber die Goldtruhe an Land schaffen wollen, sehen sie Robinson und segeln mit dem »Sturmvogel« los. Der englische Kapitän stellt Robinson seinen Segler zur Verfügung. Sie verfolgen das Schiff, dessen neue Besatzung in der Nacht die Goldtruhe an Land schaffen will. Der Streich gelingt, aber das Wasserfahrzeug wird aus Versehen in Brand gesetzt.

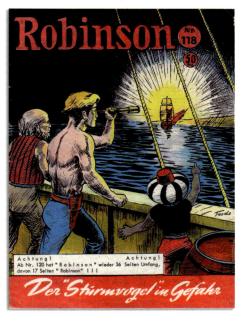

wie so oft, herausgesucht, eine ganze Sequenz schien ihm diesmal als Seitenfüller brauchbar [Abb. 403, 404]. Der qualitative Unterschied ist allerdings gravierend. Während Nickel die Kombüse noch mit allerlei Utensilien ausgestattet hat, was die Bilder lebendiger machte, übernahm Tasche nur das Setting. Die Handlungen und die Gestaltung der Akteure sowie die Einfügung von Accessoires vernachlässigte er dagegen sträflich.

Wer Spaß, Zeit und das Vergleichsmaterial zur Verfügung hat, wird in jedem Heft über viele bekannte Motive aus Helmut Nickels Zeichenkunst stolpern.

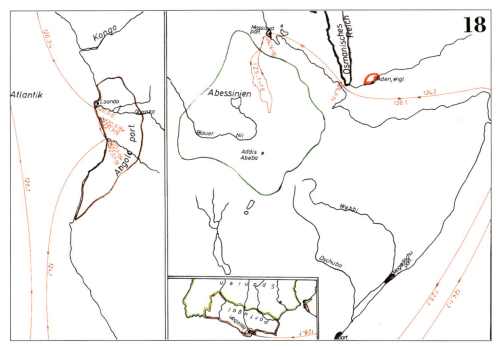

Robinsons Reise um die Welt: Karte 18
Diese letzte, dreigeteilte Karte zeigt hauptsächlich Teile des afrikanischen Kontinents. Angola ist der Schauplatz der Geschichten Fritz Tasches, und Helmut Nickel hat seine Abenteuer im Roten Meer und in Abessinien platziert. Dieses christliche Reich wird zu jener Zeit von muslimischen Arabern heftig attackiert, weshalb der Negus, der Kaiser, sich an den portugiesischen Herrscher mit der Bitte um Hilfe gewandt hat. Der kleinste Kartenteil zeigt noch einmal Portugal und gehört zu Heft 126.

Kommentar: Auf dem Titelbild wurde auf eine Umfangserhöhung hingewiesen. Ab der Nummer 120 sollte das Heft wieder 36 Seiten haben, davon 17 mit *Robinson*.

April 1960 (Nummer 119)

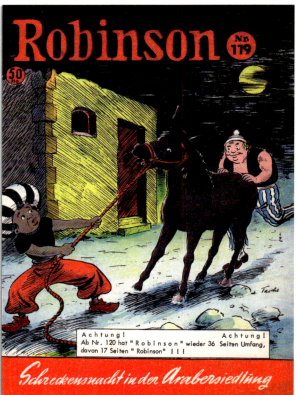

Inhalt: Der »Sturmvogel« brennt leicht. Die unter Deck Gefangenen befreien sich selbst und löschen das Feuer. Robinson schaut kurz an Bord nach, dann geht er mit der ganzen Schiffscrew wieder an Land, um den Schatz zu finden. Dieser ist in einem Dorf versteckt, dessen Bewohner den Schatz an sich bringen wollen. Sie streiten mit den Räubern. Robinsons Leute greifen ein. Xury findet eine Spur zum Schatz und er wird wieder ausgegraben. Auf dem Weg zurück zum »Sturmvogel« werden sie von den Dorfbewohnern verfolgt.

April 1960 (Nummer 120)

Inhalt: Mit dem Schatz auf dem »Sturmvogel« zurück, geht die Fahrt weiter nach Tunesien zum Lager des Scheichs Abdullah. Dieser bittet Robinson, für ihn eine Ladung nach Angola zu bringen. Auch die befreiten Sklaven kommen aus dieser portugiesischen Kolonie. Also geht es in den Südwesten Afrikas. Der dortige Gouverneur ist ein Gegner des Sklavenhandels. [Abb. 405] Robinson begibt sich als »Mr. White« zum Lager der Sklavenhändler, um deren unheilvolle Umtriebe zu zerschlagen. Er kommt mit dem dortigen Scheich ins Geschäft. Sie geraten aber in Streit, als eine weiße englische Sklavin Robinson um Hilfe bittet. Robinson wird überwältigt, an einen Baum gebunden und soll als Futter für Löwen dienen. Er kann sich mit Hilfe eines Schwarzen namens Kawa befreien und den Löwen überwältigen.

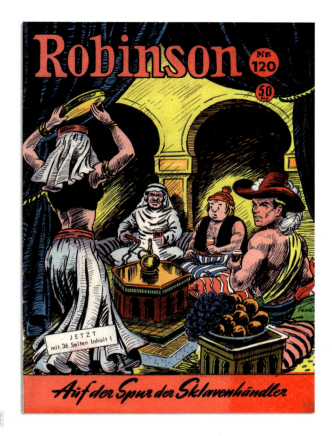

Kommentar: Ab diesem Heft waren es wieder 36 Seiten. Entgegen der Verlagsankündigung auf den Umschlagseiten der vorherigen beiden Hefte hatte *Robinson* nicht 17, sondern nur 16 Seiten Umfang.

Robinson wollte den Sklavenhandel im damals zu Portugal gehörenden Angola zerschlagen. Dabei haben die Portugiesen viele tausende Schwarze nach Brasilien verschleppt, und das gerade der Gouverneur den Handel mit dem schwarzen »Elfenbein« ablehnt und bekämpfen wollte, ist mehr als zweifelhaft. Außerdem übersah Tasche, dass Robinson in der Romanvorlage von Daniel Defoe durchaus nicht als Sklavengegner geschildert wird. Im Gegenteil, während einer Fahrt von Brasilien nach Westafrika, um dort Schwarze von den Küstenkönigen für seine Plantage »einzutauschen«, gerät das Schiff in einen Sturm, sinkt vor der südamerikanischen Küste und Robinson überlebt als einziger auf einer berühmt gewordenen Insel.

Auf zwei Seiten gab es bis zu Heft 125 zusätzlich den Funny *Onkel Archimedes*. Dieser wurde im Querformat abgedruckt und war inhaltlich ziemlich banal [Abb. 406].

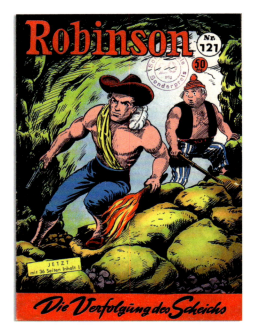

Mai 1960 (Nummer 122)

<u>Inhalt</u>: Robinson gewinnt das Vertrauen des Sklavenjägers Pereia. Er will dessen »Betrieb übernehmen«. Bei einem Überfall auf ein Dorf kommt es zwischen Pereia und Robinson zum Streit. [Abb. 408] Mit Hilfe portugiesischer Polizisten wird die Bande unschädlich gemacht. Robinson zieht los, um weitere Sklavenhändler unschädlich zu machen.

<u>Kommentar:</u> Im Verlag schien man gemerkt zu haben, dass die *Robinson*-Geschichte nur 16 Seiten hat, statt 17 wie angekündigt. Dennoch stellte man dies als Verbesserung auf dem Titelblatt groß heraus.

Juni 1960 (Nummer 123)

<u>Inhalt</u>: In einer Schenke treffen Robinson und Xury auf Miguel, den Vertrauten von Talrond. Man einigt sich auf den Kauf von weißen Frauen. Da erscheinen Banditen, die Robinson eins auswischen wollen, und kurz darauf löst die Polizei die Gruppe auf. Alle Beteiligten werden eingesperrt. Robinson wird als Sklavenhändler beschuldigt und soll erschossen werden. Mit Xurys Hilfe kann er zum »Sturmvogel« fliehen und gelangt in den Schlupfwinkel der Bande. [Abb. 409] Es kommt dort zu einem Kampf.

Talrond flüchtet in einen Sumpf, der ihn verschlingt. Robinson äußert dazu: »Gehen wir zu-

Mai 1960 (Nummer 121)

<u>Inhalt</u>: Nach dem Löwenkampf erscheinen Kamelreiter, die zur Polizeitruppe des Gouverneurs gehören. [Abb. 407] Gemeinsam dringen sie in den Palast des Scheichs ein und überwältigen die Wachen. Der Scheich kann fliehen, die Engländerin wird als Geisel mitgenommen. Als sein Kamel stürzt, holt Robinson den Scheich ein und nimmt ihn gefangen. Dann geht es zurück zum »Sturmvogel«.

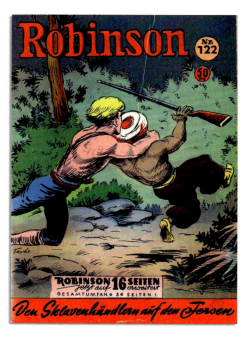

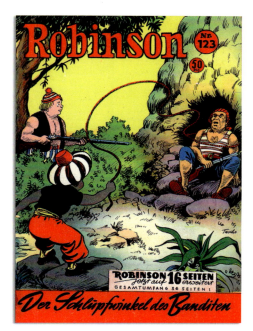

rück zum Sturmvogel. Und überlassen es dem Schicksal, welche Abenteuer uns jetzt erwarten.«

Kommentar: Fritz Tasche wird zu diesem Zeitpunkt, bzw. einige Wochen vorher, gewusst haben, dass das Ende seines Engagements für *Robinson* absehbar war. Sicherlich hat er einen Job gefunden, der regelmäßige Bezahlung versprach. Vielleicht hat Tasche deshalb vor allem die letzten Hefte sehr flüchtig gezeichnet und unglaubwürdige Storys geschrieben; seine Arbeit war unter dem Strich nur mäßig. Gerstmayer suchte erneut einen Zeichner und fand ihn wieder in Helmut Nickel.

Juni 1960 (Nummer 124)

<u>Inhalt</u>: Robinson ist mit seinen Freunden auf dem »Sturmvogel« in den Indischen Ozean gesegelt. [Abb. 410] Dort fischen sie arabische Schiffbrüchige auf, die zum Hadsch nach Mekka wollen. Auf der Fahrt nach Massaua, den Pilgerhafen Dschidda meiden sie als Christen lieber, begegnen sie Korallentauchern. Robinson rettet einen von ihnen vor einer Haiattacke. Zum Dank verraten sie ihm ein Notzeichen, das alle aus der Zunft zur Hilfe verpflichtet.

In der Nacht vor der Ankunft erzählt einer der Pilger die Geschichte von König Salomo, der Königin von Saba und der verschollenen Bundeslade. Sie soll sich nach dem Verrat der Königin noch immer in der Kathedrale der heiligen abessinischen Stadt Aksum befinden. Plötzlich krängt der »Sturmvogel« zur Seite, denn die Ankertrosse ist gerissen. Mit Mühe bekommen sie das Schiff wieder flott und laufen schleunigst den Hafen von Massaua an. Dort erfährt Gracia von einer portugiesischen Einheit, die von einem ihrer Onkel angeführt wird. Mit einer Karawane machen sie sich auf den Weg.

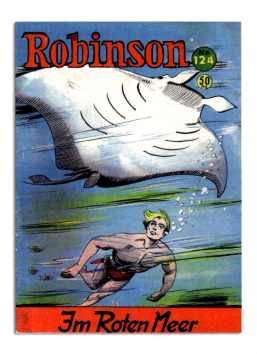

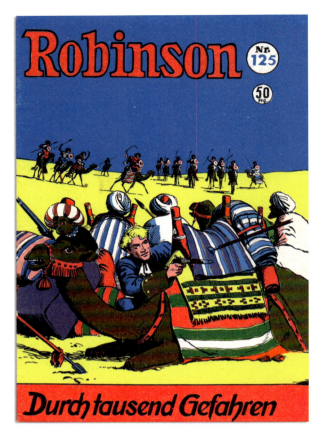

gant aus und konnte durchaus neben allen Königinnen und Prinzessinnen bestehen.

Juli 1960 (Nummer 125)

<u>Inhalt</u>: Unterwegs werden sie von Nomadenkriegern aufgehalten. Die Karawane muss Wegegeld bezahlen. Als der Anführer der Wegelagerer Robinson erblickt, will er den »Ungläubigen« sofort töten. Robinson fängt den nach ihm geworfenen Spieß und ihm Nu ist eine Schlacht im Gange. [Abb. 411] Die Nomaden können abgewehrt werden, drohen aber mit ihrer Rückkehr. Nachts stiehlt Robinson ihnen die Kamele und so hat die Karawane zunächst Ruhe. Einen erneuten Angriff können sie nur mit Hilfe von plötzlich auftauchenden portugiesischen Soldaten überstehen. Robinson, Gracia und Xury schließen sich diesen an. Aber auch sie werden in der kommenden Nacht überfallen. [Abb. 412] Ein Araber greift sich Gracia und hebt sein Krummschwert zum tödlichen Schlag …

<u>Kommentar:</u> Es macht ab diesem Heft einfach wieder Freude, den Ablauf der *Robinson*-Erzählung zu schildern: Die filigranen Zeichnungen wissen zu gefallen, im Gegensatz zur gröberen Kunst Tasches. Alles sieht so aus, wie Mensch oder Natur es geschaffen haben. Allein die Betrachtung des »Salomo-und-Königin-von-Saba«-Einschubs war mehr als gelungen. Die Königin verdiente es, trotz ihres kurzen Auftretens, in den Reigen der »Frauen in Robinson« aufgenommen zu werden. Fatme, die marokkanische Prinzessin, sah sexy aus, die Königin dieses Hefts war erotisch … und setzte ihre Ausstrahlung bewusst ein. Und natürlich sah Gracia wieder ele-

<u>Kommentar:</u> Helmut Nickel war neben seinem Broterwerb inzwischen auch für den Lehning Verlag tätig, aber er hatte Gerstmayers Bitte um Weiterführung der Abenteuer nicht abgelehnt. *Robinson* lag ihm am Herzen. Allerdings kamen zwei Umstände dazwischen, die ihn sein Engagement für *Robinson* bald wieder beenden ließen: Ein Umzug nach New York stand bevor.

Am dortigen Metropolitan Museum war man auf ihn aufmerksam geworden, als zu dieser Zeit ein Kurator für die Abteilung »Arms and Armour« (»Waffen und Rüstungen«) gesucht wurde. Nickel wurde in Berlin kontaktiert, seine Frau hatte nichts dagegen und schon waren sie auf dem Weg in die USA. Parallel lockte Walter

Lehning mit Karl May. Nickel sollte *Winnetou*-Geschichten verfassen. Diese waren ihm schließlich wichtiger als *Robinson* und er entschied sich für Lehning.[66] In der Zeitleiste für die *Robinson*-Hefte[67] wurde Heft Nummer 125 mit dem Erscheinungsmonat August 1960 angegeben. Das ist falsch! Im August erschien überhaupt kein Heft. Der Veröffentlichungsmonat muss noch der Juli gewesen sein. Auf der Seite 33 der Nr. 125 erschien eine Nachricht des Verlags. Darin wurde eine totale Umstellung der Serie ab der Nummer 127 angekündigt [Abb. 413] Nicht nur die Zeitleiste war bis jetzt nicht stimmig, so steckte selbst in dieser Verlagsankündigung ein Fehler. Es war nicht die Nummer 127, die in Farbe erschienen ist, sondern bereits Ausgabe 126. Allerdings erschien Heft 126 ebenfalls noch im Juli. Es folgt ein Monat Pause und im September wurde die Nr. 127 ausgeliefert.

Zorro war beendet. In den Heften Nr. 179 bis 202 wurden diese Geschichten nachgedruckt.

Es war des Öfteren der Wunsch an Helmut Nickel herangetragen worden, die hier mit Cliffhanger unvollendete Geschichte abzuschließen. Die ersten Jahre lehnte er es stets ab, denn Comics haftete seiner Meinung nach noch immer der Makel des sozial und kulturell »Zweifelhaften« an.

Im Laufe der Zeit, spätestens als 2008 in der Deutschen Nationalbibliothek Frankfurt am Main eine Ausstellung zum Thema »Comics Made in Germany« kuratiert wurde, erkannte er jedoch eine langsame gesellschaftliche Akzeptanz dieser Kunstform. Helmut Nickel erhielt als einer der wenigen Comickünstler eine eigene Vitrine zugesprochen. Seine vorhandene Ablehnung wich einer langsam wachsenden Bereitschaft, einen Abschluss zu zeichnen. Als vor dem »Comicfestival München 2011« ein ähnliches Anliegen für die Comicreihe *Peters seltsame Reisen* an ihn herangetragen wurde, zeichnete er spontan ein einzelnes Abschlussbild für diese vom Lehning-Verlag in Eigenregie textlich beendete Serie. Allerdings fiel ihm dies sehr schwer. Finger und Augen wollten nicht mehr so richtig. Brauchte er früher für eine komplette *Robinson*-Seite für Vorzeichnung, Tuschen, Texten, Radieren nur zwei bis drei Stunden (!), so benötigte

er für dieses eine Bild ein Vielfaches dieser Zeit, und ganz zufrieden war er mit dem Ergebnis nicht.

Als ich im Februar 2013 im Internet in *Lorenz´ Comic-Welt* (auf der Seite Comic Guide Net) mit der Rubrik »Robinsons Reise um die Welt« begann, las Helmut Nickel die Texte mit wachsender Begeisterung. Dabei packte es ihn. Im »stillen Kämmerlein« fing er an, ein Exposé zu schreiben sowie ein Happy End für Gracia und Robinson und die Story zu skizzieren. Das bereitete ihm aber sehr viel Mühe, denn seine Sehkraft ist inzwischen sehr eingeschränkt. Sein unnachahmliches Handlettering wich einer Maschinenschrift. Das Exposé wird im Ingraban Ewald Verlag zu einem Heft, der Nummer 126, mit dem Titel »Der letzte Schiffbruch« erscheinen, womit sich der Kreis zum ersten Heft (»Der Schiffbruch«) schließt.[68] [Abb. 414]

[66] Siehe dazu etwas ausführlicher in: *Hugh! Winnetou eine Hommage an Helmut Nickel*, Edition 52, 2011 und in *Winnetou* Band 1, comicplus+, 2012, beide von Detlef Lorenz.
[67] Siehe: *Die Sprechblase* Nr. 99 (1989)
[68] Das Heft erscheint im November 2015.

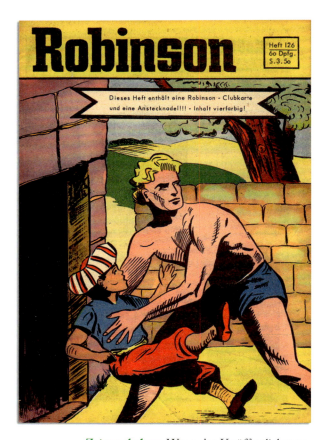

September 1960 bis Mai 1964 (Nummer 126 bis 222)

Kommentar: Das Heft musste ohne einen Titel auskommen, wie alle weiteren bis zur Endnummer 222 auch. Dies war damals eher ein Charakteristikum für Funnys. *Micky Maus*, *Fix und Foxi*, *Tom und Jerry* oder *Der Heitere Fridolin* kamen und kommen in der Regel ohne Titel aus. Der Heftpreis wurde um 10 Pfennig erhöht. Es war die erste Preissteigerung seit fast sechs Jahren. Der Preis blieb bis zur Schlussnummer 222 unverändert.

Im Folgenden werden die einzelnen Heftinhalte nicht weiter besprochen. Es ist zu *Robinson* (fast) alles gesagt worden. Nachfolgend ein komprimierter Überblick auf den weiteren Verlauf der Serie über das, was von ihr nachgedruckt wurde und welche Zweitserien noch erschienen sind:

Mitten in der spannendsten Szene (ein mordbereiter Nomade bedroht Gracia) wurde die Geschichte im Vorspann des Heftes 126 mit den lapidaren Worten aufgelöst: »Gracia wird gerettet, Robinson hat genug von Afrika und bringt sie nach Portugal zurück. Er selbst will mit Xury, Spinne und Schwabbel in der Sargassosee Urlaub machen.«

Dass daraus nichts wurde, kann sich der geneigte Leser dieser Zeilen sicherlich denken und

Zeitgeschehen: Wenn der Veröffentlichungsrhythmus nicht unterbrochen worden wäre, hätte ich für August 1960 ein Ereignis anmerken müssen, das mich damals stark interessiert hatte. In diesem Monat fanden die Spiele der XVII. Olympiade in Rom statt. Zwei der herausragenden Ereignisse waren dabei der Sieg von Armin Harry auf der seit langem von US-Amerikanern dominierten 100-Meter-Sprintstrecke und der anschließende Gewinn der (West-)Deutschen 4x100-Meter-Staffel mit Cullman, Harry, Mahlendorf, Lauer. Stark beeindruckt war ich auch von der US-Läuferin Wilma Rudolph, die wegen ihres locker anzuschauenden Laufstils »Schwarze Gazelle« genannt wurde, und die im 100-Meter-, dem 200-Meter-Lauf, sowie als Schlussläuferin der 4x100-Meter-Staffel jeweils Gold holte.

»Robinson-Club-Mitgliedsausweis« und »Robinson-Club-Anstecker« (Pappscheibe ohne Anstecknadel, ca. 2,6 cm Durchmesser).

erfolgreich alle vierzehn Tage weiter bis zur alten Nummer 114, bzw. dem letzten Heft der Reihe: *Robinson* Nr. 222.

Die Nummer 16 enthielt zwei Serien: *Robinson* und *Tajo*. Die Abenteuer des Tigerprinzen begannen aber bereits in der Nummer 11. Um nicht erneut textliche Verrenkungen machen zu müssen, wurde *Tajo* von Anfang an gebracht. Die Ausgabe 126 ist also nicht eine bloße Kopie, sie wurde aus der Nummer 11 und 16 neu zusammengestellt. Zusätzlich erschien auf zwei Seiten ein weiterer Comic, der Funny *Mico*, ein Nachdruck aus der schon länger eingestellten Serie *Ahoi*, banal und nicht weiter erwähnenswert. [Abb. 415] Ein »Robinson-Club« wurde installiert. Die Vorbilder der Konkurrenz wie Lehning machten Schule. Xury hielt dazu eine »hochdeutsche« Ansprache in der er »eine schöne Überraschung« versprach, über Sammelmarken, die in eine Clubkarte eingeklebt und an den Verlag geschickt werden konnten. Ein Clubabzeichen aus Pappe wurde beigelegt. Beides zusammen »wurde viel zu spät fertig, weshalb die Auslieferung zurückgestellt werden musste«, so die Verlagsmitteilung, die eine etwas plausible Erklärung für das zeitverzögerte Erscheinen der Hefte abgab.

Die redaktionellen Seiten enthielten außerdem Sammelbilder zum Ausschneiden. Zum Start gab es je ein Flugzeug (Super Constellati-

wie es um die von unserem Helden erhoffte »Freizeit« bestellt war, kann in den Heften ab der Nummer 16 nachgelesen werden.

Das erneute Ausscheiden Helmut Nickels brachte die Verantwortlichen im Verlag auf die Idee, keine neuen Geschichten mehr fertigen zu lassen. Das nervende Hickhack um die »unzuverlässigen« Zeichner war man leid und so begann man kurzerhand, einfach vorhandenes Material zu recyceln. Zeit genug für eine komplette Umstellung hatte man. Nickel und sicherlich auch die anderen Zeichner arbeiteten mindestens vier Wochen im Voraus. Außerdem waren über sechseinhalb Jahre vergangen, seit das erste Heft der Serie erschienen war. Es konnte davon ausgegangen werden, dass die Leser der ersten Stunde entweder dem Comiclesealter entwachsen waren, oder die später in die Serie eingestiegenen Konsumenten die ersten Storys nicht kannten. Allerdings konnte man nicht mit dem ersten Heft fortsetzen. Es hätte schon komisch ausgesehen, wenn Robinson als Grünschnabel erste wacklige Schritte auf den von Stürmen zum Tanzen gebrachten Schiffsplanken unternahm; auch kannte er Xury da noch nicht und, ganz wichtig, die Erlebnisse auf der Robinson-Insel mussten ausgelassen werden.

Also begann der Nachdruck mit der Geschichte aus Heft 16, und lief mehr oder weniger

on) und einen Pkw (Mercedes 190 SL) sowie zwei Starfotos von Conny Froboess (»Pack die Badehose ein«). [Abb: 416] Heft 127 lagen Starfotos lose bei, »auf Kunstdruckpapier«, wie Xury in seinem »Robinson-Club« stolz anmerkte. Es müssen verschiedene gewesen sein, mir liegen Bibi Johns und Hardy Krüger vor. Das kuriose Deckblatt eines Kalenders wurde im Heft eingefügt. Es handelte sich um das Titelbild des ersten Hefts, ohne dessen Beschriftung (außer dem Namen »Robinson« natürlich). Der Kalender erschien allerdings nur bis zum Monat März (Heft 129). Dann war Schluss damit, denn anschließend wurden die Hefte wieder einfarbig gedruckt, obwohl die Geschichten in der Erstauflage ursprünglich noch farbig erschienen waren.

Eine weitere Sonderbeilage gab es mit Heft 128: *Inspektor Garret in London* [Abb. 417]. Das ist eine gekürzte Fassung des *Jack-Morlan*-Romans Nummer 1 mit dem Titel »Die Opiumhöhle von Soho« aus der 1. Serie. Inhaltlich war außer der Kürzung nur der Name von Jack Morlan geändert worden. Bei Gerstmayer hat man sich bestimmt von der von 1958 bis 1960 im Vorabendfernsehprogramm ausgestrahlten US-Fernsehserie *Mr. District Attorney* inspirieren lassen. Weshalb aus dem US-amerikanischen Staatsanwalt im deutschen Fernsehen ein Inspektor wurde …?[69]

Der Verlag spendierte zusätzlich eine bessere Papiersorte. Statt dem bisherigen rauen Papier wurden die Geschichten auf glattem, ganz leicht glänzendem gedruckt. Der Vierfarbdruck kam so etwas besser zur Geltung, die schwarzen Linien waren schärfer. Allerdings kam die Farbe nach nur vier Ausgaben wieder abhanden. Die danach wieder einfarbig gedruckten Hefte waren im Vergleich mit der rot-schwarzen Erstausgabe nicht besser, lediglich die hässlichen »Fehlfarben« waren entfallen. [Abb. 418, 419] Der Übergang geschah abrupt, das heißt, er wurde weder angekündigt noch rückwirkend erklärt oder be-

---

[69] Siehe dazu die Internetseite *Jack Morlan der Meisterdetektiv* (http://www.jackmorlan.de/)

gründet. Das glatte Papier fiel mit dem Weglassen der Farbe (Nummer 130), auf die man doch so stolz hingewiesen hatte, Einsparungen zum Opfer: Es wurde wieder »löschblattartiges« verwendet.

Das abgebildete Siegel »Hergestellt in West-Berlin« [Abb. 420] deutet auf steuerlich wirksame Berlin-Präferenzen hin. Damit honorierten Senat und Bund Steuervergünstigungen für die Schaffung von Arbeitsplätzen in Berlin (West). Der »Kalte Krieg« wirkte sich besonders auf wirtschaftliche Auseinandersetzungen mit dem Ostblock aus. Der »Sonderpreis für Berlin«, auf vielen Druckerzeugnissen vermerkt, ist ein Kind dieser Zeit, das für »uns« in der damals geteilten Stadt etliche Comic- und Romanserien erschwinglicher machte.

Nach der Nummer 19 der Erstausgabe folgten zwei von Helmut Steinmann gezeichnete Hefte (Nr. 20 und 21). Im Anschluss an den Nachdruck der Nummer 129 ließen die Verantwortlichen des Verlags die beiden Hefte ausfallen. In der Vorschau auf das folgende Heft wird nur darauf hingewiesen, dass »Robinson und seine Getreuen einer Übermacht von malaiischen Piraten erlegen sind und an Land in einen Schuppen gesperrt wurden.«

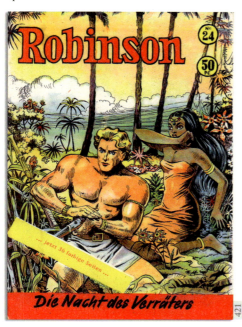

Die Titelbilder des Erstdrucks blieben vorerst in der Schublade [Abb. 421], stattdessen vergrößerte die Grafikabteilung des Verlags Bilder aus den Geschichten [Abb. 422, 423]. Zusätzlich benötigte Bildelemente entnahm man beliebig aus weiteren Zeichnungen, eventuell sogar von anderen Titelbildern. Der Serienschriftzug blieb erhalten, wurde aber mit einer breiten Leiste in wechselnden Farben unterlegt.

Ab Heft 165 erschien *Robinson* bis zur Nummer 173 mit zwei verschiedenen Titelbildern: ein farbiges äußeres Titelbild und ein zweites einfarbiges mit einem anderen Motiv auf Heftseite 3 [Abb. 424]. Ersteres wurde aus Bildern und Ausschnitten vom Comicinnenteil gestaltet. Über die Gründe kann nur spekuliert werden. Sie wurden wohl hauptsächlich als Füllseiten

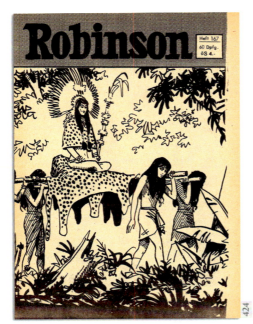

ginal auf Seite 180). Möglichweise erfolgte diese Umstellung, um Geld zu sparen.

Nachdem die Zweitserie *Tajo* in Heft 134 beendet war, entnahm man dem Verlagsfundus weitere Hefttitel. In derselben Ausgabe startete die Serie *3 Musketiere* von Helmut Nickel. In den letzten Jahren ist häufig von einer Neuauflage dieser Reihe gesprochen worden. Der hier einfarbige Nachdruck würde sich dafür anbieten. Er wurde aber kräftig bearbeitet, denn die Originalseiten mussten dem Format von *Robinson* angepasst werden. [Abb. 427, 428] Sie wurden beschnitten, die Panels übereinander gelegt, so dass der jeweils untere Rahmen überdeckt wurde. Möglicherweise »brutale« Szenen wurden vorsorglich entschärft, wie auf dem Bildbeispiel zu sehen ist, denn die Zensur war nach wie vor wachsam. Das letzte Bild auf der farbigen Seite gehört bereits zur nächsten Seite.

Als zusätzlichen Kaufanreiz brachte der Verlag ab Heft 169 Berichte aus den grade anlaufenden Karl-May-Filmen [Abb. 429]: *Der Schatz im Silbersee* wurde bis Heft 172 mit Filmfotos vorgestellt, von Heft 173 bis Ausgabe 176 der Film *Old Shatterhand* und *Der Schut* in Heft 188 und 190.

Zum Füllen des hinteren Heftteils brachte der Verlag Zweitserien, deren Originalseiten von

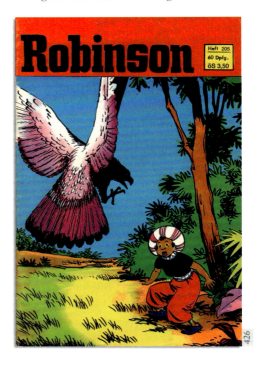

verwendet, um Lücken in der Gesamtseitenzahl zu »stopfen«. Auffällig war der unterschiedliche Schilling-Preis: außen stand ÖS 3,50 und innen waren es kurioserweise ÖS 4,-. Diese Zeichnung aus dem Innenteil diente als Vorlage für das zweite Titelbild [Abb. 425].

Später ging man dazu über, vorhandene Titelbilder erneut zu verwenden. Dies geschah mit der Nummer 181, deren Bild Heft 71 entnommen war, aber nicht mit dem Inhalt korrespondiert. Erst Heft 73 entsprach dem Titelbild 181. Zugegeben merkte man das recht bald, und mit Heft 186 waren Titelbild und Inhalt wieder konform. Der Verlag produzierte ein heftiges Kuddelmuddel, aber es schadete dem Marktwert der Serie offensichtlich nicht. Eine Verkleinerung des Heftformats ab der Nummer 191 auf 15,5 cm x 23 cm reduzierte den Inhalt des Bilds (siehe Abbildung 426 im Vergleich mit dem Ori-

Zeichnern wie Willi Kohlhoff, Helmut Nickel, Roxy Royal oder Ulrich Ebger reichlich vorhan-

den waren. In der Regel waren dies Geschichten, die zuvor in eigenständigen Comicserien erschienen waren: *Der Graf von Monte Christo* (hier nur die Piccolo-Serie in Band 154-160), die Heftreihe *Testpilot Speedy* (Ausgabe 203-222), *Wildtöter* (in den Heften 160-166), *Xury* (in Band 141-145, 148-152, 155 und 156-159) sowie neue Geschichten (in Band 135-140) und *Joe the Kid* aus dem *Robinson Sonderheft Xury* (in 145-147, 152-155, 160-165).

An »Fremdmaterial« wurde nachgedruckt (*Robinson*-Nummern in Klammern): *Zorro* (179-202), *Onkel Archimedes* (120-125), *Mico* (126-135, 171-173), *Fruggy* (166-170), *Kapitän Alvaro* (173-178), *Professor Düsenknall* (174-178).

Mit Heftnummer 222 verabschiedete sich im Mai 1964 die Serie *Robinson* vom Markt. Eine angekündigte Fortsetzung der *Robinson*- und *Speedy*-Geschichte blieb aus. Es gab keinen verlegerischen Hinweis, deshalb musste die Entscheidung zur Einstellung der Serie recht spontan gefallen sein. Immerhin hielt sie sich trotz erdrückender Konkurrenz über stolze elf Jahre. Gerstmayer hatte die Zeichen der Zeit verschlafen, wie später Walter Lehning. Mit schwarz-weiß gedruckten Comics war kein Blumentopf mehr zu gewinnen. An den Kiosken hinterließ sie keine Lücke, zu vielfältig war das Angebot.

Zeitgeschehen: Das wahrscheinlich wichtigste Ereignis bis zum Mai 1964 war der 13. August 1961. Die West-Berliner wurden an diesem Tag zu richtigen Insulanern, wie sie Günther Neumann mit seinem gleichnamigen Kabarett treffend tituliert hatte. Dass »die Mauer«, wie das Bauwerk später genannt wurde, eines Tages verschwinden würde, war klar. Nichts währt in der Geschichte ewig. Aber dass dieses Ereignis noch zu meinen Lebzeiten stattfinden sollte, dazu noch friedlich, hatte ich nicht für möglich gehalten. So sah ich an der Bernauer Straße die ersten Absperrungen, bevor die Stacheldraht-Barriere Zug um Zug zu einer schier unüberwindlichen Grenzanlage ausgebaut wurden. Aufgenommen mit einer Fixfocus Agfa-Klack-Kamera, an der ich außer hell und dunkel nichts weiter einstellen konnte. [Abb. 430]

Robinson und ich: Ein kurzes Resümee

Was hat *mir* die Comicserie *Robinson* gegeben? Meine damalige Begeisterung hat die Jahre überdauert, wie man anhand dieses Buchs sicherlich merkt. Immer wieder schaue ich mir die Hefte gerne an, genieße die Zeichnungen und die Texte, die mein Interesse an der Welt, der Geschichte und Geografie gefördert haben. Dabei übergehe schon mal die Ausgaben, die von weniger talentierten Zeichnern gestaltet wurden. Die Zweitserien spielten damals eine gewisse Rolle. Heutzutage sehe ich sie mit einem Schmunzeln oder gar mit Schaudern. Willi Kohlhoff hat den literarischen Stoff zeit- und mediengemäß angefasst, ihn populär gemacht und Helmut Nickel führte ihn mit seinen Zeichnungen zu einem der Höhepunkte deutscher Comickunst; nicht nur der 1950er Jahre. *Robinson* hat neben Nickels *Winnetou*-Adaption Bestand. Für mich persönlich steht sein *Robinson* sogar entschieden davor.

Im Rahmen meiner Beschäftigung mit der Serie in *Lorenz' Comic-Welt* und für dieses Buch habe ich *Robinson* zwei Mal durchgelesen und verarbeitet. Trotzdem habe ich es nach dem Lektorat für dieses Buch noch einmal getan – in Ruhe, genussvoll, ohne eingeschalteten Computer, einfach die Erzählungen und die Zeichnungen auf mich wirken gelassen. Der Zauber war noch immer da! Viele Texte sind keine wortkargen Begleitungen einer Geschichte. Sie beschreiben mit poetischen Worten selbst realistisch geschilderten und gezeichneten Horror. Willi Kohlhoff war darin ein Meister. Es gelang ihm stets, die Stimmung in Bild und Wort einzufangen, egal, ob er Kulturhistorisches und Botanisches beschrieb oder eine Danksagung Robinsons für das erste selbstgebackene Brot formulierte (Heft 9). Helmut Nickel dagegen setzte seine Texte knapper. Er verzichtete aus oben geschilderten Gründen auf Poesie, seine Worte waren dennoch treffend. Wer sich darauf einlässt wird rasch von der Serie eingefangen. Sie ist in der vorliegenden Form einmalig. Sie ist kein Aufguss und keine Wiederholung eines bereits abgehandelten Themas.

Laudatio:

Auf dem »Münchener Comicfestival 2011« erhielt Helmut Nickel den »Peng!-Preis« für sein Lebenswerk. Seit wir uns 1988 in New York das erste Mal begegnet waren, entstand eine Freundschaft, die mit wiederholten Treffen stets vertieft wurde. Von den Veranstaltern des oben genannten Festivals wurde ich gebeten, eine Laudatio zu halten, die nachfolgend abgedruckt wird. Sie ist sehr persönlich gehalten, unserer Freundschaft entsprechend.

»Lieber Helmut, als ich gefragt wurde, heute die Laudatio zu halten, fiel mir dazu spontan ein wenige Jahre zurückliegendes Erlebnis ein.

Wir, Brigitte und ich, waren zum ersten Mal in Venedig. Vom Markusplatz aus gingen wir am Canale Grande ein paar Schritte entlang und sahen links einen kleinen Seitenkanal, in den viele Touristen reinschauten. Noch bevor wir dort ankamen, erklärte ich schon, was es dort zu sehen gäbe, nämlich die Seufzerbrücke und die Bleikammern, das ehemalige Gefängnis der Lagunenstadt. So war´s dann auch, und das war nicht die einzige »Vorhersage«, die ich zur Topografie und zu den Bauwerken der Stadt zum Besten gab. Aber spätestens hier an der Seufzerbrücke zweifelte Brigitte daran, dass ich tatsächlich zum ersten Male in Venedig war.

Also gab ich ihr meine Informationsquelle preis, die nicht einem Reiseführer entsprang, sondern einer Comicreihe. Du weißt sicherlich schon, welche ich meine, die 3 Musketiere, deinen 1954/55 ersten selbst geschriebenen und gezeichneten Comic. In einem der Abenteuer schicktest du die Akteure nach Venedig und hast für mich recht anschaulich die Stadt erklärt, mit Draufsichten aus dem Vogelflug, Stadtplänen und detaillierten Erklärungen, wo sich die Musketiere gerade aufhalten. Und das zu einer Zeit, als Comics von selbsternannten Kulturhütern noch für minderwertiges Zeugs angesehen wurden – ich habe aus ihnen viel fürs Leben gelernt; danke dafür!

Lieber Helmut, du hast mein Leben mit deinen Comics sehr bereichert. Ich denke da zum Beispiel an Don Pedro, die Geschichte von der Eroberung und Zerstörung des Aztekenreiches und seiner Kultur. Vordergründig eine von dir spannend geschilderte und grandios gezeichnete Episode der Weltgeschichte, aber geschickt hast du darin historische Fakten untergebracht, wie beiläufig in die Handlung mit eingearbeitet. Du bezeichnest das zwar selbst gerne als »Schulmeisterei«, aber in modernen Comics erwartet der Leser, was du damals vorweggenommen und dafür Unverständnis und negative Kritik seitens der Verleger geerntet hast.

Oder Robinson, den du zwar nicht selbst entwickelt hast, das war Willi Kohlhoff, aber der mit deiner Übernahme zu einer der erfolgreichsten deutschen Comicserien der fünfziger und sechziger Jahre wurde. Dein Robinson führte mich mit Xury und Donna Gracia auf der Brigg »Sturmvogel« rund um den Globus und ich lernte diesmal nicht nur fürs Leben, sondern auch für die Schule. Meine besten Zensuren hatte ich nämlich immer in Erdkunde und Geschichte und das ist mit dein Verdienst – auch danke dafür!

Als du dann 1960 mit Hilde, deiner Frau, die hier an deiner Seite sitzt, nach New York »umgezogen« bist, um einen Posten als Kurator am Metropolitan Museum anzutreten, hast du auch dabei noch Comics gezeichnet und zwar den Winnetou, deine Leidenschaft! Und so nebenbei hast du mir damit Karl May nahegebracht, den ich bis dahin gemieden hatte. Zusatzbilder und Texte zum Leben der nordamerikanischen Indianer begleiteten deine Interpretationen der May'schen Texte, die bis heute ihresgleichen suchen – abermals danke!

So, nun habe ich hier noch ... äh, rund hundert Seiten Stichworte, aber die überspringe ich mal und komme zum Ende meiner kleinen Rede, in der ich dir meinen Dank für dein Comiclebenswerk ausspreche und noch einmal meinen herzlichen Glückwunsch zur längst überfälligen Ehrung und der damit verbundenen Preisverleihung! Und dank auch an die Veranstalter, die das hier zuwege gebracht haben!«

Helmut Nickel, Detlef Lorenz, Claudia Schöne, Heiner Lünstedt (v.l.n.r.) bei der Preisverleihung im Rahmen des Münchner Comicfestivals 2011. Der Zeichner bedankt sich für den »Peng!-Preis für das Lebenswerk«.

Die Zweitserien

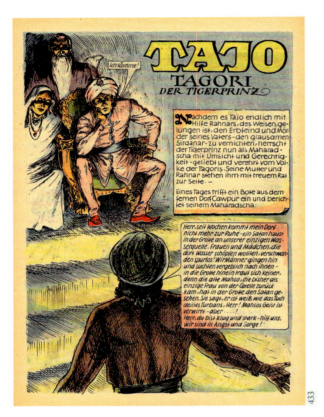

Tajo Tagori, der Tigerprinz

Ab Heft 12 sollte die Heftserie umbenannt werden von *Robinson Crusoe* in *Tajo Tagori – Der Tigerprinz*. Aber im Gerstmayer-Verlag hatte man sich total verspekuliert: »Wir« forderten »unseren« Robinson zurück. Zu bekannt war der Titelheld, fast jeder aus meinem Freundeskreis nannte ein Buch des berühmtesten Schiffbrüchigen der Welt sein eigen. Die Jugend- und Volksausgaben hatten *Robinson* so bekannt gemacht, dass *Tajo* chancenlos blieb.

Auch wenn Kohlhoff aus dem Stand eine spannende Story lieferte: *Robinson* als Comic wurde vehement zurückgefordert. Die Nummer 12 erschien deshalb zwar noch mit dem angekündigten Titelbild, Tajo rittlings auf dem Tiger Maoung und dem Hefttitel »Der Ruf des Rimboe«, aber der Serientitel blieb bei *Robinson Crusoe*; mit dem Zusatz *mit Tajo*. Drucktechnisch war alles mit ziemlicher Sicherheit bereits fertig, denn die Tajo-Erzählung war in der Reihenfolge die erste und der Robinson die zweite Geschichte im Heft. Bereits eine Ausgabe später, in der Nummer 13, war die künftige Konzeption des Heftinhaltes endgültig festgelegt: Der Comic *Robinson* war und blieb die Hauptserie!

Willi Kohlhoff entwickelte die Geschehnisse um den kleinen Tajo ungeachtet des Durcheinanders in seiner ursprünglichen inhaltlichen Konzeption weiter. [Abb. 432] Tajo gerät mit den Tieren des Rimboe, des indischen Dschungels, in Kontakt, vereinzelt lehnten ihn einige auf Grund seines menschlichen Wesens ab, mit anderen vermochte er Freundschaft zu schließen. Im Dschungel trifft er auf den Weisen Rahnar, der dort ein zurückgezogenes Leben führt. Mit den Tieren vermag dieser sich zu unterhalten, was er neben einer geistigen Erziehung Tajo ebenfalls lehrt. Mit den Jahren erkennt Tajo seine Bestimmung als Thronerbe von Tagori und beginnt, den Usurpator Sirdanar zu bekämpfen. In einem furiosen Finale befreit er seine Mutter aus dessen Gewalt, Sirdanar kommt beim Gerangel ums Leben. Mit dem Abschluss der Geschichte in Heft 19 beendete Willi Kohlhoff gleichzeitig seine Comictätigkeiten. Da der *Tajo* den Lesern zu gefallen wusste, wurde sie vom neuen *Robinson*-Zeichner Helmut Steinmann mit übernommen. Aus der ursprünglichen Idee Kohlhoffs, ein romantisches, mit mystischen Elementen versehenes Dschungelabenteuer in Anlehnung an die Dschungelgeschichten von

Kipling zu schaffen, wurde nun eine simple Kriminalgeschichte, die nur zufällig im Urwald spielte. [Abb. 433] Ein ungelenker Strich, eine holprige Erzählweise und ein Modernität heischender Schreibstil verleidete »uns« Tajo. Nur bis zu Heft 23 wurde die Geschichte noch fortgeführt, vermisst hat sie anschließend niemand.

Der Graf von Monte Christo

Der in Heft 23 angekündigte *Peter Palm* erschien nicht, dafür eine Fortsetzung der Piccolo-Serie *Der Graf von Monte Christo* (Heft 24-27). 1954 erschien von Helmut Nickel eine Comicadaption des Dumas-Romans *Der Graf von Monte Christo*[70].

Die Serie wurde kein Erfolg und mitten im Abenteuer nach zwölf Heften abgebrochen. Bei Gerstmayer glaubte man, sie als Seitenfüller für *Robinson* wieder aufleben lassen zu können. Es wäre besser gewesen, dies zu unterlassen, jedenfalls in der von Otto Albert, dem neuen Zeichner, vorgelegten Fassung. Vielleicht hätte ein Vierfarbdruck die Zeichnungen ein wenig aufgebessert, doch die Serie erschien ausgerechnet in der zweifarbigen Periode (schwarz/rot) der Heftreihe. Das Niveau Alberts war ähnlich niedrig wie das von Helmut Steinmann. Seine Gestaltung erschien mehr wie ein illustrierter Roman[71], denn der Textanteil war unverhältnismäßig hoch. Helmut Nickels Comictexte wurden ihm von Gerstmayer immer vorgehalten, hier schien es dem Verleger nichts auszumachen.

An den Bearbeitungen des Romanstoffs durch Otto Albert zeigten sich sehr schön und exemplarisch die Probleme, die bei der Umsetzung klassischer Romane zu einer Comicfassung auftreten können. Albert hat sich dicht an den vorgegebenen Stoff von Alexandre Dumas gehalten und war deshalb gezwungen, die Geschichte mit Unmengen an Dialogen und Texten voranzutreiben. Kohlhoff und Nickel waren anders vorgegangen, selbst wenn sie gelegentlich nicht mit Worten geizten. Sie versuchten, sich auf wesentliche Grundlagen ihrer Vorlagen zu beschränken, ließen stellenweise Inhaltliches entfallen und schufen somit einen flüssig zu lesenden Comic und keinen Romantext mit Bildanteilen; von der Qualität ihrer Zeichnungen

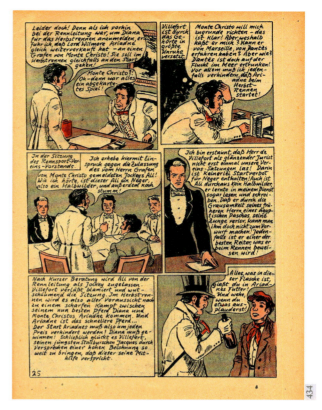

ganz zu schweigen. Zugegebenermaßen habe ich mit dem hier wiedergegebenen Bild [Abb. 434] eine besonders krasse Seite aus der Geschichte ausgesucht. Trotzdem ist sie symptomatisch und beispielhaft für den Erzähl- und Zeichenstil Otto Alberts, der sehr laienhaft ist.

Hans Warren's Abenteuer

Gerstmayer veröffentlichte ab Heft 27 (bis Nr. 34) einen Romantext der Reihe *Hans Warren's Abenteuer*. Dieser erschien von 1949 bis 1950 mit 66 Nummern, illustriert von Willi Kohlhoff. Laut dem *Roman-Preiskatalog* soll es sich um einen Nachdruck der Hefte 1 und 2 handeln. *Hans Warren's Abenteuer* sind vom Sujet her an die erfolgreiche Vor- und Nachkriegsromanreihe *Rolf Torring* angelehnt. Die beiden Freunde Hans Warren und Rolf Hasting reisen um die Welt, bevorzugt in damals noch exotischen Gefilden. Willi Kohlhoff war für die Illustrationen zuständig, für die Romanreihe zeichnete er auch die Titelbilder.

Die beiden Herren auf der Abbildung [Abb. 435] sollen der »Autor« Hans Warren und sein

---

[70] *Der Graf von Monte Christo* Nr. 1-12, Verlag für Moderne Literatur, 17 cm x 8 cm (Piccolo-Format), farbig, 25 Pf.
[71] Als sogenannte »*Graphic Novel*« würde sie anno 2015 wohl akzeptiert werden.

Eine Viertelstunde später gelangten sie an das Ufer eines Flusses (s. Seite 16). 435

Begleiter Rolf Hasting sein. Hans Warren war ein Autorenkollektiv-Pseudonym, das für folgende Namen stand: Rolf O. Becker, Hans Hartig, Willi Perry-Drixner, Hans Reinhard und Wilhelm Reinhard. Um die Sache noch verwickelter zu machen, war als Autor von *Hans Warren's Abenteuer* Hans Gordon angegeben, hinter dem Hans Reinhard steckte.

Helmut Nickel sagte zum Abenteurer und

dem Autor: »Bei Hans Warren und Rolf Hastings hat ganz klar Warren Hastings, Vorstand der Britisch East India Company und Generalgouverneur von Bengalen (1732-1818), Pate gestanden.«

Garth

Der Comic *Der Graf von Monte Christo* wurde abgebrochen und lediglich mit einem Textblock beendet. Dafür erschien eine neue Serie: *Der Mann aus dem Weltraum, ein neues Abenteuer mit Garth* (Heft 27-35).

Dieser Zeitungsstrip lief von 1943 bis 1997 in der englischen Zeitung *Daily Mirror*, geschaffen von Steve Dowling und Gordon Boshell sowie von John Allard. Der Verantwortliche für das ungelenke deutsche Lettering ist unbekannt. Im Verlag glaubte man wohl, die Leser würden sich in die Story schon hineinfinden. Es gab keine Erklärungen zur Serie, außer dass die Hoffnung ausgesprochen wurde, Garth würde Gefallen finden und der verlagsseitigen Versicherung an die Leser, dass der neue Held »viele weitere Abenteuer mit Euch erleben wird«.

Garth landet mittels seines »Raummantels« und des »Zauberhelms« in der Wüste [Abb. 436]. Doch leider hat er sich in der Zeit geirrt. Er findet sich bei den Tataren im Grenzgebiet zu China wieder, vermutlich im 16. Jahrhundert. Der Häuptling Tamara, später Tamar (weil sich Tamara wohl zu sehr nach einem Frauennamen anhört) lässt ihn gefangen nehmen und in sein Lager bringen.

Der ungekürzte und nicht bearbeitete Anfang der Geschichte erschien einige Jahre zuvor (1953) in der Romanserie *Tom der Unsichtbare* (Heft 1-9) und der Nachfolgeserie *Tom und die Vitalienbrüder* (Heft 10-19). Der Hamburger Verlag Friedrich Petersen brachte in dieser Reihe einen Comic Strip und zwar *Rex, eine Reise in die Vergangenheit*.

Dieser Rex war natürlich Garth, den es in verschiedene Epochen der Weltgeschichte verschlug. Gerstmayer wählte daraus die Tataren-Geschichte, in dem er einfach die Begegnung von Garth mit Tamar herausschnitt. So unvermutet, wie die *Garth*-Geschichte begann, endete sie mitten im neuen Abenteuer und ließ mit Sicherheit verwunderte Leser zurück.

436

Testpilot/Raumpilot Speedy

Testpilot Speedy erschien als einmaliges Piccoloheft im Mai 1955 im Jupiter Verlag (d.i. Gerstmayer). Im September des Jahres wagte die Redaktion einen Neustart der Serie, diesmal als sogenannter Großband (17 cm x 24 cm). Nach 27 Heften wurde die Serie eingestellt und mit der *Robinson*-Nummer 36 vereint [Abb. 437]. Immerhin lief *Testpilot Speedy* als Zweitserie bis zur Ausgabe 108 ausschließlich mit Originalmaterial. Ab der Nummer 72 wurde die Serie aus inhaltlichen Gründen in *Raumpilot Speedy* umbenannt; Speedy war da nicht mehr länger Testpilot bei den Standart-Werken, sondern Raumschifffahrer der Regierung. Der Zeichner/Texter der ersten drei Ausgaben in *Robinson* ist Ulrich Ebger, der auch schon für die eigenständige Heftreihe zuständig war. *Testpilot Speedy* ist eine Science-Fiction-Serie, deren Hauptaugenmerk auf den technischen Aspekten liegt – jedenfalls in der Heftreihe und den ersten Folgen in *Robinson* [Abb. 438].

Der »Superhai« ist ein röhrenförmiges riesiges Raumschiff, das ohne aufwendige technische Vorbereitungen in nur vier Stunden von der Erde zum Mond fliegen konnte. DAS waren die Schwergewichte der Serie: Es ging um Technik, die den Anschein von Glaubwürdigkeit hatte. Die Story war gelegentlich fragwürdig, der Ost-West-Konflikt, der Kalte Krieg stand Pate, wurde aber nicht direkt erwähnt.

In *Robinson* Nummer 38 wird Barb, die Frau Speedys, entführt, was als Cliffhanger diente. Die Fortsetzung, die Auflösung des Kidnappings, schrieb und zeichnete Walter Kellermann. Er wurde später bekannt, nicht unbedingt berühmt und beliebt, als »Urlaubsvertretung« für

Hansrudi Wäscher (*Sigurd* Piccolo Nummer 202.206). Walter Kellermanns Metier war nicht unbedingt die Science Fiction: Der »Superhai« verfügte auch über einen Photonenantrieb, Kellermann begeisterte sich innerhalb der Serie für »die neuste technische Entwicklung, einen Dreifach-Überschalljäger«. Dessen Konstrukteur nannte er Professor Meinkel, was sicherlich nicht zufällig an Heinkel erinnerte (z.B. »He 111«). Eher war da schon die Modewelt sein Metier [Abb. 439], wie unser Bildbeispiel zeigt.

Walter Kellermann wurde von Hansrudi Wäscher, mit dem er befreundet war, durch dessen Betreuung der *Sigurd*-Piccolos im Walter Lehning Verlag bekannt. Der Verleger aus Hannover bot ihm die Fortsetzung der Serie *Silberpfeil im Wilden Westen* ab der Nummer 51 (die bis Heft 165 lief) an. Zeitlich passt das mit seiner Beendigung für den *Testpilot Speedy* zusammen, jedenfalls wenn man die produktionstechnischen Abläufe berücksichtigt. Sollte Lehning tatsächlich mehr bezahlen als Gerstmayer – kaum vorstellbar, aber möglich.

Mit dem *Robinson*-Heft 59 kam ein neuer Zeichner/Texter für *Testpilot Speedy* zum Zuge. Dieser war dem Gerstmayer-Verlag bereits verbunden: Es handelte sich um ein Geschwisterpaar, von dem zumindest die Frau schon mit Comics zu tun gehabt hatte. Als Willi Kohlhoff die Comicserie *Wildtöter* zeichnete, assistierte ihm eine junge Studentin namens Uli. Sie tuschte seine Bleistiftzeichnungen. Später versuchte sie es mit einem eigenen Comic, dem hier veröffentlichten *Testpilot Speedy*. Dabei hatte sie leider keinen Profi zur Hand und musste, einschließlich der Story, alles selbst machen. Ihr Bruder half ihr bei technischen Details. Die bisherigen Geschichten von *Speedy*, erst recht die der Hauptserie, wurden konsequent ignoriert. Selbst der noch von Kellermann vorgegebene Titel für die Nummer 59 (»SOS Nordpol«) war Makulatur, denn die Geschichte hieß letztlich »Geheimnis des Galus«. Sie arbeiteten unter dem Pseudonym »Roxy Royal«.

Die Technik und Science-Fiction-Elemente rückten dafür wieder mehr in den Vordergrund.

Es gab »Handys«, lange vor *Raumschiff Enterprise*. Im Übereifer schilderten sie allerdings auch physikalische Kuriositäten, wie folgendes Beispiel zeigt: Barb springt aus der geöffneten Luftschleuse ins Weltall [Abb. 440]. Ganz richtig wird im Text darauf hingewiesen, dass »das unendliche All sie gleiten lässt, wohin ihre Eigenbewegung sie treibt.« Danach: »Mit Crawl-Bewegungen arbeitet sich Barb unter die Tragfläche des [Raumschiffs] Pfeil, um sich hier zu verbergen«. Wie geht das denn? Im All konnte sie »Crawl«-Bewegungen machen, soviel sie wollte und würde dennoch ohne Richtungsänderung immer weiter treiben und treiben und …

Trotz aller Schwächen, die *Speedy* von Roxy Royal aufwies, hatte mich die Episode aus Heft 85 damals sehr betroffen gemacht. Auf der Venus wurde unter Mithilfe von Speedy und Barb eine Revolution erfolgreich beendet. Als die Revolte abgeschlossen war, fiel Barb noch dem Schuss eines Fanatikers zum Opfer [Abb. 441]. Ich war sehr erschüttert, denn wann geschieht eine derartige Tragödie schon in einem Kindercomic! Barb war neben Speedy die Hauptperson in dieser Serie. Sie war von Anfang an dabei und spielte nicht nur die Rolle der ständig bedrohten und auf Befreiung durch ihren Helden wartende Heulsuse. Ihren Tod konnten auch die versöhn-

Lesen Sie bitte weiter auf Seite 222 ->

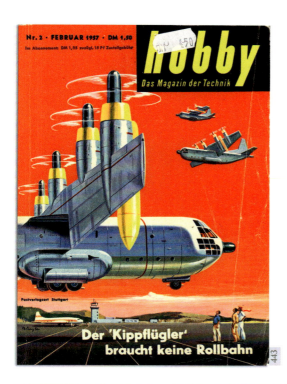

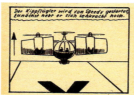

In *Testpilot Speedy* wurden auch neuste Forschungsergebnisse aus den 1950er Jahren gezeigt. So kam in der Folge vom Heft 69 ein »Kippflügler« vor. [Abb. 442] Dieser »Kippflügler« ist im Jahr zuvor vom *Hobby Magazin* (Februar 1957, Ehapa Verlag) vorgestellt worden. [Abb. 443, 444] Eines der dargestellten Projekte, das für Roxy Royal wohl als Modell diente.

Der 'Kippflügler' braucht keine Rollbahn

Von W. S. Griswold

Wenn die Propeller himmelwärts zeigen, kann der neuartige Transporter senkrecht starten und landen; sonst fliegt er wie ein normales Flugzeug

Die amerikanische Firma Hiller Helicopters, die das 'Fliegende Kuchenblech' (hobby, Oktober 1955, S. 14) konstruierte, hat jetzt ein großes Transportflugzeug entworfen, das wie ein Hubschrauber startet und dann wie ein normales Flugzeug weiterfliegt.

In Wirklichkeit ist es jedoch kein Drehflügler, auch kein Starrflügler — und doch ist es beides: Der Propelloplan, wie man diese ungewöhnliche Flugmaschine taufte, soll 40 bis 50 voll ausgerüstete Soldaten, mehrere kleine Fahrzeuge oder eine große Menge von Transportgütern über Tausende von Kilometern beinahe dreimal so schnell wie der schnellste Hubschrauber befördern können. Und doch wird dieses Flugzeug in der Lage sein, seine Ladung auf jedem ebenen Fleckchen Erde aufzunehmen und abzusetzen. Es soll eine Reisegeschwindigkeit von 560 km/h erreichen; die Landegeschwindigkeit beträgt sage und schreibe 0 km/h.

Diese enorme Geschwindigkeitsspanne wird mit Hilfe eines an sich ganz normalen Tragflügels erzielt, der aber für Start und Landung um 90 Grad geschwenkt wird. Zusammen mit dem Tragflügel werden die vier leistungsstarken Turboprop-Triebwerke mit den gegenläufigen Sechsblatt-Propellern nach oben gekippt.

Aus unseren Zeichnungen ersieht man, daß der Propelloplan den dicken Rumpf und das hochgezogene Schwanzteil der meisten Militär-Transportflugzeuge mit hinten liegender Verladerampe hat und mit einer Radarnase ausgerüstet ist.

In jeder der vier Triebwerks-Gondeln werden mindestens zwei, möglicherweise auch drei parallel oder in Reihe arbeitende Turbinentriebwerke untergebracht. Ihre Gesamtleistung dürfte bei 20 000 PS liegen. In der Praxis entwickeln die zwei oder drei Turbinentriebwerke jeder Triebwerks-Gondel beim Aufsteigen etwa zwei Drittel ihrer Normalleistung. Wenn eines der Triebwerke ausfällt, arbeitet das andere (oder die anderen) mit voller Kraft weiter, um den Leistungsverlust auszugleichen, und ein Absturz ist ausgeschlossen.

Spannweite und Form des Tragflügels des Propelloplans sind herkömmlich, vielleicht sogar etwas kleiner als sonst. Abweichend von üblichen Flugzeugen (und für den Kippflügler charakteristisch) sind die beiden großen Kraftstofftanks links und rechts unter den Tragflächen. Sie nehmen den gesamten Treibstoff des Flugzeuges auf.

Bei Start und Landung bietet der Tragflügel ein ungewohntes und überraschendes Bild: Er steht hochkant, und die Luftschrauben, Triebwerke und Brennstofftanks zeigen senkrecht nach oben. Diese Schwenkung des Tragflügels ermöglichen Drehzapfen, die am unteren Flansch des hinteren Holms befestigt sind. Der Tragflügel wird mit Hilfe kugelgelagerter Spindeln nach oben und unten gedreht; die Spindeln werden über einen hydraulischen Antrieb betätigt. Um für den mittleren Teil des Tragflügels, der nach hinten in den Rumpf geklappt wird, Raum zu schaffen, wird zuerst eine Platte am Rumpfoberteil unmittelbar hinter dem Gelenk des Tragflügels hydraulisch gehoben. Sobald der Tragflügel in seine Normalstellung zurückgeschwenkt ist, schließt sich diese Klappe, um die strömungsgünstige Form des Rumpfes wiederherzustellen.

Die röhrenförmige Verlängerung des Rumpfhecks ist ein anderes auffallendes Merkmal des Kippflüglers. In dieser Verlängerung sind Schlitze mit Umlenkklappen angebracht, die dann benötigt werden, wenn das Flugzeug schwebt oder langsam fliegt, außerdem bei Senkrechtstart oder -landung. Diese Klappen sollen die Abgase der Turbinentriebwerke nach oben, nach unten oder waagrecht ablenken. Bei einer Umlenkung nach oben oder unten beeinflussen die Abgase das Steigen beziehungsweise Sinken der Maschine, bei Umlenkung zur Seite regulieren sie die Gierung.

Der Propelloplan steigt beim Start senkrecht, wobei der Rumpf die ganze Zeit über in Horizontallage bleibt. Dann wird der Tragflügel nach vorne in Normalstellung geklappt. Während der Tragflügel in seine Normallage geschwenkt wird, erhöht sich ständig die Horizontal-

lich gemeinten Texte zu diesem Vorgang nicht mildern. »…Aber das Leben geht weiter!« war der Titel der Fortsetzung, aber für gute Laune sorgte er nicht.

Auf der Venus wird für Barb ein riesiges Denkmal errichtet. Speedy kehrt mit trübsinnigen Gedanken auf die Erde zurück [Abb. 445]. Er wusste, dass er von nun an den Weg in die Zukunft allein beschreiten musste. Von den vielen *Speedy*-Seiten aus der Feder von Roxy Royal ist mir die Szene aus Heft 87 mit dem Denkmal und dem trübsinnigen Speedy in Erinnerung geblieben. Barbs Präsenz in der Serie, ihr Mut, ihre Hilfsbereitschaft und ihre Liebe zu Speedy – alle Texter und Zeichner haben sie so dargestellt – berührten mich stets. Nun war sie weg, und da konnte kein Denkmal, sei es noch so groß, etwas zurückholen oder gar trösten. Mich als Elfjährigen hatte diese Geschichte so beeindruckt, dass sie eine Zäsur darstellte. Genauso erschrocken und betrübt wäre ich über den Tod von Rita oder Jane, Aleta oder Diana (Palmer) gewesen. Im Grunde undenkbar, aber hier war es (Comic-) Realität. Zumindest damals für die Kinder und Jugendlichen, deren Comics einen großen Teil ihrer Freizeitgestaltung ausmachten.

Die nächste Besonderheit findet sich in der

Nummer 104. Da es meinen langjährigen Wohnort Hamburg betrifft, zeige ich hier die Gedankenspiele des Roxy Royal für die Zukunft dieser norddeutschen Metropole. Beliebig gesetzte Hochhäuser, ein Baum, Taxis, die mit 200 km/h durch die Stadt jagen und sogenannte Zentralplätze, von denen aus »Wegbänder, die die Personen wie auf einer Rolltreppe, allerdings eben, befördern« [Abb. 446]. Das waren zeichnerische Visionen und technische Elemente, die Amateurniveau besaßen. Die Stadtansichten waren beliebig, nichts Bekanntes, es könnte irgendwo sein.

In Heft 108 verabschiedet sich Speedy von seinen Lesern. Es ist die 100. *Speedy*-Folge mit dem ehemaligen Testpiloten des Standart-Konzerns. Es war eine Serie, die nie die Herzen der Leser erobern konnte. Als eigenständige Reihe *Testpilot Speedy* scheiterte sie an den unbefriedigenden Zeichnungen, die zwar in den technischen Elementen mit zu dem Besten ihrer Zeit und lange danach zählten. Die Storys dagegen kamen spröde daher. Sie konnten nicht wirklich begeistern. Als *Speedy* mit *Robinson* zusammengelegt wurde, andere Zeichner den Comic übernahmen, sank er auf ein niedrigeres Niveau ab. Nicht nur die Science-Fiction-Elemente wurden amateurhaft, auch die Darstellungen der handelnden Personen waren mangelhaft. Eine neue Zweitserie, *Zorro*, schien den Lesern besser zu gefallen. Nach einer Umfrage wurde *Speedy* gestoppt, und das zum Jubiläum. Roxy Royal, in dieser letzten Folge werden wieder beide Kreativen genannt, beendete die Serie mit einer verwirrenden Geschichte, aber immerhin mit einem echten Abschluss.

Zorro

Ab Heft 98 erschien in *Robinson* eine neue Zweitserie: *Zorro* [Abb. 447]. Diese Version des maskierten Helden ist eine modernisierte Fassung, denn er hatte keinen Degen mehr. Sie spielt nicht mehr zur Zeit der spanischen Vorherrschaft in Kalifornien, sondern ab 1840 in »Neumexiko«, als die ersten großen Trecks nach Westen zogen. Aber auch für diese Zeitepoche sind die Ausstattungen nicht »regelkonform«. Sie deuteten eher auf den klassischen Wilden Westen hin. Das erkennt man an der Kleidung und den Schusswaffen (Colt-Sechsschüsser).

Die Serie beginnt bei Gerstmayer gleich mit einem redaktionellen Fauxpas. Anstatt mit der tatsächlich ersten Geschichte zu beginnen, wurde eine spätere Folge vorgezogen. Der eigentliche Anfang, mit einem Hinweis auf das Jahr 1840, folgt erst im Heft 105: »Im Jahre 1840 war Neumexiko ein Eroberungsland. Lange Reihen von Pionierwagen lösten sich ab mit Gruppen von Reitern, meistens Banditen oder Gesetzlosen, auf der Suche nach Reichtum. Sie

wurden oft von Indianern angegriffen, welche sich manchmal mit den Räubern vereinigten, um aus ihren Überfällen größeren Nutzen ziehen zu können«, usw.

Ted Ariston ist ein Ingenieur und arbeitet für eine Bergwerksgesellschaft, während Kate eine Siedlerin ist, deren Vater bei einem Überfall getötet wurde und seitdem in Maxwell lebt. Im Laufe der Handlung werden die beiden ein Paar und erlebten so manches Abenteuer. Verwirrend war nur die Anfangsgeschichte, in der sie sich schon kannten – und Kate von der Doppelidentität Teds als Zorro wusste - und dass sie sich in der später veröffentlichten Episode erst kennenlernten.

Kommentarlos pausierte Zorro in Heft 100. Dafür wurde der Comic ebenso kommentarlos in der Nummer 101 fortgesetzt.

Eine letzte Bemerkung zum Inhalt der *Zorro*-Geschichte aus dem Heft 116: in dieser Geschichte kam es auf der letzten Seite [Abb. 448] zu einer Schießerei zwischen Zorro und dem Banditen Kennedey. Im Text trifft Zorro den

Arm des Verbrechers, so wie er aber im nächsten Bild leblos daliegt, vermute ich eher einen tödlichen Schuss. Mit derartigen Bild- und Textmanipulationen versuchten auch noch Anfang 1960, Redakteure einer möglichen Indizierung seitens der BPjS zu entgehen. Die Vorzensur hat zugeschlagen.

Xury

Zorro pausiert im Heft 100, dafür gab es eine zusätzliche Erzählung über Xury. Diese soll mit den Geschichten aus den *Robinson Sonderheften* (siehe dazu »Robinson Spotlight 2«) [Abb. 450] verknüpft sein. Ich schreibe absichtlich »über« und nicht »von« Xury. Dieses war eine Eigenart der Sonderhefte. Die Erlebnisse des Knaben wurden in der Ich-Form geschrieben. Hier dagegen hat Royal, der die neuen Geschichten gezeichnet hat, die Vorgaben der Sonderhefte außer Acht gelassen – wie schon bei der Übernahme von *Speedy* – und so erzählt, wie es ihr/ihm passte. Obwohl die Story in Heft 100 abgeschlossen war, gab es, ebenfalls von Royal, zu-

sätzliche Abenteuer in den Heften 135 bis 140, mit jeweils zwei bis drei Seiten. Diese waren Erstveröffentlichungen. Für die Heftreihe ab der Nummer 126 war das etwas Besonderes, bestand der Inhalt ansonsten aus Nachdrucken. Am Schluss der Geschichte im Heft 140 wurde auf die Sonderhefte verwiesen, die nun als Fortsetzung galten. Somit wurde eine gewisse Kontinuität vorgespielt.

Vom Artwork her passte der Stil Roxy Royals gar nicht mal so schlecht zu einer reinen Funny-Serie [Abb. 449]. Bei Xury kam es auf ein paar falsch gesetzte Zeichenstriche, eine unpassende Perspektive oder unlogische Problemlösungen nicht so sehr an wie bei einem realistischen Science-Fiction-Comic. Was mir besonders aufgefallen ist, sind die Anlehnungen an Bildererzählungen aus der Vorkriegszeit. Die Handlung wurde einerseits mit Sprechblasen transportiert, andererseits waren unter den meisten Panels einige das Geschehen erklärende Zeilen beigefügt, die gelegentlich auch über den Bildrahmen hinausgingen.

Sie wurden von der INCOS als Jahrespublikation 2011 erstmalig komplett nachgedruckt. In der Form der ursprünglichen *Robinson Sonderhefte* (1-6) gab es ein siebtes Heft, dessen Inhalt die Geschichten aus den *Robinson*-Heften 100 und 135 bis 140 enthielt. Wie im Original waren sie einfarbig. Ein weiteres Heft beinhaltete einen Artikel über die Sonderhefte, eine Inhaltsbeschreibung der *Robinson*-Hefte, eine Bibliografie aller *Robinson*-Serien und eine Artikelübersicht.

Das Logbuch des Robinson Crusoe

Anhänge

Anhang 1: Bibliographische Daten 226

Anhang 2: Titelverzeichnis *Robinson* 228

Anhang 3: Die Titelbilder der Hefte 127 bis 222 230

Anhang 4: Der U. Gerstmayer Verlag 241

Anhang 5: Nachdrucke 242

Anhang 6: Auswahlbibliographie 244

Anhang 7: Die Welt um 1675 in der *Robinson***-Serie** 246

Anhang 8: Personen- und Sachregister 248

Anhang 9: Abbildungsverzeichnis 252

Bibliographische Daten

Bei einer langlebigen Serie ist es nicht ungewöhnlich, wenn sich bibliographische Eckdaten, wie Format, Seitenzahl oder sogar der Titel im Lauf der Jahre ändern. Diese Aufstellung gibt einen kompakten Überblick.

Die Hauptserie

Titel:
Robinson Crusoe (Nr. 1 bis 12, 14)
Robinson (Nr. 13, 15 bis 222).
Untertitel:
»Die spannendsten und aufregendsten Abenteuer des beliebtesten Helden der guten Welt-Jugendliteratur« (Nr. 1 bis 10).
Erscheinungszeitraum:
Dezember 1953 bis Mai 1964
(222 Nummern)

Erscheinungsweise: monatlich (Nr. 1 bis 37), vierzehntäglich (Nr. 38 bis 222)
Verkaufspreis: DM 0,50 (Nr. 1 bis 125), DM 0,60 (Nr. 126 bis 222).
Druck: Vierfarbig (Nr. 1 bis 23 (Nr. 23 vierfarbig und zweifarbig, siehe da), 126 bis 129), zweifarbig (Nr. 24 bis 25), einfarbig (Nr. 26 bis 125, 130 bis 222)
Format: 17 x 24 cm, nicht einheitlich (Nr. 1 bis 190), 15,5 x 23 cm (Nr. 191 bis 222)
Seitenzahl: 24 Seiten (Nr.1 bis 23), 36 Seiten (Nr. 24 bis 63, Nr. 100, Nr. 120 bis 125, 130 bis 222), 28 Seiten (Nr. 64 bis 99, 101 bis 119), 32 Seiten (Nr. 126 bis 129)

Text:
Willi Kohlhoff: Nr. 1 bis 19, 103 bis 105, Nr. 211 bis 213
Helmut Nickel: Nr. 22 - 102, 124-125, 130 - 210

Zeichnungen:
Willi Kohlhoff: Nr. 1 bis 19, 103 bis 105, 211 bis 213, Bleistiftvorzeichnung Nr. 8 und 19
Helmut Nickel: Nr. 22 bis 102, 124 bis 125, 130 bis 210,Tusche Nr. 8 und 19
Helmut Steinmann: Nr. 19 Seite 16, 20 bis 21, Nr. 129 Seite 16
Fritz Tasche: Nr. 106 bis 123, 214 bis 222

Titelbilder
Willi Kohlhoff: Nr. 1 bis 7, 8 (Bleistift), 9 bis 18, 23 bis 25, 28, 29, 103 bis 105, Nr. 211 bis 213
Helmut Nickel Nr. 8 (Tusche), 22, 26, 27, 30 bis 102, 124 bis 125, 130 bis 210 (teilweise Vergrößerungen aus dem Innenteil)

Die Zweitserien
(alphabetisch geordnet)

3 Musketiere
Nr. 134 bis 153 (Nachdruck der Serie von 1954, teilweise gekürzt)
Text und Zeichnungen: Helmut Nickel

Der Graf von Monte Christo
Nr. 24 bis 27 (27: nur Text, 154 bis 160: Nachdruck)
Text und Zeichnungen: Otto Albert

Fruggy
Nr. 166 bis 170
Text: N.N., Zeichnungen: Rori.

Garth
Nr. 27 bis 32, 34 bis 35
Text und Zeichnungen: Steve Dowling, Gordon Boshell sowie John Allard

Hans Warren's Abenteuer
Nr. 27 bis 34
Text: Hans Gordon: Nr. 27 bis 34. Zeichnungen: Willi Kohlhoff, Nr. 27 bis 29

Joe the Kid
Nr. 145 bis 147, 152 bis 155, (Nr. 163 bis 165: Nachdruck aus der Serie *Robinson Sonderheft* von 1955, Text: Willi Kohlhoff, Zeichnungen: Steinmann und Becker-Kasch

Kapitän Alvaro
Nr. 173 bis 178 (Nachdruck)
Text und Zeichnungen: N.N.

Mico
Nr. 126 bis 135 (Nr. 171 bis 173:Nachdruck)
Text: N.N., Zeichnungen: Rori

Onkel Archimedes
Nr. 120 bis 125
Text und Zeichnungen: N.N.

Professor Düsenknall
Nr. 174 bis 178
Text und Zeichnungen: N.N.

Tajo Tagori der Tigerprinz
Nr. 11 bis 23
(126 bis 134: Nachdruck)
Text: Willi Kohlhoff: Nr. 11 bis 19. Helmut Steinmann: Nr. 20 bis 23
Zeichnungen: Willi Kohlhoff: Nr. 11 bis 18, 19 (Bleistiftvorzeichnung). Helmut Steinmann: Nr. 19 (Tusche), 20 bis 23

Testpilot Speedy
(ab Nr. 72: *Raumpilot Speedy*)
Nr. 36 bis 108
Text und Zeichnungen: Ulrich Ebger: Nr. 36 bis 38. Walter Kellermann: Nr. 39 bis 58. Roxy Royal: Nr. 59 bis 99, 101 bis 103, 108. Royal: Nr. 100, 104 bis 107

Wildtöter
Nr. 160 bis 166 (Nachdruck der Serie von 1955)
Text: Willi Kohlhoff, Zeichnungen: Willi Kohlhoff (Bleistift), Zorr (Tusche)

Xury
Nr. 100, 135 bis 140 (Nr. 141 bis 145, 148 bis 152, 155 bis 159: Nachdruck)
Text und Zeichnungen: Royal

Zorros Abenteuer
Nr. 98 bis 99, 101 bis 125 (Nr. 179 bis 202: Nachdruck)
Text und Zeichnungen: N.N.

Robinson hat Freitag, seinen jungen farbigen Diener aus den Händen des schwarzen Pierre befreit, der an der Spitze einer Rotte von Kannibalen, bis an den See vorgedrungen ist. Als Robinson dem Wasser entsteigt, (er hat mit seinem Gefährten bei der Flucht den See durchschwommen) vermisst er Lupus, seinen Wolfshund. Aber die Nacht ist zu finster um irgendwelche Spuren auszumachen und das Plätschern der noch im Wasser schwimmenden Verfolger ist jetzt in bedrohlicher Nähe zu hören.

Einer der Wilden klettert schon wie eine Katze am Uferhang empor, da springt Robinson aus dem Dunkel hervor und befördert ihn mit einem gewaltigen Hieb in das Wasser zurück.

Die Rollen sind nun vertauscht. Die Gefährten sind am festen Ufer den Herauskletternden überlegen.

Wer nicht von Robinsons Hammer harten Schlägen erwischt wird, dem bringt Freitag mit einem Holzknüppel bei, den nötigen Abstand zu halten.

"Elende Kanakers! Müssen viel baden sonst sie duften viel zu viel"

Schliesslich schwimmen die Wilden in respektvoller Entfernung am Ufer entlang und versuchen, an anderen Stellen an Land zu kommen. Robinson und Freitag schleichen sich indessen nach jener Bucht hin, wo ihr Schilfbootboot unter überhängenden Zweigen dicht am Strande verborgen liegt.

In dem Fahrzeug befinden sich noch eine Muskete und zwei Pistolen mit der dazu gehörigen Munition. Vorsichtig späht Robinson in der beginnenden Morgendämmerung nach einem Zeichen, dass die Anwesenheit von Feinden verraten könnte. Da alles still bleibt, setzt er eben zum Sprunge an, als ihn Freitag zurückhält. Seine empfindliche Nase hat die den Wilden eigentümliche Ausdünstung wahrgenommen.

Originalseite 2 aus *Robinson* Heft 11 von Willi Kohlhoff. Sammlung Detlef Lorenz

Titelverzeichnis *Robinson**

1. Der Schiffbruch
2. Unter Menschenfressern
3. Urwald-Dämonen
4. Die Meuterei
5. Abenteuer in Brasilien
6. Höllisches Paradies
7. Die Rache des Sapay Capak
8. Der Sieg des Vira Cocha
9. Die Robinson Insel
10. Kampf mit Kannibalen
11. Schlacht um die Felsenburg
12. Der Ruf des Rimboe
13. Schiff in Sicht
14. Das große Abenteuer
15. Ohne Gesetz
16. Stunden Des Schreckens.
17. Paradiesvögel und Kopfjäger
18. SAMBI
19. SPUK IM URWALD
20. Die Insel der Geheimnisse
21. Katastrophe im Stillen Ozean
22. Der Tempel der Glückseligkeit
23. Die Meermenschen
24. Die Nacht des Verräters
25. Hart auf Hart
26. Auf wilden Pfaden
27. Das Gesetz des Dschungels
28. DAS SPIEL IST AUS
29. DAS TAL DER WILDEN ELEFANTEN
30. Der Inselmensch
31. Unter Haien
32. Auf Tod und Leben
33. Um Haaresbreite
34. In der Gewalt des Bösen
35. Hinter Haremsgittern
36. Das Auge des Shiwa
37. Die große Not
38. Lauernde Gefahr
39. Meereshyänen
40. Paradies und Hölle
41. Der Zorn der Götter
42. Zu fernen Küsten
43. Desperados
44. Wo das Faustrecht herrscht …
45. Der Geheimnisvolle
46. Das Gold Montezumas
47. In Nacht und Grauen
48. Totenkopf und Enterbeil
49. Gefährliche Rätsel
50. Aufstand auf den Inseln
51. Große Fahrt
52. Verrat
53. Weiße Sklaven
54. Der König der Wüste
55. Die Hand der Rache
56. Die Einsame Insel
57. Bis aufs Messer …
58. Urwaldgeheimnisse
59. Anakonda
60. In der Grünen Hölle
61. Schwarzes Elfenbein
62. In den Krallen der Leopardenmenschen …
63. Ohne Gnade
64. Feinde ringsum
65. Die Drachenbrüder
66. Gelbe Teufel
67. Drei schwarze Dschunken …
68. Kein Frieden unter Palmen …
69. Der Geisterkrieg
70. Zwischen zwei Feuern …
71. Einer gegen alle …
72. Kontinent voller Rätsel
73. … und keine Rettung …
74. Kampf der Zauberer
75. Rache vom Himmel
76. In höchster Gefahr
77. Taifun
78. Um Kopf und Kragen
79. Xury der Unverzagte
80. Die Seeschlange
81. Im Reiche des weißen Elefanten
82. Unter heißem Himmel …
83. Die vergessene Stadt
84. Die Keule des Hanuman
85. Sulima
86. Der Geächtete
87. Unter dem Halbmond
88. Der Sturm aus der Steppe
89. Auf des Schwertes Schneide
90. Der Schatz auf dem Meeresgrund
91. Piraten, Gold und Wüstenräuber
92. Gefährliche Küste
93. Das Geheimnis der Mondberge
94. Um König Salomos Siegel…
95. Saba, das Tal der Rätsel
96. Meuterei an Bord
97. Die Insel des Vogel Roch
98. Im »Schwarzen Walfisch«
99. Schiff in Not
100. Der Tag des Schreckens
101. Fluch und Rache
102. Unheimliche Nacht
103. Die Galgenbrücke
104. In letzter Sekunde
105. Der Bluthund
106. Das mysteriöse Eiland
107. Abenteuer an Spaniens Küste
108. Die Verfolgung
109. Revanche an den Piraten
110. Gefährliche Stunden
111. Ein kühner Handstreich
112. Der Tod des Banditen
113. Ein Kampf auf Leben und Freiheit
114. Die Befreiung der Sklaven
115. Der Schatz in der Pyramide
116. Kämpfe in der Wüste
117. Abenteuer in der Hafenstadt
118. Der „Sturmvogel" in Gefahr
119. Schreckensnacht in der Arabersiedlung
120. Auf der Spur der Sklavenhändler
121. Die Verfolgung des Scheichs
122. Den Sklavenhändlern auf den Fersen
123. Der Schlupfwinkel des Banditen
124. Im Roten Meer
125. Durch tausend Gefahren

* Die Schreibweise der einzelnen Titel, inkl. Interpunktion, entspricht jener der gedruckten Hefte.

Detailvergrößerung des Titelbilds von *Robinson* Heft 90

Die Titelbilder der Hefte 127 bis 222

Die Inhalte der *Robinson*-Geschichten wurden in den Heften 1 bis 125 erstveröffentlicht. Ab der Nummer 126 gab es bis zur Beendigung der Reihe ausschließlich Nachdrucke. Diese werden nicht gesondert beschrieben. Der Vollständigkeit halber werden die Titelbilder dieser Hefte nachfolgend abgebildet.

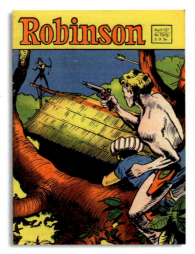
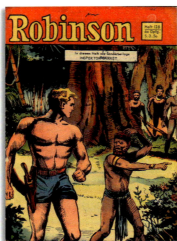
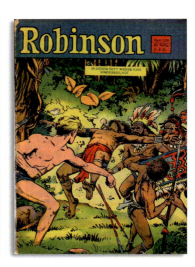
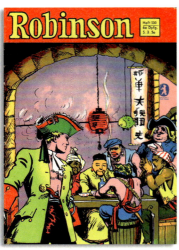
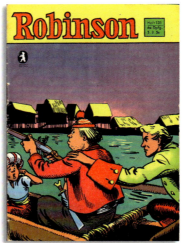
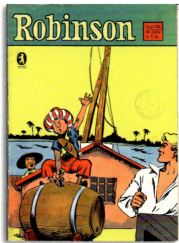

Titelbilder Nr. 127-132

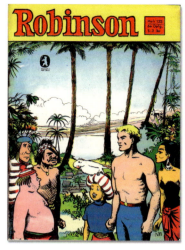
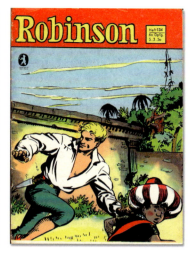
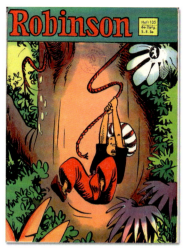
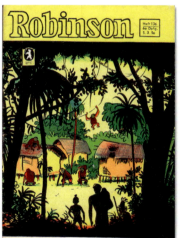
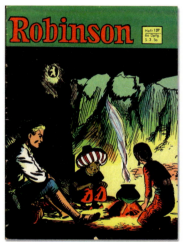
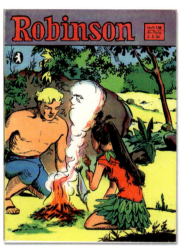
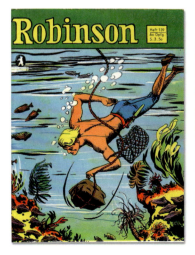
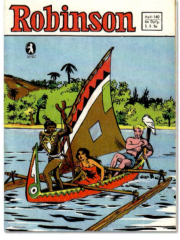
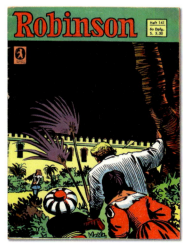

Titelbilder Nr. 133-141

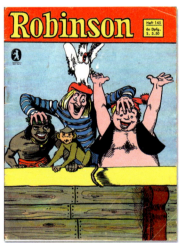

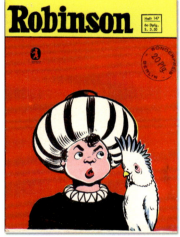
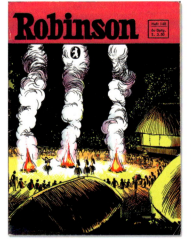

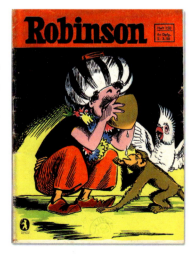

Titelbilder Nr. 142-150

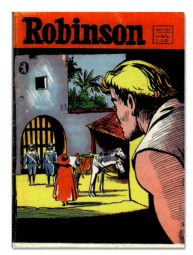
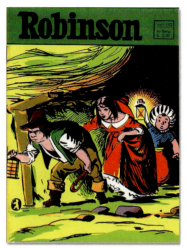
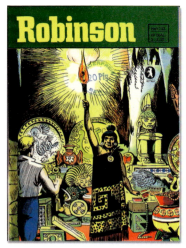
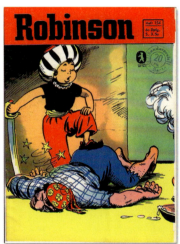
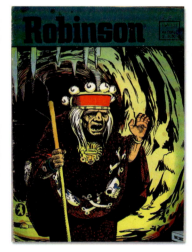

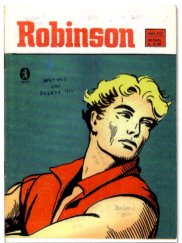
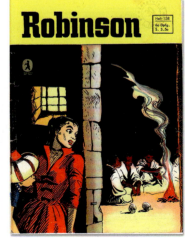
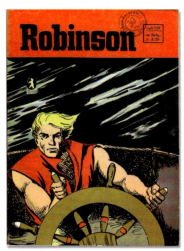

Titelbilder Nr. 151–159

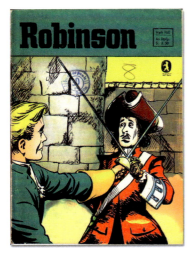
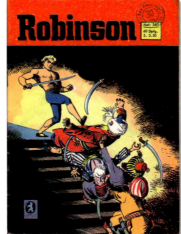

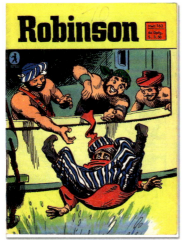

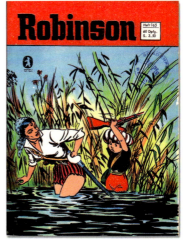
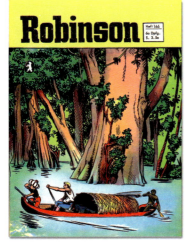
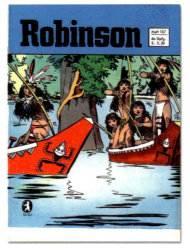
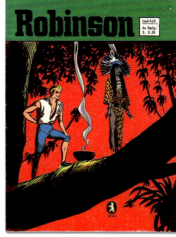

Titelbilder Nr. 160-168

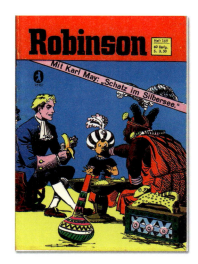
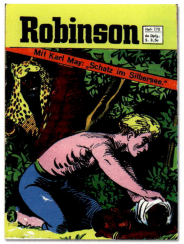
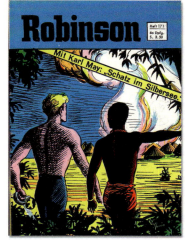
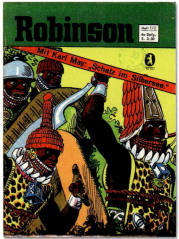
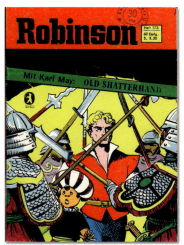
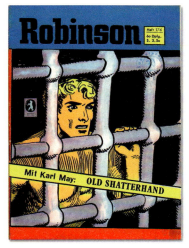
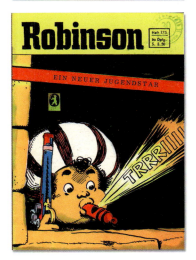
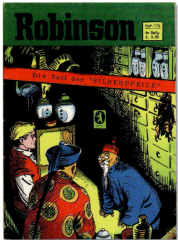
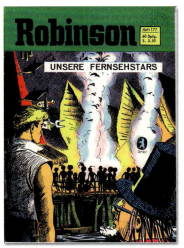

Titelbilder Nr. 169-177

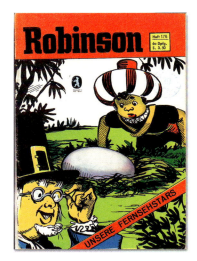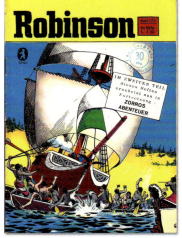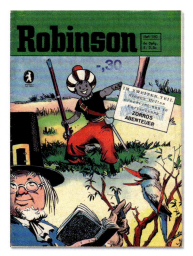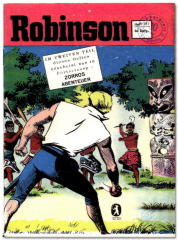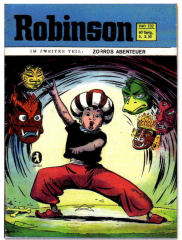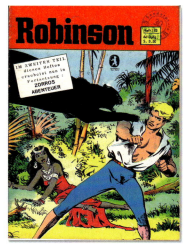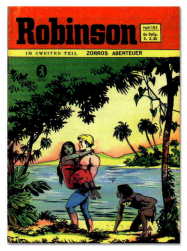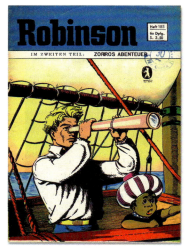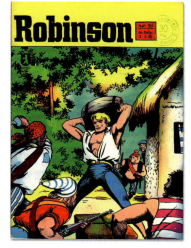

Titelbilder Nr. 178-186

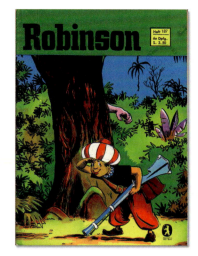
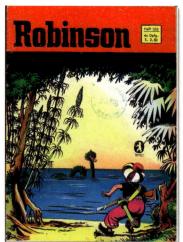
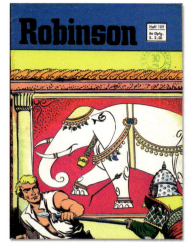
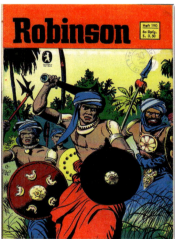
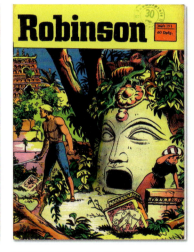
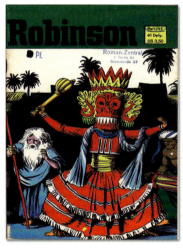
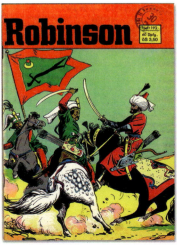
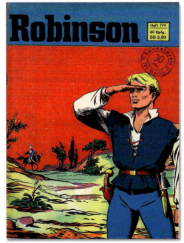
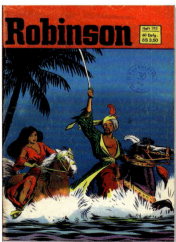

Titelbilder Nr. 187-195

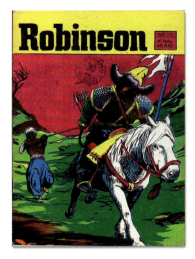
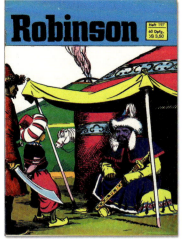
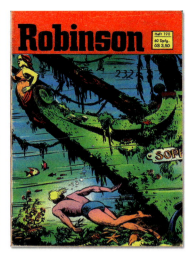
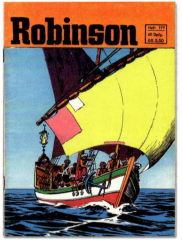
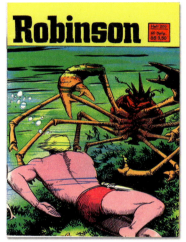
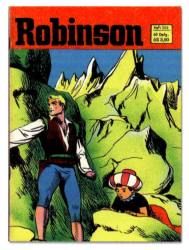

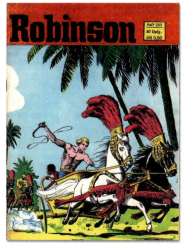
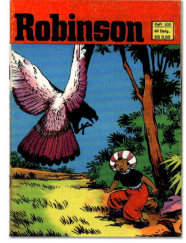

Titelbilder Nr. 196-203

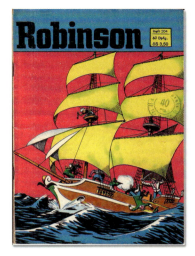
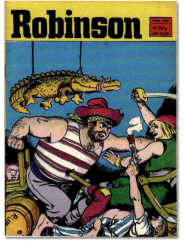
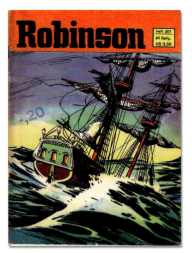
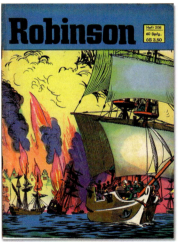
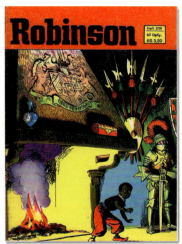
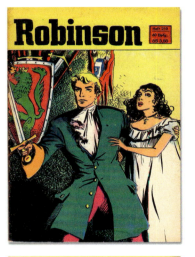
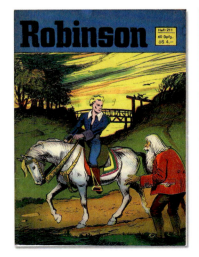
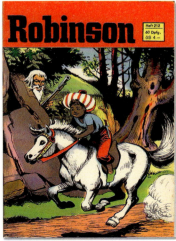
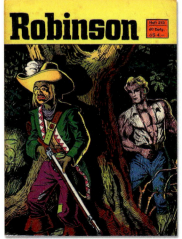

Titelbilder Nr. 204-213

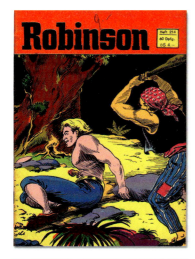
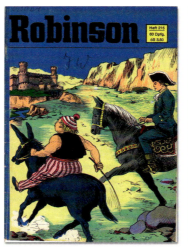
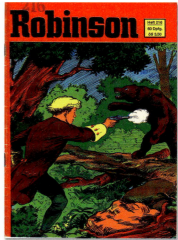

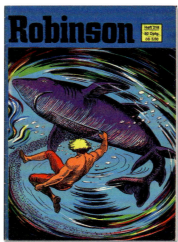
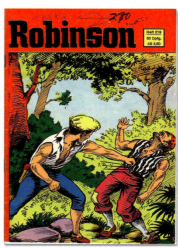
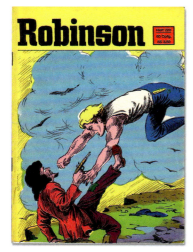
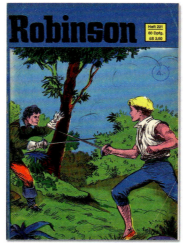
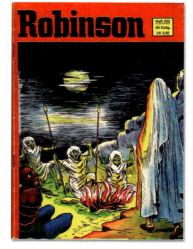

Titelbilder Nr. 214–222

Der U. Gerstmayer Verlag

Über den Gerstmayer Verlag ist im Hauptteil des Buchs einiges geschrieben worden: Wie Hermann Gerstmayer, Jr. mit den Zeichnern umging, seine eigenwilligen Geschäftspraktiken, die Zahlungsmoral usw.

Wenngleich er häufig die Adresse wechselte, so hatte er seinen Hauptsitz überwiegend in Berlin-Wannsee in der Königstraße 49. Von dem Gebäude ist heutzutage nicht mehr viel zu sehen [Abb. 451]. Neubauten prägen das Straßenbild. Ganz im Hintergrund sind Mauerteile zu erkennen. Hier hat einmal das Verlagsgebäude gestanden, in dem *Robinson* und viele andere Comic- und Romanserien entstanden sind.

Hitschler

Ferdinand Hitschler gründete Ende der 1920er Jahre die gleichnamige Süßwarenfirma. Mitte der 1950er Jahre erweiterte sie ihr Sortiment mit Kaugummi u.ä. Dafür wurde eine Werbekampagne gestartet, die sich mit den populären Themen aus Film und Comic beschäftigte. Kooperationspartner war unter anderem der Gerstmayer Verlag, der *Robinson* mit dem Werbetext »Das war eine Leseprobe aus der weltberühmten Robinson Serie (…)« ins Spiel brachte. Ein vierseitiges Faltblatt (ca. 23,5 cm x 17 cm pro Blatt) zeigte auf einer Seite einen Auszug aus *Robinson* (das Beispiel zeigt Comicseite 8 aus Heft 22[72]) [Abb. 452], eine Film-Fernseh-Show, den Beginn einer *Woody-Woodpecker-Auf Abenteuer*-Geschichte (und nicht *Hacky der Specht*, wie er noch in der 1955/56 herausgekommenen Comicserie hieß) [Abb. 453] sowie ein farbiges Schauspielerporträt (hier: Liselotte Pulver). Dieses Bild konnte abgetrennt werden. Ein Pfeil und der Aufruf »Hier abreißen!« forderten dazu regelrecht auf. Dies wurde damals wohl sehr oft gemacht, denn meist fehlt es. Deshalb für Sammler und Komplettisten der Hinweis: Die Seiten gehören *immer* zusammen, fehlt das Filmbild, ist die Werbung von Hitschler unvollständig!

---

[72] Eine weitere Abbildungsseite ist aus Heft 19, Comicseite 1.

Nachdrucke der *Robinson*-Serie

Robinson wurde nicht nur innerhalb der ersten Serie fast komplett nachgedruckt, der Gerstmayer Verlag führte sie bereits während ihres Erscheinens Zweitverwertungen zu. Um die Jahrtausendwende herum legte erstmals der Norbert Hethke Verlag die komplette Reihe bis zur Nummer 125, also inhaltlich komplett, als Faksimile auf.

Robinson [Abb. 454]
Gerstmayer Verlag / Heinerle Nährmittelfabrik Hugo Hein
Nr. 1-18 (20), 1957
Piccolo, 17cm x 7cm, 10 Pfennig mit Wundertüte
Besonderheiten: Die Zeichnungen sind einfarbig, für das neue Format bearbeitet, ummontiert und zensiert. Von der Nummer 18 sind drei verschiedene Inhalte bekannt. Es gibt einen Nachdruck.

Robinsonaden [Abb. 455]
Gerstmayer Verlag
Nr. 101-110, 1957
Piccolo, 17cm x 6,5cm, 20 Pfennig
Besonderheiten: Die Zeichnungen sind einfarbig, für das Format bearbeitet, ummontiert und zensiert. Zusätzlich sind in den Heften *Xury*-Geschichten aus den *Robinson Sonderbänden* enthalten. Es gibt einen Nachdruck.

Robinson [Abb. 456]
Arotal Verlag
Nr. 1-9, 1977
Heft, 18 cm x 26 cm, 1,50 DM

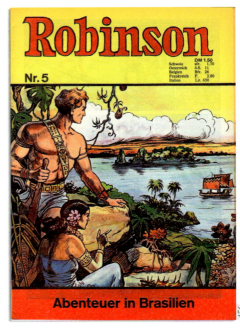

Besonderheiten: Diese Hefte waren »knallbunt« und bonbonfarbig angelegt. Die Nummer 8 wurde ausgelassen (Gründe, siehe Kommentar im Hauptteil). Der eingeführte Titelschriftzug wurde ab Heft 6 verändert. Die Titelbilder entsprachen nicht immer dem Original. Sie wurden teils willkürlich der Ursprungsserie entnommen. Das abgebildete Heft 5 hat das Titelbild der Nummer 23b der Originalserie. Zusätzlich befand sich im Heft ein extrem schlechter farbiger Nachdruck der Piccolo-Serie *Wildtöter*.

Comixene Paperback [Abb. 457]
Edition Becker & Knigge
Nr. 7-8, 1979
Paperback, 14,5cm x 20,5cm, 9,80 DM
Besonderheiten: Nachdruck der Helmut Nickel-*Robinson* Hefte von Nr. 22-31, Nr. 31 teilweise.

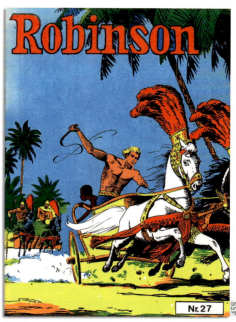

Robinson [Abb. 458]
Norbert Hethke Verlag
Nr. 1-32, 1979
Heft-Kleinband, 3,60 DM
Besonderheiten: Einfarbige Sammelbände mit je fünf *Robinson*-Geschichten. Die Titelbilder fehlten überwiegend, nur jeweils das ersten Heft bildete den Umschlag.

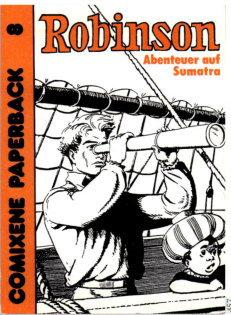

Robinson
Norbert Dargatz Verlag
Nr. 1, 1985
Heft, 12,00 DM
Besonderheiten: Faksimile-Nachdruck des ersten Heftes.

Robinson [Abb. 459]
Norbert Dargatz Verlag
Nr. 1-149, 1989
Piccolo, 4,00 DM
Besonderheiten: Unvollständiger, bearbeiteter einfarbiger Nachdruck im Piccolo-Format. Die Titelbilder sind von Achim Danz neu gezeichnet.

Robinson
Roman Boutique-Club
Nr. 1-54, 1995
Heft, 12,80 €
Besonderheiten: Faksimile der Serie von 1953

Robinson
Norbert Hethke Verlag
Nr. 55-125, 2000.
Heft, 12,80 €
Besonderheiten: Faksimile der Serie von 1953. Fortsetzung der Reprint-Reihe vom Roman Boutique-Club.

Die Sprechblase [Abb. 460]
Verlag Abenteuer pur
Nummer 229, 2013, kostenlose Beilage.
Besonderheiten: Nachdruck der Nummer 101 (nur die Robinson-Geschichte) in Farbe, koloriert von Gerhard Schlegel.

Auswahlbibliographie

Aping, Norbert: »Robinson«, in *Comixene* Nr. 32 (1976)

Becker, Hartmut: »Robinson-Sonderheft«, in *Comixene* Nr. 41 (1981)

Dolle-Weinkauff, Bernd: *Comics-Geschichte einer populären Kulturform in Deutschland seit 1945*, Belz (1990)

Fleischer, Werner: »Bibliografie der Robinsonhefte«, in INCOS Robinson-Sonderhefte (2011)

Förster, Gerhard und **Detlef Lorenz:** »Helmut Nickel-Spezial«, in *Die Sprechblase* Nr. 99 (1989)

Förster, Gerhard: »Phänomen Helmut Nickel«, in *Die Sprechblase* Nr. 217 (2010) [Abb. 462]

Fuchs, Wolfgang J.: »Robinson« und »Sigurd«, in *The World Encyclopedia of Comics*, New York (1977), herausgegeben von Maurice Horn.

Hermann, Günther: »An tausend Lagerfeuern – Robinson und die Völkerverständigung«, in *Die Sprechblase* Nr. 25 (1980)

Hickethier, Knut und **Wolf-Dieter Lützen:** »Interview mit Dr. Helmut Nickel«, in *Comixene Paperback* Nr. 4 (1980)

Hickethier, Knut (Herausgeber): *Robinson und Robinsonaden, in den literarischen Medien – Nachahmung Adaption, literarische Verwertung in Literatur in den Massenmedien*, Hanser Medien (1976)

Hüfner, Jürgen: »Die Entdeckung: Helmut Nickel letterte Wäschers Akim«, in *Die Sprechblase* Nr. 230 (2014)

Kanzer, Dieter: »Plagiate«, in *Die Sprechblase* Nr. 18 (1979)

Knigge, Andreas C.: *Fortsetzung folgt – Comic Kultur in Deutschland*, Ullstein (1986)

Lorenz, Detlef: »Helmut Nickel – ein Porträt«, in *Comixene* Nr. 10 (1976) [Abb. 463]

Lorenz, Detlef: »Robinson – Eine Deutsche Comic-Serie«, in *Die Sprechblase* Nr. 14 (1978)

Lorenz, Detlef: »Helmut Nickel – ein Porträt«, in *Comixene Paperback* Nr. 5 (1978)

Lorenz, Detlef: »Helmut Nickel – Comicadapt von Alexandre Dumas bis Karl May«, in *Magazin für Abenteuer-, Reise- und Unterhaltungsliteratur* Nr. 28 (1980)

Lorenz, Detlef: »Robinson«, in *Die Sprechblase* Nr. 135 (1994)

Lorenz, Detlef: »Robinson«, in *Die Sprechblase* Nr. 154 (1997)

Lorenz, Detlef: »Literatur und Geschichte auf Comic-Art«, in *Hugh! Eine Hommage an Karl May und Helmut Nickel*, Edition 52 (2011) [Abb. 461]

Lorenz, Detlef: »Robinson Sonderheft«, in *INCOS Robinson Sonderhefte*, INCOS e.V. (2011)

Lorenz, Detlef: »Piccolo-Serien im Gerstmayer Verlag«, in *1. Allgemeiner Deutscher Comic-Preiskatalog* Nr. 6, Polland (2014)

Rosenfeldt, Reginald: »Auf den Spuren Helmut Nickels«, in *Die Sprechblase* Nr. 230 (2014)

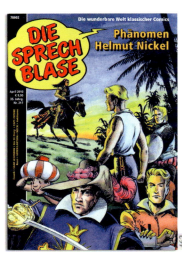

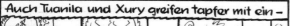

Originalseite 12 aus *Robinson* Heft 25 von Helmut Nickel. Sammlung Günther Polland

Stichwortregister

3 Musketiere [Comic] 19, 23, 25, 41, 58, 128, 212, 215, 226
77 Sunset Strip 198
Abenteuer unter Wasser 197
Adams, Julie 35
Adenauer, Konrad 62
AHOI 174, 209
Akim 44, 52, 75, 96
Akim der Sohn des Dschungels 70
Akim Neue Abenteuer 63, 70, 132
Albert, Otto 65, 217, 226
Allard, John 218
Aller [Verlag] 17, 50, 57, 158
Allgemeiner Deutscher Roman Preiskatalog 112, 135, 217
All-Story Weekly Magazine 182
Archimedes 139
Arness, James 41
Arnold, Jack 35, 73, 93, 112
atr (Adventure Taschen Reihe) 199
Baby – Das Geheimnis der verlorenen Legende 135
Baden Powell 165
Badische Illustrierte 32
Barks, Carl 54, 66, 99
Basil 17
Becker, Dr. Walter siehe: Becker-Kasch
Becker, Rolf O. 218
Becker-Kasch 60, 77, 226
Behra, Jean 189
Ben Hur 180
Bendix, Ralf 92
Bertelsmann [Verlag] 26
Beuthin, Reinhard 151
Bild-Lili 151f.
Bildschriftenverlag 50, 76
BILD-Zeitung 126, 151
Billy Jenkins 171
Black Bill 79
Blaue Jungs 129, 135, 174
blauen Panther, Die 165
Blondie 17
Bob und Frank 17, 50
Bocola Verlag 158
Bood, Charly 17, 35
Boshell, Gordon 218
Brandt, Willi 129
Bridges, Lloyd 197
Bruck, Johnny 93
Brücke, Die 120
Buck Danny 165
Buffalo Bill 19, 71
Buhlan, Bully 148
Bund der 8 79
Buntes Allerlei 50
Burkhardt, Otto Bruno 63
Burroughs, Edgar Rice 45, 47
Burton, Richard 89
Carlson, Richard 35
Carrey, Jim 99
Castro, Fidel 169
Chaplin, Charlie 120
Chess, Bill [d.i. Willi Kohlhoff] 16, 36, 40
Chiomenti, Enzo 26
Clarin, Hans 198
Classics Illustrated 76
Cook, James 146
Cooper, James F. 9, 52, 65
Cowboy Jerry 17
Craenhals, François 35
Daily Mirror 218
Dan Berry 79
Dargatz, Norbert [Verlag] 107, 240
Darlton, Clark [d.i. Walter Ernsting] 181
de Weille, Benny [Musikverlag] 182
Defoe, Daniel 7ff., 23, 32, 42, 203
Denning, Richard 35
Der Held von Brooklyn 98
Der Neue Frank Allan 79
Der Schrecken vom Amazonas 35
Detektiv Schmidtchen 126
Diamond, Bobby 162
Dill, Klaus 73
Doktor Solar 112
Don Pedro 46f., 58, 97, 99, 128, 215
Donald Duck 44, 196
Dowling, Steve 218
drei Musketiere, Die [Roman] 9
Dschungelbücher, Die 38
Dumas, Alexandre 9, 217
Eastwood, Clint 73
Ebger, Ulrich 74, 213, 219, 226
Ehapa [Verlag] 34, 48, 66, 196, 221
Eigk, Claus [d.i. Hartmut Bastian] 39
Eisner, Will 177
Ernsting, Walter 93, 181
Eulenspiegels Kunterbunt 48, 50
Ewald, Ingraban [Verlag] 207
Falk 52, 186, 200
Fawcett, William 162
Fernseh Abenteuer 150, 162, 197, 198
Finch, Peter 126
Fix und Foxi 50, 60, 208
Flash Gordon 50
Fliege, Die 137
Fliegende Untertassen greifen an 137
Flug zur Hölle, Der 137
Follet, René 35
Ford, Tennessee Ernie 92
Formicula 41
Förster, Gerhard 11
Foster, Hal 45, 47, 177
Francis Drake 70, 140, 161
Fridolin und Ferdinand siehe: *Spirou und Fantasio*
Froboess, Conny 210
Fruggy 174, 213, 226
Fuchs, Max 148
Fuchs, Wolfgang J. 115
Funcken, Fred 35
Fury 162
Gagrin, Juri 129
Garth 71, 74, 82, 84, 87, 218, 226
Gautama, Siddharta 38
Gerstmayer [Verlag] 9, 15, 23, 28, 32, 34, 39, 43, 45, 52, 55, 58f., 61, 65, 71, 74, 77, 79, 82, 86f., 98, 107, 115, 128f., 135, 147, 169, 182, 189, 192, 195, 205f., 210, 213, 216-220, 223, 239
Godzilla 94
Goldene Jupiter Bilderbuchreihe 79
Gordon, Hans [d.i. Hans Reinhard] 218
Götter müssen verrückt sein, Die 146
Graf von Monte Christo, Der 34, 58, 66, 71, 213, 217f., 226
Gratz, Ludwig 105, 149
Graves, Peter 162
große Diktator, Der 120
grosse Regen, Der 89
Guevara, Che 169
Gullivers Reisen 9
Günther, Rudolf 77
Hack/Slash 21
Haley, Bill 163
Hanks, Tom 32
Hans Warren's Abenteuer 71f., 74, 82, 217f., 226
Harry die bunte Jugendzeitung 70, 161
Harry, Armin 208
Harryhausen, Ray 137
Hartig, Hans 218
Hegen, Hannes 66
Heinerle [Verlag] 18, 239
Heinkow, Joachim 41
Heinz, Bob 16f., 35
heitere Fridolin, Der 165, 208
Helfgen, Heinz 26
Herr des Dschungels 70
Herrmann, Hans 189
Hethke, Norbert [Verlag] 11, 239f.
Hitschler, Ferndinand 239
Hobby Magazin 221
Hoffmann, Robert 9
Hogarth, Burne 26, 158, 195
Höllenhunde im Pazifik 129
Honda, Inoshiro 94
Hopalong Cassidy 17, 50
Horn, Maurice 115
Horrido 17, 35, 165
Horrido Sonderheft 35
Horrorschocker 21
Hot Jerry 15, 46, 52, 58, 128, 182
Hulk 112
Humbert, H. [d.i. Helmut Nickel] 65, 77, 87, 189
Humoristische Roman, Der 15, 19 79
Huschbeck, Dieter 79
Ich, der letzte Mensch 8f.
Illustrierte Klassiker 9, 76
Im Reich des silbernen Löwen 170
INCOS 11, 60, 224
Insel Felsenburg, Die 7
Jack Morlan 79, 210
Jack the Ripper 92
Jackson, Michael 131

IN ETWA 20 METER ENTFERNUNG SCHIEBT SICH AM WALDRAND EIN FLINTENLAUF DURCH DAS GEÄST. GLEICH DARAUF BLITZT ES AUF. ALS DAS DONNERN DES SCHUSSES VERHALLT, HAT SICH DIE BLÄTTERWAND WIEDER GESCHLOSSEN - NUR EIN LEICHTER RAUCHSCHLEIER SCHWEBT LANGSAM NACH OBEN

DAS GESCHOSS HAT DIE KETTE GETROFFEN UND ZERISSEN.

WIEDER IST ES SEKUNDENLANG STILL - DIE EINGEBORENEN STEHEN WIE GELÄHMT - UND WIEDER ERTÖNT DAS LEISE FIEPEN. DA FEGT LUPUS WIE EIN ABGESCHOSSENER PFEIL AUF DAS DICKICHT ZU UND IST IM NÄCHSTEN MOMENT VERSCHWUNDEN.

ALLE EREIGNISSE HABEN SICH IN SO SCHNELLER FOLGE ABGESPIELT, DASS DIE FARBIGEN WIE UNTER EINEM BANN STANDEN. NUN ABER STIMMEN SIE EIN GRAUENHAFTES GEHEUL AN UND STÜRMEN AUF DIE STELLE ZU, WO DER WOLFSHUND UNTERGETAUCHT IST.

ABERMALS KRACHT DIE MUSKETE UND GLEICH DARAUF FOLGEN ZWEI HELL KLINGENDE SCHÜSSE AUS DEN PISTOLEN ROBINSONS. DIE VORDERSTEN DREI ANGREIFER STÜRZEN GETROFFEN ZU BODEN.

DIE NACHFOLGENDEN WILDEN PRALLEN ENTSETZT ZURÜCK UND SUCHEN HINTER BÄUMEN UND STRÄUCHERN DECKUNG. BISHER HABEN SIE DEN UNBEKANNTEN FEIND NOCH NICHT ZU GESICHT BEKOMMEN.

DER SCHWARZE PIERRE, DER BEFÜRCHTET, DASS ER IM WALD EINE KUGEL ERWISCHEN KÖNNTE, LÄSST SICH ZU BODEN FALLEN UND KRIECHT BIS ZU DER STELLE, WO DIE MUSKETE LIEGT, DIE MAN FREITAG ABGENOMMEN HAT.

Originalseite 8 aus *Robinson* Heft 11 von Willi Kohlhoff. Sammlung Detlef Lorenz

Jezab, der Seefahrer	17, 26
Jochen und Klaus	17
Joe the Kid	60, 213, 226
John Webb	79
Johns, Bibi	147, 210
Jones, Raymond F.	93
Jonny Reck	79
Jugend-Film Club, Der	112, 126, 129, 147, 151
Junior Verlag	182
Jupiter Jugendreihe	79
Jupiter Verlag	219
Jupiter-Jugendreihe	15, 19, 79
Kalbe, Hans-Joachim	162
Kapitän Alvaro	174, 213, 226
Kauka, Rolf [Verlag]	34, 48, 50, 60, 158
Kellermann, Walter	72, 219f., 226
Key, Will [d.i. Willi Kohlhoff]	16
Khan, Dschingis	167
King der Grenzreiter	50
King Kong	94
Kipling, Rudyard	38, 217
Kit Carson	138
Klaus Olsen	79
Klaus Störtebeker	45, 79
Klein, Fritz	63
kleine Sheriff, Der	17, 19
Kohl, Willi [d.i. Willi Kohlhoff]	16
Kohlhoff, Willi	9, 11f., 14, 16ff., 20-23, 25ff., 29, 32, 34, 36-41, 43, 44, 46, 48, 51-54, 60f., 63, 79, 107, 123, 128, 176f. 182, 188-192, 196f., 213-217, 220, 226f., 249, 253
Krüger, Hardy	210
Krüger-Kohlhoff [d.i. Willi Kohlhoff]	16
Kubert, Joe	19
Kurt Edelhagen Orchester	163
La Jana [d.i. Henriette M. Niederauer]	61
Lancaster, Burt	129
Landser	129, 131, 147
Lang, Hermann	189
Lassie	150
Lawrence, Kay	35
Lederstrumpf	65
Lederstrumpfgeschichten, Die	9, 52
Lehning, Walter [Verlag]	17, 25, 34, 41, 52, 57, 61, 63, 65f., 70, 72, 77, 141, 149, 158f., 161f., 169, 195, 199f., 206f., 209, 214, 219
Lewis, Jerry	98f.
Liebesmemoiren	79
Lilli, ein Mädchen aus der Großstadt	151
Lindenberg, Udo	149
Lubbers, Bob	158
Lucky Luke	165
Mahoney, Jock	137
Mandra	17
Manning, Russ	197f.
Marshall, Herbert	137
Martin, Dean	99
Mason, James	32
Massai	129
Matheson, Richard	8, 112f.
Maxon, Rex	195
May, Karl	47, 85, 148, 161, 170, 186, 207, 212, 215, 221, 241
May, Karl [Verlag]	162
McCartney, Paul	131
McCulley, Johnston	182
McMurray, Fred	89
Metaluna 4 antwortet nicht	93
Meteor	141
Metropolis	93
Micky Maus	48, 56, 66, 132, 155, 157, 168, 196, 208
Micky Maus Sonderheft	48, 66
Mickyvision	182
Mico	174, 209, 213, 226
Mighty Mouse	19
Mike Nelson	197
Miller, Albert G.	162
Miller, Glenn	149
Moderne Illustrierte	65
Mondial [Verlag]	19, 29, 45, 76, 158, 195
Montgolfier, Gebrüder	150
Mosaik	66
Mr. District Attorney	210
Nasser, Gamal Abdel	85
National Geographic	54
Neuer Jugendschriften Verlag	71
Neuer Tessloff Verlag	150, 162, 197f.
Neues Leben [Verlag]	66
Neues Werden [Verlag]	79
Neumann, Günther	214
Nichols, Mary Ann	92
Nick der Weltraumfahrer	52, 129, 141, 168
Nick, Pionier des Weltalls	168f.
Nickel, Helmut	7, 10f., 16, 19, 23, 27, 29, 34f., 39, 41, 43ff., 47, 53f., 58, 61, 63, 65ff., 69ff., 74f., 77, 82, 85, 87, 89f., 92f., 96ff., 101ff., 105, 108f., 111, 115, 117, 121, 123, 125, 127-130, 137, 139f., 142, 144, 146, 148f., 155, 157f., 160f., 163f., 168-171, 173-178, 182, 186f., 189, 191-194, 196f., 199-202, 205ff., 209, 212-215, 217f., 226, 240
Nolte, Helmut	63
Old Shatterhand	212
Onkel Archimedes	203, 213, 226
Orientalische Liebeserzählungen	79
Otto, Max A.	16
Pabel, Erich [Verlag]	93, 158, 180f.
Panther-Taschenbücher	199
Pathé, Moritz	72
Pecos Bill	19, 76
Pedrazza, Augusto	70
Pegasus [Verlag]	47
Pelé	152
Perry-Drixner, Willi	72, 218
Pete	171
Peter Palms Abenteuer	63, 65, 79, 217
Peters seltsame Reisen	140, 161, 207
Petersen, Friedrich [Verlag]	218
Phantom	17, 32, 50, 57
Piccolo Sonderband	17, 66
Presley, Elvis	143
Price, Vincent	137
Prinz Eisenherz	17, 32, 44, 50, 57, 177
Professor Düsenknall	174, 213, 226
Quinn, Freddy	92
Ralf	17, 35
Ramsey, Bill	163
Raumpilot Speedy	siehe: Testpilot Speedy
Reinhard, Hans	218
Reinhard, Wilhelm	218
Reitberger, Wolfgang	115
Rennie, Michael	89
Reptilia	135
Rex, eine Reise in die Vergangenheit	219
Richter-Johnsen, Franz-Werner	16, 126
Rip Korby [d.i. Rip Kirby]	17, 50
Robin Hood	79
Robinson Crusoe	7ff., 11, 15, 23, 25, 37, 39f., 216, 226
Robinson soll nicht sterben	126
Robinson Sonderheft	56, 59f., 65, 77, 98, 213, 224, 226
Romane des Lebens	79
Rosen-Roman	15
Royal, Roxy	135, 184, 213, 220-224, 226
Rubimor [d.i. Moreira, Ruben]	195
Rudl [Verlag]	76
Rudolph, Wilma	208
Rufer [Verlag]	25f.
Schatz im Silbersee, Der	212
Schmidt, Kurt-Ludwig	siehe: Becker-Kasch
Schmidtkes Pseudonym-Spiegel	63
Schnabel, Johann Gottfried	7
Schut, Der	212
Scott, Gordon	133
Sechs auf großer Fahrt	siehe: blauen Panther, Die
Semrau, Alfons [Verlag]	34, 39, 66, 138, 165
Sheriff Klassiker	50
Sigurd	40, 44, 200, 219
Silberpfeil im Wilden Westen	219
Simpsons Sonderheft Professor Frinks	19
Sindbad der Seefahrer	180
Snyder, William E.	35
Spannende Geschichten	25
Spin und Marty	196
Spinne, Die	112
Spirit, The	177
Spirou und Fantasio	165
Sprechblase, Die	10f., 38, 87
Steinmann, Helmut	53-58, 60f., 211, 216f., 226
Stern von Afrika, Der	129
Stern von Rio	61
Sternchen	126
Suhr, Otto	129
Swift, Jonathan	9
Tajo Tagori – der Tigerprinz	36-40, 43f., 54f., 58, 63, 107, 191, 209, 212, 216f., 226
Tarantula	73
Tarzan	16, 18f., 26, 29, 32, 44f., 47, 88, 133, 137, 158f., 161, 195
Tarzan Sonderheft	47

Helmut Nickel zu Gast bei comicplus+ auf dem Internationalen Comic-Salon in Erlangen, Juni 2012.
Foto: Uwe Zimmermann

Tarzan und die Schiffbrüchigen	159	*Tom und Jerry*	39, 50, 208	Wäscher, Hansrudi	16f., 40, 46, 52, 65, 70, 96, 132, 141, 200, 219
Tarzan und die verschollene Safari	133	*Tom und Jerry Sonderheft*	66		
Tarzans Kindheit	45	*Tor*	19	Weinberg, Albert	35
Tasche, Fritz	177, 192-197, 200-203, 205f., 226	Toth, Alex	182	Weißbrodt, Max	151
		Tudor, Maria I.	70	Weissmüller, Johnny	47
Taschenstrip	198	Turner, Lana	89	Weller, Freddy	63
Tausend und eine Nacht	180	*unglaubliche Geschichte des Mister C., Die*	112	*Welt, in der wir leben, Die*	113
Terry, Paul	19			Wertham, Fredric	21
Testpilot Speedy	61, 74, 85ff., 94, 116, 127ff., 135, 143, 149, 169, 174, 182, 188f., 194, 200, 213, 219-224, 226	Uta Verlag	171	Wicki, Bernhard	120
		Utopia Großband	93, 180f.	*Wildtöter*	52, 213, 220, 226, 240
		Utopia Kriminal	180f.	Wilhelm, Friedrich	135
		Utopia Magazin	180f.	Winkler, Hans Günter	79
Texaner, Der	79	*Utopia Sonderband*	180	*Winnetou*	57, 61, 104, 148, 161f., 207, 214f.
Tibor	52	*Utopia Zukunftsroman*	180f.		
Till Eulenspiegel	158	van der Heide, Dorul	16	*Wir Zwei*	65
Tilo der Germane	17	Verlag für moderne Literatur	39	*Wolkenstürmer*	129, 135, 174
Tim Tyler's Luck	17, 50	Walde + Graf [Verlag]	159	*Wonder Woman*	126
Titanus	39, 46, 51, 58, 65	*Walking Dead, The*	21	*Wonderland*	21
Titanus [Verlag]	39, 60	Wallace, Lew	180	*World Encyclopedia of Comics, The*	115
Tom Brack	79	*Walt Disney's Comics & Stories*	99	Zorr, U.	52, 128
Tom der Unsichtbare	218	Warren, Hans siehe: *Hans Warren's Abenteuer*		*Zorro*	182, 184, 188, 196, 200, 207, 213, 223f., 226
Tom Prox	171				
Tom und die Vitalienbrüder	218				

Abbildungsverzeichnis

Robinson © by Willi Kohlhoff, Helmut Nickel, Helmut Steinmann, Fritz Tasche, Becker-Kasch, Roxy Royal.
Testpilot Speedy © by Ulrich Ebger, Walter Kellermann, Roxy Royal.
001 Originalausgabe von *Robinson Crusoe*, 1719 | 002 Porträt von Daniel Defoe © 1966 *DU-Magazin* | 003 © 1968 Heyne | 004 Epinal-Bilderbogen von 1840 © 1966 *DU-Magazin* | 005 *Die Sprechblase* Nummer 99 © 1989 Swen Papenbrock | 006 Deutsche Erstausgabe, 1720 | 007 Willi Kohlhoff, ca. 1985, Foto © Detlef Lorenz | 014 *Akim Piccolo Sonderband* 1: Pedrazza/Renzi, Stefan Doeller | 015 *Prinz Eisenherz* von 1954 © King Features Syndicate, Inc./ Bulls | 016 *Horrido* von 1954, Tilo © Charlie Bood, Cowboy Jerry und Basil © Bob Heinz | 016A *Der Kleine Sheriff* von 1954 © Dino Zuffi | 017 *Tor* von 1954 © Joe Kubert | 026 *3 Musketiere* von 1954 © Helmut Nickel | 030 *Spannende Geschichten* von 1954 © Rufer Verlag, Gütersloh | 031 *Jezah der Seefahrer* von 1954 © Chiomenti / Stefan Doeller | 035 *Das Spiel ihres Lebens* von 1954 © W. Fischer Verlag, Göttingen | 035a *Fußball-Weltmeisterschaft 1954* von 1954 © Prisma Verleih | 038 *Prinz Eisenherz* von 1954 © King Features Syndicate, Inc. / 20th Century Fox | 041 *Der Graf von Monte Christo* von 1955 © Helmut Nickel | 042 *Horrido Sonderheft* von 1954 © François Craenhals | 043 *Der Schrecken vom Amazonas* von 1954 © Universal International | 045 *Tajo* von 1954 © Willi Kohlhoff | 052 *Titanus* von 1954, Nr. 1-3 © Helmut Nickel, Nr. 4-5 Hansrudi Wäscher / Becker-Illustrators | 053 *Tom und Jerry* von 1949 (US-Heft) und 1954, Western Publishing, Racine, USA | 057 *Formicula* von 1954 © Warner Bros., USA | 063 *Tarzan* von 1955 © Edgar Rice Burroughs, Inc. / USA | 067 *Hot Jerry / Don Pedro* von 1955 © Helmut Nickel | 070 *Eulenspiegels Kunterbunt* von 1955 © Rolf Kauka | 071 & 071a *Blondie* von 1951 und 1952 © Chic Young | 074 *Wildtöter* von 1955 © Willi Kohlhoff | 077 *Micky Maus* von 1956 (Nr. 13) © Disney | 077a *Guide to Disneyland* von 1959 © Disney | 083 *Testpilot Speedy* von 1955 © Ullrich Becker | 084a *Der Stern von Rio* von 1940 © Tobis | 091 *Micky Maus Sonderheft* von 1953 © Disney | 092 *Mosaik* von 1955 © Hannes Hegen / Steinchen für Steinchen | 096 / 099 *Akim Neue Abenteuer* von 1956 © für Akim Pedrazza/Renzi, Stefan Doeller, für die Zeichnungen Wäscher/ Becker-Illustrators | 101 *Buffalo Bill* von 1955 © Neuer Jugendschriften Verlag, Hannover | 104 *Tarantula* von 1955 © Universal International | 107 *Illustrierte Klassiker* von 1955 © First Classic Inc. | 108 *Pecos Bill* von 1953 © Guido Martina und Raffaele Paparella | 108a Foto von Mai 1956 © Detlef Lorenz | 113 / 114 *Orientalische Liebeserzählungen* & *Romane des Lebens* ca. 1952 © Willi Kohlhoff | 125 Foto von 2000 © Detlef Lorenz | 130 *Testpilot Speedy* von 1956 © Ulrich Ebger | 133 *Der Grosse Regen* von 1956 © 20th Century Fox | 141 *Metaluna 4 antwortet nicht* von 1956 © Universal | 142 & 143 *Insel zwischen den Sternen* © Pabel Verlag | 145 *Godzilla* von 1956 © Toho Film | 157 & 158 *Der Held von Brooklyn* von 1957 © Paramount | 159 *Donald Duck* von 1962 © Disney | 180 *Die Abenteuer des Prinzen Achmed* von Lotte Reiniger | 188 *Hobby Das Magazin der Technik* von 1926 © Ehapa | 189 *The Incredible Shrinking Man*, von 1957 © Universal | 190 *Die unglaubliche Geschichte des Mister C.*, Roman von 1960 © Heyne | 191 *Die Welt in der wir leben* von 1957, © Droemersche Verlagsanstalt | 206 & 209 *Das Berliner Hansaviertel und die Interbau 1957* Buch von 2007 © Sutton Verlag und Frank-Manuel Peter | 207 & 208 Postkarte aus den 1950er Jahren | 222 *Sanella-Bilder* Werbeplakat und Sammelbild von 1952 © Franz-Werner Richter-Johnsen | 223 *Robinson soll nicht sterben* Film von 1957 © NDF / Herzog | 232, 233, 234 © Gerstmayer-Verlag | 238 *Akim Neue Abenteuer* von 1956 © für Akim Pedrazza/Renzi, Stefan Doeller, für die Zeichnungen Wäscher/ Becker-Illustrators | 239 *Micky Maus* von 1968 © Disney | 242 *Tarzan und die verschollene Safari* Film von 1957 © Edgar Rice Burroughs, Inc. / MGM | 248 Foto von ca. 1958 © Eernd Lorenz | 249 *Der Flug zur Hölle* Film von 1957 © Universal | 250 *Die Fliege* Film von 1957 © 20th Century Fox | 251 *Fliegende Untertassen greifen an* Film von 1956 © Columbia | 253 *Texas* von 1958 © Fleetway | 258 *Meteor* von 1957 © Artima, Frankreich / CCH, Hannover | 261 *Dschungelgeheimnisse* (Illustrierter Film Kurier 3055) © Rex Film | 265 Foto einer Riesenbiberplastik vor dem Beringia-Museum in Whitehorse Yukon / Kanada © Brigitte Döhler | 278 *Fernseh Abenteuer* von 1958, für die Fernsehserie © CBS | 284 *Fussball-Weltmeisterschaft 1958* Filmprogram © Ufa | 291 Bericht über die Nordpolfahrt des U-Bootes Nautilus in *Micky Maus* Nummer 38 von 1958 © Disney / Ehapa | 296 & 297 *Tarzan* Comic-Heft von 1952 © Edgar Rice Burroughs Inc., USA | 301 & 302 *Der Korsar der Königin* und *Peters seltsame Reisen* von 1958 © Helmut Nickel | 304 *Winnetou* von 1963 © Helmut Nickel | 311 *Der Heitere Fridolin* von 1958 © Éd. Dupuis/André Franquin | 316 *Nick Pionier des Weltalls* von 1959 © Wäscher/ Becker-Illustrators | 325 *Pete* Roman-Serie von 1951 © George Berings | 326 Foto von Tucson / Texas © Detlef Lorenz | 322 *Fruggy* von 1959 © Gerstmayer-Verlag | 355 *Utopia Zukunftsroman* von 1953 © Erich Pabel Verlag | 356 *Utopia Großband* von 1954 © Erich Pabel Verlag | 357 *Utopia Kriminal* von 1956 © Erich Pabel Verlag | 358 *Utopia Sonderband / Utopia Magazin* von 1956 © Erich Pabel Verlag | 362 *Hit Kid* Musikzeitschrift, für die Zeichnung © Helmut Nickel | 363 *All-Story Weekly* von 1919 © Johnston McCulley | 374 *Die Nordkurve der AVUS*, Postkarte von Ende der 50er Jahre | 377 & 378 Zeichnung und Gemälde von © Willi Kohlhoff | 391 *Tarzan*-Zeichnung von Rubimor (Ruben Moreira) © Edgar Rice Burroughs | 395 *Donald Duck* © Disney | 396 *Zorro* © Disney | 397 *Fernseh Abenteuer* von 1958, für Mike Nelson © United Artists Television | 399 *Taschen Strip* von 1963, für 77 *Sunset Strip* © Warner Bros. Television | 402 *Falk* von 1962 © Wäscher/ Becker-Illustrators | 415 *Mico* © Gerstmayer-Verlag | 417 *Inspektor Garrett in London* von 1960 © Gerstmayer-Verlag | 429 *Der Schatz im Silbersee* Film von 1962 © Constantin | 430 Foto der ersten Straßenabsperrung am 13. August 1961 © Detlef Lorenz | 431 Foto © Brigitte Döhler | 436 *Garth* von 1956 © Daily Mirror / Steve Dowling | 442-444 *Hobby* von 1957 © Ehapa Verlag | 447 & 448 *Zorro* Comic von 1959 © Gerstmayer-Verlag | 449 *Xury* von 1959 © Roxy Royal.

Alle Rechte an den gezeigten Abbildungen, soweit nicht anders genannt, bei den Urhebern bzw. ihren Rechtsnachfolgern und Vertretern. Sollten wir einen Bildnachweis übersehen haben, bitten wir um Nachricht, damit wir das in späteren Auflagen ergänzen oder korrigieren können.

Originalseite 4 aus *Robinson* Heft 11 von Willi Kohlhoff. Sammlung Detlef Lorenz

Danksagung

Bei der Erstellung des vorliegenden Buches halfen mir ganz besonders einige Freunde, denen ich hier danken möchte:

Lothar Schneider, der mir die Erstveröffentlichung dieses Projektes im *Comic Guide Net – Lorenz´ Comic-Welt* ermöglichte.

Jörg Winner, der spontan mir *alle* fehlenden *Robinson*-Hefte (106-123, 127-222) für Abbildungszwecke und Recherchen zur Verfügung stellte. Zusätzlich gelang es ihm, bisher nie gesehenes Material zu *Robinson* hier erstmals vorstellen zu lassen.

Thomas Janson, der mich mit seinen Fragen oft überraschte und zusätzlich mit Ideen, Anregungen und wertvollen Tipps zum Gelingen beitrug.

Natürlich gilt mein Dank auch an die vielen Helfer aus dem *Comic Guide Net*, die meinen Veröffentlichungen in der *Lorenz´ Comic-Welt* mitverfolgten, kommentierten, mich auf Fehler aufmerksam gemacht haben.

Ein ganz spezieller Dank gilt meinem Cousin **Bernd Lorenz**, durch ihn konnte ich in den fünfziger Jahren viele Comichefte lesen, so den *Robinson*.

Texte zur Graphischen Literatur

Die neue Edition-Alfons-Buchreihe für Sekundärliteratur beschäftigt sich mit allen Spielarten der Neunten Kunst und Artverwandtem. Populärwissenschaftlich geschrieben und reichlich illustriert, bietet jeder Band einen einzigartigen Einblick in die faszinierende Welt der Comics und darüber hinaus.

Bereits erschienen:

Band 1: **Das Logbuch des Robinson Crusoe** von Detlef Lorenz
Paperback, 256 Seiten, 24,95 €
(Es existiert eine auf 99 Exemplare limitierte Vorzugsausgabe mit von Helmut Nickel signiertem Druck.)

In Vorbereitung:

Band 2: **Das Phänomen** *Watchmen* von Peter Osteried
Umfassende Untersuchung der bahnbrechenden Comicserie von Alan Moore und Dave Gibbons, der Verfilmung und ihrer Wirkung im Jahr 30 nach der Erstveröffentlichung (erscheint 2016)

Diese weiteren Bände sind in Planung:

Das war *Kobra* **von Matthias Hofmann und Stefan Schmatz**
Das Standardwerk zur Comicheftserie *Kobra*, die in den 1970er Jahren viele britische Comics nach Deutschland brachte, u.a. *Das Reich Trigan* und *Storm* von Don Lawrence. Alle Serien, alle Kreativen, mit ausführlichen Checklisten und Hintergrundmaterial.

Das war *Schwermetall* **von Achim Schnurrer**
Die Biographie eines Comicmagazins. Das Standardwerk zum Kultmagazin der 1980er und 1990er Jahre. Ein Werk in mehreren Bänden, das auf Zeichner, Autoren, Inhalte, Serien und Publikationsumstände (etwa Verfahren vor der Bundesprüfstelle für jugendgefährdende Schriften) eingeht und darüber hinaus auch Wissenswertes zu verlags- und zeitgeschichtlichen Umständen beisteuert.

Weitere Informationen über die Publikationen der Edition Alfons finden Sie im Internet unter: www.edition-alfons.de